人類幼崽
廢土苟活攻略
Children survive the end of the world
6
完
禿
透明(Tomei)———繪

目　錄

CONTENT

【第一章】

大家對我的仰慕
都埋藏在心裡

林奮將面前那顆毛茸茸的腦袋推開，「這封信你不能看。」

「那牠怎麼就能看？」顏布布指著旁邊同樣也探著頭的比努努。

「你是東聯軍，不能看。但黑裡俏是西聯軍，所以牠可以看。」

顏布布震驚道：「比努努怎麼就成了西聯軍了？」

林奮從信紙上瞥了他一眼，

「牠在一週前就已經加入了西聯軍。」

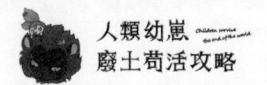

林奮唸完信紙上的內容後，于苑伸出手，「把信紙給我看看。」

他將那張衛生紙仔仔細細地看了遍，又遞給了脖子伸得老長的顏布布。待顏布布也看完後，四人都看向了比努努。

林奮道：「等到冉政首那邊的戰鬥一開始，我們就往山下突襲，不管如何，都要將煩人精和黑裡俏兩個人給平安地送出去。」

「那我們現在就要去準備嗎？是不是過兩天就要開始了？」顏布布放下筷子問道。

林奮道：「別著急，冉政首不光是要救出封將軍他們，還要安排部署。而且這些只能悄悄進行，不能驚動陳思澤。我估計還要等上半個月左右。」

顏布布有些失望：「還要那麼久啊……」

「我說的還是最快的時間。」林奮看向顏布布，嚴肅地壓低了聲音：「你知道現在最重要的是什麼嗎？」

顏布布神情一凜，也跟著放低聲音：「是什麼？」

林奮目光慢慢落到他碗上，陡然喝道：「是吃飯！」

「你看看你碗裡的飯，剛才是多少現在還是多少，你吃了什麼到肚子裡？空氣嗎？士兵要是都像你一樣，還有力氣打仗？你自己捏捏你小臂上的肉，能捏起來多少……」

顏布布端起碗開始飛快扒飯，封琛挾起一塊胡蘿蔔放進他碗裡，「慢點，又沒讓你往嘴裡倒。」

「喝口湯再吃。」于苑將剛舀好的一碗湯推到顏布布面前，淡淡地看了林奮一眼，「你現在話挺多的。」

「……行了，我也不多說了，你把飯吃完就行。」

林奮不動聲色地轉開視線，盯著自己面前的碗。

接下來的日子就是等待，等著時機成熟的那刻到來。

期間王穗子他們又來過好幾次，依舊是循著羞羞草給出的路線，悄無聲息地從黑暗之地穿過夾縫，沒有驚動那些埋伏在山上的人。

兀鷲和白鶴就叼著纏了信紙的無尾熊來回於夾縫和山頂之間，幾次之後，還是于苑忍不住道：「信紙綁在兀鷲腿上不就行了？為什麼每次都要折騰那隻可憐的無尾熊呢？」

無尾熊這才不用睡著了還在天上來回飛，偶爾還要挨上比努努兩巴掌。信件開始還很正常，簡單報了下軍隊裡的情況以及山上的情況。但一兩封後，兀鷲就成了王穗子和顏布布的專屬信使。

顏布布拿到信就迫不及待地打開，邊看邊笑，接著又趕緊回信，讓兀鷲給送回去。只是有次顏布布去取了信件，打開後發現起頭是「尊敬的于上校」，意識到這不是王穗子寫給自己的，便又將信紙折了回去。但他在折回的過程裡，眼睛還是無意中瞟到了兩句。

我現在是一名B+哨兵，已經有了心儀的嚮導……喜歡很多年了，我打算這幾天就向她表白……希望您和林少將都平安。

計漪敬上。

（注：在船上打架掉進海裡，被您救起來的那名女孩）

顏布布轉著頭找于苑，看見他正坐在田埂旁，旁邊是老農一樣揮著鋤頭種菜的林奮。兩人也不知道說了什麼，都笑了起來。

「于上校叔叔，你的信。」顏布布跑過去，將信遞給于苑。

「我的信？」于苑有點疑惑。

顏布布坦然道：「對，我沒留神就看了一行，上面寫的就是尊敬的于上校。」

「喔，那是誰寫的？」林奮拄著鋤頭問。

顏布布道：「計漪。」

「計漪是誰？」林奮問于苑，于苑茫然地搖搖頭。

「就是在船上打架掉進海裡，被你救起來的那名女孩。」

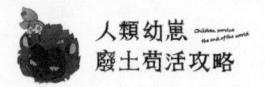

顏布布說完後發現兩人都盯著自己，忙又解釋：「我沒留神還看到了最後一行。」

「是她啊……」于苑笑了起來，又轉頭給林奮說：「就是去中心城的路上，把船上小孩子都打了個遍的那個丫頭。有次掉進海裡，那時候冰層不大厚，她直接砸出個窟窿沉了下去，我跳下海將她撈了起來。」

林奮點點頭，「記得，後面就經常追著你，讓你等她，說她長大了要和你結婚。」

「還有這件事？」于苑挑起了眉。

林奮側頭看著一旁，「你不記得也正常，起碼有五個小孩子說長大了要和你結婚，還有一群十幾歲的半大孩子給你寫情書。」

于苑斜睨著他，「紙筆都沒有，哪裡來的情書？」

「不知道哪裡搞來的廢紙，寫在背面的。」林奮道。

于苑微笑著問：「那我怎麼不知道？」

林奮滿臉坦蕩，「情書連人我全交給他們家長了。」

「林少將，那有人給你寫情書沒有？」顏布布在一旁插嘴。

林奮看向顏布布，「你送了信就快走，不是還要去練體能嗎？杵在這兒做什麼？」

「咦……喔……」顏布布發出怪聲。

林奮頓了頓：「大家對我的仰慕都埋藏在心裡。」他用下巴點了下于苑手裡的信，「又是情書？」

顏布布回道：「不是的，計漪在信裡說了，她已經有喜歡了好多年的對象，是名嚮導。她還祝你和于上校都平平安安……唔，我就是沒留神看了這一行。」

「信送到了就行了，快走快走。」

林奮趕蒼蠅一樣地揮手，顏布布也就轉頭去屋子，準備給王穗子寫信。但他走了兩步又回頭，捏著嗓子道：「大家對我的仰慕都埋藏在心裡。」說完後不等林奮訓斥，便風一般地衝回了屋子。

顏布布開始給王穗子寫信，也寫了剛才這件事。

……我懷疑計漪說的嚮導是妳，她要是向妳表白，妳要假裝不知道這件事喔。

兀鷲將信件送去給了王穗子，很快又叼著回信返來了。

顏布布高興地拆開信，準備分享王穗子的小激動，沒想到裡面只有短短一段話。

這個油膩花孔雀居然在10歲的時候就追求過于上校，簡直不得了。布布，幹得好，再探！多抓一點她的把柄！！！

顏布布：？？？

蘇上校和冉平浩也去過夾縫，讓兀鷲給林奮送上來兩封書信。蘇上校那封信上全是淚痕，林奮只能用手指頭撚起一角，眉頭皺得緊緊的。

「哇，蘇校長啊，這是蘇校長給你的信啊。」顏布布伸出手去摸那淚痕，「這也是蘇校長的眼淚哎。」

林奮看完蘇上校的信，再拆開冉平浩那封，伸手將探到面前的那顆毛茸茸的腦袋推開，「這個你不能看。」

「那牠怎麼就能看？」顏布布指著旁邊踩在板凳上，同樣也探著頭的比努努。

「你是東聯軍，不能看。但黑裡俏是西聯軍，所以牠可以看。」林奮翹起腿，抖開信紙。

顏布布震驚道：「比努努怎麼就成了西聯軍了？」

林奮從信紙上瞥了他一眼，「牠在一週前就已經加入了西聯軍。」

比努努也扯起自己的碎花裙給顏布布看，他這才發現，那裙襬上不知什麼時候已經嵌了兩根白色布紋，正是西聯軍的標誌。

那布條針腳平順細密，一看就出自于苑的手筆。顏布布愣怔了片刻，又轉著頭去找薩薩卡，「那薩薩卡呢？薩薩卡！」

薩薩卡已經不在原位，正在往他看不到的地方縮，目光躲閃飄忽著。顏布布沉寂幾秒後怒吼出聲：「你們這兩個叛徒！叛徒！叛徒！東聯軍的可恥叛徒！」

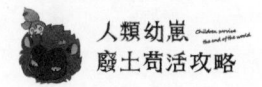

「在吼什麼呢？誰是叛徒？」窗外草坪上傳來封琛的詢問聲。

顏布布瞧了眼旁邊的林奮，便出了屋子，穿過空蕩的前廳，一路小跑向樓外的草坪。

草坪上支著木工架，封琛正用刨刀刨著一根木頭。他只穿了件薄薄的T恤，隨著他的動作，T恤下的肌肉也跟著微微隆起。

顏布布跑到他身旁，壓低了聲音告狀：「比努努和薩薩卡是叛徒。你知道牠倆做什麼了嗎？被林少將弄到西聯軍去了。」

封琛取下別在耳後的鉛筆，在木頭上做印記，嘴裡問道：「怎麼弄去的？」

「不知道。」

身後窗戶裡傳來林奮的聲音：「兩名士兵，于長官午睡該醒了，叫上他一起去散步。」

顏布布轉頭看向窗戶，看見了兩隻量子獸的身影，正飛快地衝向臥室方向。

「你看看，你看牠們那叛徒樣。」顏布布見封琛頭都不抬一下，便將他手裡的鉛筆奪掉，「你別不當回事啊。」

封琛又從褲兜裡掏出個捲尺，半弓著身開始丈量木頭，「弄去就弄去吧，沒事。」

「那怎麼行呢？以後我們兩個在東聯軍，兩隻量子獸跟在西聯軍隊伍裡操練。你想像一下那個場景。」顏布布嚴肅地道。

封琛抬頭看向顏布布，顏布布對他點了下頭。

封琛直起身，轉著頭打量四周，又示意顏布布去看遠處，「你看那邊。」顏布布看了過去，封琛抬了抬下巴，「看左邊那棵樹。」

顏布布便看見白鶴和兀鷲站在那樹枝上，互相梳理著羽毛。

封琛低聲道：「把牠們倆搞到東聯軍去怎麼樣？等會兒就去吸收牠們入軍。」

「啊……對啊！哈哈！」顏布布發出兩聲驚喜的笑聲，「對啊，哈哈，這都能想到，哥哥你真是太厲害了。」

封琛道：「我寫封入軍申請書，讓牠倆按上爪印，以後我們在操練的時候只要看見牠倆了，也命令牠們歸隊。」

「好好好，這個好。」

封琛：「兩隻換兩隻，不虧。」

顏布布笑著道：「的確不虧。」

「開不開心？」

「開心。」

「高不高興？」

「高興。」

「去，給我把木頭那邊壓住。」

「好。」

林奮每天都在陪于苑進行康復訓練，所以他的身體也在迅速恢復。最開始只能顫巍巍地跨步，現在他和顏布布圍繞著山頭跑圈，顏布布總會慢慢就被他甩在身後。

「你開始衝得太快了，體力消耗太大，反而跑不了多久。勻速呼吸，保持節奏。」于苑放慢腳步，等著顏布布趕上來，兩人再跑了一段後，便在一處林子旁坐下。

顏布布的喘氣聲慢慢平息，于苑將腰上的毛巾摘下來給他，顏布布胡亂擦掉臉上的汗，于苑又接過去，掀開他後背的上衣，將毛巾鋪在他背上，「這裡風大，你出了汗，用毛巾隔一下。」

于苑給顏布布鋪毛巾時，顏布布就側頭看著他的臉，片刻後突然問道：「于上校叔叔，這幾年裡的事情你都記得嗎？」

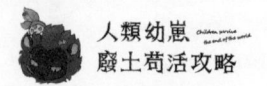

從于苑醒來後到現在，顏布布和封琛都很注意話題，沒有去問過他成為喪屍期間的事情。現在看著于苑柔和的眉眼，他也不知道怎麼的，突然就問出了口。

于苑抬頭看著他，顏布布又有些後悔，便吶吶地解釋：「我只是覺得、覺得你什麼都記不住更好……對不起，我不該問的。」

「恍惚能記得一點，但大部分都記不得，渾渾噩噩的。」

于苑毫不介意地笑了笑，直起身體看著前方，片刻後才回道：「林奮這些年很辛苦。」

「對，他特別辛苦。」顏布布由衷地道。

于苑嘆了口氣後又看向他，「封琛這些年也很辛苦。」

「是的，哥哥也很辛苦。」顏布布點頭。

「那時候他還那麼小，卻還要照顧更小的你，換做是個大人都不一定能堅持下去。」于苑定定注視著顏布布，突然問道：「小捲毛，你會怪我們嗎？」

顏布布一愣：「怪你們？」

于苑誠懇道：「怪我和林奮當初沒有把你們帶走，後面也沒辦法去接你們。」

顏布布想了下，回道：「當時那種情況也怪不了你們吧，而且我和哥哥也從來沒有怪過你們。」

于苑看著他沒做聲，顏布布又道：「其實我和哥哥在海雲城過得很好喔，比那些到了中心城的人過得要好。」

「嗯，怎麼個好法呢？多說一點，我想聽。」于苑道。

顏布布便開始講他和封琛在海雲城的事情，他們在研究所的家、他們種的菜，包括機器人小器。

于苑一直聽得很認真，還會提出問題，諸如他們都種了些什麼菜，變異種好不好抓之類。

有了合適的聽眾，顏布布越說越興奮，講到興頭時還站起身輔以動作，「……樓上每晚都篤篤篤、篤篤篤的，也搞不清楚到底是哪裡在響，只要上樓去看，那聲音就沒了。我覺得是鬼，哥哥帶著我提前藏到屋子裡，等到半夜那聲音出現的時候去抓，終於把那鬼抓住了。你猜是什麼？是隻啄木鳥變異種在啄外牆的縫……」

顏布布講了半個多小時後才收住話頭，意猶未盡地感歎：「于上校叔叔，住在海雲城真是太好了，當初要是你和林少將沒走，我們就住在一起。」

「是的，住在海雲城真是太好了。」于苑微笑著看他，神情看上去很愉悅，又伸手去摸了把他腦袋，「小捲毛，你們確實過得不錯……我很高興，真的很高興。」

顏布布怔了下，也彎起眼睛笑，「能讓你醒過來，我也很高興，真的很高興。」

夜裡，顏布布躺在床上，在看見封琛洗漱完畢走出浴室後，便把身上的被子掀開了一個角，把腳伸了出去，自己輕柔地撫摸著小腿，「……好好摸啊，哎呀好好摸……」

封琛輕笑一聲後轉開身，去關上窗戶，拉好窗簾，這才回到床邊。

顏布布已經直起身，跪坐在床沿邊，一隻手環住封琛的脖子，一隻手去解他睡袍的繫帶。

繫帶被嗖地抽開，浴袍大敞，露出下面線條流暢的肌肉，顏布布卻又趕緊給他合上，再重新繫好繫帶。

「好吃的不能一口吃掉，要一口一口的吃。要像電影裡演的那樣，先摸上一陣再開始解你衣帶。」顏布布的手指鑽進封琛睡袍裡面，又嘻嘻笑，「比努努和薩薩卡這幾晚上不和我們睡覺真好啊，我們都不用趕時間了。」

封琛一直垂眸看著他的手，嘴裡道：「牠們馬上就要回來了。」

「什麼？」顏布布的手頓住。

封琛：「你不是說今晚和于上校去跑步，你還跑不過他嗎？」

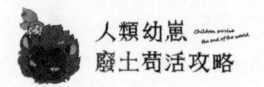

「是啊。」顏布布茫然地點頭，「這和牠倆回不回來有關係嗎？」

「于上校的身體已經徹底恢復。」封琛意味深長地道：「那關係就大了。」

砰砰砰！話音剛落，屋內就響起了敲門聲。

顏布布呆呆地看著房門，封琛拍了下他的腦袋，將他放在自己睡袍裡的手拿掉，走過去開了門。

門口站著薩薩卡和比努努。薩薩卡叼著一只小枕頭，比努努穿著睡裙，腦袋頂上架著眼罩，像是剛從床上被趕下來似的。

「林少將讓你們回來的？」封琛扶著門框問兩隻量子獸。

比努努沒有反應，薩薩卡點了下頭。

封琛讓開門口，「那先進來吧。」

顏布布僵著臉坐在床上，看著薩薩卡將那個小枕頭放在兩個大枕頭中間。比努努徑直爬到床中央，調整好眼罩位置躺了下去。幾秒後，又伸出爪子四處摸索，摸到掀開的被子角，給自己蓋上。

第二天吃早飯時，顏布布沒有見著于苑。林奮拿著一個餐盤到了桌邊，舀了一碗豆漿，再拿了兩塊玉米餅放在裡面。

「你幹麼不在這兒吃？」顏布布捧著豆漿碗，眼睛卻從碗上沿盯著林奮。

「我等會兒來吃，先把早飯給于苑送去。」

「他怎麼了？」顏布布目光犀利。

林奮很自然地回道：「有點小感冒，人不大舒服。」

「咦……小感冒喔……咦……」

「怪腔怪調的幹什麼？」林奮拿筷子敲了下他的頭，「吃你的飯，沒大沒小。」

等林奮轉身往門口走時，顏布布朝著封琛擠眉弄眼。封琛也拍了下他的頭，「快吃，吃完了我們去給比努努和薩薩卡布置房間。」

「給比努努和薩薩卡布置房間？讓牠倆搬出去住嗎？」顏布布頓時來了精神。

封琛道：「我們應該也住不了兩天了，就把床單換一下，換成比努努喜歡的就行了。」

牠倆還在海雲城的時候就是單獨住一層，現在要另外住，也沒有什麼意見。只是在挑選床單時，比努努面對那些黑白灰三色床單，表示自己不喜歡。

「湊合一下吧，我們最多再住一天就要離開這兒了，以後有了固定的居住地，我再給你找花布床單。」封琛安慰道：「再繡上金線銀線，燈一開，比你的小裙子都要花，誰看一眼都要閃瞎那種。」

安頓好了比努努，又收拾了準備出發時的必備用品，兩人便去山腰處看情況。

顏布布順著石梯下到山腰處，站在膜片層上方探頭往下望。崖底額頂燈的光點增加了不少，環繞山腳一周。那每一個光點就是一隻喪屍，它們將這座山包圍得嚴嚴實實。

比努努撿起一塊石頭扔下去，那些光點便迅速匯聚成一團，並順著山壁往上移動。片刻後，電網傳來嚓一聲響，隨著爆起的火花，可以看見幾隻觸電的喪屍又掉下山崖。

「它們會被電死嗎？」顏布布問。

「不會。」

顏布布眺望遠處，雖然那些山林裡看上去沒有半分異常，但他知道有很多人正埋伏在裡面。

「不知道冉政首他們還有多久才能把一切安排部署好？」顏布布問封琛。

封琛也看向遙遠的黑暗，嘴裡簡短地回道：「昨天林少將收到了信，應該不是今晚就是明天。」

「信裡說什麼了？」顏布布追問。

封琛沉默了幾秒後回道：「他們已經順著纜線發現了陳思澤的祕密基地，但一旦動手，東西聯軍勢必開戰，這個無法避免。他們得將第一戰場轉移到山上，不能在營地進行，同時快速搶救出我父親。只有他出現了，東聯軍才會停手。」

「那麼……」顏布布屏住了呼吸。

封琛道：「他們應該準備行動了。」

夜裡 10 點的東聯軍男哨兵宿舍，大部分的人已經上床，通道裡還有些穿著褲衩端著盆的哨兵，準備去水房洗漱。

丁宏升從自己的上鋪下到地，低聲問躺在下鋪的蔡陶：「你要去廁所嗎？」

蔡陶正靠在床頭發怔，一個激靈坐起身，「去！」

同宿舍的哨兵看了他們一眼，奇怪地問：「都快睡覺了，你們居然還穿著作戰服？」

「誰知道半夜會不會出現變異種闖入營地的事情呢？現在這種情況，誰能保證不會出現突發事件？一名合格的軍人，隨時隨地都要做好戰鬥準備。」丁宏升正色道。

哨兵：「……不用這麼嚴肅吧，搞得我心裡毛毛的。」

「其實老丁說得有道理，我們必須在細微之處做得更好，才能在關鍵時刻將西聯軍比下去。」另一名哨兵坐起身，積極道：「乾脆我也把作戰服穿上。」

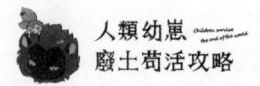

哨兵又問蔡陶：「你們倆上廁所還要一起去？」

「我們感情好。」蔡陶牽住丁宏升的手晃了晃，兩人都對他露出了一個微笑。

哨兵摸著自己起了一層雞皮疙瘩的手臂，發現另一名哨兵正盯著自己，忙道：「你要穿作戰服睡覺你自己穿，可不要讓我陪你上廁所。」

丁宏升走出宿舍之前，突然又轉頭，「等會兒要是遇到戰鬥什麼的，你們就留在宿舍裡不要出去，悶頭睡你們的覺。」

「什麼意思？什麼戰鬥？」

丁宏升道：「別管我說的什麼意思，反正你們幾個只要相信我，就按照我說的做。」

「你在說什麼屁話呢？快去吧，你看蔡陶都要尿出來了。」

「我說的你們可要記得啊。」

「行行行，記得記得。」

丁宏升和蔡陶離開了宿舍，卻沒有去往廁所，而是迅速出了大門。他倆藏身在那些不被高壓鈉燈照亮的陰影裡，避開巡邏的士兵和量子獸，一路向著後山走去。

「陳文朝他們出發了嗎？」丁宏升輕聲問。

蔡陶嗯了聲：「肯定出發了，他們要提前去夾縫那裡接人。」

當兩人往山上爬行了一段距離後，前方黑暗裡影影綽綽地出現了一群人和量子獸。這是上百名哨兵嚮導，都安靜地沒有發出半點聲音，只有手上的武器不時會反出淡淡的冷金屬光芒。

在看見丁宏升和蔡陶後，一名身著西聯軍制服的軍官走了出來，肩章顯示他是一名大校。

「東聯軍士官丁宏升，一切行動聽從陳大校指揮。」

「東聯軍士官蔡陶，一切行動聽從陳大校指揮。」

「行，非常準時。既然你們到了，那我們就準備行動了。」陳大校和氣地笑笑，又對著後方伸出手，一名哨兵將一張文件遞到了他手裡。

「因為這事不能讓東聯軍知道了，所以你倆是這裡軍銜最高的東聯軍軍官。當然，也是唯一的兩名東聯軍。」陳大校將那張文件抖開，交給了丁宏升，「行動之前，就由你倆代表東聯軍簽署一下文件吧。」

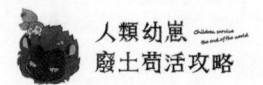

「這是什麼文件？」蔡陶湊到文件上仔細看，但光線太暗，又不能擰亮額頂燈，怎麼也瞧不清楚。

陳大校指著右下角一處空白，輕描淡寫地道：「是冉政首親筆簽名的文件，你們在這邊再簽個名就行，我們立即就去救出封將軍。內容嘛，其實很簡單，就是等以後安定下來了，連續三屆總統選舉，東聯軍自動棄權。」

「啊這……啊……可是……」蔡陶驚得結結巴巴說不出話。

丁宏升也半張著嘴，片刻後才道：「我們只是兩名下士啊……我們怎麼能代表東聯軍……」

「那你們考慮一下。」陳大校抬腕看夜光錶上的時間，「給你們 1 分鐘考慮。」

兩人迅速走到一旁，背過人開始商量。

「……現在只有西聯軍能將封將軍救出來，封琛、布布和林少將他們還在山上等著呢。」

「還林少將等著？我給你說，這主意絕對有他的份。」

「……那答應嗎？」

「不答應能怎麼辦呢？只有先簽名啊，把封將軍救出來再說。」

「其實我們就算不簽名，他們也會救封將軍的，而且我們兩個簽的能作數嗎？」

「……那他們要我們簽這個幹什麼呢？難道是冉平浩想心裡爽爽，不然有些憋屈？」

「以後時不時按在封將軍面前讓他看？膈應一下？」

「那簽了？」

「簽吧。」

陳大校看見兩人轉身走來，便遞出了筆。在兩人分別在兩張文件上簽名後，自己收起一份，另一份交給了丁宏升。

「那我們就準備行動。」他話音剛落，一名嚮導拿著通訊器匆匆上前，「陳大校，冉政首找你。」

陳大校接過通訊器，正色道：「冉政首……是……是……」

丁宏升和蔡陶見他神情越來越嚴肅，頓時也緊張起來，互相交換著詢問的眼神，再茫然搖頭。

陳大校收好通訊器，對著周圍的人道：「陳思澤應該察覺到不對勁了，剛才士兵想先將他控制住，發現人已經不在營地。他的住所一直處於嚴密監控中，都不知道是怎麼離開的，猜測應該是密道。」

「那現在怎麼辦？」一名哨兵問道。

「他肯定是想先離開營地，然後找個安全的地方將東聯軍集合起來。冉政首命令，一切按照原計劃進行，大部隊去清理埋伏在無名山上的安伮加教眾和陳思澤的私兵，其他西聯軍不准去圍堵營地裡的東聯軍、不准在營地裡開戰，讓他們離開。武器只是用來威懾，能不傷人就儘量不傷人。好了，我們現在去執行我們的任務，直接去救封將軍，把人搶救出來。」

「是！」

「我們在祕密基地裡面遇到的人員，不等同東聯軍，只要有反抗的意圖，准予擊殺還擊。」

「是！」

丁宏升連忙將那張文件揣進衣兜，陳大校也掏出對講機低聲命令：「開始行動！」

他話音剛落，就見四周的黑暗裡突然傳來窸窸窣窣的動靜，接著冒出來無數西聯軍士兵，向著山頂方向快速行進。而營地周圍卻沒有布防，應該是想敞開營地，將第一戰場控制在這座山上。

「快，在半個小時內將人搶救出來。」陳大校拔出了腰間的槍。

西聯軍之前就根據那條纜線找到了陳思澤的祕密基地，便是在他們腳下的山腹裡，和營地近在咫尺。而經過儀器勘測，進入的密道竟然就在山腰處的那片石林裡。

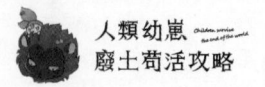

一行人悄無聲息地進了石林，停在了一座大石前。一名哨兵鑽進大石中間的寬大縫隙，按下了石壁上的一塊凸起，那石壁就分開兩半，露出一條向下的通道。

陳大校做了個進入的手勢，所有人都魚貫鑽進了通道。

當遙遠的地方傳來第一聲槍響時，封琛倏地睜開了眼，將懷裡的顏布布放回枕頭上，翻身下了床。

他剛走到窗邊，就聽到樓下傳來腳步聲，于苑和林奮出了屋子站在草坪上。兀鷲和白鶴撲搧著翅膀起飛，飛向遠方的山林。三人都沒有做聲，只靜靜地注視著夜空。

但那一聲槍響後便再沒有了後續，四周又是一片寂靜，只有風吹過山林的呼嘯聲。

身後的房門被直接推開，比努努和薩薩卡走了過來。比努努還穿著一條睡裙，眼罩就掛在頭頂，應該是被薩薩卡催著過來的。

「可能會有情況，不要再睡覺了。」封琛轉頭道。

兩隻量子獸也都去到窗邊，和封琛一起看著遠方。

約莫 5 分鐘後，一道紅色的圓團突然射向空中，砰然一聲炸響。亮光將封琛眼底點亮，也照亮了天空下的這片區域。

「信號彈，終於開始了……」封琛喃喃道。

隨著信號彈劃破夜空，四面八方都響起了密集的槍聲。林奮朝著樓上大喝一聲：「準備出發！」便和于苑匆匆跑回樓內。

封琛回到床邊，搖晃著顏布布的肩膀，「醒醒，我們該走了。」

顏布布睡得正香，只翻了個身，嘟囔著繼續睡。

比努努擠到封琛身前，朝著顏布布的臉揚起了巴掌，封琛連忙將牠爪子握住，「沒事的，我來叫他，你快去換你的軍裝。」

比努努飛快地跑向屋對面，去拉衣櫃門，封琛便直接將顏布布從被子裡抱起來，拿過床邊疊放準備著的作戰服給他穿上。

「抬手……這隻手……抬腳……另外一隻。」

顏布布半夢半醒地靠在封琛懷裡，讓抬手就抬手，讓抬腳就抬腳，迷迷瞪瞪地問道：「這是早上了嗎……」

封琛沒有回話，只將倒在懷裡的人推遠了些，給他拉作戰服上的拉鍊。遠方那猶如爆竹般的槍聲繼續飄入屋內，顏布布睫毛顫了顫，慢慢睜開眼，轉頭看向窗外。

接著整個人完全清醒，驚愕地瞪大了眼睛。

「終於醒了？醒了就自己穿鞋！」封琛將鞋子丟到他面前，也站起身去穿自己的作戰服。

顏布布連忙彎腰穿鞋，嘴裡迭聲問：「什麼時候開始的？已經在作戰了嗎？打下來了沒有？」

「剛開始，沒這麼快。」封琛回道。

10 分鐘後，全副武裝的四人和四隻量子獸都站在懸崖邊。比努努也穿著嚮導樣式的作戰服，還戴著小鋼盔。因為戴了帽子，牠便將自己和薩薩卡的髮夾都交給顏布布保管，要打完仗脫掉帽子後再戴。

顏布布見牠穿得有模有樣，原想誇讚兩句，但看到牠胸前還繡了兩條代表西聯軍的白色條紋後，頓時就熄滅了心思。

遠處的山林裡槍聲密集，天空也被炮火照亮，戰鬥聽上去進行得十分激烈。

林奮低聲問于苑：「身體可以嗎？」

「可以。」于苑回道。

林奮又看向顏布布，顏布布搶答道：「可以。」

「我知道你可以，我是讓你等會兒放機靈點，下去後就只管往外突圍，我們會為你清出一條路來。」林奮說完後又看向比努努，伸手在牠頭頂摸了下，「俏丫頭，妳也是一樣。」

「好。」顏布布應聲，比努努也點了頭。

顏布布打量著比努努，嘴裡輕輕嘶了一聲：「其實你不穿軍裝的話，誰也看不見，要不你就……」

比努努面朝著懸崖，但側面卻能看到牠在開始齜牙，封琛便道：「算了算了，就讓牠穿著吧，免得我們自己都不知道牠跑哪兒去了。」

山腳的喪屍們被周圍山上的槍炮聲刺激得狂躁不安，不停咆哮。它們想衝過去，但腦子裡安裝的晶片控制著它們只能守在山腳，於是便對著山林方向嘶吼，將山壁抓出一道道深痕，卻無人注意到半山腰上的電網被揭開了一塊。

幾條粗繩從山壁上垂下，四道人影悄無聲息地滑落。

顏布布手抓著繩索往下滑，雖然距離那些嘶吼的喪屍越來越近，但他身旁就是封琛三人，所以並不覺得害怕。

滑到一半時，一隻正在嘶吼的喪屍突然轉身抬頭，那雙沒有情感的眼睛瞪著山壁上的人。

「吼！」它張大嘴發出長長的嚎叫，其他原本朝著山林的喪屍都轉回了身。

被喪屍發現的同時，四人都擰亮了額頂燈，並將背上的槍枝移到了胸前。

「開火！」林奮一聲大吼，四條槍管都噴出了子彈，射向下方的喪屍群。顏布布腳下的幾隻喪屍頓時頭骨飛濺，整個頭都被擊得稀碎。

林奮和封琛在離地還有一段距離時便鬆開繩索躍了下去，左手繼續扣動扳機，右手拔出了匕首。四隻量子獸也從山壁上躍下，撲入了喪屍群中開始撕咬。

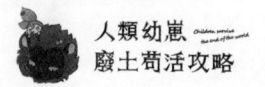

這一切發生得太迅速，喪屍都還沒有來得及反應，地上就已經多出了幾具屍體。

山壁下這一小團的喪屍被瞬間清光，其他地方的喪屍正在趕來，于苑對著顏布布喊了聲：「跳！！」

顏布布毫不遲疑地鬆開繩索，跟著于苑躍向地面。

冷風在耳邊呼嘯過，顏布布雙腳還沒落到地面，便聽到了封琛的喝令：「跑！」於是在剛剛站穩的瞬間就邁開雙腿，朝著前方狂奔而去。

顏布布咬著牙往前飛奔，只感覺到身旁飛來一條又一條黑影，卻又被子彈擊飛，或是被匕首刺穿頭顱。

封琛看見比努努在對著一隻喪屍量子獸又撕又咬，正殺得上頭，已經忘記了答應過要跑的事，連忙高喊：「比努努快跟上！」

比努努略一遲疑，終於不再戀戰，但在躍出時還揪住一隻喪屍的頭髮狠狠一扯，連帶著一塊頭皮抓在掌心，朝著前方飛奔而去。

四人衝出峽谷，按照最初的規劃路線直接往山上跑，準備通過夾縫衝進暗黑區域。他們身後緊跟著十幾隻喪屍，而喪屍大部隊在距離百公尺遠的地方，最起碼有五、六十隻。

封琛和林奮在一行人身遭都布上了精神護盾，喪屍們的精神力源源不斷地擊來，將護盾砸得猶如遇上了冰雹，不斷砰砰作響。

比努努緊跟在眾人身後，再往後就是緊追不捨的喪屍。跑在最前面的那隻喪屍突然一個飛躍，撲落時揪住了比努努的後衣領，將牠一把拎在空中，朝著牠腦袋張開了大嘴。

咔嚓一聲，比努努頭上的鋼盔被咬破，裂成了兩半。

比努努摸了把腦袋，又驚又怒地就要回頭撕咬，薩薩卡已經縱身飛撲到喪屍身上，一爪落下去，喪屍額頭到後腦杓的頭皮都被揭開，頭骨上也被拉出幾道深痕，可以瞧見下面微微閃光的膜片層。

「士兵比努努不要管牠，你要衝到最前面去。」林奮在前方大喝。

比努努聽到了長官命令，忍住怒火就要前去，但這隻喪屍雖然被薩薩卡撕咬著，卻依舊揪住了牠的後衣領不鬆。牠掙扎兩次沒有掙脫，乾脆一爪將自己的連體作戰服扯破，光溜溜地跳到了地上。

比努努現在不光帽子沒了，衣服也沒了，整隻量子獸就融入了濃濃夜色，和這黑暗混為一體。

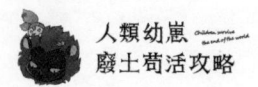

顏布布衝在最前面，在激烈的槍聲裡一刻不停地向前奔跑，同時給封琛梳理著精神域。他身後便是封琛三人和量子獸，邊跑邊攔截衝在最前面的喪屍。

顏布布謹記自己和比努努的重任，轉頭卻沒發現牠的身影，心頭猛然一慌，連忙喊道：「比努努，比努努。」

比努努奔跑在顏布布身側，聽到他的呼喚後便吼了一聲，示意自己就在他身旁。

但牠這短促的一聲，在槍聲裡很不明顯，顏布布沒有聽見。

「比努努、比努努。」也不知道是跑的還是急的，顏布布頭上迅速冒出了一層汗。

比努努嗷了好幾聲也沒用，眼看顏布布的視線從自己身上滑來滑去，有些生氣地朝他齜牙。

顏布布眼珠子定了定，轉頭看清前方的路免得摔跤，再繼續看回比努努，「這是你的牙嗎？比努努你在啊！！！」

既然比努努一直在身側，顏布布就放心地往前衝。身後的喪屍被拉成了長隊，封琛三人對付起來不算太艱難，但如果再跑不到夾縫處的話，就會被越來越近的喪屍大部隊趕上。

顏布布跑得眼睛發花，喉嚨都嚐到了鐵腥味，突然看見前方出現了幾道晃動的光束。

——難道喪屍在前後包抄？

顏布布心裡駭得不輕，立即就將槍枝對準了前方，但腳下卻沒有停。隨著越來越近，他看見一隻孔雀和一條短吻鱷向他衝了過來，孔雀邊跑邊發出短促尖銳的叫聲。這是計漪和陳文朝的量子獸！

兩隻量子獸身後還跟著斑羚、河馬等等其他幾隻量子獸，顏布布雖然不認識，但也看得出這是正常量子獸，而不是喪屍。

十幾名奔跑的人出現在視野裡，顏布布看清他們穿的都是軍裝，最前面三人卻是王穗子、計漪和陳文朝。

顏布布眼睛一熱，喉嚨都被哽住，深深吸了口氣後才開始狂喊三人名字，並嘶聲道：「快去幫他們！快去幫他們！」

槍聲立即響起，子彈從顏布布幾人頭頂上方擦過去，射向後方的喪屍群。量子獸們緊跟著撲出，後方頓時響起了一片凶狠的嘶吼聲。

這些前來迎接的哨兵嚮導已經提前瞭解過這些喪屍的屬性，並沒有使用精神力攻擊，只豎起精神屏障，朝著喪屍方向開槍。

「快跑！不要戀戰，後面的喪屍要追上來了。邊擋邊跑！只開槍！」林奮在槍聲間隙裡大吼。

當林奮的聲音響起時，緊跟著一道激動的尖叫，顏布布聽出那是王穗子。

「于上校、林少將，我剛才聽到的聲音是林少將嗎？啊！！我好久沒聽到林少將怒吼了。」

于苑道：「是我們，有什麼話等會兒再說，現在先對付喪屍。」

「好，好的，啊！！！我好高興！！」

封琛和林奮邊跑邊衝著後方開槍。封琛躲過了一隻喪屍的撲咬，剛衝來接應他的計漪見狀，對著那喪屍胸膛便一拳擊去。

「啊！」

「吼！」計漪痛苦地張大嘴，抱著自己差點撞斷的手，和那隻喪屍同時發出大叫。

「只用武器攻擊，不要用拳腳，它們是改造過的喪屍，當心把自己碰骨折了。」封琛揪住那隻喪屍，一拳擊中它的顱腦，喪屍的五官頓時糊成一團，面部深深凹陷下去。

「我知道，只是沒想到他媽的居然這麼硬。」計漪痛得吸氣，卻也大為震驚：「封哥你怎麼變得這麼厲害了？」

一名曾經和封琛同班的哨兵一邊倒退開槍一邊回道：「你沒發現他的哨兵等級也提高了嗎？我們的精神屏障早碎得稀巴爛，不停重塑，而他的屏障只需要修補就行。」

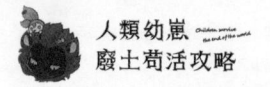

「啊！！！！！我的腳！！！」另一名哨兵也發出了一聲慘叫。

陳文朝用精神力纏繞住一隻喪屍，嘴裡不耐煩地問：「你們是傻子嗎？沒聽封哥說那是改造過的喪屍，你們還用拳腳去打？」

計漪朝後方射出一梭子子彈，又轉身跟上隊伍，爭分奪秒地問：「封哥，你現在多少級了？」

封琛回道：「不清楚，總歸是A級以上吧。」

「哇！！為什麼會提高這麼多？」幾名哨兵嚮導都發出驚歎聲。

顏布布在前面氣喘如牛地高聲回道：「因為、因為我們結合了，我們摔下崖後，我、我就結合熱……」

「跑你的，現在什麼時候了還那麼多話？」封琛在後面打斷道。

有了幫手，形勢立即好轉很多，大家在林奮的指揮下，一邊攻擊一邊往夾縫處奔去。密集槍火形成了一道防線，將喪屍的衝勢阻擋住，顏布布也不需要再發足狂奔了。

「布布。」王穗子跑在顏布布旁邊，不時朝著後方開槍，激動地喊著顏布布的名字。

顏布布呼呼喘著氣，嘴裡也回道：「穗、穗子。」

「布布。」

「穗、穗、穗子。」

「布布。」

陳文朝跑在他們身後冷聲問：「你們倆有完沒完？肉麻不？」

顏布布看見左邊一隻偷偷衝上來的喪屍，連忙扣下扳機打出一排子彈阻止它前進，這才轉頭對著陳文朝笑，「文、文朝。」

「陳文朝！叫我全名！」

追在最前面的那批喪屍終於陸續被擊斃，但後面的喪屍大部隊卻狂奔而來，距離他們只有幾十公尺遠。林奮已經能瞧見那道夾縫，便果斷命令道：「都不用開槍了，專心往前跑，用最快速度往夾縫裡跑！」

所有人開始狂奔，量子獸們就在最後壓陣，顏布布生怕比努努也跟著去，邊跑邊連聲高喊：「比努努、比努努。」

身旁唰地露出兩排尖利的小白牙，顏布布頓時閉上了嘴。

王穗子喊道：「我一直沒有看見比努努，會不會在哪裡睡著了？」

顏布布指指自己身側，「在這兒吶。」

「哪兒？」

「我左邊。」

王穗子飛快地看了一眼，「哪兒呢？」

「就這兒。」

「看不見啊……」

顏布布只得道：「牠可能睡著了。」

一行人快衝到夾縫時，喪屍已經追了上來。顏布布身前地面上晃動著後方投來的光束，耳朵裡也全是喪屍怒吼，中間夾雜著哨兵的慘叫，在喊「再快點，不然要被咬屁股了」。

顏布布閉上眼睛跑出了最快速度，胳膊卻突然被抓住。他第一時間就能察覺到這不是喪屍而是封琛，便任由他將自己拋在背上，同時摟緊了他的脖頸。

「啊啊啊啊啊！快點啊！我操啊！就在我們後面了。」

在哨兵的驚叫聲中，顏布布被封琛揹著衝進了夾縫，後面的人也緊跟著衝了進來。

林奮最後一個進入夾縫，立即朝著後方開槍，邊後退邊射擊。喪屍群已經撲到，但量子獸們集體堵住了入口。牠們並不能正面對抗這種喪屍，一陣撕咬後，便全身冒著黑煙，砰砰砰連續消失在空中，包括黑獅薩薩卡。

好在這夾縫狹窄，喪屍們再多也不能同時湧進來。封琛最先衝到了暗黑區域邊緣，將顏布布直接往裡拋，「進去。」接著就轉頭往回跑，一邊給槍枝換彈匣一邊大喊：「全部進去，快進去！」

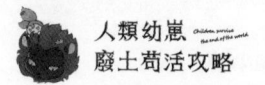

封琛和林奮開槍阻止喪屍的前進速度，在看到最後一人也衝入暗物質裡後，很有默契地齊齊轉身往前衝刺。幾隻喪屍追上前，就要抓向他們後背時，兩人又同時騰空撲出，撲進了濃濃的黑暗裡。

「嗷！！」喪屍們吼叫著也連接衝進了這片黑暗。

顏布布最先進入暗物質區域。羞羞草沒有如同往常般立即顯出光明小路，但他很快就適應了黑暗，並逐漸看清周圍的景象。

他看見喪屍群在衝撞亂竄，大部分徑直跑向前方，少部分往左右分流，也有幾隻站在了原地沒動。但它們都處於極度亢奮的狀態，整個崖底都是它們的吼叫聲。

他也看見大家都踮著腳，放輕腳步往各個方向走，邊走邊側著耳朵聽喪屍的吼叫聲，隨時改變位置進行閃避，個個看上去姿勢都非常怪異。但喪屍漸漸停下了吼叫，這就不大好判斷位置了。

顏布布發現一名躡手躡腳的嚮導和一隻喪屍就要迎面相撞，差點就喊出了聲。

他急中生智，悄悄撿起一顆石子扔到那喪屍左邊十幾公尺的地方。石子發出連續的跳躍聲，喪屍立即就轉過身，嚎叫著朝響聲處跑去。

那名嚮導聽到了動靜，意識到差點和喪屍撞上，頓時嚇得僵在原地不敢動了。

顏布布剛鬆了口氣，看向左邊時，那口氣就哽在了胸口。

只見王穗子抱著槍蹲在原地沒動，但有隻喪屍就站在她面前半公尺不到的地方。王穗子左右側頭，像是在努力傾聽周圍動靜，而喪屍也左右側頭，還抽動鼻子，像是在分辨空氣中的味道。

顏布布想要去拉她，卻又怕她會嚇得跳起來，反而被喪屍發現，便又低頭找石塊。但這塊草地下面都是泥土，抓一把扔出去在空中就散了，根本吸引不了喪屍。他便趕緊走到旁邊一塊沒有喪屍的空地上，深吸一口氣後，語速飛快地大喊：「我能看見，我會一個個來找你們。」

他才喊出第一個字，正在亂轉的喪屍就朝著他這方向撲來。他在說完這半句話後，又迅速換了地方，將後半句喊了出來：「被我碰到了後不要出聲！」

王穗子身前的喪屍已經跑去了他剛剛喊話的位置，王穗子還蹲在原地。但她分明聽到了喪屍剛離開的腳步聲，臉色都被嚇得有些發白。

顏布布正要去接她，便看見兩排浮在低空中的小白牙。

那白牙朝著他方才出聲的方向飄去，若是努力瞧的話，還能隱約看出一團黑色的身形。

顏布布知道這是比努努循聲去找他，還露出了兩排牙齒方便自己看到，便連忙過去將牠截住，一把抱了起來。

比努努迅速舉起爪子，但瞬間又反應過來，舉在空中的那隻爪子便輕輕落下，搭在顏布布的肩上。

顏布布走到王穗子身後，輕輕戳了下她的肩膀。看見她劇烈一抖，全身繃緊，卻也只將槍口朝後，忍住了沒有吭聲。

顏布布連忙閃到槍口旁邊，再在她手背上拍了拍。她便終於鬆懈下來，一屁股坐在了地上。

顏布布將她拉起來，手就搭在自己肩上，帶著她往旁邊走去。那裡站著一名哨兵，手拿匕首，不斷對著前後左右的空氣刺出。

顏布布實在沒辦法靠近。他原本以為那名哨兵會在身周布下精神力網，喪屍靠近碰觸到精神力網後便會感覺到，但看他在四周瞎刺的樣子又懷疑他沒有布網。或許是太緊張了？布了網也不敢放鬆？

顏布布便撿起一根長枝條，站得遠遠地去戳那哨兵身旁的空氣。

1、2、3、4……他戳得很有規律，那哨兵果然收好匕首，朝著他走了過來。顏布布待他走近後，便拿起他的手放在了王穗子肩頭上。

顏布布就這樣在那些喪屍中間穿行，四處撿著人。哨兵都布了精神力網，在他先用樹枝有規律戳刺的情況下，都配合地靠了過來。嚮導雖然沒有布網，被顏布布碰肩膀時也都嚇得不輕，卻也都忍住了沒有反擊，被他順利地撿走。

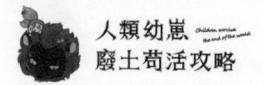

顏布布身後的隊伍越來越長，後面的人搭著前面人的肩膀，在黑暗裡默默行進著。

他不清楚來接他們的人究竟有多少個，便看向後方數了數。除開排在隊伍裡的于苑和林奮，在王穗子手心寫了個16。

王穗子點了點頭，示意人齊了。現在只剩下封琛還沒接著，他便轉著頭張望，看見封琛一動不動地站在右邊山壁下。

顏布布拖著身後的一串人，像隻長腳蜈蚣般繞著七拐八拐的路線前進，避開那些正無頭蒼蠅般亂竄的喪屍，躡手躡腳地走向封琛。

封琛應該是在自己身周布下了精神力網，顏布布在走到距他身旁幾公尺時，便見他倏地往這方向看來，微微側著頭傾聽動靜，顯然是觸碰到了精神力網。

顏布布繼續往前，看到他臉上的緊張消失，知道他已經發現了是自己，心中有些遺憾。但他還是按照原來的想法上前，伸手攬住封琛脖子，踮起腳想在他唇上親一口。

反正親一口兩秒時間都不到，而且身後的人也不會發現，算是他給自己撿到了這麼多人的一點小嘉獎。

但兩人貼近的胸膛擠著了懷裡的比努努，比努努扭過被擠得變形的臉，一爪子搗在顏布布腋下。

這一下雖然不重，卻帶著蓬勃怒氣，顏布布只得放棄動作，默默牽起封琛的手，帶著身後一串人往前走去。

他不知道該怎麼出山，但首先要離開這群喪屍。好在沒走出去多久，前方就出現了一條爬藤，朝著某個方向蜿蜒向前。

當顏布布停下腳步時，那爬藤也會停住，像是在等待他似的。

顏布布知道這是羞羞草在給他指引路線，便帶著身後的人照著爬藤的方向前行。

【第二章】

是誰要炸那座山？

「布布！你為什麼這麼厲害？」身後傳來王穗子震驚的尖叫聲。

顏布布不假思索地回道：「因為我和哥哥結合了呀。」

王穗子和陳文朝背靠背，一人手持一把槍，

王穗子在開槍的間隙問道：「你要不要去和蔡陶結合？

要是結合了的話，也能變得更加厲害。」

「不，我怕他太菜，反而把我給拖累了。」陳文朝道。

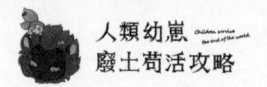

喪屍都集中在夾縫附近，爬藤將他們帶到沒有喪屍的區域後，暗物質分開，面前出現了一條光明小道。

王穗子三人這段時間在暗物質區域來來去去，這群哨兵嚮導剛才也走過，所以並不驚奇。林奮雖然聽顏布布講過，但在看到頭頂天空時，依舊感受到了震撼。

那一線天空裡遍布繁星，是他多年未見過的景象，便一直仰頭看著天。于苑這些年的記憶很模糊，能記住的實則還是極寒時期，所以看見天空也不覺得驚奇。他只溫柔地注視著林奮，見沒人注意到他們，便湊過去在他臉上親了親。

「等到一切平定下來後，就將羞羞草送到適合它生長的地方去，以後每個晚上都能看到這樣的星星。」他在林奮耳側輕聲道。

大家不再互相搭著肩膀，比努努也從顏布布懷裡跳下了地，一行人順著小路往前走，到了一處山壁下。

這片山壁也被光線照亮，上方生滿了樹藤變異種。那些樹藤窸窸窣窣地伸展，纏繞上他們的身體，再將人捲著往山壁上方爬去。

「之前那些士兵在幻象裡掉下崖，就是這樣被送上山的。其實我聽著還有些羨慕，想著什麼時候被派來執行任務就好了，也體驗一下這種感受。」

「剛才下山不就感受過了嗎？」

「那是下山，上山還沒感受過。」

「……那誰？那藤還是羞羞草？你好，可不可以拜託個事？就是能不能在我身上多纏一條藤？我快兩百斤了，這只有一條藤的話，會不會不大保險？」

隨著藤條慢慢上升，大家已經遠離了喪屍，哨兵嚮導們不再緊張，都開始興奮議論。

「聲音小點，這些喪屍可都是能爬山的，那速度猴子都比不過。」封琛叮囑道。

大家便將聲音放輕了些。

顏布布轉頭去找比努努。他以為比努努應該是自己在爬山，不想牠居然也被藤纏著，跟裹粽子似的，全身只露出了個頭。不過雖然瞧不清牠的表情，看那倒仰著的姿勢還挺享受的。

顏布布右邊是王穗子，正激動地探出腦袋向林奮和于苑打招呼。

「于上校，您還記得我嗎？我是王穗子。就是從海雲城來中心城的路上，船沒法再行進了，你抱著在雪地裡走了好久的那個小女孩，您記得嗎？」

于苑手扶著樹藤，微微一笑道：「記得，妳那時候齊齊一排瀏海，穿著一件大人的黑色羽絨服。」

「想不到您還記得我，我真高興，我回去就要跟我姑姑說，她很惦記你們，經常在念叨……」王穗子說到這裡，聲音便有些哽咽。

顏布布瞧見王穗子另一側的陳文朝幾次探出頭，又幾次縮了回去，一臉的欲言又止。他知道陳文朝是想打招呼又不知道怎麼開口，便熱心地替他介紹道：「于上校叔叔，這是陳文朝，還記得他嗎？」

陳文朝倏地伸出頭，看向了于林兩人。

「陳文朝……」于苑思忖道。

「對，陳文朝。他……」

顏布布突然卡住了殼。他該怎麼介紹陳文朝，才能讓于上校和林少將想起他呢？小時候很胖，很長一段時間都是豁牙？愛打架、愛搶東西，不講理？

顏布布遲疑地看向王穗子，王穗子便接著開口：「陳文朝他……他……他……」

王穗子顯然也不知道該如何介紹，「他」了幾聲後，便和顏布布沉默地對視著，計漪在一旁插嘴：「陳文朝小時候很胖，經常和我打架，被我揍。我去他們小班教室揍他，他就去蜂巢船的軍部告狀。然後我爸和他爸就在軍部接待室裡打了一架，分別被關了一週禁閉……」

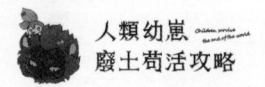

隨著計漪的講述，陳文朝的臉越來越黑。于苑看了他一眼，體貼地打斷道：「我記得了，陳文朝，那時候小孩子都叫你胖哥，對吧？」

陳文朝有些尷尬地摸著鼻子，含混道：「對，就是我。」

「瘦了，帥了，也長大了。」于苑微笑著總結，又問道：「那你爸爸呢？現在還打架嗎？」

「年紀大了，也吃了不少虧，再不和人打架了。」陳文朝道。

「于上校、于上校。」計漪迫不及待地接著道：「我給您的信您看過了吧？當年您救過我。我是計漪，掉下船那個。」

于苑輕笑了兩聲：「記得。」

計漪一激動，所有話都開始往外倒：「于上校，您當初救了我後，就成了我的夢中情人，我 10 歲那年就是為了您情竇初開。我那時候就在想，等我長大了……」

「喪屍就在谷底，我們還在懸崖上，都什麼時候了還在說這些？你們加入西聯軍多久了？哪個連？連長讓你們在執行任務時也廢話連篇嗎？」林奮冷冷的訓斥聲響起，計漪頓時不敢做聲了。其他人也都不敢再說話，只沉默地由樹藤捲著往山頂上拖動。

于苑似笑非笑地看著林奮，林奮瞥了他一眼，又平視著自己前方。

上行了一小段後，計漪探出身，越過中間的陳文朝想和王穗子說話。但才剛開口，王穗子就翻了個白眼，轉頭看向顏布布方向。

「啊……」計漪訕訕地摸了下鼻子，縮回腦袋，聽到陳文朝在旁邊發出了一聲幸災樂禍的嗤笑。

此時，陰硤山的營地裡燈火大亮，所有民眾都待在屋子裡沒有出來，緊閉著門窗。半山腰的石林裡，那響了很久的槍聲終於停止。

一群西聯軍士兵守在石林的一座大石周圍，手持槍枝，警惕地觀察著四周。而大石後的密道裡，不斷有士兵鑽出來，再繼續守住密道門。

丁宏升和蔡陶匆匆走在一條通道裡，神情既激動又緊張。

這通道的地面橫七豎八躺滿了屍體，大多是身著作戰服的安似加打手，也有幾名穿著醫生白袍的研究員。西聯軍士兵端著槍，守在每一間房門口，提防屋內有藏著的人衝出來。

兩人身後走著一名年約 50 歲的中年男人，長相和封琛肖似，不過比封琛多了幾分威嚴和上位者的氣勢。他臉色帶著種多年未見過光的蒼白，雖然個子高、肩膀寬，卻非常瘦削，肩上隨便披了件外套，顯得有些空蕩。

「封將軍，小心腳下。」丁宏升一腳將躺在通道中央的屍體踢開，蔡陶已經小跑向前方，拉開了通道中間的一扇鐵門。

封在平走過鐵門，頭也不側地問道：「你們認識封琛？」

「他以前也沒說過您是他父親，剛才您問我們認不認識他，我們才知道你們之間的關係。我們豈止認識封琛，他可是我們的好兄弟、好哥們……」蔡陶被丁宏升輕輕碰了下，又連忙改口：「我們是好戰友、好同窗。」

「你們說他和林奮被困在了山上？」封在平頓住腳步，轉頭看向兩人詢問。

「我們另外的好兄……好戰友已經去接他們了，您放心，封哥現在已經在回來的路上。」

封在平沉默幾秒後，輕聲說了句：「謝謝你們來救我們夫婦，還救了我們的兒子。」

「不用謝，不客氣。封、封將軍，我們能見到傳說中的封將軍，這、這是我們的榮幸，能幫助貴公子……不，幫我們兄弟，不是，幫封哥，那也是我們應該做的。」兩人結結巴巴地胡亂答道。

遠處山頭上已經響起了槍聲，還夾雜著隆隆炮火。西聯軍陳大校站在密道外，滿臉都是槍火熏的黑煙。

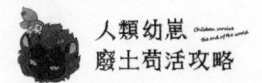

他正拿一條毛巾擦著，就見密道裡鑽出來了三人，連忙將毛巾扔到旁邊士兵手上，行了個軍禮，「西聯軍校官陳黎，見過封將軍。」其他士兵也跟著紛紛行禮。

封在平點了下頭，目光打量四周，陳大校連忙道：「夫人比您先出來，這裡離營地太近，我們怕有危險，已經將她送到山上的臨時指揮所裡去了。」

「謝謝。」封在平也不囉嗦，直接問道：「現在那些山頭上正在開戰的是東西聯軍？」

「對！他們在陳思澤的命令下和我們直接開戰了，我們這邊拿著擴音器喊，讓他們別上當受騙，但他們不相信，只有您親自去才行。冉政首正在指揮戰鬥，不然他就要自己來接您了。」陳大校回道。

封在平指了下前方，「走，帶我去最近的戰場。」

「是！」陳大校提步去前面引路，封在平被一群士兵護衛著跟了上去。他走了幾步後又停步，轉頭對站著沒動的丁宏升和蔡陶道：「你倆現在是我的副手，跟著我一起去。」

丁宏升和蔡陶精神一振，聲音洪亮地應聲，接著就追了上去。

兩人走在封在平身後，開始小聲嘀咕：「……要不要把我們簽了文件的事告訴封將軍？」

蔡陶縮了下脖子，「我不敢，要說你去說。」

丁宏升：「……就算不敢也要說啊，不然怎麼辦？」

蔡陶遲疑道：「等這事結束後再說好了。」

丁宏升：「行吧。」

「什麼文件？什麼事不敢告訴我？」走在前面的封在平，突然側頭淡淡地問了句。

蔡陶兩人沒想到居然被他聽見了，都嚇得不敢做聲。直到封在平又問了句，丁宏升才走前幾步，硬著頭皮將那件事小聲地跟他說了。

封在平聽完後卻沒有什麼反應，只問道：「冉政首讓你們代表東聯軍，答應了他的條件？」

丁宏升點頭，「主要是當時那種情況嘛，我也沒辦法，所以這事……我也不知道我答應的算不算數。」

封在平拍拍他的肩，「沒事，你們當時既然是東聯軍的最高長官，那你們說了算。」

「喔……是的，好，好的……啊！我們說了算？那文件能算數？」

顏布布一行人終於上到了山頂，那些原本隱約的槍炮聲和槍聲也變得響亮清晰起來。

他們順著光明小道走出了暗黑區域，在蹚過那片沼澤後，便紛紛放出了量子獸。

薩薩卡也出現在封琛身旁，比努努一下就躍到牠背上，抱緊了牠的脖頸。

大家順著山路下山，當繞過一座小山頭時，前方無遮無擋，整個營地出現在視野裡。

于苑停下了腳步，握緊身旁林奮的手。兩人都靜靜注視著營地，眼裡跳躍著那片閃爍的燈火。

「那就是我們的營地，已經歷過進化變異的就住在左邊，沒有經歷過進化變異的就住在右邊，中間隔著種植園。」王穗子給林奮和于苑兩人簡單地介紹著。

林奮和于苑沒動，其他人也不打擾，只安靜地陪在旁邊。片刻後，林奮長長舒了口氣，低聲道：「走吧，都下山。」

各處山頭上都響著槍炮聲，大家嘴上沒提，但下山的腳步邁得飛快。封琛和顏布布急切地想知道封在平夫婦的情況，腳下更是迅速，走在了整個隊伍的前頭。

「等等。」于苑突然停下腳步，所有人也跟著停下。

于苑側耳聽著什麼，接著道：「你們聽，有一處山頭的炮火聲停下了，就在左邊 8 點鐘方向。」

大家都跟著仔細去聽，片刻後有人驚喜地道：「真的，那裡的炮火聲沒了。」

「對對對，沒了，哎你們聽，好像 12 點鐘方向的炮火聲也停下了。一定是封將軍去了，只有封將軍才能命令東聯軍停火！」

槍炮聲越來越稀疏，顏布布難掩心頭歡喜，小聲對封琛道：「聽到了嗎？槍聲停了，先生馬上就要回來了。」

封琛微笑著點點頭。

「太太總不會跟著先生在打仗吧？太太肯定在營地，我們下山就能去看她。」

封琛卻道：「母親肯定不會在營地，現在將她留在那裡太危險，應該是跟隨軍隊藏在了某個安全的地方。」

「唔，那等所有槍聲停止，我們就能見到先生太太了。」顏布布往前竄了兩步，又趕緊回頭牽封琛的手，「快點快點。」

計漪道：「等會兒冉政首看見林少將和于上校還不定得有多高興，上次我們拿著林少將寫的信給他的時候，我看見他眼淚都快出來了。」

王穗子道：「蘇上校哭得鼻涕都流了出來，我正在掏衛生紙，就看見他蹭在了自己袖子上。」

「嘶——」

眾人的心情都非常好，有說有笑地往山下走。前方是一條溝塹，顏布布正要助跑兩步再跳過去，就被封琛摟住腰挾在腋下。

顏布布的臉朝著下方，看著封琛邁動長腿一個躍身，雙腳穩穩落地。但他的腳卻踏出了一聲天崩地裂的巨響，大地劇烈震顫，溝塹兩旁的泥土都在往下掉落。

顏布布這瞬間有些懵，第一個想法是封琛的力量又增強了嗎？但馬上就反應過來，抬頭看向了聲音來源處。其他還在說笑的人也都站定，齊齊看向了那方向。

顏布布的視線越過軍部所在的營地，越過種植園和大營地，看向遙遠的地方。

那裡是整塊營地和曠野的交界處，也是燈光和黑暗的分隔點。

最邊上那盞高壓鈉燈照亮的區域內，沒看出什麼異常，只慢慢騰起灰色煙霧，像是路過的風帶來了一小捧沙漠裡的塵土。

「是什麼聲音？」王穗子有些緊張地問：「是地震嗎？但是看起來不像啊。」

「我覺得聽上去好像爆炸聲。」陳文朝遲疑道。

「爆炸聲？是那邊營地裡嗎？但是看上去沒有異常。」

封琛將顏布布放下地，臉色越來越沉，他轉頭去看林奮和于苑，看見他兩人神情也非常難看。

「E26 型爆破彈，可以埋在地下實施遙控爆破。其炸藥的裝填系數大於殺傷彈和殺傷爆破彈，一顆爆破彈的爆轟力和衝擊波，可以摧毀一棟樓房。」

于苑的話音剛落，就見那片曠野緊靠的大山開始往下坍塌山石。巨石和泥土滾落到曠野上，發出轟隆隆的聲響。

「是誰要炸那座山？炸那座山做什麼？東西聯軍打到那兒去了嗎？」王穗子喃喃地問。

她剛問完，便見身旁已經衝出去了幾道人影，分別是林奮、于苑和封琛。

顏布布和其他哨兵嚮導也緊跟著衝了出去，陳文朝邊跑邊吼道：「肯定是陳思澤炸的！那山背後就是中心城！」

計漪拉著王穗子也一併跟著跑，但卻依舊沒有反應過來：「中心城怎麼了？他們是要打到中心城⋯⋯」她的話突然頓住，接著便發出一聲怒吼：「陳思澤那個老畜生！他是要把中心城裡的喪屍放出來！」

顏布布一行人帶著量子獸在半山腰往前飛奔，直接從那些石頭和溝塹上躍過。好在這一段區域也被營地裡的高壓鈉燈照亮，讓他們能看清路面。

整片營地上空都拉響了尖銳的警報。民眾們原本按照命令都待在屋子裡，只緊張地聽著遠處槍炮聲，就算在那聲劇烈的爆炸聲響後，也只是疑心東西聯軍在互相扔炸彈。現在警報拉響，他們也不知道這是讓他們撤離還是在屋子裡躲好的意思，都惶惶地互相詢問著。

但緊接著，伴隨警報而起的還有擴音器裡的人聲：「全部出屋子！一個人也別留下！ 1 分鐘內全部出屋子！」

「能不能在山體坍塌前將所有人轉移走？」封琛飛跨過一座大石，問完後立即側頭朝著後方喊：「看著路，這裡有石頭。」

現在不管是東聯軍還是西聯軍，基本上都沒在營地，人數加起來不到兩個連，只用來提防突發情況。左右營地的民眾加起來十幾萬人，這兩個連要將所有人撤走，也不是件容易的事情。

于苑回道：「山體坍塌只有那一小段，離徹底崩塌還有一段時間，大概再 20 分鐘左右。民眾只要聽從命令往安全的地方撤離，20 分鐘可以撤走。而且東西聯軍也聽到了這裡的動靜，肯定正在趕回來……」

轟轟轟！突然連接三聲巨響，顏布布的耳朵嗡一聲後就什麼也聽不見了。他感覺到腳下的山在搖晃震盪，讓他踉蹌著站不穩。他看見身旁的王穗子摔倒在地上，張著嘴在說什麼，他卻一個字也聽不清。

身旁的泥土和石塊被震得往山下垮落，天上也往下掉著被炸來的碎石。他看見跑在前面的陳文朝跟著一塊鬆動的泥土往山下滑去，連忙衝上前兩步將他拖住。

前方衝回來幾道人影，顏布布的胳膊被拽住，跟著同樣被拖著的王穗子和陳文朝一起，躲到了半山腰的幾棵大樹下面，量子獸也跟著躲了進來。

只有一隻灰熊量子獸有些興奮，還在山坡上跳躍。牠靈敏地避開那些山石泥塊，時不時朝樹下的量子獸們看一眼，模樣隱隱有些顯擺。

顏布布耳朵裡的嗡嗡聲這才消失，聽到了哨兵們的大吼聲。

「誰的量子獸？快讓牠進來。」

「我的，別管牠，人來瘋。」

「那不和你一樣嗎？都是人來瘋。」

「……說什麼呢？我他媽很內斂的。」

碎石像冰雹般從天上落下，腳邊不斷滾著石頭，哨兵們也不再交談，在頭頂上方撐起了精神屏障，被那些石塊砸得砰砰響。

那隻灰熊量子獸身上漸漸騰起了黑煙，估計實在是吃不消了，便也往樹下跑。但跑到一半時，就突然消失在了空中。

「都沒事吧？都藏好了嗎？」林奮大聲問道。

封琛回道：「都在，全都在！」

爆炸引起的山體震顫逐漸在平息，山上沒有繼續往下滾石頭，頭頂上空也沒有下墜物。

但空氣中瀰漫著濃濃的灰塵，可視度只有周圍幾公尺。

封琛抬手撥去顏布布頭上的灰土，正要詢問他的情況，便聽到最前方的大營地方向傳來驚恐的尖叫，還有驟然響起的槍聲。

不待林奮下令，所有人立即又朝著前方開始奔跑。

這一路的高壓鈉燈被爆炸時飛出的落石砸壞了不少，但也有幾盞還堅挺著放出光芒，看來電機房並沒有被砸毀。但種植園已經被整個破壞殆盡，不管是剛長出嫩葉的馬鈴薯還是已經抽穗的玉米，統統被砸得一片狼藉。

飄飛的煙塵逐漸散去，顏布布看見就在大營地前方不遠處，那裡的山體像是被一把利斧生生砍斷，露出了一個隧道大小的缺口。

雖然從這個角度看不到缺口底部的情況，但從那些槍聲和尖叫聲裡也能想到，喪屍正在從那裡進入。

「放精神力！」林奮厲聲命令。

人還在狂奔中，但哨兵們全部放出精神力，朝著那缺口處衝去，嚮導也開始為他們進行梳理。他們下方便是種植園，營地裡剩下為數不多的士兵也在朝著那方向奔跑。那些哨兵聽到了林奮的命令，也跟著放出了精神力。

當顏布布到達和大營地平行的位置時，看見下方已經是一片混亂。

大部分板房都被石頭砸垮，空地上還多出了很多小山似的石塊。雖然板房下面還有支撐，就算坍塌也不會壓著人，但有些待在室外的人已經被碎石砸死，就那麼渾身是血地躺在地上。

奔跑的人群裡出現了喪屍的蹤影，數量不算多。儘管喪屍從山那邊到達營地的距離，和他們奔跑過來的距離差不多，但有那速度快的已經衝了進來。

一名喪屍正嚎叫著飛撲向最近的人，七、八名士兵同時開槍，它還躍在空中，胸膛就被密集的子彈打出了一個大洞，腦袋也碎裂一地。

大營地的板房之間慌亂的人群四處奔跑著，有些在往種植園方向逃，有些人卻逃向了沙漠方向。

「下山，去營地！」林奮一聲大喝，所有人跟著他往山下衝去。

封琛邊跑邊道：「精神力繼續往前，去堵住缺口。」

「知道。」

「明白。」

顏布布被封琛半拖半拎著，覺得自己像是要飛起來似的，每一步都要向著前方躍出七、八公尺後才落地。

不到半分鐘時間，所有人便到達了平地。這些都是普通喪屍，封琛一腳踹向最近的一隻，那喪屍便向後飛了出去，身體重重撞在後方山壁上，發出砰一聲悶響。

它摔在地上後便想爬起來，但整個身體像是煮熟的麵條般軟踏踏的，連抬頭這個動作都完成不了。封琛這一腳力量太大，讓它撞上山壁後，全身骨頭都節節斷碎。

量子獸們衝向營地的各個方向，去撕咬那些衝進人群的喪屍。大家都在戰鬥，顏布布也拔出了匕首。有隻喪屍正朝著他衝來，他卻不躲不避迎面衝了上去，在和它距離不足半尺時，一刀捅進了它的眼窩，直達顱腦深處。

他腦內的意識圖像在這時猛然彈出，他看也不看地將左手槍枝朝向右方，手指輕摳扳機，一顆子彈從槍膛射出。

一隻從側後方衝來的喪屍便無聲無息地倒下，額頭上多出了一個漆黑的彈孔。

「布布！你為什麼這麼厲害？」身後傳來王穗子震驚的尖叫聲。

顏布布不假思索地回道：「因為我和哥哥結合了呀。」

王穗子和陳文朝背靠背，一人手持一把槍。

王穗子在開槍的間隙問道：「你要不要去和蔡陶結合？要是結合了的話，也能變得更加厲害。」

「不，我怕他太菜，反而把我給拖累了。」陳文朝道。

一名拿著擴音器的士兵從林奮面前跑過，林奮一把奪過擴音器大步往前。他一邊朝著喪屍開槍射擊，一邊在擴音器裡發出命令。

「我是西聯軍少將林奮，目前是這裡的最高長官，現在所有人都聽從我的指揮。哨兵嚮導清理營地裡的喪屍，用精神力守住坍塌處。普通士兵組織民眾撤往種植園方向，再從右邊營地上山。不准去往沙漠，去了那裡也是死路一條！」

林奮喊完話，將手裡的擴音器往後一拋，王穗子趕緊接住。他再拔出匕首，一把揪住旁邊喪屍的頭髮，刀尖狠狠扎入它的太陽穴。

封琛人在營地，但精神力正在截殺那些從豁口裡湧出來的喪屍。

這座山被生生炸出了隧洞大小的長口，如同堤壩被撕開了一條口子，中心城的喪屍便爬過長口堆積的石塊，向著營地方向湧來。

他的精神力在這條長口上空鋪陳開，化為無數尖刃往下刺落。他以前像這樣發動攻擊時，一次只能擊中四、五隻喪屍，但現在每攻擊一次，便有十幾隻乃至更多的喪屍斃命。

所有哨兵都和封琛一樣，人在營地清殺衝進來的喪屍，精神力卻在塌陷處進行攻擊。但喪屍太多，就算前面的一片片倒下，後面的踩著它們的屍體繼續往前衝。

「快點！速度快一點！往種植園方向跑！往軍部營地跑！」

普通士兵們在不斷嘶吼，帶著人群往軍部營地方向撤離，哨兵嚮導們則努力將衝進營地的喪屍清除掉。

經歷過一場又一場的劫難，普通民眾也練出了一身狠勁，個個手上都拿著武器。將鐵條一端纏上布條就是匕首，不知道哪裡撿來的鐵門把手磨亮磨尖，也能捅進喪屍的腦袋。實在是找不到合適武器的，便隨手撿起一塊石頭拿在手中。

一名身形壯碩的大媽揮舞著鐵鍬，像是在揮舞一把大刀，那鐵鍬的橫切面不斷削著一隻喪屍，將它腦袋砍得七零八落。

更多的人則是合夥對付一隻喪屍。他們圍著喪屍不斷試探，再一擁而上，用石頭板凳將它活活砸死，然後拿著石頭繼續往種植園跑。

平常也接受過訓練的民兵，在軍隊不在的情況下便發揮出了重要的作用。他們直接衝進坍塌了的軍需房，從裡面刨出槍枝彈藥，跟著正規軍人一起戰鬥。

「快走！快走！跟著人群跑！不要往沙漠裡跑，去了就是送死！」士兵聲嘶力竭的聲音不斷從擴音器裡響起。

但湧來的喪屍無論如何也殺不光，總會有人被它們撲倒。

顏布布剛將身旁的喪屍擊斃，轉頭時便看見兩隻喪屍伏在地上，正在啃咬一名倒下的人。

他將槍口朝向其中一隻喪屍，扣下扳機後卻沒有反應，發現子彈已經打空了。他扔掉槍直接飛身撲過去，一刀扎入那隻喪屍頭顱，接著又拔出來，從另一隻喪屍的後頸直直插入腦中。

顏布布看向地上躺著的人，看見他雙腿抽搐著，肩膀處往外湧著血，將半個身體都染得通紅。

「殺、殺了我……殺了我……」那人流著淚看著顏布布，「求……殺了我。」

顏布布看著他脖頸皮膚上開始蔓延的烏青色，舉起了手中的匕首，將刀尖對準了他的太陽穴。

他雖然能輕易殺掉一隻喪屍，但面對這雙流著淚的絕望眼睛時，那隻手抖個不停，怎麼也扎不下去。

「求……殺了……」

砰一聲槍響，那人的聲音消失，額頭上多了一個黑色彈孔。顏布布被一隻有力的胳膊拉起身，接著又被攏入一個熟悉的懷抱裡。

「別怕，我在。」封琛極快地擁抱了顏布布，又極快地鬆開，朝著右方的喪屍衝去。顏布布抹了把臉，讓自己迅速鎮定下來，也趕緊跟了上去。

到處都是各種量子獸在奔跑，對著那些喪屍凶狠撕咬。哨兵嚮導們清理著營地裡的喪屍，精神力卻在山體塌陷的長口子處。他們先是用精神力對喪屍進行攻擊，但發現根本殺不過來後，又改成了集體豎起精神力屏障，將入口處封住。

精神力屏障封住了入口，喪屍們拚命往上撞擊，有些喪屍會直接躍上其他喪屍的頭頂，一起撞向屏障。眼看它們疊羅漢似的層層拔高，屏障也只能不斷往上加。

但屏障只能維持幾分鐘時間，而且就算短短的幾分鐘，也不斷在產生裂痕，需要哨兵不斷地進行精神力修復。

哨兵的精神力快速消耗，嚮導們也竭盡全力為他們進行梳理。但隨著喪屍的大力撞擊，屏障終於破碎，喪屍們又湧了進來。

好在屏障擋住的這段時間，營地裡的喪屍已經被清理得差不多了，雖然有新的喪屍湧入，但接著又可以豎起屏障擋上一陣。

只是這種大型屏障非常耗費精神力，還要不停修補，所以儘管有嚮導在進行梳理，哨兵們的精神域也幾乎清空。

「快跑！已經擋不了多長時間了！快跑！」引導人群撤離的普通士兵在聲嘶力竭地高喊。

大部分人都遵守命令飛快奔跑，也有那極少數的人還扛著行李，跌跌撞撞地往前行。速度慢不說，行李又大，還擋住了身後人的路。

林奮看向人群，踢翻一隻喪屍再補上一刀後，對著不遠處的王穗子喊道：「拿來！」

王穗子心領神會，立即將揹在身後的擴音器朝他拋了過去。

「所有人以最快速度撤退，不准帶上大件行李，已經帶上的立即扔掉，否則便定為謀害他人的重罪！士兵聽令，1 分鐘後，只要看見攜帶大件行李的，可以立即執行槍決。我是林奮！我為這條命令負責！」

林奮的聲音通過擴音器遠遠傳了出去，負責傳訊的士兵們也拿著擴音器繼續一遍遍重申：「所有人以最快速度撤退，不准帶上大件行李……我是林奮！我為這條命令負責！」

那些原本扛著大件行李死活不丟的人，聽到這條命令後，就算心裡再捨不得，也紛紛扔掉肩上的行李。整條道路頓時變得通暢，前進速度提升了不少。

* * *

無名山脈上，東西聯軍匯成的大部隊正向著陰硤山跑步前進。但在到達一處峽谷口時，整支隊伍卻停了下來。

「怎麼停下來了？怎麼都停下來了？」西聯軍執政官冉平浩站在隊伍旁邊，朝著前方嘶聲大喊。

「報告冉政首，前面峽谷被落石堵住了，我們出不去。」

「落石？這麼多士兵都光吃飯不做事的嗎？落石搬走不就行了？」

「報告冉政首，那落石有上百噸，比屋子都要大，把峽谷堵得嚴嚴實實的，我們要埋炸藥炸開才行。」

「那快去炸！我們必須要立即趕回營地！對了，營地裡的設障機運出來了嗎？運出來了沒有？」

「報告冉政首，山下彙報上來的消息，說設障機所在的板房被巨石壓住了。」

「操他媽又是石頭！怎麼就這麼多石頭！」冉平浩爆出一句粗口後又問：「那壓住板房的巨石什麼時候才弄得開？」

「報告……」

「你報告個屁啊，直接說內容。」冉平浩將頭上的軍帽扯下來捏在手中，暴躁地一聲大喊。

「應該快了！」

「設障機弄出來後，立即用車輛運到入口處去，將那條口子堵上！無論如何也要堵上！」冉平浩又朝著隊伍大吼：「快點，去把這他媽的石頭炸掉！」

「是！」

「對了，找到陳思澤了沒有？」冉平浩問一名西聯軍軍官。

軍官回道：「沒有。我們衝到陳思澤所在的 3 號山頭時，發現臨時指揮所裡已經沒有了人，不知道他逃到哪兒去了，現在只留下了兩隊士兵在附近搜尋。」

冉平浩恨恨地咒罵：「我操他媽，陳思澤這個狗雜種！我他媽就該早點把東聯軍打垮，把他給活剮了！」

冉平浩做了這麼多年的西聯軍執政官，以前在軍隊裡混出來的脾氣也收斂了許多，但這時候也顧不上維持形象，沒忍住又開始罵娘，將手上的帽子狠狠扔在地上。

他罵完了後才反應過來不對勁，看著手上一直打開著的通訊器，對著裡面道：「一時激動，口不擇言了，封將軍不要當真。」

「理解。」通訊器裡傳出來一道沉穩的男聲：「等我捉到陳思澤，也會將他活剮了。」

冉平浩清了下嗓子：「封將軍讓東聯軍也原地等待一會兒吧，這裡炸開了石頭才能通行。」

「知道。」

封在平掛斷通話器後，對身後的一名東聯軍軍官道：「前面路被堵住了，讓大家原地等待。你接通山下，通知他們將民眾帶往那片暗物質區域，先躲在裡面，等設障機修好缺口再進行下一步。」

「是。」

封在平又低聲問道：「山下現在是誰在指揮？」

軍官回道：「好像是西聯軍的林奮少將。」

封在平追問：「那知道他都帶了誰嗎？」

軍官略一遲疑：「那倒不清楚了……要不我通知留在營地裡的士兵去打聽一下？」

「不用了，他們正差人手，別浪費兵力。」封在平擺了擺手，不再說什麼，只蹙眉看著前方。

在士兵指揮下，民眾不斷地撤向種植園另一頭的小營地，驚慌奔跑的人少了很多，放眼看過去，這片大營地裡只剩下了幾千人。

林奮再次命令道：「普通士兵和民兵跟著撤！」

士兵和民兵們開始撤退，但他們依舊跑在人群隊伍的最邊上，不斷朝那些追來的喪屍開槍。

營地裡只剩下幾十名哨兵嚮導，約莫支撐了 5 分鐘左右，林奮大喊一聲：「哨兵嚮導們做好撤退準備！精神力繼續在裂口處豎屏障！」

「是一起撤嗎？」計漪手持機關槍，子彈帶在腰上繞了幾圈，邊開槍邊問林奮。

林奮道：「只能分批撤，我點名的留下來再頂幾分鐘，沒有點到名的先走。那些塌掉的房裡還壓著不少人，你們能帶走多少就帶走多少。但是要一直用精神力在缺口豎屏障，直到離得太遠搆不著才行。」

「是。」

「于苑、封琛、顏布布、計漪、王穗子、陳文朝留下，其他所有人都撤退。」

聽到沒有叫到自己的名字後，其他哨兵嚮導卻紛紛喊道：「我也一起留下來。」

「我把這一波殺了再走。」

「乾脆要走就一起走。」

林奮冷聲厲喝：「誰讓你們違抗軍令？誰讓你們留下來？你們以為這是謙讓嗎？不服從命令的謙讓只會害了所有人。你們若是不服我的戰術安排，那讓你們來做這個指揮官行不行？」

哨兵嚮導聽到這話也就不敢再堅持，抓緊時間往後撤。但他們的精神力卻持續放出，在入口處連接成了精神屏障。

眼見他們跑遠後，林奮繼續命令：「于苑、封琛、顏布布留下來再頂 2 分鐘，其他人快點走。其實還有很多民眾沒來得及撤退，自己在路上看一下那些塌掉的房子，如果有倖存者就把他們帶走。」

眼見了剛才那些哨兵嚮導想留下來時卻挨了頓臭罵，計漪三人也不敢反駁，只乖乖應聲，轉身就往後跑。

「布布，接著。」王穗子將自己手裡的一挺機關槍向顏布布扔了過去。顏布布連忙張開雙手準備接，機關槍卻只拋出去半公尺就砸落在了地上。

「太重了。」王穗子有點尷尬地道。

顏布布忙道：「沒事，我去撿。」

王穗子幾人撒腿就往後跑，量子獸們也跟了上去。林奮大喝一聲：「能帶走多少人就帶走多少，先確保自己的安全。」

「好！」

現在營地裡只剩下了顏布布他們四人，便沒有再分散，而是聚在一起背靠著背，四隻量子獸就圍在他們身周撕咬。

「怕不怕？」封琛一邊扣動扳機，一邊大聲問顏布布。

顏布布已經把槍撿了起來。這是他第一次使用機關槍，眼看著衝來的喪屍被擊成了馬蜂窩，不但不害怕，還有些興奮。

「不怕！」他將槍口換了個方向，眼睛餘光瞟到地上有一團灰撲撲的東西，定睛一瞧後驚叫道：「無尾熊！你幹麼還不走！王穗子都已經走掉了！」

無尾熊不像其他量子獸那樣四處奔跑，左衝右突。牠從頭到尾就站在一塊圓石上，只有喪屍經過時才躍起身，兩隻爪子往中間一插，爪尖就插進了喪屍的顱腦。

這對於牠來說，已經算是非常努力地在殺喪屍了。但在原地殺喪屍和撤離之間選擇，牠似乎更想待在這石頭上。

「無尾熊！等我們撤了你會被打死的。」顏布布又喊了牠一聲，但牠理也不理。

封琛道：「別管牠，反正被打死了就會回到王穗子的精神域，指不准牠就是打的這個主意。」

營地裡還有很多沒來得及撤退的倖存者，他們藏在一些角落裡，看見士兵就衝出去求救，所以王穗子他們才跑出去一段，就帶上了不少人。而且還有很多倖存者被困在坍塌的房底，正從那些縫隙處往外喊著救命。他們便撬開那些板材，將裡面的人都救了出來。

顏布布轉頭看時，看見他們居然找到了幾百名民眾，浩蕩的一大群人在他們的保護下衝往種植園，準備去往另一頭的小營地。

遠處傳來機器的隆隆聲響，兩輛全封閉式軍用履帶車拉著一臺拖車朝著這邊緩緩駛來，拖車上裝著一座造型奇特的鋼鐵機器。

「設障機被拉來了，我們也可以撤！」林奮命令道。

「好！」

「我和于苑左邊，你倆右邊，最後檢查一遍那些板房，能救走的就救走，實在救不了的就放棄。」

「是！」

兀鷲和白鶴清叱一聲後飛向左邊，林奮和于苑跟著衝了出去。

于苑邊跑邊叮囑：「你們倆要小心，不要停留太久，首先是要確保自己安全。」

「我知道。」顏布布已經被封琛拖著往右邊跑去。

右邊緊靠著山，可以直接從山上跑，比林奮他們所在的左邊要安全得多。好幾盞路燈都沒有壞，將這一片區域照得比較亮堂，顏布布也終於能看清比努努了。

比努努現在是團黑影，跟在薩薩卡身側，將前方一路的喪屍撞開。顏布布喊了聲牠，從懷裡掏出那個髮夾扔了過去，「戴上，免得等會兒又找不著你了。」

那團黑影躍至空中接住髮夾，戴到了自己頭上。

整片營地都是被石頭砸垮塌的板房，儘管之前的士兵已經粗略搜查過一遍，但時間太緊，根本沒有辦法仔細搜尋。顏布布豎起了耳朵，一邊跑，一邊注意聽有沒有呼救聲。封琛在經過那些板房時，也會一腳踢開最上面的板材，飛快地朝裡面看一眼。

營地入口的精神力屏障又被撞開，喪屍們湧了進來。顏布布和封琛抬槍的同時，林奮他們所在的左邊已經響起了槍聲。

封琛看了眼小營地方向，看見設障機才前進了幾十公尺遠，便對顏布布道：「堅持撐住半分鐘，半分鐘後哨兵們又可以豎起屏障了。」

「沒問題，很輕鬆的。」顏布布的聲音被機關槍的反作用力震得一直在顫。

因為封琛的精神力要支撐缺口處的屏障，所以對付喪屍全憑槍枝和匕首。若是以前的話，兩人會感覺吃力，但他們現在能力都大幅提高，又有過對付改造喪屍的經歷，兩相對比之下，殺這種普通喪屍就輕鬆了很多。

「林少將他們會不會有問題？」畢竟于苑的身體也剛恢復，顏布布還是有些擔心他們。

「放心吧，這些喪屍並不是一起撲來的，前後被拉得很長，林少將他們的戰鬥能力不需要我們擔憂。」封琛道。

好在喪屍只湧入了半分鐘，隨著精神力屏障的重新豎起，後面的被截流，前面的也被陸續清光。

「走！」封琛拉著顏布布又往回跑，邊跑邊去看林奮兩人，發現他們居然也找到了很多倖存者，正帶著一百多人在往回跑。

前方是間很大的安置房，恐怕有半個籃球場大小。

顏布布在剛入中心城時住過這種安置房，知道裡面分成了數個隔間，每間都會住著好些人。

這安置房也被落石砸垮了部分，完好部分的門窗都敞開著，裡面空空如也，想來人也都被撤走。

比努努和薩薩卡奔跑在前面。比努努戴著鮮豔的髮夾，髮夾上被于苑鑲了一顆小孩子玩的那種玻璃珠，所以在路燈光照射下分外顯眼。

比努努突然停下了奔跑，一動不動地盯著左邊，顏布布也看了過去，同時道：「比努努快走，別停下，當心後面……」

他的腳也停了下來，在被封琛拖著跑了兩步後，忙拽著他的手道：「別走，有人、有人。」

封琛也轉頭看去，看見一塊大石半壓在坍塌的板房上。一名年約

六、七歲的小女孩卡在大石和板房之間，一聲不吭地看著他們。

顏布布連忙衝了過去，「被壓著的嗎？別怕啊，別怕，我馬上就把妳救出來……咦？」

他將小女孩的腦袋往下按，想看她身後是什麼情況，卻發現她並沒有被壓住，而是就蹲在石頭和板房之間的空隙裡。

顏布布猜測她是被嚇著了，所以剛才沒有跟著負責撤退的士兵走，而是藏在了這裡，便將她往外抱，嘴裡道：「別怕啊，哥哥這就帶妳走，別怕……」

不想小女孩卻突然往後掙，還小聲哭道：「我不走，我爸爸在這裡，我不走。」

顏布布一怔，「妳爸爸……」

「我爸爸就在這房子裡，一直在和我說話。」小女孩指著石頭後面壓著的板房廢墟。

顏布布一怔，立即貼近廢墟，聽到從縫隙裡隱約傳來一道男聲：「……雯雯，快跟著那些叔叔走，爸爸晚點就去接妳。」

顏布布和封琛二話不說，立即去搬那些板材，比努努和薩薩卡也跳上了廢墟頂，將那些大塊的板材往下掀。

隨著一塊塊板材被掀開，裡面傳出來的聲音也越來越清晰，除了小女孩的父親，還有其他人的聲音。

「……謝謝、謝謝，我們的聲音很難傳出去，外面的人聽不到我們的呼救，謝謝……」

板材上方很快便露出了一個洞，裡面的人開始往外鑽。封琛剛將一個人拖出來，神情突然一變，對顏布布道：「屏障又被衝破了，你將他們都弄出來，我來擋著。」

喪屍們從屏障缺口處蜂擁而入，衝向了這片營地。它們有些爬上最近的廢墟，站在上面大聲嘶嚎，有些則徑直跑向前方。途中有些喪屍發現了右邊山腳的顏布布和封琛，便朝著這方向衝了過來。

顏布布回頭看去，看見無尾熊已經全身冒著黑煙。牠跳上一隻從身旁路過的喪屍頭頂，爪子刺入喪屍顱腦，再帶著一臉同歸於盡的安詳消失在空氣中。

封琛見喪屍數量太多，便不再去豎精神屏障，那裡交給其他哨兵就行，他的精神力則用來對付營地裡的喪屍。

「顏布布，給我梳理精神域。」

「好！」

那小女孩已經從藏身的地方鑽了出來，一邊往廢墟上的洞口爬，一邊喊著爸爸。

一隻喪屍突然從左邊牆體後冒出來，並撲向了她。它的指甲就要碰觸到那柔嫩的脖頸時，突然橫飛了出去，重重撞在旁邊的山壁上。一道人影跟著飛奔而去，它的頭顱上便被刺入了一把匕首。

顏布布拔出匕首，連跑帶衝地又回到廢墟，繼續從洞裡往外拉人。嘴裡叮囑小女孩：「不要吭聲，喪屍會聽見的，爸爸馬上就出來了，別怕啊。」

小女孩連忙忍住哭，緊緊地閉上了嘴。

顏布布一邊梳理封琛的精神域，一邊拉人，居然一個接一個地拖出了幾十人。

其中就有小女孩的爸爸，喊著她的名字，將她一把緊抱在懷裡。

「裡面還有人嗎？」顏布布伸著頭鑽到洞裡看，但裡面沒有光亮，黑漆漆的看不清。

最後出洞的人回道：「這裡是個大型安置點，我們都是住在 A 區 1、2、3 號大房的，不知道其他房還有沒有人，但我們住這三間大房的人都在。」

封琛又放出一波精神力，將遠處奔來的喪屍殺掉，近處的便交給了薩薩卡和比努努。種植園另一頭的營地裡也傳來震天槍聲，那是士兵們在攔截那些已經衝過去了的喪屍。

顏布布跳下廢墟之前看了眼遠方，在種植園邊緣處看見了林奮和于苑的身影，他們正殺著身周的喪屍，護著一群民眾往前衝。而更遠的地方，那些先跑回去的哨兵嚮導也各自都帶著民眾，邊殺邊撤。

兩架拖著設障機的全封閉式履帶車還在朝著裂口處緩緩前進，車身上爬滿了喪屍。履帶車車身材料使用的是鉅金屬，有些喪屍啃咬幾口後便放棄了，跳下車繼續往前跑，但也有喪屍就一直坐在車上，衝著遠方嘶吼。

「走，都離開這裡，跑過種植園去小營地。」封琛命令道。

喪屍都是從身後衝來的，顏布布便在前面帶路，封琛和兩隻量子獸在最後頂著，將一群人護在中間。

身旁這座倒塌的安置房面積很大，顏布布不時轉頭瞧一眼身旁，希望還能找到倖存者。

封琛殺掉幾名追來的喪屍，槍裡已經沒有了子彈，便乾脆扔在旁邊廢墟上。幾塊相互交疊的板材被機槍砸中，最上面兩塊便向下滑落。

封琛往前跑出一步後又頓住，看向了旁邊廢墟。

「……救命……」板材鬆動的地方，隱約傳出幾聲呼救。

顏布布將一隻從正前方掉頭衝來的喪屍殺死，轉頭時發現封琛正在掀廢墟上的板材，連忙問道：「怎麼了？」

這片板房被幾塊巨石壓著，屋頂往下塌陷，差不多都要挨著地面。封琛手下不停，頭也不抬地道：「這裡有人，聽上去人數還不少。你先帶著他們走，從山上繞，我將這裡的人救出來。」

「那你……」

「我沒事，這裡的喪屍也不算太多，何況再過 1 分鐘，新的精神力屏障又會建好了，我就會追上來。」

顏布布知道身後的人必須送走，廢墟裡埋著的倖存者也必須救。這廢墟處在山腳下，只有少量喪屍才會注意到這裡，憑封琛的能力，這點喪屍對他構不成威脅。

「那我將他們送到前面，交給其他士兵後再回頭來接你。」顏布布快速道。

封琛將一塊沉重的板材掀到地上，「行，那你快去。」

「讓薩薩卡和比努努留下吧。」顏布布道。

「很多喪屍已經跑到前面去了，兩隻量子獸你都帶上。」

「不行……」

封琛打斷道：「你知道前面還有多少喪屍嗎？我要殺這些喪屍很輕鬆，但你要帶著這麼多人穿過種植園，沒有量子獸保護怎麼行？你別耽擱時間了，趕緊帶著他們走。」

顏布布雖然擔心封琛，卻也知道他講得有道理，便沒有再堅持，只轉身帶著人往山上爬，「快點，都跟上，我們從山上走。」

這群人也聽到了他們的對話，二話不說地往山上爬，比努努和薩薩卡便走在隊伍最後。

【第三章】

不能讓他有機會按下爆破鍵

「意外……那是個意外……」

封琛眼睛通紅，用盡所有力氣嘶聲大喊：

「因為你們這群瘋子，你們所謂的意外，這些年死了多少人？

你們這些畜生！這些年因為你們，死了多少人！！

陳思澤！你這個畜生！瘋子！這些年死了多少人……」

封琛的眼淚湧出眼眶，嘶啞的咆哮裡帶著哭音，

一遍遍反覆吼出這幾句話。

顏布布帶著身後的人往前奔跑。因為距離的原因，他跑過種植園後，就無法再幫封琛梳理精神域，所以抓緊機會梳理著。

封琛蹲在廢墟旁邊，去抽中間的一塊板材。剛拖動了幾寸，就聽見連接咔嚓幾聲，壓在板房頂上的幾塊巨石往下沉了沉，縫隙裡同時傳出一片驚叫聲：「還在降低、還在降低……」

封琛連忙停下手，湊在縫隙處喊道：「你們怎麼樣？」

「……沒事，蹲在地上的……我們這裡有一百多個人……」

封琛仔細查看這片廢墟，發現屋頂全憑面前這堵牆和斜對面的幾塊板材支撐著，這其中任何一塊板材被抽走，巨石就會墜地。

他順著這片廢墟往前，繞到左邊牆壁處蹲下身，小心緩慢地扯動面前一塊板材。

板材之間互相摩擦，發出吱嘎的刺耳聲響。當那塊板材被他抽出後，面前出現了一道縫隙，但壓在板房上的巨石沒有晃動。

封琛緩緩鬆了口氣。裡面人的聲音清晰地傳了出來，可以聽見小孩子的哭聲，還有老人的咳嗽聲。

「謝謝您，真是太感謝了。您是哨兵吧？是東聯軍還是西聯軍？幸好遇到您了，不然我們這一百來號人就真的要死在這兒了。」一名靠近裂縫的中年人感激地說道，聲音都因為緊張而不停發著抖。

封琛沒有應聲，用精神力殺掉衝來的十幾隻喪屍後，又開始尋找下一塊可以移動的板材，極慎重小心地拉住板材的一個角往外扯。

中年人也許是太緊張，也許是怕封琛將他們扔下跑了，所以不停說著話。先是一通翻來覆去的感激之詞，接著又開始自我介紹。

「我們都是一個地方的人，認識好多年，之前都住在中心城A區一租住點，到了這兒後仍住在一個板房安置點裡。您知道海雲城吧？我們都是海雲城的人，是多年前乘船到的中心城。當年我們到中心城的人挺多的，恐怕有六、七千人，現在總共也就剩下一千多人了……」

封琛聽到海雲城三個字後，動作頓了頓，目光也往縫隙處瞟了一眼。但接著又低下頭，繼續往外拖動那塊板材。

可能是因為氣悶，小孩子的哭聲越來越尖銳，這人終於停下說話，轉頭問家長要不要帶著小孩從地上爬過來，來這口子處透透氣。

顏布布帶著一群人從半山腰往前跑，一路上都有喪屍向他們衝來。雖然兩隻量子獸在山腳處就將它們攔截住，但也有少數喪屍偷偷繞到山腰上方，再朝著人群撲，隊伍裡的人有兩次差點被咬著。

「我們別走山上了，目標太明顯，乾脆從種植園裡走！」顏布布收住了腳步，帶著人衝向了種植園地。

雖然園地裡也有喪屍，但裡面到處散著碎石，喪屍似乎更喜歡從邊上的大道上通行，所以地裡的喪屍反倒要少一些。而且就算農作物被碎石砸得一片狼藉，但很多玉米還支棱著半截杆子，若是人在裡面彎著腰前行，也比在光禿禿的山上來得隱祕一些。

一群人穿行在玉米田裡，沒有誰說話，連那小女孩都緊閉著嘴，死死摟住她爸爸的脖子，只聽到不遠處喪屍的嚎叫和奔跑聲。

顏布布一刻不停地給封琛梳理著精神域。看來封琛那邊的情況良好，精神力消耗並不大，意識圖像也沒有彈出，讓他安心了不少。

「嗷！」一隻喪屍突然從旁邊的玉米桿中間鑽了出來，撲向離它最近的人。但就在下一秒，它的嘶吼聲消失，臉上多出幾道深可見骨的抓痕，那凸起的眼球也掉在了眼眶外，兩邊太陽穴分別多出了一個黑洞。

比努努殺掉喪屍後，又迅速退回到隊伍後方，繼續警惕地注意著兩旁的玉米地。

顏布布和兩隻量子獸的心神全在這片玉米地裡，沒有發現山坡上有三道匆匆行走的身影，和他方向相反地朝著山體崩塌處走去。

這三人都穿著東聯軍的普通士兵軍裝，中間那士兵還提著一個銀白色的小金屬箱。他身形清瘦，個子不算高，帽檐壓得很低，戴了一副墨鏡擋住了眉眼，口鼻處還包著一條圍巾。

山上有喪屍迎面衝向他們，三人卻不避不擋也不開槍，就朝著喪屍徑直前行。而那隻喪屍也沒有對他們進行攻擊，而是視若無睹地擦過他們身旁，繼續往前衝去。

封琛已經從廢墟的中間部分抽出了三塊板材，將那道縫隙擴大至半尺寬。如果再抽走一塊板材，並刨走下方的石塊，形成的洞口就足以讓人進出。

大量喪屍已經穿過種植園衝到了小營地，那方向傳來激烈的槍炮聲。封琛蹲在廢墟前，屏住呼吸去拖第四塊板材。

但他的手剛握住板材一角，便像是聽到了什麼，轉頭看向了山上。

大營地和小營地雖然都緊靠著陰硤山，但小營地後的山坡平緩，可以直接上山。而大營地只有山腳一段是緩坡，再往上就是陡峭的懸崖。因為無法上行，所以大營地的民眾要先撤去小營地，再從小營地去往山頂。

只見這片懸崖下的山坡上，一塊比水缸還大的石頭正往下滾落，和山體撞擊出隆隆聲響。如果任由它往下的話，最終目標正好是眼前這片板房。而這片板房已經承受不住任何衝撞，這塊石頭若是撞上去的話，板材散落，最上面的幾塊巨石就會墜下，那麼裡面的百餘號人就再也沒有生還的餘地。

封琛沒有絲毫猶豫，立即起身向著山上跑去。十幾隻營地中央的喪屍聽到動靜後也發現了他，嘶吼著追了上去。

雖然是上坡，但封琛奔跑的速度極快，如同獵豹般縱躍向前，在山腰靠下的地方和大石相遇。

他沒有從下方直接迎上，而是衝到石頭旁側，用盡全力橫向推了出去。他如今的力量和瞬間爆發力都非同尋常，大石雖然只被推得微微往旁移動，但徑直向下的速度也跟著減緩了一些。

封琛迅速轉身，跟著它一起往山下跑，並再次橫著推出。

那十幾隻喪屍也到達山腳，嚎叫著往山上衝，封琛一邊推動大石，一邊調動精神力將它們殺死。

大石被他這樣連接推了好幾下，速度一次次滯緩，封琛也就可以從微微偏下的角度繼續往斜上方推。待到快要到達山腳時，他覺得自己已經可以承受大石的衝力，便倏地衝到大石前方，一邊繼續往山下奔跑，一邊慢慢用後背靠上去頂著。

封琛逐漸減緩自己的速度，在快到達山腳時，用盡全力將大石頂住，而他的雙腳也深陷入地面碎石裡，整個靴面都被蓋住。

大石終於停下，微微傾斜地靠在封琛肩背上。雖然它的重量基本都壓在地面上，但封琛卻起著支撐的作用，不敢輕易挪開，不然它又會往前滾動，砸在不遠處的板房上。

封琛喘著氣，轉著頭打量四周，看見不遠處有幾塊稍大的石頭，可以搬來卡住大石。但他現在沒法移動，只能先用腳把身周的碎石撥過來，壘成石堆將大石暫時擋住才行。只要他能騰出十幾秒的時間，就可以將不遠處的石頭搬來，將大石卡穩。

裂口處的精神力屏障時間越來越短，他必須趕緊將那群人救出來。不然喪屍們若是能長驅直入，他就算救出那些人也無法安全送走。

封琛正伸出腳要去撥動身旁的碎石，突然就聽到身後響起一道熟悉的聲音。

「封琛，大家都在逃命，你在這兒揹著石頭做什麼？」

這聲音對於封琛來說再熟悉不過，他頓時神情一凜，腳下也停住了動作。

——是陳思澤！

陳思澤的聲音就和他平常說話時那般平和，語速不緊不慢，不像置身在遍地喪屍的地方，而像是坐在他的辦公室裡。

封琛極快地轉頭看去，但視線卻被後背的大石給擋住，只看見三道長長的人影投射在旁邊山坡上。

——陳思澤為什麼會出現在這裡？是在躲逃追捕？他是一名普通人，卻只帶著兩名手下，難道不怕這裡的喪屍？

封琛腦中瞬間已經閃過多個念頭，但他卻來不及深想。因為他背後還頂著大石，而面前的廢墟裡還埋著一百來號人。

他聽到了腳步聲，看見旁邊的一道人影往前移動，知道陳思澤正向他走來。

「小琛，你不是和林奮一起在庫阿拉研究所嗎？在那山頂上待得好好的，幹麼又要下來呢？」

陳思澤繞過石頭站到了封琛對面，那雙藏在墨鏡後的眼睛上下打量著他，搖搖頭嘆氣：「我本來還打算過段時間上山去接你，你說你下山來幹什麼？這營地多不安全啊。」

陳思澤就像在教導封琛處理軍務似的，聽上去頗為語重心長。

封琛冷冷看著他，目光從他那裹得嚴嚴實實的臉上下滑，落到他提著的那只銀白色小皮箱上，又收回了視線。

他知道陳思澤這是準備逃跑，皮箱裡無非是一些逃跑必備的物品，所以具體是什麼並不重要。

陳思澤也察覺到了他的目光，將皮箱往上拎了下，又湊近他意味深長地道：「等會兒我走之前，會讓你看看裡面是什麼。」

封琛沒忍住冷笑了一聲：「你以為你走得掉？」

他雖然現在還頂著大石，但陳思澤只是名普通人，哪怕他帶著的那兩名手下是等級很高的哨兵嚮導，他也有把握讓陳思澤留下。

「能不能走掉等會兒就知道了……」陳思澤也不計較他的語氣，只轉頭看向身後的廢墟，聲音依舊和氣：「我來看看這裡面到底有什麼，讓我們小琛在這裡頂著石頭，看著有些好笑。明明很想衝著我動手，卻只能站著不動，也挺有意思的。」

封琛看著他走向廢墟，蹲下身，找到一處縫隙往裡面瞧，接著大聲道：「你們都是誰啊……喔，有印象……我是陳思澤啊……對對對，東聯軍執政官陳思澤。你們是被壓在裡面了嗎？喔，不能出來……我現在也沒有辦法啊，手邊沒人……你們先等著吧，過會兒就好了……」

裡面的人像是又在喊什麼，但陳思澤卻徑直站起了身，打量著廢墟上方的那幾塊巨石。

「小琛，你總是這麼心軟，如果我沒認錯的話，這一群是海雲城的人吧？雖然我沒仔細問過你，但我調查過林奮，多多少少也知道一點當初的事。所以是他們不准你們上船對不對？你們兩名小孩子就在海雲城過了這麼多年。不容易，真的不容易……」

陳思澤伸出戴著手套的手，扶住了一塊支撐廢墟的板材，轉頭看向封琛，「這裡面的人就是天下人的縮影。他們自私、醜惡、充滿猜忌和謊言。他們不配活著，他們是污點，是罪惡的起源，是雪白毛皮裡面藏著的跳蚤。這個世界應該被過濾一遍，恢復它原本的純淨。而這些人只有死亡或是變成喪屍，才能洗清身上的罪惡，讓世界乾淨一些。」

封琛看著他沒有應聲，他又搖了搖手下的板材，緩緩問道：「小琛，你說我如果把這塊板材給抽掉，會發生什麼事？」

洞裡突然傳出大聲喧嘩，像是很多人在驚呼和質問。封琛看著陳思澤那隻扶著板材的手，突然就發出精神力，刺向他的顱腦。

他原本沒打算要陳思澤的命，只想在他逃跑時將人擊傷就行，然後交給軍部審訊並處置。但現在見他竟然想要害死廢墟下的人，乾脆將他直接擊殺在這裡。

封琛的精神力飛速而出，迅捷如同光電。他提防著身後那兩名看不到的手下，恐怕他們會設出精神力屏障，所以這次攻擊又快又狠。哪怕那是兩名A級哨兵，他也有把握刺破屏障，再擊殺掉陳思澤。

但令他意外的是，他的精神力並沒有遇到任何屏障，就那麼直直地刺向陳思澤。不過他還沒來得及對此疑惑，就遇上了另一個更大的意外。他的精神力竟然刺不進陳思澤的顱腦，而是被什麼給擋住了，就如同攻擊那些被改造過的喪屍似的，精神力被生生隔阻在頭顱外。

——膜片！

封琛在這瞬間，腦子裡只閃過了這兩個字。

——陳思澤的頭顱裡為什麼會有這種膜片？他是喪屍？但他分明有意識！這是怎麼回事？

封琛不死心地再次向陳思澤刺出精神力，分別攻向他的太陽穴和後腦，但兩道精神力再次被擋在了頭顱外。

「別緊張，我沒想殺你，事實上我還準備把這裡的事情處理完畢後，就去庫阿拉研究所接你。對了，庫阿拉研究所就是你之前待的地方。」陳思澤側頭看著旁邊地面，有些遺憾地搖搖頭，「小琛啊，我把你當親兒子，但你卻想要我死。」

封琛的氣息開始急促，雙眼死死地盯著陳思澤。但陳思澤全身上下都被包裹著，沒有一點外露的皮膚，讓他沒法確定自己的猜測。

遠處缺口處傳來了喪屍的嚎叫，哨兵們布下的精神力屏障又被衝破，一大群喪屍湧了進來。

大部分喪屍都直直向前衝去，但有兩隻喪屍發現了山腳下的人，朝著他們這方向跑來。

封琛的餘光看到了那兩隻衝來的喪屍，卻沒有立即用精神力殺掉它們，眼睛從頭到尾只盯著陳思澤。

陳思澤現在站立的位置比他更靠近喪屍，但那兩隻喪屍衝到近處後，卻對陳思澤視而不見，而是徑直越過他身側，撲向了封琛。

封琛在那兩隻喪屍抵到面前時才將它們殺死，在這過程裡，他的雙眼也始終沒有離開過陳思澤。

「你完全能逃掉的，但你為什麼要炸山？」封琛咬著牙啞聲問道。

「終於問我這個問題了。」陳思澤嘆了口氣，「小琛，你應該在見到我時就問我，但你沒有開口。不問的原因無非就是覺得可以控制住我，想等解決了這裡的危機後，再讓軍部仔細審訊。作為東聯軍的政首，我是贊同你這種做法的，但是呢，也讓我心裡很不舒服。」

陳思澤不輕不重地拍了下身旁的板材，不知道哪個地方便發出了令人心驚肉跳的吱嘎聲，惹得洞裡的人又是一陣驚呼。

他也沒有繼續拍，而是向著封琛緩步走來，聲音依舊是一貫的平和：「知道我為什麼不舒服嗎？因為你在輕視我，你認為我不是哨兵嚮導，而是一名普通人，所以從內心就在輕視我。」

封琛沒有做聲，他眼角餘光瞥到對面廢墟，看見這堵牆和左邊牆的交界處，慢慢露出了一角板材。像是怕被人看見，那板材又往旁邊移動，移到他和陳思澤這個位置看不見的角度。

那地方是他剛才打開的那個洞口，裡面的人正試探著將第四塊板材抽走。

大營地中央奔跑著喪屍，它們嚎叫著衝向了種植園方向，遙遠的小營地裡也不斷響起槍聲。不時有喪屍朝著封琛衝來，但還沒跑到，就被他用精神力刺死。

「我雖然是東聯軍的政首，但我很清楚地知道，每個人在聽到我只是一名普通人的時候，心裡在想些什麼。因為我的政首身分，他們雖然很好地掩蓋了那些情緒，但我依舊能從他們的眼睛裡看出來。」

陳思澤說到這兒，停下腳步嘆了口氣，「小琛，你很小就是哨兵了，是不能體會我這種感受的。你們這些哨兵嚮導啊，雖然做著我的部下，眼睛裡卻都寫著不服。」

封琛冷笑一聲：「我不能體會，那麼孔思胤和西聯軍政首冉平浩也不能體會嗎？他們不也和你一樣是普通人？」

「你不是他們，你又怎麼知道他們的想法呢？」陳思澤反問。

封琛厲聲喝道：「因為你不想做普通人，所以千方百計想獲得密碼盒，還囚禁了我父母多年。但你炸掉山體把喪屍放進來，就是因為覺得自己是普通人，大家在心裡瞧不起你，所以要讓這些人都死嗎？」

「你怎麼會這麼想？」陳思澤啞然失笑，抬起手解頸子上的圍巾，「我只是抱怨了幾句，也不至於因為這個就會讓所有人去死。你好歹也跟了我那麼久，難道我是心胸那麼狹隘的人嗎？」

「那你為什麼要這麼做？」封琛追問。

封琛看見廢墟左面極緩地露出了半顆頭，接著又縮了下去，想來是那些人已經將第四塊板材給抽走，從洞口鑽了出來。

陳思澤和兩名手下看不到牆後的情況，但遠處的喪屍能看見。封琛見到營地中央一群喪屍突然轉身，發出興奮的嘶吼，向著他們這邊衝了過來。

封琛連忙放出精神力，將那群喪屍盡數殺死，陳思澤轉頭看了看，對山坡上的兩名手下道：「它們太吵了，你們守到前面去擋住，別讓它們來打擾我和小琛，我們叔侄很久沒有這樣好好說過話了。」

「是。」

封琛聽到兩名手下離開的腳步聲，側頭看了過去。只見那兩人走向山體裂口方向，然後就停在了營地邊緣處。而那些喪屍哪怕是要撞上兩人了也會繞過，也不再往廢墟這邊來，而是直直衝向了種植園。

「你……你們……」封琛心頭的那個猜測越來越清晰。

「你問我為什麼要這麼做。」陳思澤笑了兩聲，將脖子上的圍巾徹底摘掉，又取下墨鏡和帽子拿在手上，接著張開雙臂，「你是那麼聰明的一個人，不如現在來猜猜？」

高壓鈉燈的光照下，陳思澤的眼睛是一片漆黑，暗沉得投不進一絲光線。他暴露在衣物外的皮膚泛著青黑色，上面分布著蛛網般的毛細血管。儘管封琛已經有了心理準備，但看著和喪屍無異的陳思澤，這剎那還是瞳孔驟縮，只覺得心頭發寒，背心也冒起了一層涼氣。

陳思澤抬起右手，做出一個奇怪的手勢按在自己心口，閉上雙眼喃喃道：「創世神卡珊多拉創造了這個世界，也創造了人類，但祂卻因為人類的背叛，被囚禁在愛繆爾深淵。人類遭遇的種種磨難，是卡珊多拉對背叛者的懲罰。」

封琛呼吸漸漸急促起來，震驚道：「你不是和安伮加勾結，你就是安伮加的人？」

「……當所有人身上的罪孽都償還清後，卡珊多拉就會重返聖殿。」陳思澤長而緩地吐出一口氣，睜開眼看向了封琛，微笑道：「再猜猜？」

他現在就是一副喪屍模樣，卻還露出笑，看上去更加猙獰陰森。

封琛緩緩開口，從牙縫裡擠出幾個字：「你就是安伮加的主教。」

「我就說過小琛很聰明。」陳思澤臉上的笑容越來越大，最後竟然不可抑制地笑出了聲，「是不是覺得很荒謬？東聯軍的政首居然就是安伮加的主教。我只要想起來就覺得很荒謬，還很好笑……」

陳思澤笑得肩膀都在抖，封琛死死盯著他，那雙垂在腿側的雙手越握越緊，手背上都鼓起了青筋。若不是現在不能移動，他就要去掐住那段泛著烏青的脖頸，朝著他大笑的臉狠狠揮拳。

陳思澤慢慢斂起笑容，「小琛，你可能以為我之前對你的栽培和關心都是不懷好意，另有目的，那是你想錯了。雖然我的確以你來要脅過老封，但其實我不會傷害你，不然我剛才就可以殺了你，而不是留在這裡和你說這麼多話。」

「我這輩子無妻無子，而你聰明、有能力、內心比其他人乾淨，這些我都看在眼裡，也對你很是喜歡。小琛，跟我走吧，以後你就是我的兒子，將來我所有的一切都是你的。」

封琛已經強行讓自己冷靜下來，但在聽到陳思澤的話後，心頭重新湧上憤怒，也笑了一聲後道：「陳思澤，你就是個怪物、瘋子……」

「先別這麼早下結論，我給你看點東西。」陳思澤打斷封琛的話，舉起手中的提箱，輸入密碼，打開箱蓋，將裡面的東西朝向了封琛。

箱子裡是一排銀白色的針劑，被擺放得整整齊齊。

陳思澤的目光落在針劑上，聲音裡帶上了激動：「小琛，你根本不知道我們現在擁有什麼。病毒母本原本就是安伮加的，早在那場地震前很多年，我們就開始研究這種病毒，可以讓普通人具有超凡的能力。哨兵嚮導是普通人在抵禦這種病毒時，身體自然發生的一種變異，完成不了這種變異的人就成為了喪屍。但你看看這種針劑，哨兵嚮導在它面前算什麼？普通人注射了這種針劑，身體能力會遠遠超過自然變異的哨兵嚮導。」

「病毒母本原本就是安伮加的，早在地震之前很多年，安伮加教就在研究這種病毒……」封琛似是想到了什麼，身體不受控制地發顫，連聲音都放得很輕：「……這個病毒是人為的對不對？是你們研究出來的對不對？」

陳思澤看了他一眼，「那只是個意外，研究所發生了火災，病毒擴散到空氣裡了。而當時唯一被注射了針劑的人也跑掉了，等於帶走了我們的病毒母本。幾個月後，他就落到了東聯軍封在平的手裡。」

「意外……那是個意外……」封琛眼睛通紅，明明背上頂著大石，一雙手卻伸向了陳思澤，在空中痙攣地握成了拳，他用盡所有力氣嘶聲大喊：「因為你們這群瘋子，你們所謂的意外，這些年死了多少人？你們這些畜生！這些年因為你們，死了多少人！！陳思澤！你這個畜生！瘋子！這些年死了多少人……」

封琛的眼淚湧出眼眶，嘶啞的咆哮裡帶著哭音，一遍遍反覆吼出這幾句話。

陳思澤一直微笑著看他，搖了搖頭，「小琛，我平常都是怎麼教你的？無論遇到什麼事，都要注意控制自己的情緒。而且任何事也要去看它好的一面，比如沒有這些病毒，你覺得你能成為哨兵嗎？」

「滾你媽的！你這個瘋子！」

封琛腦中嗡嗡作響，向前跨出了一步，同時一隻黑獅猛然出現在空中，怒吼著撲向了陳思澤。

他原本讓薩薩卡跟著顏布布，現在直接將牠收回精神域，再立即放了出來。他只想撕開面前這個人的頭皮，像隻野獸般咬開他的頭蓋骨，喝光他的血，將他的肉一口一口扯下來。他要讓這個人下到地獄，承受永遠的酷刑。

但隨著他往前一步，身後的巨石發出隆隆聲響，往前滾動了半步。這聲音提醒了封琛，喚回了他的理智，讓他一個激靈停住了腳步，用後背繼續頂上去。他只呼呼喘著粗氣，胸腔急劇起伏，一雙充血的眼睛死死盯著陳思澤，充滿了暴戾和狂怒。

陳思澤連續躲過薩薩卡的撲咬，臉上的笑容已經消失，看上去冰冷森寒。薩薩卡飛躍起身，鋒利的爪子抓向他的頭部，他卻不避不讓，也對著薩薩卡的腦袋擊出一拳。

爪子在抓到陳思澤頭皮的同時，拳頭也擊上了薩薩卡的頭。一秒凝滯後，薩薩卡倏然消失在空氣中，而陳思澤的頭顱卻完好無損，只是隨著薩薩卡的消失，空中飄落下了幾縷頭髮。

「我雖然不是哨兵嚮導，但注射了藥劑後是可以看到量子獸的，也就是說，喪屍具有的能力我都有。而且我現在肌肉、骨骼、包括皮膚都進行了強化，量子獸是傷不到我的。」陳思澤走到一旁，有些無奈地嘆了口氣，「小琛，我覺得你現在這種狀態不大適合交流，希望你先穩定情緒，仔細聽我說完，那時候你的想法應該會不一樣。」

封琛這時也冷靜了下來，正要說什麼，便看見廢墟拐角處出現了幾個人。他們手裡拿著鐵棍，彎著腰，無聲無息地朝著陳思澤靠近。

封琛怔了怔，突然就閉上了嘴。

他知道這群人不是陳思澤的對手，過來就是送死的。但他現在卻又不能出聲提醒，只能趁著陳思澤低頭的時候朝他們遞了個眼神，示意他們離開。但那些人卻只停頓了半秒，又繼續往這邊悄悄走來。

陳思澤低頭看著皮箱，從裡面小心翼翼地拿起一支針劑，像是拿著什麼寶貝似的給封琛看，神情也充滿了狂熱。

「因為我有東聯軍政首的身分，所以我們安俶加的研究才能順利進行。你看，這是我們剛研究成功不久的針劑。它是卡珊多拉賜予我的獎勵，也是祂的神諭，提示我終於可以開始了。」

「唯一遺憾的是我沒有病毒母本。如果針劑裡有了病毒母本，那注射後的效果會成倍增加，而且還可以維持正常的模樣。」陳思澤的聲音裡透出了遺憾：「這種針劑會讓我變成現在這樣子，也是我前段時間不敢注射的原因，也讓我更加迫切地想得到病毒母本。」

「但現在我不得不注射了……不過這樣也好，反正藥劑已經研究成功，這個東聯軍政首要不要也無所謂。我現在能控制喪屍，而我的那些教眾還在基地等著我。小琛，跟著我一起回歸，等世上這些骯髒自私的人都變成喪屍後，那整個世界就都是我們的了。」

陳思澤注視著銀白色針劑管上自己的倒影，又咧開嘴笑了起來，「其實有沒有正常模樣也無所謂，這樣看著也挺順眼的……」

封琛瞧見那幾個人已經悄悄走到了陳思澤背後，並朝著他後背舉起了鐵棒。陳思澤依舊看著針劑，在看見那針管壁上突然出現的幾個人影時，倏地斂起笑容轉過了頭。

「啊！！！」那幾人看見陳思澤的臉後都嚇得大叫起來，但手上的鐵棒卻依舊砸向了他。

陳思澤抬臂一擋，鐵棒和他手臂相撞，鏘鏘幾聲響後，五、六根鐵棒被撞得脫手，飛向了天空。再掉在地上時，筆直的鐵棒都已經變得彎曲，而他卻什麼事也沒有。

但他另一隻手上拿著的針劑卻被一棒敲到了山坡上，掉進了一小叢灌木裡。

那幾個人低頭看看自己空空如也的手，又看向陳思澤，有些懵地一動不動。而幾名手握石塊從拐角處衝出來的人也看見了這一幕，全都呆立在原地。

陳思澤啪地合上皮箱，封琛見有反應過來的人想要蹲下身撿石塊，便衝著他們大喝道：「快跑！」

那群人被他喊得一個激靈，轉身拔腿就跑，有人還邊跑邊喊：「你快放掉石頭，所有人都已經出來了！」

陳思澤在關掉皮箱的瞬間，便向著側後方閃出，一把掐住了其中一個人的脖子，發出咔嚓一聲。而封琛也在這時間朝著左邊閃出，放開身後的巨石衝向了他。

巨石迅速往前傾斜，並轟隆著滾向了板房。在那巨大的撞擊聲中，封琛一拳擊向陳思澤的手腕。

他這下用上了全力，不管是誰，承受這一拳後都會腕骨碎裂。但他拳頭落在陳思澤手腕上，猶如撞上了銅牆鐵壁，反而震得自己的指節隱隱作痛。

身後的板材轟然倒塌，濺起漫天粉塵。封琛在一片白茫茫中連續出拳，陳思澤則不停格擋。兩人在板房徹底傾塌的幾秒內，已經迅速交手了七、八招。

煙塵迅速散去，被陳思澤掐住脖子的那人躺在地上，脖頸已經被掐斷，沒有了半分生息。

封琛心頭暗暗震驚。陳思澤在注射過這種藥劑後，骨骼和肌肉得到強化，瞬間爆發力和力量也已大幅超過了他。那邊兩名手下正在往回跑，想要制服陳思澤的話，怎麼看都不可能。

這裡還有一百多號人，若是讓他們自己跑回小營地，沒人能在路上活下來。理智告訴他不能再和陳思澤糾纏，必須暫時放棄，先帶著這群人離開。

「都去山坡上！去山坡上等著！」他一腳踢向陳思澤胸口，嘴裡大喝道。

左邊牆後便跑出來一大群人，抱著小孩、扶著老人，跌跌撞撞地上了山。

陳思澤一手提著皮箱，一手格擋封琛凶猛的進攻，嘴裡淡淡地問：「小琛，我最後再問你一次，真的不想和我走？」

「滾！」封琛從牙縫裡擠出了一個字。

陳思澤擋開封琛一拳後，往後退出幾步，「行，那停手。」

那兩名手下已經衝了過來，被他抬手攔住，「不用了。」接著又道：「有支針劑掉到上面去了，你們去找找。」

兩名手下去找針劑，後方山坡上的人群裡卻傳來一陣驚呼。

封琛轉頭看去，看見有幾隻喪屍衝上了山，大家正揮著鐵棍和石塊在和它們進行搏鬥。他向人群跑去，用精神力殺死那幾隻喪屍，不再理會身後的陳思澤。

「小琛，最後再讓你看一樣東西。」陳思澤突然喊道。

封琛頭也不回地繼續跑，同時用精神力攔截住那些從營地裡衝來的喪屍。

「你真的不想看嗎？砰砰！」陳思澤嘴裡模擬出炸彈爆炸的聲音。

封琛只想先帶著這群人離開，至於陳思澤，東西聯軍遲早會抓住他。但在聽到他這幾聲有些滑稽的「砰」後，封琛心頭一跳，腳步陡然停住，慢慢轉過了身。

陳思澤已經將皮箱交給一名手下，而他那泛著烏青的手掌裡，躺著一個深黑色金屬小長條，上面有綠色的光點在跳動，像是一個遙控裝置。「你以為只炸了一小段山體就完事了？不不不，那肯定不算完。」陳思澤豎起左手食指朝封琛晃了晃，神情有些詭異，「砰，砰砰……」

「哈！」陳思澤張嘴發出短促的笑聲，聲音因為亢奮都有些變調：「我早就預防著會有這麼一天，所以在整個營地包括陰硤山，已經埋下了幾百顆爆破彈。是幾百顆！那些爆破彈會將這一整片地方都夷為平地。哈！是不是很驚喜？」

封琛眼睛盯著他手裡的爆破遙控器，呼吸變得粗重而急促。

陳思澤神情愉悅地看著他，「小琛，我給過你機會了，但是你不要。西聯軍與我為敵，早就該死。現在東聯軍也背叛了我，所以他們都不應該繼續活著。既然你非要陪著他們，那就留下吧。」

「接我的人就在中心城，離開前我就會按下爆破鍵。放心，這個世界還有那麼多的人需要救贖，我會吸收優秀者成為卡珊多拉的子民，讓這世界恢復它本應有的模樣。只是那時候，你已經看不到了。」

顏布布一路殺著喪屍，在種植園裡艱難地穿行著。他無法像哨兵那樣用精神力攻擊，全靠手裡的槍枝和兩隻量子獸。不過在他和量子獸殺不過來的時候，也可以用精神力把衝向人群的喪屍控制住，先把手頭的對付了再去殺掉。

他負責護送的這支隊伍行進得艱難而緩慢，但在他和兩隻量子獸的努力下，也並沒有出現什麼問題，終於順利地穿出種植園，到達了營地。他還擔心著封琛，原本以為將這群人帶到營地就可以返回，沒想到這邊營地也到處都是喪屍。激烈的槍聲中，哨兵嚮導們堵在山腳下，而因為人手極度不足，哪怕是一名普通士兵，都肩負著將幾百人護送上山的任務。

顏布布心頭焦急，因為距離太遠，他梳理不了封琛的精神域，但也不能將身後這群人丟在這裡。好在薩薩卡始終在身旁，他好幾次詢問封琛的情況，薩薩卡都對他點了下頭，表示沒有什麼問題。

只是在他轉過頭後，薩薩卡眼裡也露出了焦慮。

「快點快點，從這邊上山，將他們送去暗物質區域。」一名士兵朝前方開著槍，沙啞著嗓音對顏布布喊道。

後山坡上到處都是移動的光點，滿山的人都在爬向山頂。山上時不時也響起槍聲，那是在清理從其他地方追上去的喪屍。

顏布布看了眼跟在自己身後的人，見他們都眼巴巴地看著自己，便對比努努和薩薩卡道：「走吧，我們加快速度，把他們送去山頂就回去找哥哥。」

話音剛落，他就見原本還很鎮定的薩薩卡突然變了神情，齜著尖牙滿臉恨意，兩隻爪子在地上刨動，又仰頭朝天空憤怒地嘶吼出聲。

「薩薩卡！」顏布布急忙喊道。但就在下一秒，薩薩卡突然消失在了空氣中。

比努努在原地轉了一圈，確定薩薩卡是真的消失了，便緊張地和顏布布對視著。

顏布布臉色唰地變白，六神無主地喃喃道：「比努努，哥哥把薩薩卡收回了精神域，他那邊一定遇到危險了！」

「布布！」顏布布突然聽到了于苑的聲音。

「于上校叔叔！」他猛地轉身，看著于苑正從營地深處跑來，身後還帶了一、兩百名民眾。

于苑瞧見顏布布的神情，又飛快地看了眼他周圍，問道：「封琛還在後面？」

「對，他把薩薩卡收回去了，他一般是不會收回薩薩卡的，我有些擔心。」

于苑轉身朝著一隻衝來的喪屍開槍，嘴裡道：「你帶著人上山，包括我身後這些人一起帶上。軍隊之前被堵在了一條峽谷後面，現在已經出來了，你半路上就可以遇到他們。我現在去大營地接封琛。」

「還是我去吧，你把我護送的這些人帶走。」顏布布道。

于苑雖然不放心，卻也知道封琛對他很重要。而且他們兩人是結合過的哨兵嚮導，不管是配合還是能力體現，都比自己去要好得多。他想了想後便道：「行，那你等等，我叫一些士兵跟著你一起去。」

顏布布知道現在人手緊缺，何況這一路他也不需要士兵保護，便道：「不用了，我只要有比努努就行。」

比努努已經轉身衝向了種植園，顏布布也緊跟著追了上去。于苑朝著他的方向跑了兩步後，看見身旁等著的這一大群民眾，只得停下腳步，衝著顏布布的背影高喊：「一定要小心！」

「知道——」

顏布布飛快地在玉米地裡奔跑，比努努跟在他身側，路上不時會有喪屍衝出來，不待他開槍就已經撲了上去。

腳下的破碎菜葉下面隱藏著一些石子，顏布布幾次都被絆倒，又飛快地爬了起來。他腦中只有一個念頭，那就是——快點，再快點……

兩架全封閉式履帶車拉著沉重龐大的設障機，剛剛駛出小營地，很快就被顏布布超過。兩架車身包括後面的設障機上都爬滿了喪屍，像是三團巨大的喪屍球，極緩慢地朝著山體裂口方向前進著。

大營地。

陳思澤將遙控器拿給封琛看過後，便收回手，朝他意味深長地說了句：「小琛，有機會再見吧。」說完後笑了笑，對著那兩名還在搜尋針劑的手下道：「不用找了，走吧。」

陳思澤轉頭往裂口方向走去，走出兩步後猛然回身，出拳，正對上封琛朝他後腦擊來的拳頭。砰一聲響後，封琛整個人向後飛了出去，重重摔在地上。

封琛在和他拳頭對擊的同時，就感覺到了一股錐心的刺痛，知道自己的腕骨已經碎裂。但他在摔落在地的瞬間又躍起身，用左手握住匕首，再次朝陳思澤衝了上去。

陳思澤依舊原地一動不動地站著，漆黑的雙眼陰狠地注視著封琛。只是在那閃著寒光的匕首快刺入面門時才猛地閃身，以快得不可思議的速度避開了封琛的這一刀。

封琛在意識到刺空的同時便要收刀，但還沒來得及動作，胸膛便中了一拳。隨著幾聲肋骨斷裂的悶響，整個人再次向後飛了出去。

他重重摔在了七、八公尺遠的地上，惹得山上的人一陣驚呼。他咬著牙繼續要爬起身，嘴裡卻噴出了一口鮮血，又重新摔回了地面。

「我苦口婆心的給你講道理，你讓我滾。」陳思澤側頭看向一旁的廢墟，像是遇到了一個很棘手的問題。「我一次次給你生路，讓你跟我走，你卻非要把路走死。小琛，你真的太不聽話了，讓我有些生氣。」

「狗、雜、種……」封琛嘴角淌著血，慢慢迸出三個字。

他盯著陳思澤握在手裡的爆破遙控器，用那隻完整的手撐著自己，努力想要爬起來。

陳思澤一步步走向封琛，聲音森寒冰涼：「覺得自己是哨兵就很了不起嗎？就一定能殺了我？封琛，你看看你自己，你現在就是個廢物，只能氣息奄奄躺在地上喘氣的廢物。」

陳思澤停在封琛身旁，再慢慢蹲下。封琛躺在地上看著他，這時卻猛地側身，將匕首刺向他的面門。

陳思澤飛快側頭避開了匕首，同時一拳砸到了封琛的膝蓋上。

「哨兵就是廢物！」他輕聲吐出了一句話。

封琛悶哼一聲，痛苦地閉上了眼睛，腦內卻在此時唰地彈出了意識圖像。

他看見圖像裡的自己就和現在相同，閉著眼，什麼動作也沒有地躺著。他並不會認為這只是呈現自己的現況，很清楚這是顏布布在告訴他活下去的辦法。

——躺著別動！只要躺著不動，不過度激怒陳思澤就行！

看著一動不動的封琛，陳思澤果然沒有再動手，只從衣兜裡掏出一條手帕擦著自己的手，站起身對那兩名手下道：「走吧，讓這名自視甚高的哨兵再難受一會兒，反正這一片就要被炸掉了。」

陳思澤轉身就往後走，但一直閉著眼的封琛卻在這時睜開了眼，突然躍起身，用那條沒受傷的腿撐著自己往前撲出，手中匕首朝著陳思澤的後腦刺去。

他的右手腕骨和左膝蓋骨都已經破碎，肋骨也盡數斷裂，陳思澤根本沒有提防他會躍起來。只在刀鋒逼近時才往旁閃躲，但頸子上依舊被割了深深的一刀。

封琛人還在空中尚未落地，緊接著又是一刀刺去。但陳思澤這次卻飛快地避開，讓他這刀刺了個空，在一群人的驚呼中撲在了地上。

陳思澤伸手去摸自己傷口。那刀口處皮肉雖然綻開，卻沒有流出鮮血。兩名手下立即就要衝上前，被他抬手制止，森然道：「讓我來。」

封琛又吐出了兩口鮮血，趴在地上大口大口喘著氣。雖然他剛才劇烈動作，所幸斷掉的肋骨沒有刺入內臟，但那一下已是用盡了他所有力氣，沒有辦法再爬起來。

「……既然你這麼想死，那就滿足你。」

耳中隱約飄進來陳思澤的聲音，還有不遠處那群人正在攻擊喪屍的動靜。但他對這一切置若罔聞，只一點點往前爬，往前爬……執拗地伸長手指，想去拿那把掉在地上的匕首。

——不能讓他有機會按下爆破鍵……顏布布會死……父母會死……林奮他們，包括所有人都會死……不能讓他按下爆破鍵……

顏布布飛快地往前奔跑，當意識圖像在腦內彈出後，他便已經看清了封琛的現狀，也親眼見著那面螢幕無聲無息地黑掉。

他在螢幕黑掉的瞬間便踉蹌著摔了下去，是比努努朝他的臉搧了兩下，又在他肩膀上狠狠咬了一口，對著他凶狠地吼叫，才將他拉出極致痛苦的深淵。

他強行讓自己冷靜了些，爬起身繼續往大營地的方向奔跑。

是的，他跳下懸崖和墜落中心城時，意識圖像都曾經消失過，但他卻依舊好好的活著。意識圖像只能預判當前面臨的危險，卻預判不了那些未知的變數。

路上總有喪屍會突然冒出來，他失魂落魄地不知道閃躲，只腳步不停地往前衝。還好有比努努在，將一路上遇到的那些喪屍都殺掉。

這是他和封琛經常散步的種植園，他很清楚從一頭走到另一頭只需要 40 分鐘，而他和封琛有時候還會來回走上兩圈。

——為什麼那兩圈很快就能走完，但現在的種植園卻如此寬闊，像是永遠也跑不到盡頭……

另一頭，封琛還在一點點往前挪動身體，試圖去抓住掉在前方的那把匕首。鮮血從他嘴裡不斷往外溢出，再滴落在地面上。

一雙沾染了些許塵土的皮靴不緊不慢地跟著他，在他的手指快要搆著匕首時，那雙皮靴頓住，同時他的頭上方出現了一團襲落的陰影。

陳思澤已經沒有了耐性，一拳擊向了封琛的後腦杓。

砰！近距離處響起了一聲槍響，陳思澤的身體跟著一顫，那隻砸向封琛腦袋的手也停在了空中。

他低頭看看自己胸口，見那胸膛處的衣服上多了個花生大小的洞。他倏地抬頭看向聲音來源處，只見那嚇得瑟縮成一團的人群裡，居然有人拿槍朝著他，而且繼續在扣下扳機。

連聲槍響中，陳思澤下意識後退，並且想躲開子彈。在他離開封琛一段距離後，就聽到一聲蒼老聲音的命令：「砸！」

「打死他！」天空中頓時出現無數的石頭，呼嘯著朝他飛了過來。

陳思澤也許是在這瞬間覺得有些好笑，或者沒當回事，便站在那裡沒動。但石頭飛起的瞬間還夾著一聲槍響，一顆子彈也混在了其中。

他如今的速度可以躲避子彈，但滿天都是石頭的情況下，那顆子彈夾在裡面辨不清方位，便只得抬起手臂擋住面部。

撲一聲悶響後，手臂衣服上便出現了一個小孔。他轉動手臂，看見那小孔裡有半截彈頭露在皮膚外。

他撚住彈頭尾部扯掉，皮膚上只留下了一個漆黑的小彈坑。

【第四章】

放心吧……離開海雲城的船，不會再丟下任何一個人！

「你們幫我看好哥哥，不要讓他出事，我去追陳思澤。」顏布布一臉嚴肅地說道。

一名中年人驚訝地問：「他跳進喪屍群了，你追不了，我們大家都追不了。」

「我可以，喪屍不會咬我。」

「……你是誰？」

顏布布認真地道：「我是光明嚮導。」

看見陳思澤自己拔掉彈頭後，對面人群靜默了兩秒，接著又爆發出更大的喧嘩。

「我操你媽，你以為你真的刀槍不入嗎？」

「打喪屍就要打腦袋，試試他的腦袋硬還是子彈硬。」

「會有彈坑的，給他腦袋打成蜂窩，滿腦袋彈坑你看他怕不怕？」

「多打點子彈，打到原彈坑裡就能打穿了。」

另一道蒼老的聲音也在繼續命令：「砸！」

空中又飛來一片石頭群，陳思澤這次不願意站在原地，開始左右閃躲。兩名手下想衝到人群裡，結果突然又加入了幾道槍聲，一名手下的脖子中彈，另一名肩膀上多了個小黑洞。

不遠處一間倒塌的板房旁還趴著幾個人，正避開營地裡喪屍的視線，從廢墟裡往外刨著槍枝，刨出來後便遞給身後一串蹲著的人。

而那些人一旦有了槍，就有了底氣，一邊往回奔跑一邊痛罵，朝著陳思澤和那兩名手下開槍。

兩名手下想衝入人群，但那群人不但在這段時間內挖出了軍需庫，還攢了一大堆石頭。他倆雖然不畏懼石頭，但石頭裡夾著越來越多的子彈。槍聲密集，他們只得抬起手臂護住腦袋，短短 1、2 分鐘內，手臂上已經多出了許多彈孔。

陳思澤看了眼躺在地上的封琛，又看見軍需庫旁的人正在往外抬機關槍，也無意再留下糾纏，果斷下令道：「走，軍隊也要下山了，沒必要和他們在這裡耗。」

三人轉身就向著山體缺口處跑去，人群雖然敢朝著他們扔石頭開槍，但看見他們離開，也猶豫著不敢追上去，直到有人大喝一聲：「別讓他走，他想離開了炸平這裡。」

「別讓他拿著遙控器跑了！追上他！對準他腦袋開槍，記得打腦袋，一顆子彈打不穿就多打幾顆。」

一群人開始往前追，留在原地的人便趕緊去看封琛的情況，又撕下布條纏住他胸膛和手腳，將斷骨處都固定住。

「人沒事，就是受傷太重了。」

「等他們回來後我們就去小營地，那裡肯定有軍醫。二樂，二樂呢？再去抱槍，每人分一把，18 歲……不，12 歲以下的別發。」

有人找來塊板材做成臨時擔架，把半昏迷的封琛放上去抬著一起走。但剛走出幾步，就聽到後方突然又發出幾聲劇烈轟響，像是悶雷滾過天際。他們停步轉身，看見缺口處的山石正在大塊大塊往下垮落。

「陳思澤按遙控器了。」有人驚慌地大叫。

「沒有沒有，開始爆炸那時山壁就被炸鬆了，那裡擁擠的喪屍太多，就被震下來了。」

「那……那缺口不是更大了嗎？」

隨著斷崖上的石塊不斷往下墜落，喪屍也多了起來。那群持槍追陳思澤的人只能停下腳步，眼睜睜地看著他們三人跳進喪屍群，奔向裂口方向。

「快去小營地，快快快，人齊了嗎？快走。」

「去了又怎麼辦？陳思澤離開這裡後就會按下遙控器，營地和這片山都會被炸掉的。」

「跟軍部說啊，讓軍部想辦法！」

「軍部現在能有什麼辦法？陳思澤都已經跑了！難道還能在短時間內把爆破彈都找到嗎？」

「我們逃到沙漠裡去，他總不可能在沙漠裡安爆破彈。」

「我們這群人進了沙漠就是死！普通人有槍都不行，變異種都藏在沙子下面直接將你拖到沙裡，只有哨兵用精神力才能發現牠們。」

有人聽到這裡，已經六神無主地哭了起來，被旁邊的人喝住：「哭什麼哭？這喪屍殺都殺不過來，再不幫忙就要被咬死了，還能等到陳思澤引爆炸彈？」

那人抹了把臉，睜著滿是紅絲的眼睛看向遠方，突然叫道：「士兵來了！軍部的人來了！」

「軍部的人來了嗎？」

雖然不管什麼士兵也沒法跳進喪屍群去追陳思澤，但軍部兩個字總會帶給人希望，所有人立即便看了過去。

只見山腳下，一名身材單薄，身穿嚮導作戰服的士兵正向他們飛奔而來，但他身後再沒有其他人。

「哪是什麼軍部啊，就一個人！」

顏布布遠遠地就看見了那群人，當目光落到那架板材擔架上時就再也無法移開，一直盯著躺在上面的人。

他衝進人群，踉蹌著撲到擔架前，看見封琛那張毫無血色的臉時，腳都快站不穩，被身旁瞧出端倪的人給扶住。比努努也衝到擔架旁，伸爪摟住了封琛的脖子，朝著他焦急地嗷嗷叫著，見他沒有回應，便朝著他臉揚起了爪子。

「他沒有生命危險，我們用布條給他傷口固定了，別慌！」

顏布布聽說封琛沒有生命危險，那顆差點凍結的心臟又開始跳動，血液重新恢復了流淌，但眼淚也一下就湧了出來。比努努也長長鬆了口氣，放下抬起的爪子。

旁邊響起激烈的槍聲，一大群喪屍衝了過來。比努努轉身衝了出去，一個縱身撲進了喪屍群。

「他怎麼傷成這樣了？」顏布布想用手指去觸碰綁在封琛胸口的布條，又怕將他碰疼，飛快地蜷起了手指。

「是陳思澤。」

「陳思澤變成喪屍了，還是可以說話的喪屍。」

「當時有個石頭從山上滾了下來，快要砸到我們的板房，他將那石頭頂住……是我們拖累了他。」

在眾人七嘴八舌的講述中，顏布布抹掉眼淚，伸手要去抬擔架，「我是來接你們的，現在跟著我走。我們從小營地上山去，軍隊已經在半山腰了，可以帶著你們去一個安全的地方。」

但所有人反而都沉默下來，低頭不語，有人雙眼泛紅，有人已經開始小聲啜泣。

「沒有安全的地方了。陳思澤在整個營地和我們身後的陰硤山都埋了炸彈，引爆炸彈的遙控器在他手裡……他說中心城有人接他，等他離開後就會引爆。」一名最年長的老頭搖著頭顫聲道：「來不及了、來不及了……」

顏布布怔了幾秒後問道：「那陳思澤人呢？」

老人沒有回答，旁邊的人指著中心城方向，「他現在是喪屍，跳進喪屍群裡去了中心城，我們也沒法去追他。」

「走吧，我們別在這兒了。」

「去哪裡？小營地嗎？沒準兒走在路上就會爆炸，去不去又有什麼區別呢？」

「那我們去沙漠吧，就算是死，也能多活一、兩天。」

「要去你們去，我不去，被炸死還輕鬆一些，不會遭那麼多罪。」

「我想死在海雲城，不想死在外面……」

眾人開始議論，原本小聲哭著的人開始放聲大哭，惹得許多人也跟著掉眼淚。

那名老人在這群人中的威望應該挺高，他打斷眾人道：「走吧，去沙漠，萬一有活下來的……」

「別去沙漠，我去追陳思澤。」

當這句話響起時，所有人都循聲看了過去，發現說話的是那名嚮導士兵。他臉上的淚痕都還沒乾，鼻尖也紅紅的，看上去還帶著幾分少年的稚氣。

「你們幫我看好哥哥，不要讓他出事，我去追陳思澤。」顏布布一臉嚴肅地道。

一名中年人驚訝地問：「你在說什麼？他跳進喪屍群了，你追不了，我們大家都追不了。」

「我可以，喪屍不會咬我。」顏布布打斷他的話，目光從每一個人臉上滑過，「我只需要你們辦到一件事，就是無論如何要保護好我哥哥，把他送回小營地。」

「喪屍不會咬你？」

「是的。」

在場的人都在打量顏布布，但看見他那瘦弱的身板後，眼裡剛亮起的光又黯淡下來。有人嘆氣道：「算了吧，就算喪屍不咬你，你也打不過陳思澤的。你哥哥能頂起比水缸都大的石頭，那麼厲害的哨兵都不是他對手，你也別去了。」

「我不會和他打的，我只想辦法弄走那個遙控器就行。而且我哥哥受傷是因為我不在，我在的話就不會這樣了。你們知道我是誰嗎？」

「……你是誰？」

顏布布認真地道：「我是光明嚮導。」

「光、光明嚮導是什麼？你們聽說過沒有？」

「聽說過。是傳說中的嚮導，等級最高，能力最強的那種。」

「啊……真的嗎？對對對，我也聽說過光明嚮導。」

顏布布沒有理會這些議論，只追問道：「能辦到嗎？無論如何都要保護好我哥哥。」

那名老人一直在專注地打量他，聽到他這樣問後，毫不猶豫地朗聲回道：「能！如果喪屍不會咬你，你又是光明嚮導，那就放心去吧，我們無論如何也會保護好你哥哥。」

「你們說話算數？」顏布布一反常態地繼續追問。

老人舉起手，「我蔡齊濤在這裡對著天地發誓，無論如何都會保護好你哥哥，不然……不然……」

他還在思索後面的話，另外的人接著補充：「不然我們就全被喪屍咬死。」

顏布布嘴唇翕動了下，像是想要說什麼，但終究什麼話也沒出口，只俯身輕輕貼上了封琛的額頭。

他知道不能耽擱時間，貼了兩秒後就直起身，朝著一旁還在撕咬喪屍的比努努喊道：「比努努，我們走。」

顏布布拔腿朝著山體裂口處跑去，比努努也追了上來。他跑出一段路後，聽到身後傳來一道蒼老的聲音：「放心吧……離開海雲城的船，不會再丟下任何一個人！」

顏布布沒有回頭，只飛快地向前奔跑，從缺口處湧出來的喪屍都嚎叫著向他衝來。他和喪屍群越來越近，腳步卻沒有停，只在快要撞上時大喝一聲：「比努努，精神連結。」

喪屍已經朝他伸出了烏黑的手，張大嘴露出了鋒利的尖牙。但就在下一秒，它們卻茫然地轉開了視線，也調整了方向，任由顏布布和它們擦肩而過，繼續衝向前方。

顏布布現在已經完全是一副喪屍模樣，比努努卻已經恢復了粉白膚色。牠體內的病毒都已經到了顏布布的身體裡。

喪屍們不會攻擊顏布布，卻會攻擊比努努。比努努便在那些喪屍頭頂上靈活跳躍，不時還伸爪撕下一塊連著頭髮的頭皮。

顏布布衝到了缺口處，但喪屍將整條通道堵得水泄不通，他和喪屍又是反方向，被撞得不斷趔趄也沒法前進。

比努努便在那些喪屍頭頂左右跳躍，吸引得它們跟著追，又帶著它們一起進了缺口。

一路的喪屍都掉頭去追比努努，如同洪水形成了倒灌之勢，顏布布趁機跟著它們一起湧進缺口。

缺口底部全是小山似的石堆，兩邊懸崖還在往下掉落石塊。顏布布剛爬上一座石堆，就聽到左邊傳來嘩啦啦的聲響。他抬頭一看，看見山壁正在往下坍塌，連忙加快腳步衝了下去。

身後傳來轟隆一聲巨響，他剛才離開的地方又多出了一塊巨石，十來隻喪屍被壓在下面，身體已經四分五裂。

這條缺口橫穿了整座山，地面全是石堆，兩邊山壁也在不斷往下坍塌。顏布布就算手足並用，速度不比其他喪屍慢，但時間過去了好幾分鐘，前方也還剩下一半路程。

他擔心受傷昏迷的封琛，又怕陳思澤已經要離開，心頭既急又絕望。他很想放聲大哭，卻知道哭根本沒有用，便只咬緊牙關拚命往前衝。不過他看見那團在喪屍頭上蹦跳的身影時，心頭又浮起了希望。比努努已經引走喪屍，他都走得這麼慢，而陳思澤自己就是一隻喪屍，根本沒法讓喪屍群回流，應該就走得更慢了。

又過去了幾分鐘，顏布布終於衝出了這條山腹中的裂口，眼前出現了無盡曠野，其中湧動著無數喪屍。中心城依舊佇立在曠野中央，只是昔日的燈火已盡數熄滅，像是一座巨大的鋼鐵墳墓。

顏布布不知道要去哪兒尋找陳思澤，只能跟著比努努帶起的喪屍潮往前衝。他跑過一段空地，再跨過幾根倒在地上的鉅金屬柱後，突然發現前方幾百公尺遠的地方，有三道光束在晃動。

顏布布心頭一震，知道那是陳思澤。他們果然在山腹裡前進得很慢，現在也才剛剛鑽出裂口。

那三道光束在中心城的東城門方向消失不見，應該是進了中心城，顏布布立即在精神域裡呼喚比努努，兩個人一起跑向了中心城城門。

進城門處便是一條長長的通道，裡面有十來隻喪屍。比努努只一晃而過，沒有刻意去吸引它們，所以喪屍也依舊木呆呆地站著沒動。

地上到處都是散落的行李，那些破舊的被褥、缺了條腿的木凳、碎成片的瓷碗堆了滿地。牆壁上還殘留著一團團烏黑的痕跡，那是中心城塌陷那日濺上去的血跡。

空曠的通道裡只響起顏布布的腳步聲，他跑完通道、穿過檢查點，一口氣衝進了中心城。

曾經的中心城並沒有什麼行人，只偶爾駛過一輛髒兮兮的公車。如今的大街上看似熙熙攘攘，到處都是晃動的人影，但它們安靜地沒有發出半分聲音，讓整個場景看上去異常詭異，活似一幕默劇。

中心城的主街道筆直向前，但顏布布沒有看到那三道光束。他一邊焦急地左右張望，一邊撥開身周的喪屍往前走，擔心是不是把陳思澤搞丟了。不過很快，他就捕捉到左前方隱約有光束在晃動，便和比努努一起朝那方向追了過去。

剛跑出一段，他就聽到遠方傳來劇烈的聲響。他第一想法是陳思澤按下了爆破遙控器，但立即就反應過來，應該是山體裂口處的山壁又在大坍塌。

顏布布緊追著那三道光束，心裡萬分焦灼。裂口還在擴大，喪屍也就會更多，不知道封琛他們有沒有離開那兒，去到安全的地點。

大營地旁的山坡上，一群人都目送著顏布布，直到他的背影消失在缺口處，有人才問：「蔡叔，我們現在怎麼辦？」

蔡叔看了眼那幾個滿臉驚恐的小孩，又看向擔架上的封琛，「走，我們回小營地去，那邊有槍聲，軍隊肯定還在。」

「好！」看見顏布布不會被喪屍攻擊，又聽說他是光明嚮導，所有人重新燃起了希望，打起精神準備去往小營地。

一行人抬起了封琛往種植園走，突然有人指著右前方道：「你們看，車停在那兒了。」

只見那兩輛拖著設障機的履帶車已經穿過種植園，卻被幾塊巨石擋在路口，現在就停在了大營地邊上。

喪屍們用身體和腦袋瘋狂撞擊著履帶車，哪怕是撞得頭骨破裂也不停止。偶爾露出的一小片車身上，已經糊滿了黏稠的黑色漿液。

「蔡叔，你看那車被石頭擋住了。」

蔡叔見山體裂口處沒有新的喪屍跑出來，便連忙道：「快快快，我們去把那石頭搬開。」

「那是什麼車？它後面拉著的是什麼？」有小孩子問道。

大人便回道：「你們年紀太小沒見過，當初重建中心城的時候，這種車可多了。」

另外的人補充：「是設障機，看見那個大罐子沒有？裡面是鉅金屬液。到時候它一點一點地往外倒，可以根據缺口的形狀大小塑起一張鉅金屬板，把缺口給封起來。」

雖然裂口處暫時沒有喪屍出來，但營地裡的喪屍也不少，大家便集中在一起，在不斷的槍聲和驚叫聲裡朝著履帶車移動。持槍的走在外面，封琛和幾名小孩子被圍在最中間。

「快點！快點！趁著現在沒有喪屍衝出來。」

「機槍太沉了，來個人幫我抬著，我來扣扳機。」

「我這是什麼槍？怎麼找不著裝子彈的地方？喔，看見了。」

「左邊，左邊有兩隻，集火，快集火！」

這群人走到履帶車附近時，車上的喪屍也紛紛衝了過來。一陣激烈的交火後，附近的喪屍終於被盡數擊斃。

蔡叔一聲命令：「快點，快去搬石頭。」

拿著槍的人繼續守著四周，婦孺老人留在原地，其餘人全部去推石頭。封琛閉著眼躺在擔架上，臉色蒼白，嘴唇乾裂起殼。一名大姐便脫掉外套墊在他頭下，又取下掛在脖子上的水壺，一點點地給他餵著水。

履帶車前方的大路被一塊巨石堵得死死的，兩面都是坍塌的板房，也沒法通行。大家一擁而上去推那塊巨石，車裡的士兵便將車輛倒退，把路面留了一段出來。

「1、2、3，走——1、2、3，走——」齊聲號令下，那石頭只是微微前後晃動著。蔡叔看了眼遠方缺口，知道喪屍隨時會出來，便又大喝：「除了小孩子和傷患，其他人都來推！」

原本留下的人也去推石頭，那名給封琛餵水的大姐站起身，一邊捋袖子一邊對幾名小孩道：「你們看著點啊，只要有喪屍來了就喊，使勁喊，讓我們能聽到。」

「知道，我們會喊，也會看著這個哥哥。」一名小孩嚴肅地道。

大姐捋好袖子，卻又問：「你們知道他是誰嗎？」

小孩子們齊齊搖頭。

大姐看著擔架上的封琛，神情突然變得有些怔忪，「當年他也比你們大不了多少，他……他……」

「他怎麼了？」

大姐閉上了嘴沒有繼續說，轉頭跑向巨石。

蔡叔一邊推石頭，一邊頭也不回地大聲道：「當年他也比你們大不了多少的時候救過我們，剛才又救了我們一次。現在他弟弟衝進了中心城，還在救我們……虧心啊，真虧心啊……我想說啊，哪怕我們死得只剩下最後一個人，也一定要護好他！等他弟弟回來時，就算我們沒有全屍，也要還他個完整的人。」

「放心吧，一定把他護好！」旁邊的人應道。

那幾名小孩子也使勁點頭，舉起手裡不知道哪兒撿到的小鐵棍，「放心吧，我們有武器，一定會把哥哥保護好的。」

「祖宗們，你們就別使手上的武器了。看見喪屍就喊，你們的聲音才是武器，知道嗎？」有人大聲斥道。

「知道了。」

「1、2、3，走——1、2、3，走——」

在所有人的齊心協力下，那石頭終於向著前方傾斜，並轟隆著滾了出去。

「繼續繼續，快，加把力，繼續！」

「左邊跑來了一隻喪屍！槍呢？快快快，打死它。」

「加油，已經推出去了好幾公尺，繼續推！」

「1、2、3，走——1、2、3，走——」

巨石在號令聲中一點點被推遠，再被推進了路旁的玉米地裡。眾人還沒來得及高興，就聽到身後傳來劇烈的轟響，地面也在跟著震顫。

大家轉過身，看見裂口兩邊的山壁正在往下坍塌，騰起濃濃塵煙。而那原本如同火車隧洞寬的裂口，又往兩邊擴大了一倍。

塵煙很快散去，他們驚恐地看見裂口裡衝出來一大群喪屍，像是洩洪般在出口迅速鋪陳開，向著這方向奔湧而來。

人群在靜默兩秒後突然炸開，尖叫和哭聲響了起來，頓時混亂成一團。有人轉身想往小營地方向逃，有人準備往沙漠裡衝，更多的人則是白著臉看向蔡叔，等著他拿主意。

「回山上去，快回山上，還是像剛才那樣抱團回去。」蔡叔高聲喊著，又衝上前去抬封琛身下的擔架，「快來人，和我一起抬。」

短暫的混亂後，所有人又聚成一團，像剛才那樣將小孩和封琛的擔架圍在最中心，最外面則是持槍的人，大家一起向著山坡方向移動。

機關槍的聲音響起，衝在最前方的喪屍倒下，但後面的繼續往前衝，朝著人群露出鋒利的尖牙。

有人聲音發著抖地對旁邊的人喊道：「如果、如果我被喪屍咬了，馬上、馬上就殺了我。」

身旁的人回道：「放心吧，不用我動手。這麼多喪屍，你都不夠它們分的，連根手指頭都不會剩下，哪兒還有時間讓你變成喪屍？」

那人立即就大聲嚎哭了起來。

「他媽的你別哭了，行行行我答應你，你要是被喪屍咬了，我馬上就殺了你。我要是被咬了，你也殺掉我。」

「嗚嗚……好……」

中心城裡。

顏布布一直追著那三道光束，穿過幾條小巷，又跑過滿是喪屍的廣場，一直往著城西方向前進。

前方已經是城市邊緣，可以看見那段鉅金屬網已經脫落，無遮無擋，喪屍就在城市和曠野之間來回遊蕩。

他正想要加快腳步，就見那三道光束停了下來，便也緩下腳步，躲在那些房屋斷牆後面慢慢靠近。

一隻喪屍發現了比努努，倏地張開嘴。但它的嘶吼還沒來得及出口，就被比努努的利爪刺穿了頭顱。

隨著距離逐漸接近，顏布布看清了前方三人的臉，也認出來其中一名正是陳思澤。只是他如今看上去和那些在他身旁遊蕩的喪屍沒有什麼區別，也是一副喪屍模樣。

顏布布在腦海裡對比努努道：陳思澤肯定在等來接他們的人，我準備偷偷去搶遙控器。你乾脆藏起來，不然驚動喪屍的時候也會驚動他們，我們兩個衝上去硬搶的話，不大能搶得過。

比努努回應給他一串不高興的低聲呼嚕。

顏布布：最關鍵的是什麼？是他們要是發現打不過我們，直接按下爆破鍵怎麼辦？

比努努便收起了呼嚕。

顏布布：我準備上了，你就藏在後面，等我動手的時候再衝出來。

顏布布鑽出斷牆前低頭看了眼自己，發現這一身嚮導作戰服太過明顯，便四處張望，想找一件衣服穿在外面，目光落到旁邊那隻被他推開的喪屍身上。

這喪屍身材比他高大，穿著一件夾克，被他推開後也依舊一動不動地朝著斷壁站著。

1分鐘後，顏布布出了斷牆，身上已經多了一件夾克。他像是一隻四處晃蕩的喪屍那般，垂著頭，雙手搭在腿側，搖搖晃晃地朝著陳思澤的方向走去。

他知道陳思澤不可能像自己那樣擁有意識圖像，在黑暗中也能視物，所以並不擔心他們會認出自己。

顏布布慢慢接近三人，已經能聽到他們的對話聲。

「主教，再過上幾分鐘，他們應該就會來了。」

陳思澤不置可否地道：「你覺得這算快嗎？覃峰腦子還是死板了點，如果礎石還在的話，應該早就帶著人等在這兒了。」

「哎，可惜了礎執事……」

陳思澤冷笑一聲：「沒什麼可惜的，他被殺掉，只能代表他能力還不夠。」

「主教說得對。」

顏布布離他們越來越近，生怕自己的呼吸聲被聽見，每一次呼吸都放得很輕。只是腳下突然踩中了一塊磚頭，發出啪一聲響，那三人都轉頭向他看來。

顏布布在三道光束落到自己身上時，已經飛快地轉過了身，垂著頭，弓著背，雙手在身前輕輕搖晃。

三人萬萬沒想到會有活人混在喪屍中，所以也沒在意，只看了他一眼後便又轉回了頭。

顏布布又回過身繼續往前。他一直盯著陳思澤的手，看見他垂在褲側的右手一下下閃著微弱的綠光。仔細瞧的話，是他半握的掌心裡有一個深黑色金屬小長條，顯然那就是爆破遙控器。

比努努就躲在後方一道牆後，目不轉睛地看著他，並催他快撲上去，朝著陳思澤手腕咬上一口，順利地拿到遙控器。而牠會在同時衝出來，在短短瞬間內咬死兩名手下。

顏布布：我又不是真的喪屍，他才是真喪屍，我怎麼能去咬他？而且哥哥都被他們傷了，你確定我咬得過他嗎？我要是一口咬不斷他的手，不但拿不到遙控器，還被他按下爆破鍵了怎麼辦？

比努努表示顏布布可以閃開，讓牠來。

顏布布：你別打擾我，我會找個時機搶到手。我們要謹慎，必須保證一次性搶到，不然就很難再有機會了。

陳思澤三人沒有再說什麼，只沉默地看著遠方。顏布布走到離他們十幾公尺遠的地方時，那名提著皮箱的打手又轉頭看了過來。

顏布布趕緊背過身，垂下頭，弓起背，一動不動地站著。

一道額頂燈的光束投在他背上，將周圍的地面也照得雪亮。他見那光束始終沒有移開，知道那手下也一直看著自己，緊張得喉嚨發癢，差點發出咳嗽聲。

「那邊有什麼好看的？你為什麼一直看那邊？」另一名手下問道。

「這隻喪屍有點奇怪，剛才我看見它還在挺遠的地方，怎麼突然就這麼近了？」手下嘀咕道。

陳思澤沒有做聲，另一名手下道：「這些喪屍都是到處亂晃的，不用在意。」

話雖如此，顏布布還是聽到向自己走來的腳步聲。他不知道這名手下認不認識自己，但他之前經常陪著封琛去見陳思澤，若這手下是一直埋伏在軍營，以士兵身分待在陳思澤身側的人，就肯定認識他。

顏布布心裡越來越緊張。他冒不起被手下認出來的風險，一旦被認出就很難奪走遙控器了。要不然趁著陳思澤現在還沒提高警惕，立刻衝過去搶……

比努努接收到他的訊息，開始往這邊移動。

手下的腳步越來越近，顏布布繃緊了身體就要轉身，卻突然聽到一陣馬達聲轟響，同時一束雪亮的光線從曠野上方的天空射了下來。

「直升機終於來了。阿規，別去管那喪屍了，我們準備走。」

顏布布聽到身後的手下停住腳步，又轉身走了回去，便也微微側頭看去。

只見一架軍用大型直升機正低空朝著他們方向飛來。

螺旋槳帶起的巨大風浪，捲得下方的喪屍歪歪斜斜地站不穩，都仰著頭衝著天空嚎叫。

多年前的那場酷熱，讓所有飛機都損毀了一些零件，軍部到現在都沒有直升機，想不到安佩加教居然還有。可見陳思澤執政東聯軍的這些年，一定是將不少有用的物資都轉去了安佩加教。

直升機在前方緩緩下降，陳思澤瞇起眼，抬手擋在額前，掌心的遙控器露出了半截。

顏布布知道這是不可多得的機會，猛地往前衝去，同時放出精神力，纏住了陳思澤的手腳。

陳思澤剛要吩咐兩名手下，神情陡然一變，抬起的手也軟軟垂下。而就在這瞬間，他身邊擦過一道黑影，接著掌心一空，握著的遙控器被抽走。

整個過程只有 1、2 秒，陳思澤迅速轉回頭，看見一道身影正向著反方向狂奔，寬大的夾克在那略顯瘦削的身上左右晃動。

不用陳思澤吩咐，兩名手下已經追了出去。但橫刺裡突然躍出來一團黑影，從他們眼前一晃而過，其中一名手下的太陽穴部位便多出了幾道抓痕。

比努努原本以為這一爪就能讓那手下斃命，沒想到只在他皮膚表層留下了幾道抓痕，落在地上後也微微一愣。

兩名手下現在顧不上牠，繼續追向顏布布，比努努又躍到一名手下的頭頂，張開利齒往下咬。

牠這口完全能咬碎任何一隻喪屍的頭蓋骨，沒想到這人的頭骨比鋼鐵都要堅硬，牠一口下去，也只在骨頭上留下了幾個尖細的齒孔。

這已經超出了比努努的認知，以至於牠沒有立即跳開，而是伸出爪子去扒拉頭皮想瞧個仔細。結果被那手下一把抓住，狠狠摜在旁邊斷牆上。這一下太重，斷牆被撞得嘩啦啦倒塌，比努努身上也冒起了黑煙，一動不動地躺在碎磚裡。

「比努努、比努努。」

顏布布一邊狂奔，一邊在腦海裡喚著比努努。

過了兩秒後，比努努給出了回應。

「還能堅持吧？堅持不了就回我精神域，反正我們現在精神連接了的。」顏布布將身上礙事的夾克脫下來扔在了地上。

比努努表示牠還可以，不過需要休息一會兒。等牠恢復好後，就去將剩下的那些人全部咬死。

直升機已經降落地面，艙門打開，從機艙裡跳下來十幾個人。他們皆身著作戰服，手持槍枝，但臉部全是一副喪屍模樣。

「主教大人。」

十幾人匆匆跑進中心城，對著陳思澤行禮。

陳思澤滿臉陰鷙地看著顏布布方向，一字一句地道：「抓住他。」

「是。」

顏布布一直朝著前方奔跑，反正不管是哪個方向都能跑出中心城。他想將手上的遙控器砸碎，但瞧那材質竟然是鉅金屬，根本無法輕易損毀。而且一端不停閃著綠光，想藏在哪個隱蔽的地方都不行，便只能揣進作戰服的內兜。

顏布布已經跑出了最快速度，遇到擋路的喪屍也是一把推開。但身後那些追趕的人速度更快，腳步聲也離他越來越近。

他不能再跑直線，不然很快就要被抓住，便一個轉身拐進了旁邊的租住點。這裡全是成片的低矮租住房，巷道四通八達，他在那些巷道裡穿梭著，像一隻敏捷的跳羚，終於保持住了和後面人的距離。

當再次拐彎後，他閃身鑽進了旁邊一間敞開的房門，再衝到窗邊翻了出去，悄無聲息地落到了另一條巷道裡。

隔壁巷道傳來急促的腳步聲，並擦過他這個位置遠去。

顏布布原本不大清楚自己跑到哪兒了，但看見左邊有一排燃燒殆盡的房屋。他想起中心城塌陷的那天，封琛就是在那裡點起熊熊大火，將一群群喪屍吸引過來再殺掉。那麼距離這裡不遠的地方，就有通往 2 層的卡口。

「每個方位都去兩個人，他現在還在城裡，肯定跑不掉。」

他聽到了那群人停下腳步的對話聲，便悄悄往卡口前進。飛快地穿過一條街道，神不知鬼不覺地上了鐵梯。

但鐵梯上站了不少的喪屍，有幾隻還將這原本就不寬的地方堵得嚴嚴實實，讓他不得不從它們中間擠過去。

他刻意不去看喪屍的臉，也忽略掉面前胸膛上那個深可見骨的黑洞，只沉默地側著身體往前擠。

但這些喪屍寸步不讓，他就被側著卡在了兩隻喪屍的胸膛中間。

顏布布轉過頭，看見不遠處的光束正在往這邊移動，知道那些人已經找到這邊來了，心頭一急，便想出聲讓面前的這隻喪屍讓開。

「吼……」他張開嘴，發出了低聲下氣的小聲吼叫。

「吼！！！」兩秒後，和他近在咫尺的這隻喪屍突然張開大嘴，朝著他發出一聲驚天動地的嚎叫。

顏布布下意識又轉頭去看那些追他的人，看到他們都盯向了這邊，並開始朝著這方向飛奔。

還好這一小群喪屍也跟著起了點小小騷動，不再卡得嚴嚴實實，他趁機掙脫出來，踏著鐵板往上跑，咚咚咚的腳步聲飛速響到 2 層。

昔日平整的 2 層大街，如同曾經遭遇過地震的海雲城那般，到處都是翹起的鐵板，四處也散落著碎石磚塊。

顏布布在那些鐵板上飛奔，還要留意腳下時不時會出現的縫隙。他這次跑向了哨嚮學院，準備從那方向的 2 層翻下去，直接就能到達山體裂口處附近。

他聽到後面也響起了腳步聲，知道那些人也已追上了 2 層，便要故技重施，找個巷道鑽進去。畢竟那些人不能像他一樣在黑暗裡視物，他要藏起來也不是太難。

但耳邊又響起了隆隆馬達聲，那架軍用直升機從 2 層邊緣冒了出來。直升機跟隨著顏布布，一束雪亮的追光始終落在他身上，接著艙門被拉開，一杆烏黑的槍口架在了艙門口。

顏布布心頭一凜，立即朝著旁邊撲出。在他撲出的瞬間槍聲大作，身後的鐵板連續響起子彈撞擊的脆響，冒出了一排刺眼的火花。

他一邊跑一邊尋找巷道，但這是一條筆直長街，兩邊都是高高的圍牆。機槍不斷向著下方掃射，那束燈光也始終追著他，將他籠在其中。

顏布布雖然有意識圖像的指引，能左右騰挪避開子彈，但前進速度受到了影響，後面的人正在追上來。

直升機在這時候突然加速飛到了正前方，並開始下降，顯然準備和後面的人將他前後圍堵住。

但當直升機下降到某一高度時，圍牆上突然躍起一團黑影，抓住了機腹下的滑橇，一個盪身就鑽進了機艙。

兩秒後，直升機內的機槍熄了火，機身也開始劇烈搖晃，從敞開的艙門可以看見比努努正在裡面撲打撕咬。

顏布布趁這機會發足狂奔衝了出去。他躍過一條條既長且寬的縫隙，終於跑出了這條長街，再一頭扎進旁邊的巷道裡。

「比努努快撤，這些人都是改造過的喪屍，你不要和他們對打，能偷襲就偷襲！」

機艙裡加上機師還有四個人，比努努藉著體型優勢，在這不算大的空間內靈活竄動，還能抓住時機在他們頭上撓一把。

牠開始吃了虧，知道這些人不好對付，所以也能聽進顏布布的話。不待那幾人抓住自己，便從艙門躍了出去，再飛快地消失在黑暗裡。

顏布布知道這片地方，是 2 層的某個小居民點，一直往前走就是福利院和哨嚮學院所在的區域。進入那片區域後再往前跑出一段，就離城邊緣不遠了。

直升機丟失了目標，重新尋找顏布布，光束在2層地面四處晃動著。那些追蹤的人衝到他消失的地方，也開始分頭尋找。

直升機光束剛晃過一間快要倒塌的房屋，從斷牆後就閃出來一道人影，彎著腰在那些殘垣斷壁間穿行。

「比努努，告訴我右邊有幾個人……好，我知道了……」

一名手下衝入了一條巷道，轉著頭打量四周。他突然察覺到額頂燈照亮的邊緣有人影閃過，正要轉頭去看，面前就撲來一團黑影，朝著他的臉飛快抓撓。

手下抬起一隻胳膊擋著臉，伸出另一隻手去抓，但那團黑影在他伸手的同時已經躍上牆頭，飛快地跑遠了。他再回頭去看那道人影時，發現人影也消失不見。

顏布布就這樣朝著中心城邊緣移動，很快就到達了福利院。而直升機和那群打手還在居民點打轉，在那一帶反覆搜尋著。

「比努努，我們馬上就成功了。」

顏布布摸摸衣兜裡的爆破遙控器，心裡很是激動，但立即又浮起了擔憂，「也不知道哥哥那裡怎麼樣了，他受了那麼重的傷，那些人能不能保護好他，把他送回……」

「把他送回……送回……送去哪兒呢……」顏布布正走在一處斷牆下，突然就頓住了腳步，兩眼空茫地看著前方。

直到直升機光束從身邊晃過，他才陡然驚醒，趕緊藏到一旁的屋簷下，也嚇出了一身冷汗。

他剛才意識有著短暫的空白，大腦也一片混沌，就和上次墜落到中心城喪屍群中的情形一模一樣。他清晰地知道，這是和比努努精神連結時間過長，自己正在開始喪屍化。

——不行，要快點走，必須要快點離開這裡……

此刻的小營地裡也全是喪屍，原本堵在山腳下的士兵已經退到了半山腰位置。好在軍隊終於趕來，拉成了一條長長的戰線，將喪屍群攔在了山腰處。

「堅持住，一定不能讓它們衝破這道防線！這些狗娘養的。」冉平浩的嗓子已經啞得快發不出聲，卻依舊在嘶吼，又轉頭問旁邊的士兵：「怎麼樣？設障機已經到了嗎？」

士兵滿頭大汗地放下通訊器，「才和設障機聯繫上了，馬上就到缺口，讓我們再撐一陣子。」

「設障機已經聯繫上了，正在封缺口，已經封了一大半，我們再撐一陣子就行。都聽見了嗎？」冉平浩連接發出一串自己都聽不清的氣聲，只能對士兵做了個手勢，那士兵便扯著嗓子大吼：「都聽見了嗎？設障機已經封好缺口了，那邊的喪屍馬上就要斷流，再撐一陣子就挺過去了！」

冉平浩贊許地拍拍士兵的肩，又重新扛起機槍朝著喪屍群開火。

戰線另一端便是東聯軍。

一名軍官見封在平嘴唇乾裂起皮，便遞過去一壺水，說道：「將軍，喝點水。」

封在平抬起左手擋開，動作熟練地給槍枝更換彈匣，嘴裡問道：「其他人都撤進暗物質區域了嗎？」

「所有民眾都撤進去了。」軍官甚為機靈，想了想又道：「夫人也被護送進去了。」

封在平點了下頭，但換好彈匣後卻沒有立即開槍，而是轉著頭去看遠方的那些士兵，像是在裡面尋找著誰。

軍官以前並沒有接觸過封在平，所以這下猜不準他的心思，也不知道他在看誰，只能跟著四處張望。

封在平似是沒有找到想找的人，便拿起擴音器繼續指揮，並不時朝著前方的喪屍群開槍。他緊閉著嘴，神情看不出來喜怒，但眼底卻流露出不易察覺的焦慮和擔憂。

此時林奮和于苑帶領著一群士兵，一路清著山坡上的喪屍，終於將這一批民眾送進了暗物質區域。

「他倆呢？」林奮顧不上喘口氣，用那和冉平浩同樣沙啞的聲音問于苑。

于苑滿臉焦灼，「剛才布布去接封琛去了，到現在我都還沒看到他們。」說完後便順手抓過一名剛從暗物質區域裡跑出來的士兵，「你看見封琛和顏布布了嗎？」

「他們是誰？我不認識。」士兵茫然地問。

「林少將，于上校。」身後響起王穗子的聲音，于苑和林奮轉頭，看見她和計漪、陳文朝一起從暗物質區域跑了出來。

于苑立即問道：「你們看見顏布布和封琛了嗎？」

王穗子搖頭道：「我們也在找他倆，但是一直沒見著人。」

「糟了！」于苑和林奮的神情同時驟變，兩人二話不說，轉頭就往山下衝去。白鶴和兀鷲引頸長鳴，齊齊展翅衝上了天空。

王穗子三人見到這情況，反應過來必定是顏布布和封琛出了事，顧不得再詢問究竟，趕緊也追了上去。

于苑見林奮臉色極其難看，王穗子也滿臉緊張，便一邊跑一邊冷靜分析：「你們放心，雖然現在到處都是喪屍，但他們倆是絕對不會被傷著的，應該是帶了很多民眾，所以沒辦法突圍。」

「對，不光是封哥，布布也那麼厲害。連我都不會被這些喪屍傷著，更別說他倆了。」王穗子聽了于苑的話，頓時鎮定了許多。

于苑瞧了眼林奮，見他神情絲毫沒有好轉，知道這些話只能安慰下王穗子三人。他們兩人心裡都同樣清楚，憑著封琛和顏布布的本事，如果到現在都沒有回來，只能是遇到了什麼意外。

林奮幾人衝到半山腰，到了東西聯軍的防線處，再下面的山坡上爬滿了喪屍。

從這裡順著山脊可以去往大營地，林奮先跑向前方防線，在彈藥堆裡提起了兩挺機槍。

「你是誰？」負責分發彈藥的士兵見他沒穿軍裝，急忙攔道：「民眾已經去了山上，你不要在這兒拿槍，趕緊上去。」

林奮將手裡的兩挺機槍遞給身後的人，又繼續拿槍拿子彈，嘴裡回道：「西聯軍少將林奮。」

「啊！原來是林少將。」士兵肅然立正，連忙又幫著遞彈藥。

不遠處，封在平正對身旁的軍官交代任務，突然停住話，倏地轉身看向後方。

「林奮！于苑！」

林奮和于苑剛要離開，聽到這聲音後微微一怔。

「封將軍！」兩人同時出聲。

封在平飛快地看了眼他倆身後的人，又看回兩人。他和林奮于苑雖然什麼話也沒說，但都在對方眼裡看到了激動。

林奮還要去找封琛和顏布布，也來不及多說，朝封在平行了個軍禮後，便轉身往大營地的方向跑去。

「林奮，你這是去哪兒？」封在平大聲問道。

林奮頭也不回地回道：「接人。」

封在平並沒有問他要接誰，只沉默了兩秒，聲音沙啞地道：「我多派些人跟著你去。」

林奮也不矯情，直接應聲：「好！來點哨兵嚮導。」

封在平身旁的軍官反應很快，立即點了十名哨兵嚮導，讓他們帶著武器跟上林奮。

半山腰以下已經全是喪屍，烏泱泱地往前湧動著。前面的喪屍不斷被擊殺，後面的又持續補上。林奮一行人在衝入喪屍群的同時便放出了精神力，齊齊刺向前方，他們踏著喪屍的屍體往前衝，殺出了一條通往大營地的道路。封在平目送著他們的身影消失在喪屍群裡，這才回頭繼續指揮戰鬥。

「封將軍，剛才冉政首發來了通訊，說有個新想法要和您商量一下。」軍官彙報道。

封在平伸手拿起旁邊的槍枝繼續更換彈匣，嘴裡平靜地道：「你把內容複述給我。」

「是。」軍官開始複述冉平浩在通訊器裡說的內容，但說著說著，他聲音漸漸變小，停了下來。他眼睛一直盯著封在平的手，終於遲疑地問道：「將軍，您沒事吧？是不是哪裡不舒服？」

封在平的手一直在抖，抖得連空彈匣都取不下來。

他放下槍，用左手抓住自己的右手，「我沒事，只是情緒有點不穩，過一會兒就好了。」

封在平閉上眼深深吸氣，再睜開眼時，又恢復了一貫的沉穩鎮定。他迅速給槍枝換好彈匣，朝著前方開槍，嘴裡喝道：「繼續，你才彙報了一半。」

「是。」軍官回過神，又接著剛才的內容往下彙報。

大營地的一群人在蔡叔的指揮下，抬著封琛慢慢走向山坡。雖然喪屍很多，但大家槍枝足夠，周邊一圈都人手一挺機關槍，所以雖然驚險頻發，卻也安全抵達山腳。

山腳下的喪屍比營地裡少些，大家終於能緩口氣，有人焦急地問：「蔡叔，現在怎麼辦？」

蔡叔轉頭打量著山坡上的懸崖，手指向某個方向，「看見那裡了沒？山壁上有個大平臺，我們可以爬上去。」

那平臺就在山壁上，離地面約莫有十來公尺的高度，雖然不算太大，但如果擠一擠，應該容得下這一百多人。

「好，注意在路上撿繩子，那邊有一條，快撿起來。」

「這邊還有一條，短了點，不過可以接上。」

一行人正往山坡上爬，那名抬著擔架的人突然驚喜地叫道：「他醒了，我看到他動了下，哎哎，眼睛也睜開了。」

「快餵他喝點水，看他嘴皮都乾的，邊走邊餵。」

封琛終於醒了過來。他發現自己躺在一架搖搖晃晃的擔架上，耳邊是激烈的槍聲，中間還夾雜著喪屍的吼叫。他一時有些恍惚，想不起來自己為什麼在這兒，剛才又發生了什麼。

擔架周圍一圈全是腦袋，都俯頭看著他，有人還拿著水壺往他嘴邊湊，「喝點水，來喝點。」

封琛想坐起來，剛挪動身體就感覺到一陣劇痛，悶哼一聲後重新倒了下去，冷汗涔涔滑落。

「別動，你被陳思澤打傷了，現在不能動。」有人連忙按住了他的肩膀。

封琛空茫的思緒逐漸回籠，這才回想起剛才發生的一切，神情頓時就變了，翕動嘴唇艱難地道：「爆炸……快爆炸了……」

「我們知道，不過沒事的，你弟弟已經去追他了。」

「我弟弟？」封琛看向說話的人。

那人點頭，「對，在你昏迷的時候他來過，後來衝進中心城追陳思澤去了。你放心，他說過不會和陳思澤對打，只是搶走爆破遙控器就行。他是光明嚮導，還可以不被喪屍咬，肯定能搶出來的。」

封琛仰頭看著天空，臉色如同紙一般白。他和陳思澤交手過，知道顏布布絕對不會是他的對手，搶走爆破遙控器也不會是那麼容易的事。

有人已經爬上了山壁上的平臺，正將幾條接得長長的繩索往下扔。大家正抬頭看著，就聽到抬擔架的人在叫：「你別動啊，你受傷了就躺著別動，不用下來，我們會將擔架綁在繩索上拉上去的。」

封琛掙扎著要起身，但他連坐直身體都很難，還差點摔出擔架，被旁邊的人趕緊扶住。

「別動別動，我們馬上就把你送上去。」那人將他的肩膀按住。

封琛側身坐在擔架上，大口喘著氣。他不知道顏布布情況如何，心頭既焦慮又恐慌，他必須要去找顏布布，必須要將人帶回來才行。但他現在全身是傷，別說去找顏布布，就連站起身走幾步都辦不到。

封琛視線無意識滑過山壁，突然被灌木叢裡的什麼東西晃了下眼，讓他原本移開的目光又倏地看了回去。

身旁的人見他沒有再動，便俯下身在擔架的四個角上綁繩索。

封琛看了眼四周，見左邊有個小孩兒正好奇地盯著他，便抬起那隻沒受傷的手招了招。

小孩兒立即跑了過來，封琛在他耳邊低聲說了句什麼，小孩兒點點頭，又轉身跑向那灌木叢。

「我這個角綁好了，你那個角呢？」

「哎哎哎，左邊的喪屍都衝過來了，是誰負責左邊的？快堵住。」

擔架旁的人站起身去問封琛：「那我們現在就把你先送……」

他的話突然止住，像是看到了什麼令他萬分驚駭的事，慢慢瞪大了眼，接著臉色蒼白地往後退，直到撞到一人身上。

「幹什麼？我手放在扳機上的，差點對著人群開槍……」那人邊說邊轉頭，在看見封琛後也怔愣住了，片刻後指著他一聲大吼：「他被喪屍咬了！你們怎麼看的人？他被喪屍咬了！」

正在忙碌的人群都停下了動作，齊齊看向封琛，再集體陷入了失語狀態。

【第五章】

他是人，
也是黑暗哨兵

林奮一行人已經跑到人群裡，和其他人一樣注視著封琛的背影。
沒有任何人說話，也沒有任何人動作，
只有一群量子獸在旁邊撲咬著喪屍。
直到封琛衝進了山體裂口，大家才回過神，
趕緊殺那些衝來的喪屍。
王穗子朝著旁邊機械地扣動扳機，眼睛有些發直，
「封哥現在是什麼？算是喪屍還是人？」
「人。」林奮依舊看著封琛消失的方向，輕聲回道：
「也是黑暗哨兵。」

封琛依舊坐在擔架上，微低著頭，兩隻手臂擱在膝蓋上，手腕無力地垂在空中，看上去和剛才沒有什麼不同。但他露在衣領外的脖頸皮膚已經變成了烏青色，兩隻手也長出了深黑的長指甲。

蔡叔最先反應過來，顫抖著聲音問道：「這是怎麼回事？不是讓你們都看著點嗎？這是怎麼回事？」

「他，我，我不知道，我不知道他怎麼被咬了，可是，可是我就在他旁邊給擔架繫繩子，沒有發現有喪屍啊。」有人驚慌地回道。

周邊端著槍的人也怔怔看著封琛，直到喪屍快衝了上來才回過神，趕緊又朝著外面開槍。

蔡叔嘴唇哆嗦著：「怎麼回事……怎麼就變成了這樣……」

「不、不知道。」

蔡叔的眼淚滾出眼眶，用腳狠狠地跺著地面，發出一聲聲嘶吼：「我們該怎麼交代，該怎麼向他弟弟交代啊……為什麼這樣的事情又發生了，為什麼和從前一樣了……」

砰一聲，他腳下踩到什麼東西彈了出去，在地上骨碌碌滾動著。

所有人的視線都落在那東西上面，發現那是一支銀白色的針劑管，封口已經被打開，裡面空空地沒有液體。

沉默兩秒後，有人喊出了聲：「那是陳思澤剛才拿著的針劑，就是他說可以把人變成喪屍的那種針劑。」

「是哥哥讓我給他的。」人群裡響起一道怯生生的聲音。

所有人都轉過頭，小孩兒在眾人的注視下，結結巴巴地道：「哥哥讓我給他，他就給自己打了一針。」

蔡叔撿起那根空針劑，注視片刻後又看向封琛，張了張嘴，卻什麼話也沒能說出來。

大家都沉默地看著封琛，看他猶如睡著了般一動不動地坐在那裡。

「蔡叔，現在怎麼辦？」有人艱難地開口問道。

吼！不遠處傳來喪屍的嚎叫，又是一大群喪屍朝著這邊衝了過來。

不等蔡叔回答，所有人都手忙腳亂地開始拿槍，準備迎接這一波攻擊。

「快給我子彈，我子彈打空了。」有人伸手向後去接子彈。

「我這裡馬上也沒了，快給我點。」

負責發放彈藥的人將子彈遞給他們後，看著腳邊僅剩的兩條彈帶，抹了把臉後啞聲道：「快抓緊時間上平臺吧，我們快把子彈打光了。」

「快點快點，抓緊時間上平臺，先把擔架拖上去。」蔡叔將封琛的兩隻腳放進擔架後，朝著平臺上方喊道。

封琛此刻聽不到外界的半分聲音，他卻能聽到自己的骨骼在發出咔嚓脆響，也能感覺到自己全身每一個細胞都在不停崩裂，再重新生長。

而他的精神域內，一片濃稠的黑霧覆在精神域外壁上，像是一層斑駁的黑色苔蘚，並向著四周滋生蔓延。黑霧逐漸擴散，裹住那些泛著金光的精神絲，將它們盡數染成了黑色。

他的精神絲似乎在抵禦那股黑霧，金色不斷從黑霧下透出來，卻又被再次覆蓋……如此反覆後，他的精神絲雖然成了黑色，但那些金光也漸漸浮現出來，在黑色表層上形成一綹綹的金色紋路。

金色和黑色，終於相互妥協，相互融匯在了一起。

「我的槍沒子彈了！」

「我還有最後幾十顆！」

隨著一支支沒有子彈的槍枝啞火，喪屍們越撲越近。平臺上站著的人正在拚命將擔架往上拖，下方的人則擠成一團。

幾名小孩緊貼山壁被圍在最裡面。他們視野裡只能看見大人的後背，耳朵裡只能聽到喪屍越來越近的嘶嚎，都驚恐地瞪大了眼。

蔡叔開槍殺死一隻喪屍後，轉頭看了眼吊在半空的擔架，又轉頭朝著最裡面大喊：「娃娃們別怕，我們擋著呢，馬上就能把你們也拖上去了。」喊完後又朝著前方開槍，但扳機咔嚓兩聲後，卻沒有子彈出膛。

蔡叔看著前方衝來的喪屍，深深吸了口氣，扔掉手中的空槍，從地上撿起了一塊石頭。

周圍也響起一片扔掉空槍的聲音，所有人蹲身開始撿石頭。

「都別怕，我們死了就能回海雲城了！大家還可以在路上作伴！」不知是誰大聲吼道。

有人在嚎哭、有人已經喘得像要窒息，卻也都用變調的聲音大聲喊道：「不怕、不怕……死很快的，很快就感覺不到痛，也就一起回到海雲城了。」

「誰還有子彈，先送我上路好不好……」

吼！喪屍群已經撲了上來，在空中張開了猙獰的大口。

大家朝著它們砸出石頭後，便抓緊身旁的人閉上眼，等待著被撕爛咬碎的疼痛到來。

一直躺在擔架上的封琛卻在這時倏地睜開了眼，一雙漆黑無光的眼睛定定看著天空，但他的精神力卻如同磅礡的巨浪，向著下方鋪天蓋地地拍去。

砰一聲巨響，以山壁下的人群為中心，他們周圍百公尺距離內的喪屍都齊齊向著後方飛出，像一只只沉重的麻袋般摔在地上，口腔和鼻腔內淌出了被攪碎的黑色腦組織。

這片區域陡然變得安靜下來，既沒有喪屍嚎叫，也沒有人說話。只有一隻後面才跑過來的喪屍，還在朝著這邊衝。

一頭雄壯的黑獅慢慢浮現在空氣中。

牠原本琥珀般金黃的眼睛已經成為一片漆黑，嘴邊伸出兩顆長長的尖牙，但眉心卻多了一道豎著的金紋。

黑獅從半空躍下，閃電般衝向那隻喪屍，一口就咬碎了它的頭顱。而那喪屍的身體居然還往前衝了幾步後才倒下。

林奮一行人終於衝到了大營地，也看見了山壁下站著的那群人。

「他們就在那裡！他們是安全的！」于苑又驚又喜地道。

王穗子和計漪邊跑邊激動大喊：「布布，封哥……」

封琛從半空中的擔架上站起身，動作間已經沒有半分傷重的模樣。他轉頭遠遠地看了幾人一眼，便從擔架上躍下了地。

王穗子幾人沒有仔細看封琛的模樣，還在往前奔跑，但林奮和于苑卻突然停下了腳步。

「你看見了嗎……他，他……」于苑僵硬地轉動脖子看向林奮，臉色迅速褪去血色，變得一片蒼白。

林奮呼吸也變得急促，但他瞬間便反應過來，拉起于苑的手繼續往前跑，「沒事，你看，他在和那些人說話。」

「對啊，他還在和人說話，難道是我們看錯了？」于苑驚疑不定地看著前方，「那布布呢？我怎麼沒有看見布布？」

海雲城的一群人都一動不動地看著封琛，看著他那張既英俊又詭異的臉，誰也沒有發出聲音。

封琛將破爛的作戰服脫下來扔掉，只穿著一件灰色短袖 T 恤，對他們道：「我現在要去中心城找我弟弟，林少將和于上校來了，他們會帶著你們走。」

「什麼？林少將和于上校？」

「是海雲城的林少將和于上校嗎？」

一群人在聽到林奮和于苑的名字後，終於從封琛帶給他們的精神恍惚中回過神，也終於能開口出聲。

封琛知道這群人會將經過講給林奮他們聽，所以不待他們跑近，已經轉身朝著中心城方向奔去，同時大喝一聲：「薩薩卡，走！」

站在大營地中央的黑獅也飛快地衝向了山體裂口處。

封琛一路往前飛奔，不遠處便是那拖著設障機的履帶車，正裹著一層喪屍緩緩移動著。當他跑過時，車身上的喪屍突然像是爆米花出爐般四散炸開，再遠遠摔在了地上，顱腦已經被精神力攪碎。

封琛衝進裂口，前方通道裡的喪屍紛紛朝著兩旁飛出，撞上山壁後再無聲無息地墜落。

這條湧動著密集喪屍的通道，出現了一條暢通無阻的路。

此時，林奮一行人已經跑到懸崖下的人群裡，也和其他人一樣注視著封琛的背影。沒有任何人說話，也沒有任何人動作，只有一群量子獸在旁邊撲咬著喪屍。

直到封琛衝進了山體裂口，看不見身影後，大家才回過神，趕緊殺那些衝來的喪屍。

王穗子朝著旁邊機械地扣動扳機，眼睛有些發直，「封哥現在是什麼？算是喪屍還是人？」

「人。」

林奮依舊看著封琛消失的方向，輕聲回道：「也是黑暗哨兵。」

中心城。

比努努跟在顏布布身後，不斷警惕地回頭去看，結果沒留神前面，一下撞在了顏布布的腿上。

顏布布一動不動地站著，比努努就立在他身旁左右望，並沒發現什麼異常。

顏布布依舊沒動，比努努終於察覺到不對勁，抬頭去看他的臉。兩秒後，牠直接躍起身，一爪子搧在了顏布布臉上。

顏布布呆滯的神情消失，拔腿往前跑，一邊跑一邊在腦海裡道：比努努，你快和我說話，不停地說話……

「嗷，嗷嗷嗷嗷，嗷嗷……」

「比努努，我看到哨嚮學院了，再往前就是研究所，過了研究所再跑上 10 分鐘，我們就能出中心城了。」

「嗷嗷！」

「我們經常走這條路的，你還記得嗎？」

「嗷嗷……」

哨嚮學院這一片區域損毀並不嚴重，顏布布看見學院裡的宿舍樓都還是好好的。只是很多鉅金屬板的連接處已經斷裂，街面上的金屬板一塊塊翹起，顯出寬大的縫隙。

比努努在察覺到顏布布又停下腳步後，就要跳起來搧他耳光。但還沒來得及動作，就聽到顏布布緊張的聲音在腦內響起：你先藏起來，偷偷去前面等著，我會找機會將遙控器扔給你，你接住了繼續跑。

顏布布僵硬著身體看著前方，而就在不遠處的大街上，突然亮起了一束額燈光。陳思澤站在一塊翹起的鐵板上，一臉平和地看著他，身旁還晃悠著幾隻喪屍。

「布布啊，我剛才就覺得那背影有些眼熟，結果真的是你。」陳思澤嘆了口氣，搖搖頭道：「你平常是最乖的，怎麼也這麼調皮了呢？」

顏布布沒有做聲，只用餘光瞥著比努努，看牠閃到了路旁的圍牆下面，偷偷往前走。

「把爆破遙控器交給我吧，陳叔叔也不會為難你的，交給我就讓你離開。」陳思澤慢慢向顏布布走來，語重心長地道：「你不能什麼都聽封琛的，你自己得有點腦子，做每一件事都要想清楚後果。」

顏布布知道自己如果開口的話，只能發出喪屍一樣的嚎叫，便閉著嘴一言不發，只警惕地往後退。

退後幾步後，他突然朝著左邊衝了出去。但一道人影更快地閃到左邊封住了去路，讓他一個急剎停住了腳。

陳思澤又從左邊朝著顏布布走來，目光上下打量著他，「我來猜猜你是怎麼變成這個樣子的。你也注射了藥劑？不可能，你的速度並沒有明顯提升。」

陳思澤越走越近，神情也越來越疑惑。顏布布見他似乎分了神，便猛地朝著右邊衝去，但陳思澤如同鬼魅般，比他速度更快地衝向右邊，擋住了他的去路。

「奇怪了，我還沒有見過這種情況，難道東聯軍背著我也在研究針劑？不可能、不可能⋯⋯」

陳思澤仍然在自言自語，像是沉浸在自己的思緒中。

顏布布聽到直升機飛來的聲音，也看到遠方有數條奔來的身影，便不斷向著各個方向衝出，但總被陳思澤擋住了去路。

他剛才被那些手下追過，清楚他們雖然跑得快，卻也沒有達到陳思澤這樣的速度。顯然陳思澤注射的藥劑和其他人不一樣，是單獨的一份，比其他人要厲害得多。

他清楚自己現在跑不掉，餘光瞥到比努努已經站在很遠的地方，蹦跳著示意他可以將爆破遙控器扔去，便不動聲色地去摸自己衣服內兜。

誰知一直皺眉垂眸的的陳思澤卻突然抬起頭，一雙沒有生氣的眼睛看了過來。就在下一秒，顏布布那隻探向衣服內兜的手便被抓住。

顏布布努力掙動自己手腕，但陳思澤的手指像是鐵鉗一般，鉗得他不能動彈。眼看後面的人就要趕到，他猛地放出精神力，纏上了陳思澤的肢體。趁著陳思澤動作微滯，手指也跟著放鬆的時機，立即掙脫跑了出去。

「比努努，接著。」顏布布在跑出去的瞬間，便掏出了爆破遙控器，大力扔向了比努努。

比努努一個躍身，在空中將爆破遙控器接住，再落到旁邊圍牆上，直接在牆頭上向著前方飛奔。

顏布布追在比努努身後，也跑出了自己最快的速度。他看著直升機從頭上飛過，身旁嗖嗖掠過兩道人影。

那些人全都沒有管他，徑直追向了比努努。

但顏布布又聽到了陳思澤的命令：「別光追量子獸，把人也給我帶回來。」

「是！」

顏布布心頭一凜，瞧見身旁有一條巷道時，便一頭扎了進去。

後方的打手追進巷道時，顏布布已經躲到了一堵斷牆後。他藉著自己可以在黑暗中視物的優勢，繞著斷牆悄悄轉了一圈，再閃進旁邊房子裡，上到 2 樓，從陽臺通道翻到了另一條街。

他在另一條街上狂奔，從這裡也能看到圍牆上縱躍的比努努。直升機就飛在上空，將牠身影照得雪亮。不過在幾名打手也跳上圍牆後，牠便又躍下了地。

隔著一堵圍牆，顏布布雖然看不見比努努，但能看到直升機懸浮在空中沒有移動，而牠的身影也不斷冒出牆頭又落下，顯然正在橫跳閃避。比努努再一次冒出牆頭時，顏布布看見牠身上已經冒出了黑煙。他拚命奔跑，將那些擋住路的喪屍撞開，在跑過比努努的位置後，在腦海裡喊道：快拋給我！

遙控器劃破夜空，打著轉飛了過來，顏布布衝上兩步接在手裡，繼續朝著前方狂奔。

路上的喪屍被他撞開後，衝著他的背影憤怒嘶吼，也有幾隻喪屍，莫名其妙地也跟著一起跑。

他已經看到了中心城的邊緣，也看到了那搖搖欲墜的鉅金屬網反射出的金屬冷光。他只要翻過那架網，再加把勁，就能衝進山體裂口。

一旦進了裂口，他便可以將比努努收進精神域再放出來，讓牠引得喪屍群倒流，擋住那些人的路，而自己就可以跑走。

「嗷！」比努努突然給他傳遞了危險資訊，他轉頭一看，嚇得差點一個趔趄。

陳思澤不知道什麼時候已經追了上來。他速度快得出奇，轉眼就已經離他不過五十公尺左右的距離。

顏布布連忙再次放出精神力束縛，陳思澤便停在了原地。

但就在這時，顏布布突然感覺到腦子一陣昏沉，像是被注入了一股水泥漿，並迅速凝結乾涸。他的意識也變得模糊，不知道自己是在幹什麼，又要去向哪裡。

「快走、快走……」他只喃喃念著，機械地往前跑動，但速度越來越慢，最終停了下來。

幾名手下追上來抓住顏布布的肩膀，將他一把按在了地上，臉頰就貼著冰冷的鐵板地面。空中的直升飛機也落到地面上，裡面的手下包括機師都跳下直升機衝了過來。

「跟隻兔子似的，這他媽也太能跑了。」一名手下恨恨地罵了句，揚起拳頭就要砸下去。

「住手！」身後傳來陳思澤的聲音，那手下悻悻地收回了拳頭。

陳思澤走到顏布布身前，低頭看著他。顏布布雖然被按在地上，目光直直地盯著前方，嘴裡卻一直像是在念著什麼。

他側耳細聽，卻只能聽出一聲聲的低嚎。

陳思澤捏住顏布布的下巴，將他轉著頭仔細打量，「他無法像我們一樣正常說話，分明沒有注射過針劑，喪屍卻不咬他……但現在怎麼又沒有了神志，像是真的變成了喪屍？奇怪……把爆破遙控器拿出來，人也一起帶上飛機，回去後讓研究所檢查一下他身體內有些什麼。」

「是。」

一名手下正要去拿顏布布握在手裡的爆破遙控器，空中便突然撲下來一團黑影。陳思澤迅速抬手擋臉，衣袖就被哧拉劃破，手臂上也多出幾道淺淺的抓痕。

比努努繼續衝著陳思澤抓撓撕咬，卻被陳思澤伸手揪住了脖子，牠扭頭就去咬陳思澤的手，又被他捏住了腦袋。

比努努拚命掙扎，爪子在陳思澤手背上抓撓，卻只能抓出幾道白痕。陳思澤用額頂燈將牠照亮，牠便朝著他凶狠齜牙。

陳思澤看著比努努，饒有興趣地問手下，「你們看，這個量子獸是個什麼東西？」

「不清楚，從來沒見過。」

「我也沒見過。」

陳思澤道：「顏布布有次從我辦公室離開後，一名哨兵說他的量子獸像隻小喪屍，但你們看牠除了凶一點，哪裡像喪屍了？」

「不像，哪有這樣粉白粉白的喪屍。」

陳思澤若有所思地側著頭，比努努突然從他手裡掙脫，一爪抓向他的眼睛。陳思澤沒有提防，這一下竟然被牠抓中，那隻黑沉無光的左眼球上，立即多出了一道灰黑色的抓痕。

「主教！」

兩名手下剛喊出聲，就見陳思澤一把抓住還在朝他撲咬的比努努，抬手便一把摜在了地上。

砰一聲響，比努努和地面的金屬板重重相撞，身體騰地冒出了黑煙。牠掙扎著想爬起身，又重新摔回地面，卻依舊揚起爪子在空中抓撓，朝陳思澤齜牙，發出凶狠的低吼。

「真是隻不知好歹的畜生。」陳思澤抬手按了下自己眼球，見比努努還在試圖爬起身，抬腳便朝牠狠狠踢去。

比努努被踢得飛了起來，再次撞上街邊的圍牆。隨著圍牆轟隆倒塌，牠的身體也消失在空氣中。

陳思澤舒了口氣，看向不遠處停著的直升機。直升機裡雖然沒有人，卻處於發動狀態，轟隆隆的聲響吸引了不少喪屍。它們都在往機艙裡鑽，有些已經爬到飛機頂上。

「把爆破遙控器取出來給我，帶上人走吧。」他掏出一條手帕擦拭手指，嘴裡吩咐道。

「是。」

顏布布一直被人按在地上，臉頰貼著地面，雙手卻摟在胸前，將那只爆破遙控器摟得緊緊的。他神情空茫，雙眼呆滯，嘴裡一直發出低低的吼聲。

「快走……快走……」

一名手下想將爆破遙控器從顏布布的手裡取出來，試了幾次都沒能成功。他去掰顏布布的手指，但那手指用力得像是要嵌進金屬裡，怎麼也掰不開。

「叫你把遙控器取出來，你在做什麼呢？」眼看陳思澤往直升機方向走去，另一名手下催促道。

「你自己來試試？他把這遙控器抱得死緊，我根本拿不出來。」

那名手下也伸手來拿，顏布布便發出野獸一般的嘶吼聲，並整個身體蜷縮成一團，將那爆破遙控器護在懷中。

「媽的，他到現在都還不放？」

一名站在旁邊的手下道：「沒聽說過嗎？如果有人在變成喪屍前對什麼抱著執念，那麼就算成為喪屍了也不會放棄。」

如果要拿走遙控器，必須要將顏布布的手指掰斷。但陳思澤認識他，還說過要將人帶回去研究，感覺還挺重要，所以幾名手下便有些遲疑，互相面面相覷。

「你們還在幹什麼？」陳思澤停下腳步轉頭問。

「主教，他抱著遙控器不鬆手。」手下指著顏布布道。

陳思澤皺起了眉，「這點小事都不能解決？直接砍斷手腕，只要人活著，能帶回去研究就行了。」

幾名手下一凜，立即應道：「是！」

一人立即取出匕首，走向了顏布布。

顏布布被按在地上，只要誰想去拿爆破遙控器，他就開始掙扎嚎叫，並張開嘴衝著人撕咬。

「把他的嘴綁上，免得等會兒上了飛機還要咬人。」

顏布布的後腦杓被死死按著，嘴上也被纏上了一條布帶。他瞪大眼睛盯著眼前的人，雖然嘴被堵住，卻依舊發出凶狠的嗚嗚聲。

「把他翻過來。」

顏布布被強行翻了個面，他依舊將遙控器死死抱著，還往上抬起膝蓋，想再將身體蜷縮起來，卻被人把膝蓋也按住。他不斷嘶吼掙扎，身體挺起來又落下，脊背撞擊得鐵板砰砰作響。

「快點快點，這小子長得秀秀氣氣的，力氣還挺大。」一名按住他的手下道。

拿著匕首的手下揚起了刀，刀刃在額頂燈照射下發出冷金屬的鋒利光芒。他看著眼前那段細瘦的手腕，揮著刀向下劈出。

刀至中途，他覺得眼前突然一暗，有一團龐大的黑影閃過，身旁的人同時發出驚呼。

他來不及細想，按照慣性繼續往下劈，等著那段斷肢跟著刀鋒飛起。但一刀完畢，他看見顏布布的手依舊好好地緊抱著遙控器，而他自己的手腕像是一根截斷的木樁，手掌和匕首都不見了。

手下又驚又駭地張望四周，身旁的人卻撲通倒在了地上。

那人一張臉已經完全變形，都看不出原本的五官。他整個面部都凹陷下去，如同癟氣的籃球，面部和後腦都貼在一起。唯一能看清的是半張嘴，裡面正緩緩滲出黑色的腦組織。

手下正要叫人，卻見其他人都盯著自己身後，便也猛地回過頭。

數道額頂燈的光照下，一名身材高大的年輕哨兵正慢慢轉過身朝向他們。哨兵臉色和他們一樣泛著烏青，微微垂著頭，額髮間卻露出了一雙漆黑的眼睛，暗沉得透不進半分光線。

而他身旁還站著一隻體型龐大的黑獅，通體漆黑，只有額頭中央有一道金色的紋路。

黑獅張開嘴，一隻斷掌便掉在了地上，那掌心裡還握著一把匕首。

手下們回過神，除了兩人還按著顏布布，其他人都站起了身。而正在走向直升機的陳思澤也停步轉回了頭。

「小琛。」陳思澤驚訝地喊了聲。

封琛微微側頭看向他，也很輕地吐出三個字：「陳、思、澤。」

陳思澤朝著封琛走來，目光上下打量著他，「你這是……」他聲音微微一頓：「你找到了我掉在山坡上的那支針劑。」

「是啊，你也太不小心了。」封琛慢慢扯起一邊嘴角，但這個笑容讓他看上去充滿危險。

下一秒，站在顏布布身旁的那名手下便被扼住了喉嚨，雙腳也離開了地面，接著便被一拳砸中了胸膛。

那名手下懸在半空，眼珠子遲緩地轉動往下，看見自己胸口出現了一個碗口大的洞，而封琛的拳頭還陷入在洞中。

封琛抽出手，見那手下竟然還將自己盯著，又一拳砸向他的額頭。

砰一聲響後，那手下的顱骨像是開裂的面具，連同下面的半透明膜片都碎成了塊。

封琛將人扔到地上的同時，一道強悍有力的精神力已經刺入膜片縫隙，將裡面的腦組織攪得粉碎。

一群手下被這幕震撼住，竟然呆怔在原地沒有反應。直到聽見陳思澤的一聲大喝：「弄死他！」這才反應過來，齊齊撲向了封琛。

「吼！」黑獅發出一聲咆哮，也朝著手下飛躍出去。

封琛將顏布布從地上拉了起來，極快地扯掉他嘴上的布條，一手將他環著，另一隻手擋住兩名手下攻來的拳頭。

他朝著前方迅速擊出，正對面的那名打手脖子挨上了一擊。

連聲咔咔脆響，他的脖子就像煮軟的麵條般垂向一旁，腦袋也耷拉在了肩膀上。

「小心一點，都避開、避遠一點。」有人吼道。

封琛踢中一人的胸膛，那人飛出數公尺後重重摔在地上。再爬起來時，踹斷的肋骨已經穿破皮肉，從胸膛處伸了出來。

另一人想扯出封琛懷裡的顏布布，手才搭上他的肩膀，封琛就猛地回頭看向了他。

封琛的瞳仁是一片濃黑，冰冷且不帶任何情緒。那人清楚自己也是這副模樣，卻依舊被嚇得一哆嗦，下意識就想收手。

但封琛卻已抓住了他的那隻胳膊，猛地往右一擰，那胳膊便像麻花似的被擰成了個扭曲的角度。手下雖然感覺不到疼痛，還是駭得大叫了一聲，旁邊的人也趕緊朝封琛發動猛烈攻擊。

封琛一手環著顏布布，一手卻抓著那人的胳膊不放，在躲過數隻拳腳的同時往後猛扯，那隻胳膊就從身體上分離，被他硬生生地給扯斷。

封琛手握斷臂，轉頭看向其他手下，這群人在對上他的視線後，後背竟然都生起了寒意，不敢再衝上去。

雖然他們具備喪屍的能力，身體只要不是太過殘缺就不會死，但他們還是人類思維，並沒將自己當做真的喪屍。現在見到封琛對付其他人的手段後，哪怕是一群背負了數條人命的亡命之徒，也從心底感覺到了畏懼。

黑獅也咬住了一名手下的頭顱，鋒利的尖牙將頭骨和膜片刺破，封琛便發出精神力攻擊將那人擊殺。

顏布布一直靠在封琛懷中，雙眼無神地平視著前方，卻依舊將那遙控器抱得緊緊的。

「別和他打，直接開槍！開槍！」有人大吼道。

槍聲響起時，封琛抱著顏布布飛快地朝前奔出，身後的鐵板便鏘鏘鏘冒出一串火花，十幾架機關槍不斷噴出火舌。他又轉身躍上旁邊圍牆，剛剛站立的地方，磚頭瓦礫便被擊得粉碎。

槍火猛烈，封琛知道自己沒事，但擔心顏布布會中槍，便大喝一聲：「接著！」同時將顏布布往空中拋出。

薩薩卡在這時躍起身，熟練地將人接住，再穩穩落在地上。

封琛的身前身後全被子彈封住，連躲避的空隙都很難找到。他瞧見街道另一邊是棟樓房，便朝那大門衝去，同時在腦內對薩薩卡道：我把這些人牽制住，你快帶著他走。

薩薩卡立即揹著顏布布躍到圍牆的另一邊，奔向了中心城的邊緣。

封琛飛撲進樓房大門，在地板上滾了半圈後靠在牆壁上。他伸手摸了下後背，將兩顆淺淺扎在皮膚裡的彈頭給拔了出來。

他並不怕外面這些人手裡的槍，但要保證顏布布的安全，得等薩薩卡將人帶出中心城後再追上去。

直升機也升了空，架起機槍朝著大門掃射，封琛也就一直靠著牆不出去。

「堵著大門再包抄，把房子圍起來。打腦袋，記得嗎？不要打他的身體，只打腦袋！」外面的人在迭聲大吼。

薩薩卡小跑在寬闊的大街上。牠雖然身形龐大，但四隻爪子有著厚厚的肉墊，落在街面上也沒有發出半分聲音。

雖然顏布布沒有亂動，但也沒有固定身體，只抱著那個爆破遙控器，兩條腿就垂在牠身側。牠怕將顏布布顛下背，也不敢發足奔跑，只盡力保持身體平衡地小跑前進。

牠聽到了後方激烈的槍聲，知道封琛正拖著那些人。不過再前方便是中心城邊緣，已經能看到鉅金屬網隱隱反出的冷光。牠只要帶著顏布布躍過那道網，封琛就可以追上來了。

黑獅正前進著，突然就停下了腳步，轉頭看向了街道一旁。只見從圍牆上迅速翻過來一道人影，伸手抓向牠背上的顏布布。

薩薩卡猛然躍起身，爪子跟著拍出，擊在那隻手掌上，再和人影同時落地。

人影嚓地擰亮額頭燈，燈光下的那張臉赫然便是陳思澤。

薩薩卡剛才和其他手下交戰過，知道這一爪子拍出去他們也會受傷，但陳思澤的手背上只留下兩條淡淡的痕跡。

陳思澤並沒有多話，剛站穩便又朝薩薩卡撲來，同時向肩上的通話器低聲命令：「直升機過來。」

另一頭，封琛靠在大樓牆上，從那些槍聲裡判斷著手下們各自的位置。他突然感覺到了什麼，站直了身體，同時，樓頂的直升機也朝著前方飛去。

「你們三個從 2 樓下去，我們堵著正門……」一名手下話音未落，就聽嘩啦一聲玻璃碎響，從某扇窗戶裡躍出一道身影。

「他出來了，快開槍！」

封琛徑直撲向離得最近的一名手下，還未落地便奪過了他手中的機槍，直接將槍口抵住他的下巴，一邊接連扣下扳機，一邊推著他往前。

手下像是盾牌似的擋在封琛身前，後背瞬間中了數彈，下巴也被一連串子彈擊穿。而他的顱頂隨著每一聲槍響，不斷鼓起一個個小凸起。

左邊有人藏在一堵斷牆後不斷開槍，封琛猛地將手中的死屍拋向空中，再一個迴旋踢了上去。那死屍便如同一顆炮彈般飛出，撞在那堵斷牆上，磚石散落一地，煙塵也瞬間瀰漫開來。

藏在斷牆後的人忙不迭就要起身，但那煙塵裡卻突然出現了一隻拳頭，砰地擊上了他的面門。

那人被這一拳擊得眼球爆裂，面頰往裡凹陷，封琛緊跟著又將槍口抵進他的喉嚨。砰砰兩聲後，後一顆子彈穿透前一顆子彈留下的彈孔，擊入了他的顱腦深處。

封琛在短短十幾秒時間內就解決掉了兩名手下，其他手下見著都駭得不輕。他們不敢再靠前，只朝著他的方向開槍。

封琛衝到了大街上，一邊躲避子彈一邊抬頭看向前方。在看見那架直升飛機開始下降時，他一個躍身便上了旁邊圍牆，直接在牆頭上飛奔，朝著直升機跑去。

薩薩卡雖然敏捷，但要顧及著背上的顏布布，所以在陳思澤的連續攻擊下應對得非常吃力。而陳思澤也不在意牠，每一下都直接去抓顏布布，薩薩卡用自己的身軀擋了兩下，身體很快就騰起了黑煙。

直升機轟鳴著飛來，堵在了中心城邊緣方向，架在艙門口的機槍往外噴出火舌。

薩薩卡既要躲避陳思澤也要躲避子彈，牠很擔心背上的顏布布，決定先躲進路旁那棟唯一的房屋，等著封琛到來。

牠扭身便衝向房屋，身後的地面被子彈擊打得砰砰作響。在離房屋幾公尺遠的地方牠便騰身躍起，朝著那扇洞開的大門撲去。

薩薩卡快要撲到時便察覺到了不妙，但牠已經收不住去勢，也沒法在空中改變方向。而在牠四爪落地的瞬間，屋內黑暗裡便閃出一道人影，衝著牠的頭部狠狠擊出了一拳。

薩薩卡的腦袋被一片騰起的黑煙籠罩住，背上的顏布布也滾到地上。陳思澤堵住了大門，直升機上的機槍也朝著牠不斷地開槍，牠那巨大的身形輪廓開始漸漸模糊。

薩薩卡只剩下了一團黑煙，卻也往著顏布布的地方移動，像是還想要去揹他。

陳思澤又跨前兩步，衝著黑煙踢出兩腳，那團黑煙終於沒能維持住，消失在了空氣中。

顏布布已經從地上站了起來，卻依舊抱著爆破遙控器愣愣地看著前方。他已經如同一隻真正的喪屍，黑沉的眼裡沒有半分神采。

陳思澤拉著他的胳膊往前，他就腳步踉蹌地跟著，朝著直升機的方向走去。

封琛從圍牆上跳下地，朝著前方飛奔。身後不斷有子彈射來，他只略一歪頭或是側身躲過，腳步沒有半分停頓。

他目光死死盯著那架直升機，看著顏布布被推入機艙，看著陳思澤跟著跨了進去，並轉頭對著他露出了個微笑。

接著艙門關閉，直升機微微搖晃著起飛。

封琛兩隻手臂在身側有節奏地擺動，腳步迅捷如風。但他離直升機還有幾十公尺遠的距離時，直升機已經攀高到了足夠的高度，正在越過鉅金屬網。

封琛在這一刻爆發了他身體裡的所有潛力，短短瞬間便衝到了中心城邊緣，飛快地爬到鉅金屬網上，再縱身奮力躍起。

但他的手指距離直升機滑橇就差那麼幾寸，終是沒有搆著。直升機轟鳴著飛向前方，他卻墜向了曠野地面。

封琛仰躺在空中，看著那架帶著顏布布的直升機從頭上飛過。但他在墜地的瞬間就爬起身，朝著直升機飛出的方向追去。

前方湧動的喪屍群被他用精神力炸開，一團團飛了出去，留出了一條通道。他狂奔在曠野中，不斷抬頭看天，驚人地和直升機保持著同一速度。

那群手下這時才翻過鉅金屬網跳落地面，但立即就陷入了喪屍群裡。他們都是無法使用精神力的普通人，在喪屍群裡推搡了一陣後，只能眼睜睜地看著封琛離他們越來越遠。

這片曠野極其遼闊，封琛追著直升機不停奔跑。他的頭髮在螺旋槳捲起的風浪裡飄飛，衣服也烈烈鼓動著。

直升機機師從舷窗看著外面，高聲問道：「主教大人，要升高一些飛行嗎？」

陳思澤也看著飛機下方的封琛，嗤笑了聲後道：「不用，就保持這個高度，讓他一直追著跑。」

「是。」

他又轉頭看了眼中心城，「把我送回教裡去後，你再飛一趟把他們接走。」

「是。」

「教裡人越來越少，哪怕是群廢物，總歸也還是要接回去的。」陳思澤嘆了口氣。

機師不知該如何接話，只得繼續應了聲是。

陳思澤看著飛機下面奔跑著的封琛，臉上露出一抹微笑，神情也帶上了幾分興奮，「現在也差不多了，可以將禮物送給東西聯軍了。」

顏布布一直蹲在座椅旁的空地上，頭埋在膝蓋裡，緊緊抱著遙控器，看著很是安靜。但陳思澤伸手去掰他肩膀，想從他懷裡拿走遙控器時，他便發出凶狠的吼聲，轉頭去咬肩膀上的那隻手。

「還真成了喪屍了？」陳思澤縮回手，突然笑了兩聲，盯著顏布布打量，「這種情況我真的想不出原因，必須要帶回去好好研究。」

他繼續去掰顏布布肩膀，但顏布布卻猛地竄到了機艙後方，又蹲下身，將遙控器給抱住。

陳思澤便站起身，扶著艙側的扶手架往機艙後面走。

顏布布的腦子裡一片混沌，但在那片混沌深處，又有著一個堅定的執念，就是不能鬆手，絕對不能鬆手……

但就在這時，他腦子裡突然出現一絲清明，像是微風吹過濃霧，雖然就淡淡一縷，卻也顯出霧中那些影影綽綽的輪廓痕跡。

他遲鈍的大腦重新開始運作，一些曾經發生過的事情片段飛快閃現，一張含笑的英俊面龐也出現在腦海裡。

如同日光終於穿破濃霧，那些原本揮散不去的濛濛水氣，在灼人光線下飛速蒸發殆盡，視野越來越清晰，終於顯出世界的原貌。

——哥哥……

顏布布在心裡喃喃出聲。他能感覺到比努努雖然受到重創，還待在牠那蛋殼裡進行恢復，卻也在使勁吸收著他身體裡的病毒。讓他體內病毒逐漸減少，也讓他終於從混沌中恢復清醒。

——比努努，不用再吸收了。

顏布布在徹底清醒的瞬間，猛地睜開了眼，但同時也聽到了陳思澤和另一個人說話的聲音：「主教大人，那哨兵還在下面追我們。」

「讓他追，我們飛機馬上就要離開曠野，再飛過兩座山頭就到了海邊，看他怎麼追……我先來將陰硤山和營地炸掉。」

陳思澤走到顏布布身後，伸手去握他胳膊。他已經沒有了耐心，準備將顏布布的胳膊擰斷，直接將遙控器拿到手。

但他伸出的手卻落了空，顏布布已經從他腋下倒退了出去，並迅速起身站在他身後。

陳思澤轉頭看著顏布布，嘴裡輕嘶了聲：「這是有神志了？」

顏布布沒有回應，只迅速看了眼艙外。

有個人正在地面上跟著飛機奔跑，那身形熟悉到他只需要一眼就認出來是封琛。儘管對面就站著陳思澤，但他心裡瞬間被欣喜和激動盈滿，眼睛都一陣陣酸脹。

但他立即就又發現了不對勁。

——為什麼哥哥的臉看上去……看上去……他也成喪屍了？

不過顏布布還來不及細看，腦中的意識圖像又開始閃現，陳思澤已經朝他衝了過來。

陳思澤這次的速度很快，自信可以將顏布布一把抓住。卻沒想到顏布布彷彿和他同時動作，一下就躍到了旁邊座椅上，讓他抓了個空。

陳思澤心頭略略詫異，又繼續抓向顏布布。但顏布布竟然像是能提前預判他的動作方向，每次都能巧妙地避開。

這雖然是大型軍用直升機，但機艙也只有一間屋子大小。在這相對狹窄的空間裡，避開一次、兩次可以算巧合，連續幾次抓空後，陳思澤就感覺到了其中的不同尋常。他更是拿定主意要將顏布布帶回去，搞清楚這裡面的原因。

一直抓不住人，陳思澤也不免有些心煩氣躁。他再次看準時機撲了上去，卻依舊撲了個空，直升機卻在這時突然往左歪斜，讓他腳步不穩，直接滑向了機艙壁。

而剛閃到一旁的顏布布卻突然從陳思澤身後冒出來，手中握著的匕首刺向他的後頸窩。

陳思澤連忙將頭側向右方，但肩膀還是中了一刀。雖然他肌肉和骨骼都經過了強化，但顏布布並不是普通人，力道還不小，刀尖也刺穿了他肩上的皮肉，顯出了一個尖細的刀口。

陳思澤反手抓向顏布布，很自然地撈了個空，飛機卻在這時往著右邊開始傾斜。他抓住旁邊的扶手架，大聲責問機師：「怎麼回事？」

機師正滿頭大汗地操縱飛機，嘴裡回道：「我、我的手腳剛才沒有知覺了。」

陳思澤明白這是嚮導的精神力束縛，倏地看向顏布布，卻發現他已經沒有站在原地。他再轉回頭，看見機師背後已經多了個人，正朝他舉起了手中匕首。

「小心！」陳思澤朝前撲了上去，但顏布布也在這時候出刀，刺向機師的頭頂。

陳思澤撲到一半時才突然醒覺，機師也使用過針劑，得到強化的身體不會懼怕這一刀。但他還沒來得及鬆口氣，就見顏布布的刀刃已經刺進機師顱腦，並狠狠一攪。

而飛機就在機師的慘嚎聲中，向著地面墜去。陳思澤在這瞬間抓緊了扶手。

3 秒後，飛機和地面相撞，騰起一片火光。陳思澤想打開艙門出去，但那艙門已經被摔變了形，怎麼也打不開。

他轉頭去看機師，看見機師已經身首異處，腦袋不知道去了哪裡，座椅靠背上嵌入了一片鋒利的螺旋槳。而顏布布就一動不動地伏在地上，後腦溢出了黑色的腦組織，顯然也已經徹底死亡。

火焰越來越猛烈，將他全身包裹住，火苗炙烤得肌膚在滋滋作響。他只能強忍著疼痛在濃煙裡摸向機師位置，想從駕駛座的艙門出去。

而此時機艙內，既沒有濃煙也沒有火焰，顏布布正在駕駛位和機師打鬥著。機師的頸子上已被捅了好幾刀，烏青泛黑的皮肉翻捲。無人控制的飛機則左右歪斜，搖搖晃晃地飛在空中。

顏布布在機師抓向自己時，便滑不溜丟地閃開，但見他去控制飛機，又揮著匕首刺過去。

機師揮手擋開顏布布刺來的匕首，見陳思澤一動不動地站在艙裡，便高喊道：「主教、主教……」

陳思澤對他的喊聲置若罔聞，臉部肌肉不停抽搐，神情滿是痛苦，雙眼直直地看著前方。

「主教、主教。」機師此時恨不得掐死顏布布，卻又拿他毫無辦法。眼見飛機俯栽向地面，他不得不去控制機身，又被顏布布在頸子上割了一刀。

陳思澤依舊在大火中掙扎，恍惚聽到有人在不停喊他，陡然一個激靈回過了神。

——不對！我的身體經過改造，不會感覺到疼痛，那麼這被火焰焚燒的痛感是哪兒來的？

——這是幻象！是嚮導為我製造的幻象。

他腦內的膜片雖然能阻擋哨兵的精神力攻擊，卻擋不住嚮導能用精神力為他設置幻境。

陳思澤想到這兒，便刻意忽略身上的灼痛和四周騰起的火焰，集中精神努力看向前方。

他看見濃煙的背後，果然有兩道正在廝打的身影，正是機師和顏布布。而座椅上和趴在地上的兩具屍體已經消失了。

顏布布躲開機師的攻擊，看見他手忙腳亂地去操縱飛機時，又一刀扎向他的脖頸。

「啊！！你他媽這個狗崽子，最好別讓老子抓著你！」機師的脖子上又挨了一刀，雖然不至於斃命，卻已讓他狂怒到極致，一邊憤怒咆哮，一邊對著顏布布揮動拳頭。

顏布布往後閃了半步，機師跟著撲了上來。但他剛一離開，失去控制的直升機便向著右邊傾斜，他又只得退回去扶住操縱杆。

但這次他的手才抬起，顏布布就放出精神力纏了上去。機師一屁股坐在座椅上，手腳軟軟垂著，眼睜睜地看著直升機朝著下方墜落。

下方，封琛一直跟著直升機在奔跑，看著它左右偏移，在空中劇烈搖晃，知道顏布布正在裡面和人搏鬥。眼看飛機就要飛出這片曠野，前方就是高山，他心急如焚，卻遲遲等不到一個合適的機會。

當看到飛機突然開始下墜時，他知道機會來了。

五十公尺、四十公尺、三十公尺、二十公尺……

封琛突然加快速度，猛然跳到一隻喪屍的肩上，再踩著喪屍肩膀奮力往上一躍，伸手去搆機腹下面的滑橇。

這次他在躍到最高點時，手指終於抓住了滑橇，封琛俐落地一個翻身橫跨了上去。

顏布布纏繞在機師身上的精神力束縛已經消失，他見機師伸手去扶操縱杆，又是一刀刺過去。

「啊！！老子非要把你切成碎片餵狗！！」機師將直升機穩住，拔高，只能硬生生地承受了顏布布這一刀。

他現在脖子上到處都是刀口，皮肉猙獰地翻捲著。如果再來這麼幾下，說不定都撐不住腦袋。

「吼！」顏布布也衝著他發出一聲嚎叫。

顏布布還要繼續朝著那傷口刺下去，腦內的意識圖像突然亮起。他連忙往地上一蹲，立即感覺到一股冰冷的涼風從頭頂擦過。

陳思澤一刀落空，但那被烈焰燒灼的疼痛終於消失，機艙裡也不再是一片火海。他目光陰沉地看著顏布布，又接連揮出數刀，將他逼到了左邊艙角。

顏布布半弓著背，目不轉睛地盯著陳思澤手裡的刀，隨時準備閃躲。但陳思澤也清楚他的意圖，步步緊逼，封死了他前方的路。

「狗崽子等著，我馬上就來收拾你。」機師還在狂躁地罵罵咧咧。

直升機已經到了高山之上，他便開啟了自動懸停功能，起身要和陳思澤一起將顏布布給抓住。

這艙內空間並不大，比努努還在精神域裡恢復，顏布布應付陳思澤一人還行，但再添上一名機師的話，情況就非常危險。

機師撲到的同時，陳思澤便一刀刺了出去。顏布布的意識圖像裡此時只剩下了兩個選擇：要麼讓陳思澤刺中肩膀，從他腋下鑽出去。要麼躲開匕首，被機師擰住胳膊，再忍住脫臼的疼痛掙脫掉。

在兩種方法中，他迅速選擇了後面一種。脫臼後可以找機會給自己復位，總比身上被戳個窟窿好。

顏布布躲開匕首，衝向了機師方向，被反向擰住了胳膊。他必須在這半秒時間內掙脫，不然就躲不開陳思澤接下來的一刀。

眼看刀鋒襲來，他反背在身後的手臂就要用力，機艙門卻在這時候被嘩啦拉開。

門開的同時便衝進來一道人影，隨著拳頭擊打的悶響，陳思澤刺在空中的那把刀便從艙門飛了出去。

冷風從大敞的艙門捲入，顏布布一時竟然忘記了掙扎，呆呆地看著面前的人。

就連他身後的機師也有些懵，就那麼反壓著顏布布的胳膊不動。

封琛朝著陳思澤接連攻擊，嘴裡喝道：「別傻著！後腦杓撞他！」

顏布布的腦子還沒反應過來，但身體已經對封琛的指令做出了回應，腦袋後仰，重重撞向身後，並順利聽到一聲下頜骨脫臼的聲音。

封琛在和陳思澤對打的間隙裡也飛快轉身，迅捷地給了機師面門一拳。他這一拳勁力十足，機師的眼球瞬間就從眼眶脫出，而顏布布也順利地將自己的胳膊抽了出來。

封琛這才回身，剛好擋住陳思澤踢來的一腳。

機師的眼睛看不見，一邊怒吼一邊伸出手胡亂抓撓。

他衝到機頭位置後不知道碰到了哪兒，飛機的自動懸停模式取消，向著下方俯衝而去。

顏布布站立不穩地溜到了機頭，正在對戰的封琛和陳思澤兩人也滑了下來。兩人迅速直起身，就半蹲在前擋風玻璃上，又朝著對方攻出了一拳。

飛機正在往下俯衝，封琛拳腳不停，嘴裡對顏布布喝道：「快去把直升機回正！」

「嗷？」顏布布翻了個滾，爬起身。

——怎麼回？怎樣才能回正？

封琛很瞭解他：「操縱杆！就你面前那個！往上推！」

操縱杆就在顏布布眼前，他立即雙手握住往上推，快要碰到山體的直升機又重新開始拔高，而封琛和陳思澤兩人又從擋風玻璃上打到了艙中央。

那名機師雖然看不見，但聽到了顏布布的聲音，猛地撲過來掐住了他的脖子。顏布布現在不能鬆開操縱杆，便使勁用腳去踹他腹部。

機師的力氣很大，顏布布聽到自己的頸骨都被掐得咔咔作響，而封琛和陳思澤已經打到了艙尾，沒有注意到這方向。

顏布布被機師壓在儀錶盤上，手指離開了操縱杆去掰他手指，無人操控的直升機又逐漸俯低，朝著下方栽去。

飛機從最高的那座山峰旁斜斜擦過，機頂的螺旋槳和山壁上的樹木相撞，幾截劈斷的樹身呼嘯著飛了出去，螺旋槳也發出刺耳的咔嚓聲。

直升機還在往深不見底的山谷裡墜落，顏布布轉動眼珠，看見儀錶盤上有個開艙門的標誌，便艱難地伸手去按住。

「狗崽子，我他媽要掐死……」

機師咬牙切齒的一句話還沒說完，駕駛座旁的艙門就突然彈開。顏布布將脖子猛力往後一掙，同時雙腳狠狠踹出，那機師的手指滑脫，一個後仰從艙門徑直摔落下去。

顏布布喘著氣，撲到操縱杆前便全力往上推，機身迅速回正，飛機重新飛了起來。

他將機身穩定後，發現直升機已經飛過了幾座高山，而前方就是無盡海洋。封琛和陳思澤還在纏鬥，艙旁的一根鐵架都被兩人撞彎。

顏布布只得坐到駕駛座，準備讓飛機掉頭。

他雖然學過開車，但直升機轉換方向和車輛完全不同。他握著操縱杆動作，飛機就時而猛然上升，時而又突然下降，在空中左右搖晃。而那在山壁上撞擊過的螺旋槳，也不斷發出刺耳的嘎吱聲，像是隨時都要甩脫出去。

封琛和陳思澤兩人也就一邊對打，一邊在機艙裡來回滑動，在艙壁上撞得砰砰作響，有次還差點雙雙從艙門掉出去。

比努努在顏布布的腦海裡暴跳如雷，若不是還沒法出來，早就把他推開自己來駕駛飛機了。

【第六章】

哥哥，
我們回家了

「布布，我從來沒想過我的兒媳婦會是你。」
封夫人無限愛憐地將他一縷額髮撥開，
「不過這樣也好，你照顧他，他照顧你，
這下你們兩個我都放心了。」
顏布布怔了下：「我不是兒媳婦，我是哥哥的嚮導。」
「那和兒媳婦有什麼區別？」封夫人反問。
顏布布張了張嘴，「對喔，好像是沒什麼區別……」

直升機飛越了高山，下方便是海洋，濃墨似的海水在機燈的照射下翻著巨浪。直升機在顏布布的操控下終於歪歪扭扭地調頭，又朝著中心城的方向飛了回去。

陳思澤使用的特殊針劑，讓他具備了可匹敵封琛的瞬間爆發力和力量。兩人在艙裡拳來腳往，連直升機都會左右偏斜。

顏布布聽著那些打鬥聲，恨不得馬上去幫忙，但他只要一離開，直升機就會失控，便忍住心焦握住操縱杆，只頻頻往後張望。

他再一次回頭時，看見封琛和陳思澤兩人都倒在了艙門口，封琛的半個身體都懸在艙門外，嚇得差點立即衝過去。

「沒事，你開你的，快點飛到曠野去。」封琛揮拳擊向陳思澤，趁他側身閃避時，又一個翻身進了機艙。

「快一點、快一點、快一點……」

顏布布嘴裡喃喃著，眼睛盯著前方。

直升機終於飛過海面到達高山頂上，但顏布布發現螺旋槳轉動的吱嘎聲越來越慢，飛機也在開始下降。

他從艙門探出頭往上望，驚恐地發現螺旋槳不知道什麼時候已經少了一片，只剩下三片還在緩慢地轉動。

直升機高度越來越低，並逐漸向著右方傾斜，顏布布拚命往左扳動操縱杆，企圖讓直升機回正。

但機身很快就傾斜到將近 90 度，封琛和陳思澤又滑到了右邊艙壁上，並在那裡繼續對打。

顏布布眼看機頭就要撞向最高的那處山峰，便將操縱杆往左壓到極致，再拚命往上推。

比努努不斷在他精神域裡怒吼，告訴他趕緊掰一塊座椅片，爬上機頂安置螺旋槳，保管直升機能飛起來。

在顏布布的努力下，機身終於微微回正，並上升了幾公尺，機腹險險擦過山峰，半滑半飛地向著曠野前進。

但剛剛進入曠野時，他便看見陳思澤的那些手下已經追到了下方，正跟著直升機的方向往前跑。而螺旋槳發出最後一道吱嘎聲後，終於徹底停擺，發動機同時冒出了濃煙，火苗從敞開的艙門處鑽了進來。

顏布布放棄駕駛直升機，從座椅下找出一根不知道做什麼用的金屬棒，搖搖晃晃地走向艙內。

發動機突然發出一聲巨響，直升機不再往前滑行，而是打著轉往下墜。正抵在艙壁上的陳思澤和封琛聽到這動靜後，不約而同地看向發動機方向，又同時轉回頭，朝著對方砸出一拳。

「哥哥……」顏布布大聲嗆咳著往前走。

直升機又發出兩聲爆炸聲後，機尾到機腹處轟然斷裂。封琛不再停留，一腳將陳思澤踹得後退兩步後，就去拉顏布布。

顏布布卻抓住這機會，雙手揮舞金屬棒，朝著陳思澤的後腦狠狠砸去。陳思澤全副心神都放在封琛身上，沒有提防身後的顏布布，竟然就這樣被他實實在在地砸中。

顏布布這一下用盡了全力，在砸中陳思澤的後腦時，金屬棒都飛了出去，手臂也陣陣發麻。而陳思澤的頭皮也被砸開一道口子，露出下面微微凹陷的頭骨。

陳思澤現在也來不及管他，徑直撲向了艙外。封琛也將顏布布夾在腋下，一個縱身躍出了機艙。

從這裡到地面約莫還有 3、4 層樓高，封琛在下落的瞬間，便將顏布布打橫抱在了懷裡。

顏布布雖然在急速下墜，但被封琛的手臂箍著，所以絲毫不驚慌。兩秒後，封琛的雙腳穩穩落地，再抱著顏布布向前撲出。而他們身後則傳來巨大的爆炸聲，火光騰空而起，整架飛機包括那個裝滿針劑的皮箱都被炸得四分五裂。

顏布布被封琛抱著在地上滾了半圈，還沒回過神，封琛便已鬆開他，抬臂擋住陳思澤的攻擊，接著兩人便又纏鬥在了一起。

但緊追著直升機的那些手下，也正推開喪屍朝著他們衝來。

「你先回去！」封琛一邊對付陳思澤，一邊大聲命令顏布布。

顏布布爬起身問道：「嗷？」

——那你呢？

「我想要離開完全沒有問題。」封琛回道。

顏布布知道自己身上還揣著那個遙控器，所以也不再多話，直接朝著山體裂口處奔跑。

陳思澤轉身想追，但封琛擋在他的前方，拳腳更加猛烈地攻擊。

「你們快去追！把遙控器拿到手！」陳思澤對著那群手下喝道。

手下們遵命，立即調轉方向追向了顏布布。

顏布布拚命往前奔跑，但前方喪屍太多，磕磕絆絆地始終跑不快。好在比努努終於恢復完成，迫不及待地躍出了精神域，一聲憤怒吼叫後，衝向了那群手下。

顏布布一把推開前方的喪屍，在腦海裡大喊：比努努你小心啊！不要 1 分鐘還沒到，就又被打回精神域啊！

他不這樣說也就罷了，比努努聽到這話後怒氣更甚，在喪屍頭上飛速跳躍，就要朝那群手下正面衝鋒。

封琛瞧見了，大喝道：「比努努，你是嚮導班的高材生，最厲害的就是擅用戰術，不像別人只會瞎衝。」

比努努正在衝鋒的腳步頓時一緩，接著又拐向了右邊，朝著那群手下做了個進攻的假動作。

那些手下也被喪屍擋住了路，但他們手裡有槍，不斷朝著顏布布射擊。好在顏布布混在喪屍群裡，又有意識圖像，所以也沒有什麼大危險。顏布布頻頻轉頭去看封琛，又去看比努努。

比努努剛顯出形體時，還是牠一貫的青黑色膚色，想必是在他精神域裡吸收了部分病毒的原因。但現在牠的皮膚迅速地變成粉白，應該是離開了他的精神域，又和他保持著精神連結，病毒便又盡數回到了他身體裡。

而隨著比努努的膚色改變，那些喪屍也開始追著牠跑。

顏布布心頭陡然浮出個想法，便連忙呼喚比努努：比努努，快帶著喪屍去擋住他們，不用攻擊，儘量拖著就行，我去幫哥哥弄死陳思澤。

比努努便開始左右跳躍抓撓，引了一大批喪屍，帶著它們朝著手下的方向衝去。

再繞著那些手下飛快轉圈，他們便被喪屍層層包圍起來。

顏布布見比努努還在引更多的喪屍，而那群手下被擠在裡面胡亂開槍，便又回頭朝著封琛跑去。

陳思澤正躲開封琛擊來的一拳，就看見那些手下從喪屍群中掙脫出來，一邊跑一邊朝著這邊開槍。

他們完全無視自己和封琛站在一起，無差別掃射。

封琛一個縱躍躲開了，而他在猝不及防的情況下被子彈掃中，額頭和太陽穴分別嵌入了一顆。

陳思澤伸手去摘掉腦袋上的彈頭，心裡又驚又怒，立即就要喝罵。不過他瞬間就察覺到不對勁，急忙想躲開，但頭上已經中了狠狠一拳。

他這一下挨得不輕，顱頂原本被顏布布用金屬棒砸出了一個凹陷，現在那處凹陷被加深，讓他的頭部看上去有些怪異。

但他同時看見那些衝他開槍的手下消失了，根本沒人朝著他開槍，那群人還都被包圍在喪屍群裡。

陳思澤眼見封琛連續攻來，連忙往後退擋住，心裡也明白，這是又中了顏布布製造的幻象！

「吼！」隨著一聲低沉威嚴的獅吼，薩薩卡也恢復完畢，身形出現在空氣中。

「去幫比努努。」封琛下令。

薩薩卡看見比努努正在那些喪屍頭上繞著圈瘋狂奔跑，而被困住的手下們朝著牠不斷開槍，子彈嗖嗖地亂飛。牠又是一聲低吼後，縱身撲了上去。

在直升機上站不穩，只能斷斷續續地對戰，陳思澤和封琛能打個平手。但現在到了地面，哪怕他的瞬間爆發力和力量不遜於封琛，但體力終究還是跟不上，格擋出招漸漸變得緩慢。

封琛連續不斷地攻擊，不給陳思澤喘息的機會，每一招都朝著他的頭頂去。

陳思澤擋住了擊向頭頂的一拳，卻被封琛一腳踢中，朝著後方飛出數公尺，一連撞翻了好幾隻喪屍。他摔在地上後迅速爬起身，將扭轉脫臼的腕骨咔一聲復位，順手撿起地上不知哪名手下掉落的機關槍，朝著衝來的封琛開槍。

封琛立即抓過一名喪屍擋在身前，那隻喪屍的腦袋被一連串子彈擊裂，黑色腦組織四處飛濺。

陳思澤不斷開槍掃射，封琛打量左右，卻看到遠方裂口處正駛進來兩輛履帶車。

履帶車前方的喪屍不斷倒地，顯然是被精神力殺死，兩輛車的上空飛著兀鷲和白鶴，車頂上站著十幾個人，正在朝著四周開槍。

他不用去細看，也知道來的人是林奮和于苑他們。

陳思澤也看見了，神情陡然變得陰沉，目光迅速在四周轉了圈，顯然準備逃跑。但他一轉頭，卻瞟到顏布布正從右後方鬼鬼祟祟地靠近，手裡還握著一把匕首。

——又是幻象！

陳思澤在心裡冷笑一聲，繼續朝著封琛不斷射擊。

他瞥見顏布布突然衝了上來，雖然知道這是幻象，卻還是不放心地朝著他開了幾槍，顏布布果然便消散不見。

但他還沒來得及回頭，就覺得身旁黑影一閃，頭頂又中了一拳，手上的機關槍也被踢飛。

陳思澤猛地向後撲出，在空中接住機關槍後便扣動扳機，落地的瞬間迅速後退，和封琛拉開距離。

但這時候，他的視線邊緣處又晃動著一條人影。

那是顏布布在鬼祟地朝他接近，在那些喪屍身後藏藏躲躲，手裡依舊握著一把匕首。

陳思澤為人謹慎，哪怕認定了這是幻象，依舊想朝他開上兩槍。但他也知道封琛必定會藉著這個機會突進，所以便按捺著沒理會，直到顏布布縱身往這邊撲時，才迅速調換槍口扣下扳機。

整個過程裡，他的眼睛和整個心神依舊鎖定著前方的封琛。

他現在已經顧不上那個遙控器，只想儘快離開。但他也知道，離開的前提是要殺掉封琛。

顏布布中了槍，不出所料地又在空中消散，對面的封琛也突然往前衝出。但陳思澤這次早有準備，在對著顏布布開槍的同時便飛速後退。

在退出幾公尺後，陳思澤突然心頭發涼，意識到自己可能犯下了一個嚴重的錯誤。

他身為東聯軍政首和安伮加教主教的雙重身分，考慮問題歷來謹慎小心。雖然接連識破了顏布布的兩個幻象，但卻沒有提防他的真人。

陳思澤猛然回頭，看見顏布布果然正從他身後躍來，手中高高舉著匕首對準他的頭頂。

他的頭骨已經出現裂痕，隱隱能看見下面的半透明膜片，所以不敢硬扛顏布布這一刀，側身躲過，同時抬腳朝著他踹去。

他這一腳用上了全力，至少要將顏布布的胸骨踹斷幾根。但腳卻穿過了他的身體，沒有感覺到半分阻滯，像是踢到了空氣。

而就在同一時刻，他清晰聽到自己頭頂傳來骨頭破開的聲響，感覺到有冰冷的利器插入腦內。

陳思澤瞬間反應過來一個事實：原來他踢中的還是幻象，顏布布本人直到現在才衝過來！

陳思澤滿臉都是不可置信，身後的人還在用力將匕首往下刺，他倏地轉身一拳砸去。

但他的拳頭還在半空，手腕就遭受了重重一擊，剛脫臼過的地方發出輕微的咔嚓聲響，手臂頓時一軟。

接著陳思澤就驚恐地感覺到，一股哨兵的精神力從他的頭骨縫隙裡刺入。

封琛已經衝到了陳思澤面前，一拳砸斷了他的手腕。他的精神力雖然已經鑽進陳思澤的頭骨，卻猶如懸空的利劍，沒有直接刺下，只接連朝著他的臉部揮拳。

顏布布此時已經泥鰍似的鑽進了喪屍群裡，覺得足夠安全了才回過身，那雙眼睛雖然漆黑一片，卻分明充滿了狡黠。

陳思澤狼狽地接住封琛的拳頭，往後退了幾步。封琛緊跟著躍起，在空中舉起拳頭，帶著千鈞之力擊向他的面部。

隨著一聲皮肉相撞的悶響，陳思澤的鼻骨出現了裂痕。封琛又是一拳全力揮出，他整個鼻梁都塌陷了下去。

封琛連接不斷地出拳，陳思澤腦袋重重後仰，幾顆牙齒同時飛了出來，腳步不穩地往後踉蹌了幾步，仰身倒在地上。

封琛大步上前，將他從地上抓了起來，繼續朝著他的面部揮出拳頭。數拳下去，陳思澤的一張臉已經看不出形狀，像是一張剛出鍋的烙餅。他也完全沒有了阻擋的能力，中途抬手想擋，又無力地垂下。

封琛重重喘著粗氣，胸口劇烈起伏，他將陳思澤往上拎起，再朝著他的太陽穴狠狠擊出一拳。

陳思澤的太陽穴被擊得往裡凹陷，身體向後飛了出去。封琛這次不待他落地，停留在他顱內的精神力猛地刺下，將他的腦組織攪碎。

陳思澤的身體砸落在地，發出沉悶的聲響，口鼻內慢慢淌出黑色黏稠的液體，已經徹底死亡。但封琛看著他的屍體，神情依舊凶戾，握成拳的雙手也在顫抖。

直到顏布布跑過來摟住他，不住去摩挲他的背，嘴裡安撫地低聲嗷嗷嗅著，他才從激烈的情緒裡逐漸回神，看向了懷裡的人。

「嗷……」顏布布眼裡全是擔憂。

封琛伸手碰了碰他的臉，又將他攬進懷裡，啞聲道：「我沒事。」

不遠處傳來激烈的槍聲，顏布布轉頭看去，這才發現那兩輛履帶車，也看見車頂上站著一群熟悉的人，正朝著被喪屍群包圍的手下們開槍。而比努努依舊在四處引著喪屍，讓它們的注意力集中在自己身上，不去攻擊車頂上的人。

王穗子和陳文朝手裡端著機關槍，一邊扣動扳機一邊看著顏布布。王穗子在看清他的臉後，傷心欲絕地喊道：「布布！」

「嗷！」

「布布！」

「嗷！」

王穗子聲音都帶上了哭腔：「布布……」

顏布布怔了怔，連忙跳著揮手，又朝她那輛履帶車跑了過去，表示自己並不是真的喪屍。

王穗子見陳文朝的槍口朝向了顏布布的方向，連忙將他手按住，「別殺他，別……」

陳文朝有些無語地將她手撥開，朝著一名剛剛跑出喪屍群的手下接連扣下扳機。

計漪也對她道：「別傷心，他應該和封哥是一樣的。」

顏布布邊跑邊揮手，王穗子終於破涕為笑，也朝著他揮手，大喊：「布布！」

顏布布便蹦跳起來，「嗷！」

封琛已經衝進了喪屍群，但那些喪屍不光將手下們圍住，也擋住了他的去路。林奮對著比努努大喝一聲：「士兵比努努，現在將這些喪屍都引走！」

比努努應聲，接著便帶著身後浩蕩的喪屍群衝向了另一個方向，露出了圍在其中的手下。

量子獸們一擁而上，封琛揮拳擊向最近的一名手下，林奮帶著計漪和其他幾名哨兵也跳下了車頂，邊開槍邊命令：「先用子彈打破頭骨後再使用精神力攻擊。」

「是！」

嚮導們也紛紛使用了精神力束縛，讓那群手下隨時處於動作停滯中。一名手下陷入于苑製造的幻象裡，蹲在地上嚎啕大哭，被林奮用槍口抵住腦袋接連發出子彈。

顏布布見于苑一直盯著自己，有些忐忑地轉開了臉，卻聽于苑道：「其實挺好看的。」

顏布布狐疑地嗷了聲：真的嗎？

「是這片曠野裡最俊的那隻喪屍。」于苑微笑道。

薩薩卡此時的攻擊力也遠超過一般量子獸。牠一爪下去，能將手下的頭骨挖出深痕，倘若再來一下，頭骨連同膜片都會被挖碎。

有了牠的協助，哨兵們的精神力就能進入那些手下的顱腦，很輕易地將他們殺掉。

很快地將所有手下都解決掉，林奮和計漪他們回到了車上。顏布布這才將一直裝在內兜裡的爆破遙控器掏出來，遞給了車頂上的林奮。

林奮看著遙控器，又看向仰頭盯著他的顏布布，什麼話也沒說，只朝他豎起了大拇指。那雙素來冷肅的眼裡，也閃動著欣慰和驕傲。

一直帶著喪屍在不遠處繞圈的比努努看見了，衝著這邊吼了一聲。林奮便將那大拇指轉向比努努，大聲道：「比努努表現卓越，不愧是我西聯軍的士兵。」

比努努站在喪屍的頭頂上，挺直身板，肅穆地行了個軍禮。

林奮又從腰後取出一樣東西扔給封琛，「大營地山坡上撿到的，別再搞丟了。」

封琛將那東西一把抓住，看見是自己的無虞匕首，便舉起朝林奮揮了揮，朗聲回道：「不會再搞丟了。」

大家轉頭去往裂口方向，王穗子站在車頂，朝著顏布布伸出手，「快上來，上來，讓我看看，我還沒有仔細瞧過喪屍的臉。」

顏布布正要往車上爬，就被封琛攔腰抱起，反手丟到背上，朝著裂口方向跑去，「走，我們把他們甩在後面。」

顏布布伏在封琛背上，有些興奮地吼了一聲，又轉頭朝王穗子大笑，「嗷嗷嗷……」

封琛一路飛奔，顏布布看向中心城方向，突然伸手去拍他的肩膀。

「怎麼了？還嫌不夠快？」封琛在風裡大聲問道。

顏布布搖頭，手指著中心城哨嚮學院的位置，輕輕嗷了一聲。

封琛便也緩下腳步，「你想回一趟哨嚮學院？」

顏布布點頭。

封琛思忖著，「你想回去帶上密碼盒和我們的那些東西？」

顏布布繼續點頭。

封琛沒再說什麼，調轉方向奔向中心城，比努努帶著一大群喪屍，和薩薩卡一起跟了上來。

後方履帶車上的于苑大聲問：「你們去那兒做什麼？」

「你們先走，我們回去取一點東西。」封琛回道。

再次回到哨嚮學院，回到他們曾經住過一段時間的家裡。因為家裡門鎖緊閉，所以顏布布進屋後，看見屋內和從前一樣完整。

沙發上擱著封琛給比努努做了一半的小潛水服，門旁衣架上掛著兩件軍裝制服。只是他跑上 2 樓後，看見窗戶沒有關，有兩隻喪屍不知道什麼時候爬了進來，就站在屋中央。

比努努迅速出手將那兩隻喪屍殺死，和薩薩卡一起將它們從窗戶丟了出去，再關好窗戶，和顏布布斷開了精神連接。

顏布布終於能開口說話，急切地詢問封琛怎麼也注射了針劑，又抬手去摸他的臉。

封琛握住他的那隻手，簡短地講述了經過，顏布布又問他：「那你需要我把你身體內的喪屍病毒清除掉嗎？」

雖然顏布布不介意封琛隨時保持著喪屍模樣，卻怕這針劑會逐漸對他身體造成傷害。但注射了針劑會大幅提高人的能力，顏布布又有些擔心他會不願意。

「要清除掉的。」封琛將他手湊在嘴邊親了親，「我們離開這裡後，你就替我清除掉。」

顏布布鬆了口氣：「好的。」

「現在都去收拾自己的東西，等會兒一起帶走。」

封琛從衣櫃裡取出他們從海雲城帶來的大袋子，開始整理物品。比努努也到了樓下，將牠自己的東西往小背包裡裝。

顏布布拿到那個密碼盒，打開，將裡面完好的六隻螞蚱都取出來，一字排開擺在床上。

他靜靜地看了會兒，這才將螞蚱小心地放回盒子，揣進了自己的衣服內兜。

「現在物資稀缺，什麼都要帶上，浴室裡還剩大半瓶沐浴露去拿出來。」封琛將絨毯疊好放進袋子裡，嘴裡吩咐顏布布。

「好。」

「比努努、薩薩卡，廚房裡還有半袋大豆，也去拎上。」

「嗷。」

「汽燈、溗石袋、鹽罐子、刨刀……」封琛報出了一大堆物品。

顏布布往樓下跑，嘴裡回道：「知道了、知道了。」

雖然也許不會再回來，但離開之前，封琛還是仔細地鎖好了門窗，還將早就沒水的水管擰緊。

兩人、兩量子獸出了屋，薩薩卡馱著鼓鼓囊囊的大行李袋和比努努，封琛揹著顏布布，一起向著中心城邊緣跑去。

顏布布和比努努已經脫離了精神連接，沿途的喪屍都被吸引過來。封琛直接放出精神力開路，喪屍們紛紛炸開，朝著兩邊飛了出去。

躍出中心城邊緣，跑過曠野，眼前便是那道山體裂口。設障機正在轟隆隆地運作，一塊巨大的鉅金屬板封住了裂口下半部，只餘下了門扇那麼大的一個小洞。

小洞處湧動著成群的喪屍，爭先恐後地往外擠，反而堵在那裡誰都擠不出去。

封琛腳步不停，只將那群喪屍炸開，留出了一片空地。兩人剛鑽過小洞，便見王穗子一群人站在旁邊山頭上，不斷朝他們招手，「快點快點，我們在等你們。」

山體裂口終於完全封上，營地裡卻還留下了大量喪屍。不用林奮命令，所有人便開始清理。

在哨兵們的精神力攻擊下，喪屍成片成片地倒下，大營地裡很快就被清理乾淨。種植園方向也傳來了激烈的槍聲，那是軍隊已經衝下山，殺進了小營地。

林奮他們轉頭奔向小營地，顏布布也要跟上，封琛卻拉住了他，「現在不用我們也行的，先給我把身體內的針劑清除掉吧。」

顏布布看向封琛，見他神情坦然，並沒有絲毫的不捨，便點點頭，進入了他的精神域。

封琛的精神域外壁已經變成了一片黑色，並很快蔓延上顏布布的精神觸鬚。顏布布不斷進行清理，那些黑色物質也不斷消散，最終顯出了精神域外壁原本的樣子。

只是在處理精神絲時遇到了問題。那些精神絲上的黑色不會蔓延上他的精神觸鬚，已經和金色融為一體，成為了封琛精神域的一部分。

顏布布試了好久，始終不得其法，直到聽見于苑的說話聲才退了出去。封琛已經恢復成原本的樣貌，于苑和林奮就站在旁邊。

在聽完顏布布的描述後，于苑思忖道：「你已經恢復原樣，表示小捲毛剛才除掉的應該是喪屍病毒。但你本身就是 A+ 哨兵，擁有強大的精神力量，所以你的精神絲已經將針劑裡的有用部分化為己用。這不算壞事，也不會對你身體造成傷害，相反還能提升你的部分能力。」

聽于苑這麼講，顏布布也放鬆下來，林奮拍拍封琛的肩，「走吧，黑暗哨兵，去種植園裡黑暗一把，將那些喪屍都滅了。」

封琛笑了起來，「行。」

王穗子他們已經在種植園開殺，封琛幾人到了後，大家更是像比賽般殺著喪屍。

比努努左右奔忙，但往往還沒來得及撲上去，那隻喪屍就已經倒下。再一次撲空後，牠也不跑了，只生氣地立在原地齜牙，喉嚨裡發出呼嚕嚕的動靜。

薩薩卡便咬住一隻掙扎不休的喪屍，將它拖到了比努努面前。

比努努躍起身，一爪刺進喪屍眼眶，再將爪心裡的眼球捏爆，這才熄滅怒氣，繼續去尋找下一隻。

小營地裡的槍聲越來越少，顯然喪屍也被清理得差不多了。封琛正要往前走，面前的玉米桿突然被一隻手撥開，便和迎面走來的幾人撞了個正著。

「嚇我一跳，還以為是喪屍。」最邊上的軍官笑了聲，又問封琛：「種植園已經清乾淨了嗎？」

封琛還沒回答，被簇擁在中間的那人突然停住了腳步。封琛下意識看了過去，在看清他的臉後，也頓時怔在了原地。

「封將軍，還需要去前面看看嗎？山體裂口處已經被堵住，大營地的喪屍也被清光……」軍官看看封在平又看看封琛，聲音越來越小，最終閉上了嘴。

封在平打量著封琛，眼眶發紅，垂在褲側的手也在發著抖。封琛緊緊咬著牙，但呼吸急促，胸脯也在不斷起伏。

站在軍官旁邊那人湊到他耳邊小聲問：「這是看到仇人了？」

軍官瞥了他一眼，「什麼眼力見兒？沒見長得一模一樣嗎？」又輕輕嘖了聲：「難怪混了這麼多年還是個中尉。」

封琛強抑著激動，啞著嗓子喚道：「父親。」

封在平倏地側頭看向一旁，片刻後才轉回頭，眼睛裡還有沒有散去的水光。

「父親。」封琛又喚了聲。

封在平上前兩步，扶住封琛的肩膀拍了拍，半晌後才能完整地吐出三個字：「長大了。」

父子倆都是情感內斂的人，雖然都滿心激動，卻也沒有什麼多餘的話，只互相對視著。

「母親呢？」封琛又問道。

「她還在暗物質區域，等到下面安全了再去接她。」封在平回答完後，就看到了後方站著的顏布布。

顏布布一直沒吭聲地站在後面，卻一直不斷在擦拭淚水。封在平盯著他看了兩秒，出聲喚道：「布布？」

「先生，我是布布、我是布布……」顏布布終於嗚嗚哭了起來。

封在平對自己的兒子素來嚴厲，但對顏布布卻非常縱容寬厚，所以顏布布對他並沒有什麼畏懼感。在封在平朝他伸出手後，便小跑前去，一頭撲進了封在平懷裡。

封在平伸手拍著顏布布的後背，憐惜地道：「也長大了，好孩子，也長這麼大了……還是那麼愛哭。」

山坡上，林奮將手裡的機槍扔掉，拍拍手對于苑道：「走吧，別看了，人家那是親爹。」

于苑聽著他酸溜溜的口氣，心裡有些好笑，卻也沒有說什麼。

林奮走出幾步後，又板著臉道：「我這把匕首不大好用，我要把無虞收回來。」

于苑嘆了口氣：「你剛剛也說了，人家那是親爹，親父子見面不很正常嗎？」

林奮轉頭喚了聲：「士兵比努努！」

比努努原本還在四處找喪屍，聞言立即跑回來，在他面前立正站好。林奮俯身將比努努抱起來，對于苑道：「這個才是我親的。」

說完便一手抱著比努努，一手攬住于苑的肩頭，「走，我們回營地去看看冉政首。」

「冉政首應該還在山上吧。」

「不知道，找找看。」

陰硤山一處峭壁，光滑如鏡。此時那峭壁上站著一個人，雙腳踩在僅有的一塊小凸起上，背部緊貼著山崖，手上抓著一棵隨時就要折斷的樹幹。

「有人嗎？有人嗎？」冉平浩低頭看了眼腳下，只覺得一陣眼花，又趕緊抬起頭，沙啞著嗓子喊了聲。

丁宏升和蔡陶匆匆走在崖邊，雖然拿著槍、揹著行軍背包，但身上的軍裝都破得不成樣。狼犬和恐貓都沒跟著，想必也經受過重創，回到了精神域。

丁宏升見蔡陶一副心事重重的模樣，知道他在擔心什麼，便安慰道：「你就放心吧，陳文朝他們去接封哥和林少將，肯定很安全的，頭髮都不會掉一根。」

「我不擔心。」蔡陶立即道。

丁宏升嗤笑了聲，「還裝？我還看不出來你？」

蔡陶正想說什麼，突然斂起表情，低聲道：「噓——我好像聽到附近有人在喊。」

「……有人嗎？懸崖這裡需要幫助……」

兩人神情一凜，連忙撲到崖邊，用額頂燈往下照。冉平浩也正抬起頭，被燈光照得眯著眼睛看向兩人。

「冉政首！為什麼是你？」

「冉政首！你怎麼會在這兒？」

丁宏升和蔡陶大驚失色。

冉平浩也認出了兩人，立即道：「快點快點，扔條繩子下來，我抓著的這棵樹快斷了。」

「喔喔，好。」

丁宏升兩人趕緊從包裡取出繩子扔了下去，冉平浩抓住繩索，一邊往腰上繫一邊解釋：「我擔心民眾從暗物質區域撤離時，會遇到山上遊蕩的喪屍。反正營地裡的喪屍快解決了，就帶著一隊兵來山上檢查。山上的喪屍還不少，殺著殺著就分散了，結果我在崖邊踩空，一失足就掉了下來。」

「哎呀，那可太險了。」蔡陶驚嘆道。

他見冉平浩已經繫好了繩索，立即便要往上拉，卻被丁宏升將他的手按住。

「怎麼了？」蔡陶問。

丁宏升小聲道：「這裡沒有其他人……而且他只能讓我們拉上來才能脫困……」

蔡陶怔怔兩秒後，倒吸了一口涼氣，驚恐道：「老丁，咱們可不能這樣殺人啊！」

「胡說什麼呢？」丁宏升從懷裡掏出一張紙，唰地在他面前展開，

「你說咱們現在要是讓他簽個字、畫個押，把之前的文件作廢什麼的，不過分吧？」

蔡陶眼睛漸漸亮了起來，「不過分，半點兒都不過分！」

山腳。

顏布布和封琛跟著封在平回到了小營地，也見到了被士兵護送下山的封夫人。

封夫人看似外表柔弱，實則內心堅強。她被陳思澤關押了這麼多年都沒有掉過眼淚，但在看見封琛和顏布布後，卻抱著兩人失聲痛哭。

半晌後，一直背朝他們的封在平才轉過身，眼睛紅紅地攬過妻子，吩咐士兵幫她去倒杯熱水。

顏布布還在不停抽噎，「太、太太，我經常都會、都會想媽媽、想妳，還想、還想妳做的小蛋糕……」

封夫人還沒和封在平結婚時，阿梅就是她的貼身女傭，情誼非同一般。現在聽到顏布布提及阿梅，她又開始掉眼淚。

封琛在身上摸手帕，發現自己只穿了件 T 恤，沒有手帕，便用手背去擦顏布布的臉，嘴裡低聲道：「別哭了。你哭母親也跟著哭，你倆這是收不住了？」

顏布布便擰過頭，將眼淚都蹭在他肩上。

封夫人心思細膩，看著兩人之間的動作，心裡就明白了幾分，慢慢停止哭泣，轉頭去看封在平。

「怎麼了？」封在平問。

封夫人低聲問：「你沒發現他們……有些不一樣嗎？」

「喔，這個啊，是不大一樣。」封在平沒領會她的意思，解釋道：「小琛是哨兵，布布是嚮導。」

封夫人：「我知道他們是哨兵嚮導，陳思澤之前就說過，但是他沒說過……」

「說過什麼？」封在平問。

封夫人見他還是沒明白，擺擺手道：「算了，晚點告訴你。」

因為陳思澤在陰硤山和營地埋下了數枚爆破彈，就算軍部拿到了爆破遙控器，也不敢讓民眾回到營地，而是全部轉移去了無名山，先暫時住在那裡。

因為原始病毒在比努努身體裡，所以搭建臨時營地的當天就建好了研究所，準備將病毒提取出來。

在研究人員再三保證不會對比努努有什麼影響後，顏布布才帶著牠進入了一間簡陋的帳篷，讓牠躺在床上。接著便退出小隔間，站在透明塑膠膜後看著裡面。

穿著無菌服的孔思胤走了進去，手拿一臺小儀器站在床邊，面無表情地和比努努對視著。

良久後，顏布布正在想他怎麼還不動作，就聽他問身旁的助手：「牠是躺在這兒的嗎？」

「……我不知道。」身為普通人的助手道。

顏布布在塑膠膜後喊：「躺著的，正瞪著你。」

孔思胤：「但我都看不見牠，怎麼提取病毒？」

後來還是比努努和顏布布精神連接，孔思胤便用儀器從顏布布身體裡提取出了一些病毒。

雖然顏布布確定他提取的病毒裡便有原始病毒，但還是不大放心，依舊將病毒保留在比努努身體裡，準備等到對抗喪屍病毒的針劑研究成功後，再將比努努身體裡的病毒轉過來淨化乾淨。

在提取到原始病毒後，所有科研人員就在這簡陋的實驗室裡，開始了沒日沒夜的研究，爭取最快速度將抵禦喪屍病毒的針劑給製作出來。

因為那些爆破彈埋下的地點不明，短時間內無法清除乾淨，哪怕剩下一顆，也是極大的危險。所以兩軍在經過商量後，做出一個共同的決定，那便是所有人集體遷徙，去往一個新的地方重新建立居住地。

只是在居住地選址的問題上，兩軍遲遲拿不定主意。

靖安城離這裡最近，但恐怕陳思澤的爆破彈爆炸，中心城的喪屍湧出，有部分會到達靖安城。

暗勒城離這裡不遠不近，中間隔著大山，可以擋住喪屍。但那裡是塊四面環山的盆地，若是再遇到惡劣氣候，很容易被困在裡面，不適宜居住。

兩軍在爭吵了數天後，最後還是採納了封在平的提議，將中心城搬遷到海雲城去。

那裡離中心城距離遙遠，不用擔心喪屍的問題，有山有海，地勢開闊，氣候適宜。

而且只要海裡的魚不會死光，那麼溫飽問題也就能夠解決。

住在臨時營地的第六天，顏布布路過研究所，看見孔思胤時差點沒認出他來。

他正蹲在帳篷前大口大口刨飯，頭髮凌亂，鬍子拉碴，和以前那名衣著考究的哨嚮學院院長判若兩人。

「孔院長，你怎麼在這兒吃飯？」顏布布也蹲在他面前問道。

因為提取病毒的事，所以顏布布和孔思胤也熟悉起來，不再那麼拘謹，敢隨意跟他搭話。

「還要幹活兒，趕時間。」孔思胤含混地道。

顏布布問：「那針劑還有多久才能做出來？」

孔思胤嘴裡嚼著大豆，口齒不清地反問道：「我們還有多久出發去海雲城？」

封琛和林奮最近在負責幾艘遊輪的事情，所以顏布布也知道個大概時間，便回道：「大約還有十來天吧，等他們將最後一條船修好就可以出發了。」

孔思胤點點頭，「嗯，那在出發之前，所有還沒經歷過變異的人都能打上針劑。」

「喔，都能打上……」顏布布倏地收聲，接著又提高了音量：「出發前！所有人！都能打上針劑！」

「聲音小點兒，你知不知道你是個大嗓門？」孔思胤飛快地刨完飯，將飯盒往旁邊小桌上一丟，直接用手背抹著嘴，起身往帳篷裡走，「不和你廢話了，不然又要多耗一天。」

顏布布愣愣看著孔思胤的背影，又大聲問道：「那這事我可以跟別人說嗎？」

孔思胤頭也不回地道：「不能用擴音器。」

「好！」顏布布立即就往王穗子所在的嚮導帳篷跑，要將這個喜訊告訴她。

王穗子的姑姑是她唯一的親人，至今還沒經歷變異期，所以王穗子一直很擔心。如果她知道這個消息，一定會開心死了。

封琛這些天很忙，他和林奮每天清晨便會去海邊，帶著人修幾條輪船，直到深夜才會回來。

顏布布沒事的時候就陪著封夫人，將自己和封琛這些年的經歷，細細地講給她聽。

雖然他講的都是些快樂的事情，封夫人也總是會掉眼淚。但當他惶惶地停下不講時，封夫人又催他繼續。

「布布，我從來沒想過我的兒媳婦會是你。」封夫人拉著他的手，無限愛憐地將他一縷額髮撥開，「不過這樣也好，你照顧他，他照顧你，這下你們兩個我都放心了。」

顏布布怔了下：「我不是兒媳婦，我是哥哥的嚮導。」

「那和兒媳婦有什麼區別？」封夫人反問。

顏布布張了張嘴，「對喔，好像是沒什麼區別……」

夜裡，顏布布將睡在地鋪中間的比努努換到外面，自己挪到封琛懷裡，在他耳邊小聲道：「媽媽今天說我是她兒媳婦。」

封琛原本閉著眼，此時也微微睜眼，側頭看著他。

「我說的媽媽就是太太，她今天讓我喊她媽媽，我就喊了。」顏布布似是在回憶，自己反覆念了幾次，「兒媳婦、兒媳婦，我還是在電視裡聽過……」

封琛伸手攬住他的肩，目光帶著幾分笑意，「兒媳婦怎麼了？」

「不怎麼。」顏布布嘿嘿笑了聲，「你也是我媽媽的兒媳婦，就是阿梅媽媽。」

封琛抬起另一隻手，在他額頭上輕輕彈了下，「嗯，我也是阿梅媽媽的兒媳婦。」

顏布布又笑了起來，等到笑容慢慢斂起後，也不說話，只一瞬不瞬地盯著封琛。

封琛挑了下眉，也不催促，就靜靜等著。

「老婆。」顏布布突然喊了聲，接著就屏息凝神看著封琛。

封琛遲疑了兩秒，終究還是沒能應出聲。

「哈！」顏布布一個翻身就趴到了封琛身上，不斷去親他的臉和唇，嘴裡迭聲喚著：「老婆、老婆、老婆……」

比努努戴著眼罩躺在床邊，小爪子疊放在胸前，看似一動不動，但那起伏的胸脯顯示牠此時正在怒火中燒。

「老婆、老婆、老婆⋯⋯」

在顏布布的不斷親吻和迭聲輕喚中，封琛一個翻身將他壓了下去，去啃他的下巴，撓他的胳肢窩。

比努努再次被一胳膊肘撞著後，終於忍無可忍地扯下眼罩，一爪子打在封琛背上，又一爪子搗在顏布布腋下。

兩人轉過頭，看著一臉怒氣的比努努，接著都沉默地平躺好，盯著帳篷頂。

「以後給牠倆單獨弄個房間。」封琛安慰顏布布道。

「不。」顏布布平靜地搖搖頭，堅定道：「另外蓋間房子吧，讓牠倆搬出去住。」

經過全體研究人員沒日沒夜的奮戰，針劑在臨時營地建成的第十三天研究成功。

那是個晚上，所有人正準備入睡，懸掛在營地上方的主廣播器突然響起一道強忍著激動的沙啞聲音。

「⋯⋯宣布對抗喪屍病毒的針劑研製成功。本來可以所有人都注射上，但因為物資匱乏，第一批針劑只製作了一百多支，軍部決定將這一百多支針劑優先給小孩子們注射。要進行大量製作的話，得去到海雲城才行⋯⋯研究發現，喪屍只能維持身體機能 15 至 20 年，所以這些還存在的喪屍會自我衰亡⋯⋯」

整個營地安靜無聲，但很多人已經走出了帳篷站在空地上，齊齊盯著廣播器。當廣播裡最後一句話結束，嚓嚓的電流聲也消失後，依舊沒有任何人發出聲音。

1 分鐘後，某間帳篷裡突然響起一道哭聲，斷斷續續，極力壓抑。

但更多哭聲從那些空地上和帳篷裡跟著響起。沒有人再刻意壓抑自己的情緒，都在撕心裂肺地放聲痛哭。

他們既慶幸又悲慟。慶幸於自己的幸運，悲慟那些變成喪屍的親人，為什麼不能異變得晚一點，再晚一點……

伴隨著針劑研製成功，軍部也傳來好消息，幾艘大型輪船全部修復完畢，隨時可以出發去往海雲城。

不過在出發之前，軍部還做了一件事。

清晨的海邊，海浪撲打著灘石，淺海裡幾艘巨大的遊輪也在輕輕搖晃。海灘旁的大路上停著兩輛履帶車，還站著一大群人。

「小心點，把車頂敞開吧，不然會壓著枝頭的。」

「往左邊點，再往左邊點……行。」

顏布布站在一輛履帶車的車廂旁，看幾名士兵調整一座大型盆栽的方位角度。那盆栽約莫一人高，雖然被半透明的塑膠薄膜罩著，卻依舊能看到薄膜下方光華流轉。

一名士兵跳下車，小跑到冉平浩和封在平面前朗聲彙報。

「二隊已經準備完畢，隨時可以出發。」

封在平點點頭，「從這裡出發去往阿彌耳希極地，來回就要幾個月，路上會遇到很多危險，條件也很艱苦，辛苦你們了。」

「請將軍和政首放心，我們保證完成任務。」士兵們都朗聲回道。

「放心吧，你們護送的羞羞草會幫你們清除掉危險，沒什麼東西能搞得過它。」冉平浩嘟囔著，又大手一揮，「出發！」

兩輛履帶車順著坑坑窪窪的道路，向著阿彌耳希極地的方向駛去。顏布布朝著履帶車不停揮手，在心裡和羞羞草告別。

——你在阿彌耳希極地一定會生活得很好，我會想念你的。如果將來有機會的話，我會去看你……

薄膜下的光帶在左右晃動，像是羞羞草也在和他揮手告別。

封琛攬住顏布布的肩，喃喃道：「這顆星球不只是人類的，每種生命都在掙扎著生存，也有生存下去的權利。現在到處都是變異種，我們人類不再是唯一的強者，以後必須要學會和其他物種之間達成某種平衡，和平共存。」

送走了羞羞草後，一行人又去查看輪船。因為即將起航，很多士兵在上面忙碌來往，將所需物資往船上搬運。

封在平帶著封琛和顏布布走在左側，冉平浩和林奮走在右邊，小聲說著話。

冉平浩低聲道：「海雲城是封在平的老巢，我對那地方一點都不熟悉。你和于苑在海雲城也待過幾年，去了後留點心，別什麼好的都被他給搶先了⋯⋯」

「我有數。」林奮道。

「有你在，我終於舒服了，以後不舒服的就是封在平。」冉平浩眉頭微微舒展。

林奮瞥了冉平浩一眼，似笑非笑地問：「那份文件也沒讓你心裡舒服一點？」

冉平浩像是突然被噎住，神情也變得古怪起來。

「怎麼了？」林奮問。

「沒事。」冉平浩突然大步往前，邊走邊從牙縫裡擠出幾個字：「我舒服個屁！」

3 天後，在長長的汽笛聲中，幾艘大型遊輪離開海岸，朝著遙遠的海雲城方向駛去。

因為遊輪裝載不下所有人，因此一半的人是從陸路去往海雲城。不過天上的暗物質正在持續消散，山上樹枝抽芽，野花綻放。再加上又有軍隊護送，所以很多人自願選擇從陸路行進。

輪船駛到海中央，光線從雲層之間灑落，所有人都站在甲板上沐浴久違的陽光，看海水湧著碧藍的波浪。

林奮坐在頂層甲板的躺椅上，吹著海風，翻閱著手上一本泛黃的軍事書籍，嘴裡有一句沒一句地和于苑說著話。

「封將軍走的陸路，小琛和布布應該也跟著他出發了吧。」于苑看著海岸方向道。

林奮頭也不抬地道：「不關心。」

于苑問：「你要喝茶嗎？封夫人之前送來的一包茶葉，我去給你泡一杯茶。」

「不喝茶。」林奮板著臉道：「冉平浩前幾天送了咖啡豆來，煮杯咖啡吧。」

「你不是不愛喝咖啡嗎？」

林奮：「我現在愛喝了。」

于苑輕笑了聲，也不理他，徑自去下層艙房泡茶。

林奮繼續看書，片刻後身旁小桌上多了杯茶水，有人在旁邊躺椅上坐了下來。

林奮瞥了眼旁邊冒著嫋嫋熱氣的茶水，不悅道：「說了不喝那茶，我要喝咖啡。」

「于上校讓我送上來的，說咖啡還要煮一會兒。」

林奮倏地轉頭，朝旁邊坐著的封琛看了兩秒，又調回視線繼續看書，嘴裡輕咳了聲，「怎麼沒跟著封將軍一起走陸路？」

「因為想乘船看大海、看鯨魚呀。」顏布布從艙門口鑽了出來。

林奮哼了聲沒有說話，顏布布便站在他身後給他捏肩，又湊到他耳邊小聲道：「還因為想陪你和于上校叔叔呀。」

「誰想你陪著？話多吵死人。」林奮冷著聲音，嘴角卻抑制不住地上揚。接著又端過旁邊的茶水喝了一口，點頭讚道：「好茶。」

因為針劑已經研究成功，顏布布便淨化掉了比努努體內的病毒，所以牠不光恢復了原本的粉白模樣，以後和顏布布精神連接時，也不會再讓他變成喪屍。

比努努挺喜歡海上生活。牠穿著于苑給牠做的比基尼，頭上戴著貝殼串成的環，每天都和薩薩卡一起瘋玩。也帶得船上的其他量子獸都不回精神域，一起在海裡游泳，潛水捉魚。

牠也會和林奮、于苑一起躺在甲板上吹海風曬太陽。林奮輕聲讀著書，雖然是一些枯燥的軍事內容，牠也聽得很是專注，偶爾嗷一聲，發表自己的意見。

「下士比努努，水壺裡沒水了，去提點水來。」林奮將空空的水壺遞給比努努。

比努努滑下躺椅接過水壺，毫無怨言地朝艙門走去。

「表現不錯，下個月就可以進銜了。」林奮對著牠背影道。

比努努一個立正回身，行了個軍禮，再抱著水壺往艙門走。

林奮轉過頭，看見于苑正斜睨著他，便將人摟進懷中，低低笑了聲：「抓緊時間使喚著，等牠軍銜一路進到將軍，就再指使不動了。」

「那牠要多久才能做到將軍？」

「看我心情。」

船在海上航行的這些天，他們四人雖然沒有商量過，卻也像達成了某種默契。比努努和薩薩卡在林奮、于苑艙房裡睡一晚，再去封琛、顏布布房裡睡一晚，如此輪換。

沒有了比努努打擾，又有自己單獨的艙房，顏布布快活得不行，整晚都和封琛胡天胡地。只要比努努那晚上不在，他第二天必定要到中午才起得了床。

10 天後的一天傍晚，顏布布四人剛在艙房裡吃過飯，便聽到甲板上傳來陣陣歡呼聲。

他們四人走出去，迎面便是漫天霞光，將海水都映照成橘色。而在那霞光的盡頭，出現了長長的海岸線，一座高聳的山峰也若隱若現。幾艘船都爆出熱烈的歡呼聲，飛禽量子獸展翅朝著海岸線飛去，走獸量子獸們則紛紛跳下水，游在了船前面。

「海雲山……」顏布布喃喃道。

封琛道：「是的，海雲山。」

顏布布轉頭看著封琛，眼睛裡閃動著激動，開心道：「哥哥，我們回家了。」

封琛攬住他的肩，「對，我們回家了。」

四人沒有再說什麼，都看著遠方的海雲城，相互依偎在一起。

雖然不知道未來會如何，還會遇到多少艱難、還會痛哭多少次，但只要身邊的人在，那就有了繼續下去的希望和勇氣。

歡呼灑落海面，海鷗繞船飛翔。幾艘滿載的大船穿破霞光，拉響汽笛，全速朝著海岸駛去。

（正文完）

【正文之後】

番外合輯

收錄十二篇番外，
關於發生在正文前後的那些人、那些事……

【番外一】

初見顏布布

封琛從浴室走出來，女傭阿珠便將毛巾罩在他頭上，要給他擦乾頭髮。

「謝謝，我自己來吧。」封琛按住了毛巾。

以前都是阿梅在照顧他，非常妥帖，也清楚他的脾氣，知道他不管做什麼都不喜歡別人插手，這種時候只要將乾毛巾遞過去就好。

但阿梅要生孩子了，這段時間照顧他的人就換成了阿珠。

封琛上了床，躺下，阿珠便關掉房內的燈，再輕手輕腳地出了房門。

「早產了，提前了一個月。」

「秦副官，給醫院打電話了沒有？」

「打了，也訂了病房。」

「車呢？小顏去開車了沒？」

「去了去了，他正在往車庫跑。」

「還是別讓他開車了，他情緒肯定不穩，讓老陳開。」

睡到半夜時，封琛被樓下的喧嘩聲吵醒，聽到說話的人有自己的父母親，便翻身下了床，撩開窗簾往外看。

除了他這個房間，整棟別墅燈火通明，所有人都起了床，在傭人房和主樓之間慌慌張張地奔跑。

他看見阿珠和陳媽扶著大肚子的阿梅從傭人房院子出來，母親裹了件睡袍，滿臉焦急地跟在後面。

吱嘎——家裡那輛車像是在賽道衝刺似的從車庫飆了出來，一個急剎停在別墅大門外，從駕駛座跳下來的是他家的司機顏旭。

顏旭曾經是他父親手下的士兵，退役後做了父親的專職司機，老婆就是快要生產的女傭阿梅。

「別讓他開車，老陳去開。」父親封在平也裹著一件睡袍，站在院子裡下令。

顏旭抱著阿梅上了第一輛車，母親穿好別人送來的外套也坐了進去，陳媽和阿珠則抱著大包小包上了後面一輛車。

他家從來沒這麼兵荒馬亂過，平常安靜無聲的別墅裡一團亂糟糟，直到那兩輛車飛快地駛出別墅區才逐漸恢復平靜。

封琛便放下窗簾，回到床上繼續睡覺。

第二天起床下樓吃早飯，封琛發現早餐桌前只有自己一個人，便轉頭去看樓上。

「先生一大早就去軍部了，太太半夜才回來，現在還在睡覺。」陳媽將一杯牛奶放在他面前。

封琛問道：「阿梅還好嗎？」

陳媽笑了起來，「好，到醫院就生了，是個男孩兒，長得又白又好看。」

「唔。」封琛對那個小孩兒不感興趣，聽說阿梅平安後，便沒有繼續問。

但陳媽卻很興奮，一邊收拾廚具一邊講個不停：「提前了一個多月，生下來只有 2000 多公克，但是眉眼很周正，看著就是個俊小子……小少爺呀，以後你就要多一個小跟班了。」

封琛也沒仔細聽，吃完早飯後就上樓做作業。

他剛入學不久，念的是東聯軍附屬學校，每天除了文化課還有軍事課，只有週末才回家。

第二週的週末，陳伯照例來學校接他回家。經過別墅前院時，看見陳媽抱著一個裹在襁褓裡的嬰兒，在院子裡走來走去。

他略微一怔，立即就反應過來這應該是阿梅生的那個孩子。

「小少爺，快來看我們布布。哎呀，我們布布一直在等著小少爺放學呢……」

封琛站著沒動，陳媽便將嬰兒抱到他面前，輕輕揭開蓋在襁褓上的那層紗巾。

——皺皮青蛙

——大老鼠

——紅皮猴子

封琛在看到嬰兒的第一時間，腦子裡就閃過這三個詞。

「他叫布布。小少爺快看，我們布布長得多好啊，又白又好看，想不想抱一下？」

封琛有些吃驚於陳媽睜著眼睛說瞎話，但也沒有反駁，就看著嬰兒那張又瘦又小的臉——他緊閉著眼，可能是揭開面紗後被光線晃得有些不舒服，一張原本就皺巴巴的臉更皺，嘴也張得老大，露出粉紅的牙床。

「小少爺看得不轉眼，這是喜歡我們布布呢，快來抱一下吧。」

「哇——」

嬰兒發出和他孱小身體毫不相符的洪亮哭聲，封琛立即僵直了身體。陳媽抱起嬰兒走來走去地哄，他趁機快步回到了屋裡。

那是封琛第一次見到顏布布，被他的醜給震住，內心甚至隱隱有些同情阿梅和顏旭。

封在平從來沒有因為封琛只是個小學生就放鬆對他的教育，平常在學校念書也就罷了，到了週末時會接他去軍隊鍛鍊。封夫人想兒子，也只得週末跟著一起去軍隊住上兩天。

封琛再一次見到顏布布時，就已經是兩個月後了。

封夫人早早就去了學校外等著，在封在平來接人去軍部前，先一步將兒子搶到手帶回家。

汽車在別墅大門口停下，封琛才打開車門，就聽到了一陣嬰兒哭聲，頓時頭皮發緊，伸到車外的腳遲遲不落地。

封夫人卻快步下了車，還沒進大門就開始問：「阿珠，布布是餓了嗎？」

阿珠正抱著兩個多月的顏布布在院子裡來回走，「沒餓。」

「那妳什麼時候給他餵的奶？」

阿珠看了下時間，回道：「三個小時前餵的，離下次餵奶還有15 分鐘。」

阿珠是個年輕姑娘，也沒帶過孩子，餵奶只嚴格遵循標準時間。

封夫人一溜小跑回了屋，再出來時已經換掉高跟鞋和小洋裝，穿著俐落的家居服。

她伸手去抱顏布布，「我來吧，妳去給他沖奶粉。」

「好。」阿珠走了兩步又問：「沖 120 毫升還是 135 毫升？」

「都可以。」

封夫人見阿珠遲疑著沒動，便補充道：「135 毫升。」

封夫人熟練地哄著顏布布，轉頭才發現自己兒子站在大門口沒動，便道：「快進來呀，站在那裡做什麼？」

封琛對顏布布的哭聲有些發怵，依舊站著沒動。封夫人有些好笑地道：「過來吧，沒事的，等他喝上奶就不會哭了。」

封琛跟著封夫人一起回到屋裡，阿珠拿著奶瓶從廚房跑了出來。封夫人接過後在自己手背上滴了一滴，覺得溫度合適，便餵進了顏布布的嘴，也堵住了他的哭聲。

耳朵清淨下來，封琛輕輕舒了口氣，坐在旁邊沙發上。他摸到屁股下有塊布料，便一點一點扯出來，拎在空中仔細端詳，揣測這是什麼。

「哎呀，小少爺快給我，這是布布的尿布。」阿珠喊道。

封琛在兩秒後才反應過來這是什麼，猛地將尿片往前丟出，又極快地去到水龍頭下洗手。

「沒事的，小少爺，尿布是乾淨的。」

雖然阿珠解釋那是乾淨尿布，封琛也依舊在水下反覆沖洗，抹了兩遍洗手液。

等封琛回到沙發邊時，封夫人見他皺著眉抿著唇，滿臉不高興，便小心地解釋：「阿梅在醫院的時候，顏旭順便也做了個體檢，結果檢查出來……」

封夫人神情黯然地收住了話，低頭餵顏布布。封琛忍不住問道：「檢查出來是什麼？」

封夫人說了個封琛沒聽過的名詞，又補充道：「是絕症，好不起來的那種絕症。」

「阿梅這才出月子，又要去醫院照顧顏旭，所以布布我就先帶著了。」封夫人低頭看著正在吮奶的顏布布，嘆息道：「可憐的孩子……我現在最擔心阿梅……」

母子倆情緒都有些低落，沒有再說什麼。屋裡很安靜，只聽到顏布布吸吮奶瓶和吞嚥的聲音。

封琛這裡看不見顏布布的臉，但能看見他兩隻小腳正歡快地互相蹭動，顯然吃奶吃得很開心。只是一隻毛絨襪已經被蹬掉，那隻白嫩的小腳就在空氣中晃來晃去。

顏布布吃完奶，封夫人給他穿好襪子，將空奶瓶遞給阿珠去清洗。她正要和封琛說什麼，陳媽便有事找她。

封夫人原想將顏布布放進嬰兒車，但嬰兒車在樓上。她轉頭看見坐在沙發上的封琛，便將顏布布放在他旁邊。

「小琛，你看著他幾分鐘。門口來了幾名西聯軍，估計是要給你父親送文件，我去處理一下就回來。」

雖然封琛年紀不大，但從小沉穩可靠，何況顏布布才兩個多月，還不能翻身，所以她能放心地讓封琛暫時看一下。

「好。」封琛點點頭。

封夫人腳步匆匆地出了屋子，封琛這才側過頭，認真地打量躺在他身旁的顏布布。

躺在旁邊的男嬰不再是皺皮發紅的瘦小模樣，臉蛋兒又白又飽滿，眼睛很大，長長的睫毛捲曲著，看上去和他印象裡又瘦又小的模樣沒有半分相同。

他有些懷疑顏布布是不是被人調換了，但又覺得不大可能。

顏布布盯著頭頂，兩隻胳膊不停揮舞，嘴裡發出伊伊唔唔的聲音，又將自己的手塞到嘴裡，吮得叭叭作響。

封琛將他手拿出來，他又塞進嘴裡，繼續拿，繼續塞。

封琛終於放棄了，正要移開視線，卻看見顏布布的尿片慢慢浸出了一片水痕。

他心裡咯噔一下，知道這是尿了。

眼見那片水痕的範圍越來越大，他有些無措地喊了聲阿珠，但沒得到回應，阿珠應該從廚房去了後院。

顏布布兩隻腳不斷踢蹬，封琛盯著那塊尿片，有些擔心尿漬會浸出來蹭在沙發上。

他左右看看，端過茶几上的面紙盒，從裡面扯出來一大疊，趁著顏布布舉高雙腿的機會，立即將那幾張面紙墊在他屁股下面。但顏布布的腿落下來，幾下蹬踢，那些紙巾又被蹭得皺成了一團。

封琛絕不允許自家沙發蹭上尿漬，顏布布不停地抬腿、不停地將面紙蹭開，他就不停地將面紙墊過去。

顏布布可能是尿濕了不舒服，慢慢地不再踢腿，開始擰來擰去，不高興地哼哼著。

封琛無法繼續墊面紙，便將顏布布的雙腳拎起，提高，讓他屁股離開沙發，並大聲喚道：「阿珠、阿珠。」

他沒有聽到阿珠的應聲，但看見顏布布的臉開始皺起，嘴角往下撇著，像是隨時都要哭出聲。

封琛一個激靈，立即將他雙腳放下，如臨大敵般道：「你不要哭啊，我不動你腳了，你別哭。不准哭！」

顏布布的腳雖然被放下，但卻不似要收住哭的樣子，嘴巴已經咧開，胸脯急促起伏，正在做放聲大哭的準備。

「別哭、別哭，千萬別哭。」封琛緊張地道。

「哇——」

當顏布布的哭聲響起時，封琛耳膜跟著震動，立即想拔腿就逃。但他也知道不能丟下顏布布一個人在這兒，手足無措地盯著他看了幾秒後，就俯身去抱他。

小嬰兒的身體軟得像棉花，封琛在他身上比劃了兩、三個姿勢，挑選了一個最安全的，雙手扶住他腋下，將人慢慢舉了起來。

顏布布被封琛舉起的同時便收住了哭聲，臉上雖然還掛著淚水，那雙烏黑的大眼睛卻一眨不眨地盯著他。

但他的脖子卻支撐不住腦袋，盯著封琛看了兩秒後，一顆頭就往前栽。封琛連忙將他抱到胸前，讓他的臉擱在自己肩上。

封琛小心地換著姿勢，當手掌按到一塊濕熱的布料時，整個人僵硬了一瞬。他閉上眼深呼吸，儘量讓自己無視手下的觸感，將顏布布給抱好，並學著陳媽似的，在沙發前走來走去。

「唔——唔——」顏布布的臉埋在他頸子裡，發出唔唔的聲音。

封琛擔心他的鼻子被捂住，別這樣給捂死了，便費勁地轉頭想去看。但還沒扭頭，整個人又僵在了原地。

顏布布竟然在開始吮他的脖子，一串溫熱的口水正順著他頸子往下淌。

「阿珠、阿珠！」雖然沒聽到廚房有聲音，但封琛還是無助地喊了兩聲。

封琛決定還是將顏布布放回沙發，蹭髒就蹭髒吧，總可以將沙發套拆下來洗。但他才朝前走了一步，便聽到顏布布突然打了個嗝，接著一股洶湧熱流就灌進了他的脖頸。

封夫人終於將門口的西聯軍打發走，剛進門就見到封琛抱著顏布布站在沙發前。他兩腿微微分開，上半身板正僵硬，神情難看得活像抱著一顆炸彈。

「小琛。」

封琛依舊一動不動地抱著顏布布站著，卻發出一聲瀕臨崩潰的叫喊：「快！」

封琛從嬰兒期就是個嚴肅的嬰兒，不愛哭也不愛鬧，隨時皺著眉，一副思考人生的模樣。封夫人很少見到他這樣失態，以為顏布布出了事，嚇得趕緊跑過來將人抱走。

「咯咯咯。」顏布布被封夫人接走後，衝著封琛發出一串笑聲。

封夫人看見封琛右胸已經濕了一塊，還有奶水從衣領上往下滴，立即明白了是什麼回事。她知道封琛生性愛潔，便轉頭喊阿珠：「阿珠、阿珠，快去給小琛放洗澡水。」

「不用了，我自已放水。」

封琛話音未落就已經衝向了樓梯。

他兩隻手微微張開，上半身僵直著，跑得有些跌跌撞撞。才爬了幾級樓梯，一股濃重的奶腥味便湧入鼻中。

雖然他天天也在喝牛奶，但此時聞到這味兒，只覺得胃部一陣翻江倒海，差點就乾嘔出聲。

他扶著樓梯喘氣，看見封夫人正在給顏布布換尿片。

顏布布仰躺在沙發上，被剝得像顆白花生。他正好能對上封琛的視線，便又對他咯咯笑了兩聲，兩截肥短的腿一下下興奮地蹬著。

封琛沒有理他，直接上了樓，回房，鑽進浴室去洗澡。

衣服上的奶味蔓延至整個浴室。他打開換氣扇，將脫下的衣服丟進髒衣簍裡，抓條浴巾搭在上面，蓋好簍蓋，再快速擠出一團沐浴露在掌心揉開，將泡沫抹在自己臉上和鼻端。

封琛沒有泡澡，選擇淋浴。

他一遍遍搓洗著自己脖頸，不斷去嗅聞還有沒有奶味，直到確定已經徹底洗乾淨後才停手。

封琛閉著眼沖著熱水，想到家裡從此就多了個顏布布，撒尿、吐奶、時不時大哭，心情就變得沉重起來。

他慢慢垂下了頭，盯著腳邊被水流帶走的泡沫，心裡除了沮喪，還有著濃濃的哀傷。

（完）

【番外二】

生日

顏旭去世那天，封在平恰好奉命去了中心城，封夫人要守著悲痛欲絕的阿梅，其他人則忙碌著操辦顏旭的身後事。

無人照顧的顏布布則只能丟給了封琛。

顏布布五個月大了，已經可以坐起來。

他不滿足於嬰兒車的小小空間，便抓著車欄搖晃，看著封琛哼哼唧唧，示意他快將自己救出去。

封琛坐在旁邊的桌前寫字，只偶爾看他一眼，對他的央求視若無睹——反正沒哭、沒吐奶，而且穿著紙尿褲。

「哼——哼——哼——」

顏布布不斷哼唧著，封琛頭也不抬地將自己的橡皮擦丟進嬰兒車裡。顏布布便轉身撿起橡皮擦，當做玩具玩了起來。

封琛安靜地寫了幾分鐘字，突然想到了什麼，倏地轉頭看向顏布布。接著便大步流星衝了過去，將他正在啃的橡皮一把奪了下來。

那塗滿口水濕噠噠的橡皮擦已經多了個缺口，他顧不上嫌惡，立即伸手到顏布布嘴邊，厲聲喝道：「吐出來！」

顏布布鼓著嘴，一臉無辜地看著他。

「快點，吐出來！」封琛繼續喝道：「我數三聲，1、2……」

「嘿嘿。」顏布布似乎覺得他這怒氣沖沖的樣子很有趣，突然笑了一聲，露出兩顆剛長出的小乳牙，舌頭上還躺著一小塊棕色的橡皮擦。

封琛直接動手，一手捏住他的嘴，一手伸進嘴裡去掏，再將掏出來的碎屑和大塊橡皮擦一起扔進了垃圾桶裡，頭也不回地衝向了洗手間。

他擰大水龍頭，兩手伸到水下沖，顏布布這才反應過來，哇一聲開始大哭。

封琛出了洗手間，看也不看坐在嬰兒車裡的顏布布一眼，垂著眼眸走到桌邊坐下，開始寫作業。

幾分鐘後，顏布布的哭聲絲毫沒有停下的意思，封琛將筆啪一聲拍在桌上，「你是不是還要哭？」

顏布布被嚇得抖了下，聲音戛然而止。但兩秒後，他發出更加洪亮的哭聲，還帶著一點撕心裂肺的意思。

封琛盯著顏布布瞧了片刻，又扯下兩團衛生紙塞進耳朵裡，煩躁地走到窗邊，伸手推開窗戶看外面。

他看見兩名手提醫療箱、穿著白袍的醫生跟著陳伯進了院子，阿珠從傭人房那邊跑過來，嘴裡喊著：「快點，她又昏過去了。」

封琛看著他們的背影消失在那棟小樓裡，這才轉回身看向了顏布布。

顏布布還坐在嬰兒車裡張著嘴在哭，一張臉脹得通紅。封琛便關上窗戶走過去，朝著他伸出了雙手。

顏布布一直淚眼矇矓地看著封琛，見狀立即張開手臂撲了上來。

封琛將顏布布抱出嬰兒車，放在厚厚的地毯上，自己則端著面紙盒坐在他身旁。

「別哭了……」他用面紙擦乾淨顏布布的淚水和鼻涕，又擦掉他額頭邊滲出的汗水。

顏布布沒有再哭，只還抽噎著。封琛左右看了下，將嬰兒車上掛著的毛絨玩具摘了一個下來遞給他。

顏布布抓著毛絨玩具玩，短胖的手指一下下捏著。

他又開心起來，仰頭朝著封琛笑，被淚水打濕的睫毛黏在一起，凝成一簇一簇的。

「啊、啊。」他將毛絨玩具塞給封琛，示意他拿著玩。

封琛接過玩具在手裡拋著，顏布布的眼珠子就跟著上下轉，還發出了笑聲。

陪顏布布玩了會兒，封琛手錶上的鬧鐘響了起來，提醒他兩個半小時到了，便連忙起身，去茶几旁沖調奶粉。

他還記得阿珠三個小時餵一次奶，結果顏布布餓得嗷嗷大哭，便將時間改到了兩個半小時。

顏布布上次喝了 135 毫升奶後吐了奶，他就一點點往奶瓶裡加水，停在 125 毫升的刻度處，一滴不多，也一滴不少。

沖調好奶粉，他學著封夫人的樣子滴了一滴在手背上，覺得有些燙，便輕輕搖晃著奶瓶，直到溫度合適後才餵給了顏布布。

顏布布可以自己抱著奶瓶喝，封琛便席地坐著，趴在凳子上繼續寫作業。

顏布布邊喝奶邊盯著他看，又騰出一隻手去摸他的臉。封琛雖然盯著書本，卻倏地抓住那隻胖乎乎的小手，再唰一聲扯過旁邊的面紙，將那本就乾淨的手心、手指再擦了一遍。

然後才繼續寫作業，任由顏布布在自己臉上摸。

封琛寫完作業，發現顏布布沒了聲音。他轉過頭，看見顏布布已經倒在地毯上睡著了，空奶瓶就丟在一旁。

顏布布睡成了一個很擰巴的姿勢，側著身體絞著腿，腦袋還往上仰著。封琛小心地將他身體回正，再去自己床上抱絨毯。

他抱著絨毯走出幾步後又站定，轉身將絨毯重新放回床上。

接著輕手輕腳地去了隔壁客房，將那床上的絨毯抱了過來給顏布布蓋上。

封琛撿起空奶瓶放好，坐回桌子旁繼續寫作業。寫了幾行字後，他還是丟下筆起身，拿起空奶瓶去了洗手間，將瓶裡那些礙眼的奶漬沖洗乾淨。

屋內安靜下來，傭人房那邊時不時飄過阿梅斷續的哭聲。封琛想起顏旭，沒有心情再寫字，便看向睡在地毯上的顏布布。

顏布布睡得很香，臉蛋兒紅紅的，嘴巴不時咂巴兩下。

封琛怔怔地想：他知道自己的父親已經去世了嗎？應該是不知道的吧，應該只知道吃奶、吐奶、撒尿、睡覺和嚎啕大哭吧……其實這樣挺好的。

阿梅的哭聲如同細長的線，隨著風鑽進了窗縫。

封琛儘管知道不會吵醒顏布布，但還是捏了兩團衛生紙球，小心地塞進了他的耳朵裡。

顏布布不知道夢見了什麼，閉著眼睛笑了兩聲。

時間在不知不覺中流逝，封琛也快滿 12 歲了。封夫人在家裡為他辦了個生日宴會，將他班上的同學都邀請過來。

封琛並不喜歡熱鬧，和班上的同學也不怎麼來往，但封夫人希望他能和同學們搞好關係，對這場生日宴抱著極大的熱情，所以封琛也沒有反對。

顏布布一大早就被阿梅喚醒，頂著一頭亂髮，沉著臉坐在床上。

「伸手，伸下手。」阿梅將毛衣套在他脖子上，拿著袖子讓他伸手鑽進去，他卻坐著一動不動。

阿梅便自己將手伸進衣服的袖筒，找到他的手，握著從袖筒裡扯了出來。

穿好毛衣，阿梅又拿過褲子，催促道：「抬腳，快點抬腳，媽媽還要去做事。」

顏布布卻只動了下腳趾。

啪啪啪！他被拎起來，屁股上挨了三下。

「嗚嗚……」顏布布一邊哭，一邊抬腳伸進了褲筒。

穿好衣服，阿梅去了浴室放熱水，顏布布哭著跟在她身後，又哭著刷牙、洗臉、梳頭。

「快去吃早點，牛奶也要喝完。」

阿梅去疊被子時，顏布布走到了餐桌旁吃早飯。

在看清桌上的早點後，他的哭聲陡然收住，一邊抽搭一邊驚喜地道：「呃……小蛋糕……呃呃……太太做的草莓小……呃蛋糕……呃……還有巧克力蛋糕。」

阿梅道：「今天是 8 月 17 日，少爺的生日，太太請了很多客人來家裡。你不要搗蛋，不要去惹少爺生氣，今天就乖乖待在後院玩，知道嗎？」

「唔，8 月 17 日啊，知道了。」顏布布已經習慣只要封琛在家的那天就不去主樓，也習慣不要去打擾他，只在他進出門的時候偷偷看，有什麼好玩的、好吃的，直接放到他屋子裡就行。

以前顏布布是能做到的，但今天前院太熱鬧了。到了下午時，不光來了好多人，長桌上擺滿好吃的，就連那些樹枝上也掛著五顏六色的氣球，看得他眼睛都花了。

顏布布揹著封在平送給他的玩具槍，先是在前院周圍晃蕩，見沒人注意自己就慢慢踱步，一直踱到葡萄架下站著，好奇地看著那些來來往往的人。

只是他在人群裡看來看去，沒有見著封琛。

「布布，過來。」正在招待客人的封夫人看見了顏布布，連忙朝他招手。

顏布布跑了過去，封夫人拿起盤子，在長桌上挑選顏布布愛吃的糕點和水果，裝了滿滿一盤子遞給他，「去那邊小桌旁坐著吃。」

院子右邊的小桌已經坐了兩名年紀比他稍大的小孩，應該是封琛同學帶來的弟弟，也在吃東西。顏布布便端著自己的盤子過去，在無人的那邊坐下，埋頭開吃。

「那是火龍離子 2 號槍，安土亞的武器。」

「啊……真的，他居然有火龍離子 2 號槍！」

顏布布聽到了兩人的對話聲，知道他們在說自己的槍，心裡很是得意。但他並不認識這兩名小孩，無法直接交流，就放下叉子、取下槍，朝著無人的草坪扣下扳機。

玩具槍身便閃動光芒，發出砰砰聲響。

顏布布神情凝肅地端著槍，身體左閃右閃像是在躲避子彈，嘴裡也跟著發出砰砰聲。

還不時側頭去偷瞥那兩人，看他們在瞧自己沒有。

如果那兩小孩找他搭話，他就和他們一起玩。

結果兩名小孩低聲交談了幾句，其中年紀大一些的那個就走了過來，也不做聲，直接去抓顏布布手裡的槍。

顏布布正歪著身體躲子彈，冷不丁伸過來一隻手奪槍，他連忙握緊槍桿問道：「你幹什麼？」

「給我們玩玩。」

顏布布本就打算和他們一起玩，但沒想到他們直接開搶，就和幼稚園班上幾個最不聽話的小朋友一樣。他頓時不願意了，抱緊了槍桿不放。

那孩子用力往外拔槍，另一個就來掰顏布布的手指。

顏布布咬著牙不鬆手，從齒縫裡擠出一句話：「別惹我，不要惹我，我不想開槍打死你們！」

那倆孩子聽到後還是有些害怕，雖然在搶奪，卻也很有默契地都讓槍口朝外。幾番下來後，顏布布和其中一個就滾到了地上。

兩人都一聲不吭，只抓著對方頭髮沉默地翻滾。直到一名經過的封家僕人看見了，大聲嚇唬道：「你們在幹什麼？不准打架！誰打架就把誰關起來。」

那倆孩子不敢再搶顏布布的槍，悻悻地爬起來去了一旁。

顏布布頭皮被扯得有些疼，卻忍住了沒有哭，將眼裡轉動的水光憋了回去，撿起槍揹好，對著兩名小孩撅起屁股，「噗！」

再做出勝利者的姿態，大搖大擺地離開了這裡。

顏布布昂著頭穿過院子，走到無人的地方時，眼淚就再也憋不住。他轉頭見那兩名小孩還看著這方向，又裝作若無其事的樣子鑽進了花園，蹲在幾叢月季旁邊。

他確定那倆小孩再也看不到自己後，便傷傷心心地哭了起來。哭得頭一點一點的，腦袋上的捲毛也跟著東倒西歪。

「那個弟弟，弟弟，你在哭什麼？」突如其來的一道聲音，讓顏布布頓時止住了哭，轉頭看向聲音來源處。

他這才發現旁邊的葡萄架下坐著幾個人，封琛就坐在正中間，正皺眉看著他。

「弟弟，你在哭什麼呀？」封琛旁邊的一名少年追問道。

顏布布嘴唇囁嚅著，卻又想起媽媽經常叮囑他的話，讓他不要往封琛面前湊，便一言不發地站起身，要往花園外走。

他走得很快，眼見就要鑽出花園，卻聽到身後傳來封琛的聲音：「走那麼快幹什麼？回來！」

顏布布看了下左右，沒見著其他人，不確定封琛是不是在喊自己，卻也站住腳步轉頭看了過去。

封琛依舊皺著眉，卻對著他道：「過來。」

顏布布便又極快地走了過去。

封琛打量著顏布布，看他頭髮凌亂，毛衣領口也被拉扯得變大，一看就是剛和人打了架，便問道：「和誰打架了？」

「那邊，那邊吃蛋糕的兩個小孩。」顏布布原本已經止住了哭，因為封琛的詢問，他心裡生起了濃濃的委屈，忍不住又開始痛哭，邊哭邊告狀：「……他們搶我的槍，還推我……這樣的……還抓我頭髮……就是這樣的……」

他一邊痛哭著告狀一邊還原場景，模仿小孩推他，他往後踉蹌，又揪住了自己的頭髮，「……扯得我好痛。」

「啊，那是我弟弟和王樂的弟弟。」一名瘦臉少年和旁邊的少年對視一眼，不高興地道：「我說不帶他來，在家裡又哭又鬧非要跟來，果然來了就惹事，一點也不聽話。」

「我弟弟也不聽話，我把他叫過來給封琛弟弟道歉。」另一名少年道。

「我去叫吧，把我弟弟也叫過來道歉。」

兩名少年嘴上這樣說著，眼睛卻是看著封琛，似乎在等他阻止。但封琛一言不發，只垂眸看著顏布布，而顏布布還在更加詳細地描述經過，瘦臉少年便只得起身往花園外走。

「就是搶你這把槍嗎？難怪了，這槍多好看啊，是誰買給你的呀？」有人出聲哄著顏布布。

封琛剛張開嘴，顏布布便已經回道：「是先生買給我的。」

封琛便又閉上了嘴。

「先生？先生是誰？」那人好奇地問了句，正在往外走的瘦臉少年也停步看了過來。

顏布布茫然地想了下，童言童語地回道：「先生就是先生，是少爺的爸爸。」

亭子裡所有少年的神情都複雜起來，再看向顏布布的目光就帶上了幾分怪異。那名原本說著要讓弟弟來道歉的少年不再做聲，已經走出葡萄架的瘦臉少年也停下了腳步。

片刻安靜後，有人笑著道：「走吧，不是說封琛家裡有個很大的訓練室嗎？我們去看看。」

「好，我學了兩個月的擊劍，等會兒有沒有人和我比試一下？」

少年們紛紛站起身往主樓方向走，但走出幾步後，發現封琛坐在石凳上沒有動。

他們念的是東聯軍附屬學校，父親也都是封在平的部下，所以封琛不動，他們也不敢走，只站著面面相覷。

封琛沒有看他們，拉著顏布布肩膀將他扯近了些，伸手去拍他頭上的草屑，將他亂糟糟的捲毛理順。

顏布布什麼時候受過封琛這樣的重視？滿心都是受寵若驚，只一動不動地站著，任由他撥弄自己頭髮。

封琛丟掉一根草梗，撩起眼皮看向那兩名少年，淡淡地問：「你們弟弟呢？不是要來給他道歉嗎？」

「啊……對啊，對，道歉。」兩名少年的臉頓時脹紅，結結巴巴地道：「好，馬上就喊他們過來。」

那兩名小孩被各自的哥哥喊了過來，又被嚴厲地教訓一通後，哭著和顏布布道歉。

「對、對不起，我錯了，嗚嗚……對不起。」

「他叫顏布布。」封琛突然道。

「什、什麼？」

瘦臉少年連忙道：「他名叫顏布布，要叫上名字。」

「顏布布，對、對不起，我錯了，不該搶你的槍，還推你、扯你頭髮……嗚嗚……不過我也被扯得好痛。」兩名小孩哭得上氣不接下氣。

顏布布被封琛理順衣裳、撚了草屑，心頭正高興得很，也就不再計較剛才的事，三人互相握手，達成了和解。

封琛的神情這才好看了些，對著少年們道：「訓練室就在 2 樓，你們先去，我馬上就來。」

有了他這句話，大家這才轉身往主樓走去。

「少爺。」見眾人都走了，顏布布便喜滋滋地喚了聲。

封琛卻沒有再理他，走去花園一角的水龍頭那裡洗手，顏布布又顛顛兒地跟了過去，往他身旁湊。

「少爺，你真好。」顏布布彎腰去看封琛的臉，「少爺你太好了，我肯定會好好伺候你一輩子的。」

「站住別動。」封琛用紙巾擦著手上的水漬，嫌棄道：「這麼髒，別碰到我。」

「喔。」顏布布便將身體往後仰著。

封琛洗完手，轉身走向主樓。走了幾步後又回頭，看著顏布布，一臉的欲言又止。

顏布布不知道他要說什麼，便端正地站著。

「回去拿毛巾洗臉，洗乾淨。」封琛終於沒有忍住，冷著臉指著自己左耳，「這裡多搓幾下。」

「喔。」

封琛繼續往前走，顏布布看著他的背影，心裡沒有半分不快，滿滿都是高興。

——少爺真好，少爺真是太好了。

——媽媽說他今天過生日，那我必須要送他最棒的生日禮物。

——去挖條蚯蚓吧，挖條最肥、最大、最長的蚯蚓，裝在透明瓶子裡，藏在他的枕頭下。只有最肥、最大、最長的蚯蚓，才配得上少爺的好。

（完）

【番外三】

海雲城日常

「15 加 26 ？」

「31。」

「嗯？」

「……41。」

「78 減 21 ？」

「57。」

封琛坐在廚房削馬鈴薯皮，嘴裡給顏布布出著算術題。顏布布則趴在窗臺上，一邊看薩薩卡和比努努在雪地裡瘋玩，一邊算著題。

「顏布布，你又在抓屁股？」封琛側頭看了眼，問道。

顏布布穿著一身印滿小熊圖案的秋衣、秋褲，不斷扭來扭去用手撓著屁股。

「癢。」

「癢也忍著。」

「我忍不住。」

「誰叫你出門時老愛坐在雪地上？給你說了會長凍瘡。」封琛將削好的馬鈴薯切成塊，放進水裡煮，洗乾淨手後走到顏布布身旁，「讓我看看。」

顏布布將小熊秋褲脫到膝彎，封琛看見他屁股和大腿上有著一團團紅斑，不由皺起了眉頭。

「我去放熱水，你在水裡泡上半個小時。」

「我不想泡熱水，那個越泡越癢。」顏布布又去撓大腿，被封琛一把抓住，「別撓了，會把皮撓破的。」

「啊……那你給我掐掐，我以前被蚊子咬了包，媽媽就會用指甲掐，掐了就沒那麼癢。」顏布布癢得五官都有些扭曲。

封琛知道他說的是掐十字指甲印，便在他那些紅斑上也掐了幾個印記，接著便去浴室放熱水。

「泡熱水的時候就癢那一陣，泡過了就不會癢。」

顏布布泡熱水時，封琛就在智能電腦上查閱資料。

凍瘡膏

什麼可以代替凍瘡膏

自製凍瘡膏

「……晚霞映照著你的笑臉，那是我遠行時唯一的眷念……啊！好癢……晚風吹拂著我的臉龐，吹不走心頭那淡淡的憂傷……啊！癢死了……」

浴室裡傳出來顏布布走調的歌聲，是他和比努努正在看的電視劇主題曲。

封琛一邊看著螢幕，一邊拿衛生紙揉成兩個團塞進耳朵裡，滑鼠繼續往下滑動。

他找到了其中一條：很多動物的油脂對凍瘡都有一定療效，諸如獾油、鱷魚油……再加入一些中藥材，就可以做成凍瘡膏。

那幾樣中藥材很普通，于苑留下的那個庫房裡就有。海雲城肯定沒有鱷魚，但他見過獾變異種。如果運氣好能抓住一隻，就弄回來做凍瘡膏。

顏布布泡完熱水澡出來，看見封琛正在層層疊疊地穿衣服，立即問道：「哥哥你要去哪兒？」

「我去一趟海雲山。」封琛將圍巾圍好，轉頭看見顏布布又在撓屁股，便斥道：「我再見你撓一次，就把你手捆起來。」

顏布布不敢再撓，卻道：「那我要和你一起去。」

「你是嫌你凍瘡長得還不夠多嗎？就在家裡等著，我去抓一隻獾回來。」

「獾是什麼？」

「一種變異種。」

顏布布不解地道：「可是昨天比努努才抓了隻野兔變異種回來，我們可以吃好多天了。」

「我去抓回來做凍瘡膏。」封琛提步往樓下走，「桌上有張數學卷子，只有二十道算術題，等我回來之前你要把那二十道題做完。另外還要把昨天學的三個生字每個抄寫二十遍。」

顏布布追過去，趴在樓梯扶手上看他，「那你要去多久？」

「半個小時至兩個小時。」

「到底是半個小時還是兩個小時？」

「我不知道。」

「你既然不知道，為什麼又說半個小時至兩個小時？」

封琛沒有再理他，只大步走向通道盡頭。

顏布布又喊道：「半個小時後就是 4 點半，兩個小時後是 4 點，你一定要在 4 點前回來喔。」

「知道了。」封琛推開窗戶跳了出去。

顏布布並沒有離開樓梯，而是繼續趴在扶手上往下看。果然半分鐘後，窗戶又被打開，薩薩卡龐大的影子投落在走廊裡，旁邊那個小影子則是比努努。

雖然他們現在很安全，但經過棕熊和礎石的事情，封琛總不放心顏布布一個人在家，不管是去海裡捕魚還是上山抓變異種，都會將薩薩卡留下來。

薩薩卡甩盡鬃毛上的冰碴，跟在比努努身後走向 5 樓大廳。

顏布布對牠們喊道：「我剛才看見你們在雪地裡打滾了，會長凍瘡的。」

比努努看也不看他，徑自跳上沙發，躺下。薩薩卡則叼過絨毯給牠蓋上，又將木頭和投影機遙控器放到牠爪子裡。

顏布布正想回去做作業，就聽到熟悉的片頭曲響起。

「晚霞映照著你的笑臉，那是我遠行時唯一的眷念……」

他立即噔噔下樓，坐在比努努旁邊，順手撩起絨毯一角將自己的腿蓋上。

「昨天我們看到了 40 集，現在該看 41 集了。」顏布布拿過遙控器重新選集，薩薩卡則又去叼肉乾盤，送到顏布布懷裡。

這是部時裝劇，講的是城市裡幾名青年男女打拚的故事。顏布布和比努努都看不懂劇情，但因為戶外鏡頭很多，各種時裝也不停地換，所以顏布布是看場景，比努努則是看衣服。

「摩天輪！看，摩天輪！」顏布布指著螢幕激動地道：「看他後面那個，在海灘上轉的那個大盤子，叫做摩天輪，人可以坐在裡面跟著轉。」

比努努原本躺在沙發上，一邊看一邊啃木頭，聞言也停下了動作，眼睛緊緊盯著螢幕。

但牠卻沒有注意摩天輪，而是在看男主那條色澤鮮豔的沙灘褲。

「比努努你看，那個螢幕好大！一整面牆都是！以前海雲城也有，就在陳婆婆最愛去的那個大商場外面。」

「那個公車有兩截，其實是電車，我知道的。」

顏布布邊看邊講解，直到下一集的片尾曲響起時，才驚覺自己作業還沒有做。

他一個躍身從沙發上彈起，飛快地衝向樓梯，路上將一條凳子都撞翻。比努努和薩薩卡像是司空見慣般，毫不在意地繼續盯著電視劇看。

封琛說過半個小時至兩個小時回來，現在快到兩個小時了，顏布布必須在他回來之前做完作業。

「36 加上 28⋯⋯這是多少呢⋯⋯唔，53。」

顏布布努力算著題，但想到卷子做完後還要抄寫生字，便一邊做一邊發出哀嚎。

比努努從屋中央的金屬柱爬了上來，站在桌子旁盯著他。顏布布和牠對視幾秒後，小聲問道：「你能幫我抄下生字嗎？」

比努努有些勉強地點了下頭，同時速度很快地在桌子對面坐下。

「唔，你幫我抄這三個字，每個字抄寫二十遍。」顏布布指給牠看，又有些不確定地問：「你會寫字嗎？我還沒見過你寫字。」

比努努又點了下頭，但因為顏布布的質疑，牠看起來不大高興，顏布布也就不敢再問，將本子和鉛筆遞給了牠。

顏布布繼續做卷子，比努努便坐在他對面，認真地寫著字。

「27 減去 15⋯⋯這個簡單，答案是 12。36 減去 18⋯⋯這個也簡單，是 28。」

顏布布算完兩道題，想看比努努寫得怎麼樣，就繞過桌子去看作業本。結果在看見那一個個小黑團時，頓時傻了眼。

「比努努，是寫生字啊，你怎麼塗這個？」

比努努側頭看他，目光裡寫滿不解，像是在說：我寫的就是字。

「你看這個。」顏布布指著封琛給他印製的書本，「這是有筆劃的，一橫、一豎、一撇……你再看看你寫的，全是黑團團。」

比努努看看書本，又看看自己塗的字，爪子倏地伸出來指著作業本，理直氣壯地表示牠寫得和書本一模一樣。

「可是、可是……」

顏布布覺得和牠說不通，便伸手去拿作業本，但比努努按住本子，怎麼也不鬆爪。

兩個開始較勁，顏布布兩隻手去扯，比努努趴在本子上死死按著，開始齜牙。

紙張發出撕裂的聲音，顏布布只得放棄，垂頭喪氣地道：「行吧，你就自己畫吧，等你畫完了我再重新寫。」

顏布布繼續做卷子，薩薩卡則一直為他和比努努服務。一會兒給他叼來水杯，一會兒放只小凳在比努努懸空的腳下讓牠踩著。

顏布布做完最後一道題後，看見比努努將書本也往後翻了一頁。牠已經抄完那三個字，居然還要接著抄後面的。

顏布布看了一眼旁邊桌上的小時鐘，發現已經 4 點了，超過封琛嘴裡的兩小時，但他現在還沒回來。

他去到窗戶旁往外張望，目光所及之處只有一片白茫茫，連半個人影都沒瞧見。

「薩薩卡，你現在能和哥哥精神聯繫嗎？」顏布布問道。

薩薩卡搖搖頭。

「那他一定是在海雲山腳下。」

封琛如果在離研究所不遠的地方，薩薩卡和他之間能保持精神連接。但到了海雲山這麼遠的距離，他倆之間的連接便會被切斷。

封琛有次離開海雲山繼續往前，薩薩卡便維持不住身形，消散回到了他的精神域裡。

顏布布一直坐在飄窗上，一眨不眨地盯著海雲山方向，偶爾又轉頭看一眼時鐘。比努努也不再投入地寫字，顯得有些心不在焉，最後乾脆跳下地，來到窗戶前和顏布布一起往外看。

「比努努，哥哥為什麼還不回來呢？」顏布布很是焦慮，「以前他說多久回來就一定會回來的，但現在已經 5 點鐘了，他走了三個小時都沒有回來。」

比努努搖搖頭，背著爪子在窗前來回踱步。

只有薩薩卡最為鎮定，將熱水杯叼到顏布布手裡，又舔了下比努努腦袋，示意牠不要緊張。

顏布布卻沒有放鬆，反而神情越來越慌，他和比努努對視了一眼，互相都明白了對方的意思，一個提步往樓下走，一個趕緊衝回臥室去穿衣服。

封琛從來不阻撓顏布布出去玩，但出門時必須要帶上兩隻量子獸，衣服也要穿足夠，所以他再著急也會認真穿好衣服。

毛衣、羽絨服、皮衣、皮護腿……

顏布布將自己裹得像個球，邊下樓梯邊催促薩薩卡：「走吧，我們去找哥哥。」

薩薩卡跟了上來，將一端拖在樓梯上的圍巾叼起來，在顏布布脖子上纏了一圈，再叼起掛在牆上的額頂燈塞到他手裡。

顏布布推開5樓通道盡頭的窗戶，猛烈的風雪衝進來，通道牆紙上迅速結了層冰花。他因為溫度驟然降低打了個寒戰，接著便翻出了窗戶。

比努努和薩薩卡也趕緊跟上。

雖然才下午5點，但風雪肆虐，光線昏暗，天地一片陰沉。

顏布布想將額頂燈戴在頭上，但他穿得太多，連抬起胳膊這個動作都很難辦到，薩薩卡便體貼地叼著額頂燈給他戴上。

他爬上了黑獅的背，比努努也跳了上來，薩薩卡便迎著風雪，朝著海雲山的方向奔去。

「能連接上了嗎……現在呢？能連接上了嗎？」雖然每說一句話都被冷風灌滿嘴，顏布布也不斷在大聲問薩薩卡。

薩薩卡一邊飛奔一邊搖頭，顏布布心裡也就越來越慌張。

到了海雲山腳，薩薩卡停了下來，顏布布又問道：「現在呢？」

薩薩卡繼續搖頭。

「哥哥說了來抓獾的，他就在海雲山上，為什麼連接不上了啊……」顏布布從薩薩卡背上滑到雪地裡，聲音急促：「我上次都掉進了雪窟窿，他說不定也掉進雪窟窿了，我們快去找他。」

面前是被冰雪覆蓋的巍峨高山，積雪深達數公尺。好在顏布布人小體輕，所以每邁出一步，積雪都只淹沒至膝蓋。但就算如此，他也走得非常艱難。

「我們分開一點點，薩薩卡找左邊，比努努找右邊，我找中間，分開了好找些。」

顏布布猶豫了一下又問：「那你們倆知道左右嗎？」

他舉起自己左手，在空中比劃了下，又換成右手，自言自語道：「寫字的是右手，這是右邊。」接著朝比努努晃動胳膊，「這邊就是右。」

比努努去了右方，但薩薩卡卻依舊跟在顏布布身後。顏布布知道自己出門後，不管說什麼牠都會一直跟著不離開半步，所以也就沒有再堅持。

「哥哥、哥哥……」

他一邊往山上走，一邊喊著封琛。

那聲音在山峰間迴蕩，震得山坡上的積雪往下簌簌滑落，幾隻變異種也從那些隱祕的地方探出了頭。

「薩薩卡，現在再連接試試。」顏布布喘著氣對薩薩卡道。

他的眉睫上結了層冰，雖然氣溫極低，臉部卻泛著紅，不知道是累的還是太過著急。

薩薩卡站定幾秒後，又對著他搖搖頭。

顏布布剛才還只有焦慮，而現在卻滿心都是恐懼。他並不覺得冷，但牙齒不停格格打戰，身體也發著抖。

「哥哥——」他嘶啞著嗓音再次喊道。

薩薩卡卻突然頓住腳步，轉頭看向海雲城方向，接著又咬住顏布布的衣角，示意他回頭。

顏布布意識到什麼，倏地轉過身。

光線昏暗，額頂燈光束裡全是飛雪，可視度極低。他使勁盯著前方，又伸手去揉掉睫毛上的冰碴，免得擋住視線。

「薩薩卡，你是讓我看哥哥嗎？為什麼沒見到人？」顏布布的聲音都帶上了哭腔：「還是你想讓我去其他地方……」

他的話陡然頓住。只見風雪後出現了一道人影，正艱難地朝著這邊行進。雖然那人裹得都看不出身形，但海雲城裡的活人除了封琛和顏布布，再不會有第三個。

顏布布立即奔了過去。積雪太深，讓他奔跑的動作看上去有些滑稽，還時不時會摔在雪地裡。但他翻個滾就飛快地爬起來，跌跌撞撞地繼續往前衝。

他跑到快至封琛跟前時，就迫不及待地張開了手，封琛也將撲到懷裡的人一把摟住。

比努努已經爬上了一棵粗壯的變異種樹，正在搖晃它茂密的枝葉。那變異種樹受不住比努努這樣大力，不斷發出咔嚓聲，枝幹和著積雪一起往下掉。

比努努又探頭鑽進枝葉縫隙，在找封琛有沒有在裡面。

薩薩卡連忙跑到樹下，仰頭輕聲喚了兩聲，比努努這才收手跳下了大樹。

顏布布和封琛緊緊擁抱了片刻，封琛才將他放下地，去摸他藏在帽子下的耳朵，「冷不冷？凍瘡痛不痛？」

「不冷，凍瘡也不痛。」顏布布剛回答完，又立即撒嬌道：「冷，冷死我了。」

「活該！誰讓你來這兒的？」

「你沒回家，我就想來找你……」

封琛眉睫上也全是冰碴，嘴唇都有些變色，皺眉道：「天都快黑了，你還往山上跑。我又不是第一次出門，辦完事就會回去，你來找我做什麼？」

顏布布委屈起來，「你說了兩個小時的，結果三個小時了還沒回去。如果我說玩兩個小時回家，但是三個小時都沒回去，你肯定要找我，還要罵我。」

封琛哽了下，見顏布布正斜著眼睛瞪他，只得道：「那以後再遇到這種事情的話，你就不准出門，讓薩薩卡去找我就行了。」

「喔。」

薩薩卡叼著比努努從積雪上蹚了過來，封琛將顏布布抱到薩薩卡的背上，自己再翻身騎了上去，「走，回家。」

隨著天邊最後一絲光線消失，風雪也變得越來越大。雖然氣溫還在降低，但顏布布背靠在封琛懷中，能時刻感受到他就在自己身旁，再回想起來時的焦急和恐慌，只覺得這一刻分外安心。

「你剛才去哪兒了？」他高聲問。

風聲太大，封琛便俯在他耳邊回道：「我狩到了一隻獾變異種，又去倉庫拿了幾樣藥材，一來一去就耽擱時間了。」

「那你，那你下次再遇到這種事的話，比如去抓獾、抓野兔，然後要去倉庫，你就要在抓完野兔後回家，告訴我一聲後再去倉庫。」顏布布認真地道。

封琛捏了捏他的肩膀，「我知道了。」

顏布布努力轉過頭，想看他的神情是不是在敷衍自己，封琛卻將他腦袋固定住，「這次我沒有中途回去告訴你，已經記得了，下次一定會注意。」他說完後便將顏布布腦袋轉了回去，又低聲道：「對不起。」

顏布布又想扭轉頭，腦袋卻被按住，只得看著前方大聲回道：「好吧，那我原諒你了。」

回到研究所，薩薩卡去處理那隻玃變異種的屍體，將牠的油脂剝出來。封琛則將那幾樣藥材細細研磨，再用紗布篩過，篩成最細微的粉末。最後將油脂熬化，摻入粉末，裝進幾個小瓶裡放到窗戶外。幾秒後拿進來，就成了一瓶已經凝固的凍瘡膏。

顏布布泡完熱水，封琛就拿著凍瘡膏進來給他塗。

「先掐，掐那種指甲印，掐得不癢了再擦藥。」顏布布癢得扭來扭去，嘴裡嘶嘶著，卻不讓封琛立即給他塗凍瘡膏。

「明明擦了就不癢了，為什麼要先掐？你這是什麼怪毛病？」

顏布布道：「掐起來舒服，先讓我舒服一下嘛。」

封琛端著瓶子，有些無語地看著他。

「快點快點，給我掐一下。」顏布布去拖他另一隻手。

封琛只得在他凍瘡上掐了幾個指甲印，「行了，來擦藥。」

封琛剛打開瓶蓋，顏布布就一聲大叫：「哇，好臭！」

眼見封琛挖了一團凍瘡膏要往他身上塗，他拔腿就跑，被封琛一把抓住。

「哥哥，我不想擦藥，太臭了……」

封琛不理會顏布布的掙扎，將人擰著轉了個方向，一大團凍瘡膏直接就塗了上去。

「好臭啊……我成了臭人了、我成了臭人了……」顏布布雖然站著沒動，嘴裡卻在慘嚎。

封琛快速給他塗完凍瘡膏，將乾淨衣服丟在他身上，「出去穿，我也要洗澡。」

「啊啊啊比努努……」顏布布扛著衣服，光溜溜地奔向沙發，將沙發上坐著的比努努一把摟在懷裡。

比努努有些懵地掙了兩下，顏布布卻不鬆手，反而將牠摟得更緊，還不懷好意地嘻嘻笑，「聞我香不香？你聞下我香不香？」

比努努鼻子動了兩下，接著臉色驟變，一巴掌拍到顏布布肩上，再將他推開。

「我是個臭人、我是個臭人……」他對著比努努扭來扭去。

「你衣服穿好了沒？」浴室傳來嘩嘩水聲，還有封琛的斥喝：「別以為屋子裡暖和就不穿衣服，趕緊穿上！比努努別搭理他。」

封琛洗完澡後出了浴室，看見顏布布和比努努坐在沙發上看電視劇，便問道：「卷子做完了吧？拿給我看看。」

「喔，好的。」顏布布眼睛盯著電視，將自己做好的卷子拿給了封琛。

封琛取出紅筆，刷刷刷幾下就批閱完，然後將筆啪一聲扔在了茶几上。

顏布布聽到這動靜，陡然一哆嗦，視線從電視劇上移開，不動聲色地摸過旁邊的書本，翻開，假裝開始看書。

「你覺得你可以打多少分？」封琛平靜地問道。

顏布布囁嚅道：「6、60分？」

「這幾個月你考試了四次，沒有一次上過60，你憑什麼覺得能打到60分？」

「啊，是喔。」顏布布習慣性地伸手去撓屁股，被封琛一掌揮開，他摸摸自己的手背，「那、那就57吧。」

封琛看著他不做聲，他又試探地問：「55？54？53？」

他一點點往下猜，直到猜到了40分封琛都沒有回應，便乾乾地笑了聲，「總不可能30多分吧？」

「當然不可能 30 多分。」

顏布布舒了口氣，輕鬆地笑起來，「那還是 50 多分？我剛才沒有猜 58 分以上的，哈哈。」

「對，不可能是 30 多分。」封琛朝他微笑著，將考卷放在桌上，推到他面前，「因為是 29 分。」

顏布布的笑慢慢凝住。他接過考卷，看著上面鮮紅的 29 分，伸出手指摸了摸，又沮喪地垂下了頭。

封琛見著他這樣子又有些心軟，正想開口說點什麼，他又抬頭道：「其實也還好，離 30 分只差 1 分。」

封琛原本想安慰他的心思也就被撲滅，只冷笑一聲，說道：「還挺會自我安慰的。那要是考個 0 分呢？是不是距離滿分也只有 100 分而已？」

「可我怎麼可能考個 0 分？」顏布布皺起了眉頭，「你以為我是比努努嗎？牠寫字都是亂寫的，只有牠才能打 0 分。」

正在看電視的比努努倏地掉頭看向他，接著就氣沖沖地跳下地，從茶几下層抽出一個作業本，翻到其中一頁，遞給了封琛。

封琛莫名其妙地接過作業本，看見上面畫著的一排排黑團，又看見顏布布突然變得心虛的模樣，心思一轉便明白了一切。

「你讓比努努幫你做作業？」封琛將手裡的作業本往下連著翻了三頁，又朝著顏布布晃了晃。

顏布布閉上嘴不做聲，眼睛盯著面前的那一小塊地板。

封琛用手指敲他前方的茶几，「問你呢，是不是讓比努努幫你做作業？」

「……我，我趕著想出去找你，只是讓他幫我抄三個生字，沒想到牠會寫那麼多。」顏布布吭吭哧哧地回道。

封琛沉下了聲音：「平常我給你布置作業，如果時間不夠或是其他原因讓你很不想寫，那你可以告訴我。」

顏布布眼睛一亮，抬頭看向了他。

「就可以換個時間繼續寫。」

顏布布的目光又黯淡下去。

「但是你不能讓比努努幫你做作業。你看比努努抄的生字，這學習態度多認真？還三頁，牠還抄了三頁！」

比努努一直站在封琛身側，聽到這話後，驕矜地昂起下巴看向顏布布。直到垂頭喪氣的顏布布和牠對視了一眼，牠才滿意地回到薩薩卡身旁繼續看電視。

顏布布攪動著手指，低聲回封琛：「我知道了。」

「今天的作業沒有完成，要把抄生字補上。你準備什麼時候開始補作業？」封琛問。

顏布布偷眼瞥了他一下，嚅囁道：「是我想什麼時候補就什麼時候補嗎？」

封琛頓了兩秒，「現在就補，每個字只寫十遍。」

顏布布在這種情況下不敢違抗封琛的命令，立即去拿另外的本子。只是在背過封琛時便做鬼臉，無聲地學他說話：現在就補，現在就補，現在就補……

顏布布做作業時，封琛就關掉了電視劇，打開一檔媽媽節目，跟著裡面的中年主播學織毛衣。

「這叫平針……注意看慢動作……棒針從毛線的孔裡這樣穿過去……」

封琛手拿棒針，不時看一眼螢幕，動作不大熟練地織著毛衣。比努努並沒有因為被關掉電視劇不滿，也沒有回到牠的 5 樓去接著看，而是走到封琛身旁，扯了扯他的衣袖。

「怎麼了？」封琛問。

比努努拿過遙控器，將織毛衣換成了電視劇，在選中某一集後快進到某個片段，便抬起爪子指著裡面的男主角，眼睛卻盯著封琛。

「想坐摩天輪？」

比努努搖頭。

封琛略一思忖：「想要那條花褲子？」

比努努點頭。

封琛道：「行，明天我找點碎布頭給你做一條。」

比努努便將節目換回到織毛衣，和薩薩卡一起下樓去接著看電視劇。

顏布布在中年主播平緩柔和的背景音裡，一邊寫字一邊嘟囔：「樹、樹、樹……」

噹……封琛對於織毛衣這個技能掌握得還不夠熟練，偶爾還會響起棒針掉落在地上的聲音。

「哥哥，我們明天要去海裡捕魚嗎？」顏布布一邊寫字一邊問。

封琛隨意地回道：「不去，還有變異種肉可以吃。」

「但是我想吃你做的烤魚了。」顏布布咂咂嘴，像是在回憶那滋味。

封琛道：「那就去捕一條吧。」

「嗯，我一個人就要吃這麼大的魚，要這麼大……」顏布布放下筆，兩手張開比劃。

「行，去找條大的。」封琛眼睛盯著手裡的棒針，又催道：「快做作業，別扯到吃的就什麼都忘記了。」

「夜、夜、夜……我寫完了，快，給我檢查。」20分鐘後，顏布布得意地跳下凳子，將作業本交給封琛。

封琛仔細看著那些圓滾滾的字，指著其中一個道：「這個字少了一橫。」

顏布布湊近了些看，有些懊惱地道：「對喔，少了一橫，我去補上。」他接過本子正要離開，突然又抽動著鼻子在空中嗅聞，慢慢聞到了封琛身上。

「你把凍瘡膏帶在身上了嗎？」顏布布問。

封琛用棒針橫在他胸口，防止他靠近，「沒有。」

「那你為什麼這麼臭？」

「因為我也擦了點凍瘡膏……這就不是臭，是樟腦香。你快去寫字！把那少掉的一橫補上。」

「喔。」

顏布布拿著鉛筆，眼睛卻斜斜瞟著封琛，「明明是臭的，還說蟑螂香……」

「你再出聲試試？」

「我不出聲了……」顏布布只沉默了半分鐘，又問道：「你為什麼在擦凍瘡膏？你是哪裡長凍瘡了？」

封琛解釋：「今天抓獵變異種的時候在雪地裡蹲了太久，腿上就生了一塊凍瘡。」

顏布布問：「那要我給你掐嗎？掐指甲印可舒服了。」

「不掐。」

「真的很舒服。」

「我不癢！」

「唔，好吧。」顏布布有些惋惜。

窗外的冷風捲著雪片在廢墟間肆意穿梭，發出尖銳的鳴叫。海雲城的冰雪凍住了那些廢墟，也恍似凍住了時間。

唯有城邊的那棟小樓，窗戶雖然結著厚厚的冰霜，卻依舊透出溫暖的橘紅色光芒。

那團光落在雪地上，暖化了冰凍的海雲城，也暖化了凝固的時間。讓海雲城緩緩流淌的歲月，似乎也不是那麼難熬和漫長。

（完）

【番外四】

歲月

「穗子，你們西城邊有情況沒有？」

「有三隻變異種想偷襲我，但你知道發生什麼了嗎？」

「發生什麼了？」

「有一隻踩著在樹腳下睡覺的無尾熊，牠們偷襲失敗。」

「哈哈哈哈……」顏布布朝著通話器笑完後又叮囑道：「那妳要小心啊，如果變異種多了對付不過來，就要立即喊人。我在東城巡邏沒法幫妳，但陳文朝能聽見。」

「好的……哎，布布，你知道翠姐和王叔在一起了嗎？」

「叫王哥，翠姐聽到會不高興的。」顏布布提醒。

「喔，王哥。」

顏布布不解地問：「他們不是早就在一起了嗎？」

「可是翠姐一直沒有結合熱呀，對哨兵嚮導來說，要結合過才算徹底在一起。」

「唔……」顏布布點了點頭，又忽然反應過來，問道：「妳的意思是翠姐結合熱了？」

「和翠姐一起住的戴沁說她昨晚在發燒，醫療官檢查後，就將她帶去了哨嚮雙人房。和王叔……王哥一起住的人說，王哥昨天半夜也被醫療官叫走了，一整夜都沒回去。」

「哇……」

王穗子壓低了聲音：「還有人說，今天沒看見王哥，是翠姐去食堂打的早飯，還在問食堂有沒有腰子湯。」

「嗯，那怎麼了？」

「怎麼了？我一個黃花嚮導都知道是怎麼回事，你一個結合過的嚮導居然問我怎麼了？」王穗子音量忍不住又提高了些。

「……啊，要結合過的嚮導才明白嗎？」顏布布遲疑地道：「那妳讓我想一下。」

「還想什麼啊，意思就是昨晚上哨兵給累趴下了。」王穗子迅速補充。

顏布布恍然大悟：「是這樣啊。」他想了想後，似乎覺得很新鮮地笑了起來，「這還能被累趴下嗎？」

「為什麼不能？嚮導結合熱的時候很猛的好吧？偶爾也會有哨兵招架不住的……何況王哥年紀也不輕了。」王穗子說著說著也笑了起來。

顏布布：「我還是第一次聽說居然會這樣，電視裡都沒有演。而且我哥哥不管怎樣都招架得住，我還記得我結合熱那天他可厲害了，我才是招架不住……」

「哎哎哎，我打斷一下啊，這個小頻道裡不只你們倆，還有我。你們在說這些的時候能不能注意一點？」陳文朝的聲音從通話器裡傳了出來。

顏布布和王穗子一起發出怪聲。王穗子說他是假正經，和蔡陶都結合一個多月了，裝得比她這個黃花嚮導都要純情。

三人又說笑了一陣，顏布布看見不遠處跑來了一名嚮導，連忙道：「有人來接班，我該換崗了，我先退出這個通話頻道。」

「那你去吧，我們馬上也要換崗。」

顏布布關掉了通話器，來人對他行了個軍禮，說道：「東聯軍嚮導王成宇。」

顏布布還了軍禮，「東聯軍嚮導顏布布。」

顏布布將通話器交給了王成宇，簡短地交接班後，便轉頭去找比努努。

比努努在前面樹林邊巡邏，一副沒精打采的樣子，顏布布立即喊牠：「走了，該回家了。」

比努努只抬起眼皮懶懶看了他一眼，依舊站在樹林邊，顏布布便走過去道：「我知道你不想離開薩薩卡，但哥哥在軍部忙，我又必須在東城值崗。中間隔了大半座城，你不能離我太遠，薩薩卡也不能離哥哥太遠，所以你們只能分開呀。」

「你和我賭什麼氣呢？我也沒有辦法啊。走吧，我們現在回家，哥哥肯定也快回來了。」顏布布又道。

比努努這才跟著他往城中心走。

四個月前，中心城的人在抵達海雲城後，軍部首先做的第一件事，就是加班加點生產抵禦喪屍病毒的針劑。因為每天日落後最早能看見的星星叫做庚明星，所以這種針劑也就被命名為庚明。

在這之前，被喪屍咬過的人必定會變成喪屍，但如果注射了庚明，只有 30% 的人可能會成為喪屍，更大的可能則是會自行痊癒。不過海雲城現在沒有喪屍，所以並不擔心會被咬傷。而喪屍的存活率只有 10 年左右，等到以後星球上的喪屍都衰亡，那就徹底安全了。

最重要的一點是，注射庚明後，進入變異期的人不會再成為喪屍，只會成為普通人或是哨兵嚮導。

一批批庚明針劑被生產出來，所有人都陸續注射完畢，其中包括已經度過變異期的普通人和哨兵嚮導。雖然他們不會再變異，也不會遇到喪屍，但注射後總能起個預防作用。

孔思胤最開始還很緊張。因為情勢所迫，庚明沒有經過臨床實驗就直接用在人身上。好在沒有人出現不適或是明顯的副作用，他這才放心了些。

但隨著時間一天天過去，約莫兩個月後，一部分人還是發生了一些小的改變。

比如普通人突然就能看見哨兵嚮導的量子獸。

這也導致經常有人在驚呼：「我看見天上飛了一條鯉魚！我看見一隻長了好幾條尾巴的狐狸！那邊有條鱷魚騎在一條大狼狗身上！」

海雲城營地裡因此熱鬧了好多天，小孩子們更是興奮，只要遇見量子獸就要去摸。結果有個孩子在城邊上看見一隻鬣狗變異種，以為那也是量子獸，跑上前去想摸，差點被變異種給咬住，幸好被一名路過的哨兵救下了。

這件事引起了軍部重視，要派出兵力在城邊巡邏，提防變異種衝進城。但海雲城正在重建，極缺人手，所以嚮導們就擔起了巡邏的重任。

東聯軍巡邏的路段在東城，而封琛這幾天在軍部忙，兩隻量子獸白天不能見面，比努努就不大高興。

夕陽快要落山，顏布布帶著比努努走在回家的路上。一人一量子獸都身著作戰服，只是顏布布是東聯軍軍裝，而比努努的那一套則是西聯軍軍裝。

顏布布穿過一塊長滿荒草的空地，前方便是長街。街面已經清理乾淨，那些因為地震形成的縫隙也被填補上，雖然路面還有些坑坑窪窪，但車輛行人都能通行。

原本的海雲城有著幾百萬人口，城裡高樓林立。如今的海雲城不復繁華，高樓都已消失，取而代之的是成片的單層板房群。

因為人口驟減，海雲城地勢開闊，所以不用像在中心城或是陰硤山腳的營地裡那般擠住在一起，每家每戶基本上都能獨住。但就算如此，城內也空置著大片土地，便被開墾出來種上了糧食。

街道兩旁的板房排列整齊，都建造在各自的所屬區域內，房前房後的空地上晾曬著被單衣服，有幾家門口還放著泡菜罈子。這些泡菜罈子表面光滑乾淨，顯然是從中心城帶到營地，又千里迢迢帶來海雲城。

顏布布在海雲城住了多年，見過它的繁華，也經歷過它的冷清，如今看見這些板房，聽著小孩子們的嬉鬧聲和大人的斥罵聲，每一天都覺得很新鮮。

這座曾經連時光都一併被封印住的冰雪城市，終於又恢復了勃勃生機。

「呀，你是什麼呀？」

顏布布循聲看去，看見一名小女孩站在左邊巷子口。她抱著一個陳舊的布娃娃，正一臉好奇地看著比努努。

比努努像是沒聽見似的，目不斜視地往前走。那小女孩便走了上來，跟在比努努旁邊，不斷轉頭看牠。

顏布布見比努努在開始齜牙，知道牠要發怒，正想將小女孩哄走，就聽她道：「你可長得太好看了，你比我的凱麗都要好看。」

比努努的怒氣也就一掃而空，神情平靜地繼續往前走。

「你為什麼長得這麼好看？我叫琳琳，我可以摸摸你嗎？就摸一小下……」小女孩緊跟在比努努身側，兩眼放著光。

比努努既沒有同意但也沒有反對，小女孩便試探地伸手，在牠的臉上輕輕碰了下。

「啊哈哈，哈哈……」小女孩發出驚喜的笑聲，又道：「我還可以摸摸你頭頂上的葉子嗎？」

比努努又讓她摸了葉子。

「你可真好看，你太好看了，就沒有什麼比你更好看的。」小女孩詞彙貧瘠，只能翻來覆去就這一句，但誰都聽得出她話裡的真心實意。

顏布布便也跟小女孩微笑道：「我小時候也覺得牠是這世界上最好看的。」

比努努仰頭定定看著顏布布，像是在問：小時候？

「當然，現在我也覺得你是這世上最好看的量子獸。」

顏布布狡猾地改變了一點說法，但比努努還是聽得很滿意。

「我可以帶牠去我家裡玩嗎？」小女孩央求道：「我會把我的凱麗和勾勾都給牠玩。」

「那要看牠自己願不願意了。」

小女孩殷切地看向比努努，比努努雖然還是直視著前方，卻在不停搖頭。

「牠不願意去，牠想回家，想趕緊去見牠的好朋友。」顏布布對小女孩道。

「那好吧。」小女孩雖然失落，卻也沒有勉強，只站在路邊看著比努努，對著比努努戀戀不捨地道：「那你以後想和我玩了，就來找我啊。」

比努努沒有反應，顏布布朝她揮揮手，「我們知道了。」

但回家的路並不是那麼順暢，好幾個在街邊玩耍的小孩子在看見比努努後都兩眼發直，一直追著牠走，邊走邊看。

比努努一直都不喜歡別人盯著牠看，所以最開始還能忍住，等到那點耐心消磨殆盡後，便也按捺不住怒氣，喉嚨裡發出呼嚕呼嚕的聲音。

「牠在生氣哎，好可愛啊……」沒想到小孩子們更加驚喜。

「牠是誰呀？我以前沒有見過。」

「我也不知道，牠好好看……」

比努努的蓬勃怒氣便又消散，挺起胸脯，走出了標準軍步。

顏布布既遺憾現在的小孩子沒有機會看到卡通片《比努努王國》，卻也慶幸他們沒有看過。不然現在見到活生生的比努努，還不一個比一個瘋狂？估計他倆想回家都難。

但穿著一身軍裝的比努努太討小孩子喜歡，他們都一路追著，跟了兩條街。比努努隨便一個動作，比如轉下腦袋，跳過一條溝坎，都會引來他們驚喜的歡呼。

「牠會跳哎……」

「牠跳起來好好看。」

「牠轉頭看了我一眼，哈哈哈哈。」

比努努的情緒也就在惱怒和得意之間不斷切換。

顏布布見那群小孩子越跟越遠，便不准他們再跟著。好不容易將他們哄走後，擔心前面還會遇到小孩子，於是想將比努努的臉給擋起來。

「把衣領豎起來，像我這樣，把下半張臉擋住。」顏布布比劃了下。

比努努到底還是不喜歡被人圍觀，立即便豎起了衣領。

「呃……」顏布布看著比努努，「你臉太大了，衣領豎起來連下巴都遮不住。」

他將比努努的軍帽檐往下拉，擋住了眉眼，左右打量道：「這樣只能說勉強湊合。走吧，先回家，明天值崗出門戴條大圍巾。」

現在也沒有什麼公車，一人一量子獸默默地往前走。經過居民區，穿過長滿野草的廣場，約莫 40 來分鐘後，終於回到了總軍營。

總軍營占據了很大一片地，左邊是東聯軍營地，西聯軍在右邊，正中間一座挺大的營房便是軍部。

兩軍原本是不打算住在一塊兒的，但現在這種情形必須要通力協作。營地若是分得太遠，不管是士兵執行任務或是開會都非常不方便。所以雖然沒什麼人提議，但在確定好軍部位置後，兩軍便很有默契地以軍部營房為分界線，將各自營地建造在左右兩邊。

「終於要回家了，不知道哥哥回去了沒有。」顏布布和比努努走向東聯軍營地的已結合哨嚮宿舍區。

他和封琛以前居住的研究所樓，是目前海雲城裡最完整堅實的建築。因為還要繼續生產藥劑，那樓裡也有不少以前留下的儀器，所以封在平也沒有再保密，而是坦然告知，讓孔思胤帶著研究人員進去，將那棟樓作為了臨時研究所。

之所以是臨時研究所，也是因為那棟樓不算大，很多從中心城拉來的大型儀器沒法放進去，只能擱在底層大廳。不過占地頗廣的新研究所正在修建中，再過上一段時間就能搬走。

研究所是三個月前搬進去的。

封琛和顏布布那天也去了，還帶著兩隻量子獸。那是他們生活了數年的地方，要將那些物品都帶走才行。

「1，2，3，起！」

他們進入底樓大廳時，看見的便是士兵們在抬著龐大的儀器往樓上走。儘管那些儀器被包纏得很好，孔思胤也在旁邊不斷提醒：「小心點、小心點，別磕著了，這儀器磕壞了可沒法再生產⋯⋯」

「放心吧，孔所長，我們知道的。」

「那些新廠房也在修建中，就算儀器磕壞了，過不了多久就能修理了。」

孔思胤斥道：「說什麼呢？」

「沒有沒有，不會磕壞的，孔所長放心。」

顏布布兩人和孔思胤打過招呼後，便從士兵們身側通過上了5樓。這裡和他們走之前並沒有什麼區別，因為處於絕對的密閉狀態，就連灰塵也只有薄薄一層。

沙發扶手依舊是坑坑窪窪的，留著比努努的齒痕，平常給顏布布裝肉乾的盤子就放在茶几上。

比努努熟練地從沙發角落掏出一塊木頭，躺上沙發，一邊啃一邊拍拍身側。

薩薩卡便走了過去，趴在牠面前的地毯上。

「等會兒要不要把沙發給你搬走？」封琛靠在牆壁上，側頭看著比努努。

比努努點了下頭。

「行，那等會兒搬走。」封琛道。

「1、2、3，走——1、2、3，走——」

在士兵們的口號聲中，顏布布和封琛走上了6樓。

封琛徑自去了大廳旁的一間房，再出來時手裡就多了兩個大袋子。他拿著一個遞給顏布布，「我去收拾臥室，你看看外面有什麼要帶走的，自己裝好。」

「嗯。」顏布布接過了袋子。

封琛見他情緒不是很好，知道他在想什麼，便低聲道：「沒事的，以後我們還可以回來，可以恢復成原樣。」

「我都明白。」顏布布垂著頭嘟囔：「就是捨不得……」

「去吧去吧，把你捨不得的都裝進袋子裡帶走。」封琛伸手揉了下他的腦袋，便轉身走向臥室。

封琛進入臥室後，將手裡的大袋子展開。

他原本以為在之前動身去往中心城時，所有的重要物品都已經帶上了，現在要裝的也不會太多。但當他環視一周後才發現，一只袋子遠遠不夠。

他拉開衣櫃門，從最上面一層疊放的衣物裡順手取下了一件。

這是一件兒童睡衣，上面印滿了棕色小熊。那些小熊洗得有些褪色，布料也有些發毛，但看上去非常乾淨。

封琛看著這件兒童睡衣，不知道回憶起了什麼，眼底漸漸露出了笑意。

「哥哥，遙控器要帶走嗎？」屋外傳來顏布布的詢問。

封琛回過神，「不用。」

他將手裡的睡衣疊好，卻沒有放回去，反而將最上層的童裝都取了出來，全部放進了袋子。

他又從床下拖出了一個大紙箱，開始挑選裡面的物品。

他親手用碎布頭縫製的沙包，曾經是顏布布和兩隻量子獸的最愛，帶上。

鐵環，帶上。顏布布有段時間迷戀上了滾鐵環，製造出各種噪音，惹得比努努暴跳如雷。他便天天勸比努努出去玩雪，並趁著牠出門的那一會兒工夫，爭分奪秒地玩上一陣。

……算了，鐵環就不帶上了，但是這個他用木頭雕刻的七巧板要帶上。

大紙箱裡裝著的都是顏布布小時候的物品，如果就這樣留在屋裡，沒準會被人當做垃圾給扔掉。

封琛反覆挑選，儘管已經留下了大部分，大袋子卻已經塞滿。

他出了屋，準備再去拿個袋子，卻發現顏布布怔怔立在大廳窗前，而他腳邊的那個袋子還是空的，什麼東西也沒有放進去。

顏布布用手指摩挲著窗櫺似是懷念什麼，直到聽見封琛低低的詢問聲才回過神。

「怎麼還沒收拾東西？在發什麼呆？」封琛順著他視線看去，看見樓外的士兵還在往樓裡搬運著大箱子。

顏布布轉過頭，視線在屋內掃過，聲音很輕地道：「我以前就在那張桌子上做作業，我想把它帶走。桌子太高，你就給我做了條高腳凳，那條凳子我要帶走。其實那是你做的第二條凳子，因為第一條做失敗了，凳腳不一樣長。你這條腿鋸鋸，那條腿鋸鋸，越鋸越短，高腳凳成了矮腳凳，只能放在廚房裡削馬鈴薯皮的時候坐……那條削馬鈴薯皮的矮凳我也想帶走。」

「還有這個沙發是你做的，你在海雲山裡轉悠了好幾天才找到合適的樹木，做沙發的時候還把手指給劃破了，流了好多血……你記得嗎？」

顏布布說話的時候，封琛就一直看著他，並回道：「記得。」

「沙發我要帶走，那一大堆考卷要帶走。嗯，比努努也做了幾份，一起帶走。還有那個水杯，你最愛用的，看書的時候就放在飄窗上，要帶走……」

顏布布在屋子裡轉圈，一一點著他要帶走的東西。點來點去，這大廳裡所有的家具物件都要一併帶走。

最後，他看向封琛：「哥哥你看，這麼多要帶走的東西，我這一個袋子根本裝不下。」

封琛沉默片刻後道：「你在我的精神域裡建造了一個同樣的家，以後想家了還是可以進去待一會兒。」

「唔，好吧……那我看看能帶走些什麼。」

「不用帶走了。」樓梯方向傳來孔思胤的聲音。

「孔院長。」

孔思胤走了上來，「反正那些大型儀器也沒法弄上樓，只能放在大廳，也就不需要你們將這兩層騰出來。東西都留著吧，我會讓人在這兩層封上木板，只留出上下樓的通道。」

顏布布又驚又喜：「真的？我們可以把這兩層保留下來嗎？」

孔思胤點了下頭，背著雙手上樓去了。

「哇！」顏布布興奮得在原地蹦了蹦，又衝去沙發，對著靠背錘了兩拳。

封琛也微笑著，「高興了？」

「高興。」

「那等我放好東西就走吧，他們等會兒就要來釘木板了。」

「好。」

封琛回到臥室，將大袋子裡的物品重新放回紙箱，再出來時看見顏布布正蹲在沙發旁，伸長手在下面摸著什麼。

「你在那下面摸什麼？」封琛問。

顏布布道：「卷子。」

「當初離開的時候，我不是讓你把藏在沙發底下的卷子都拿出來了嗎？」封琛皺起了眉。

顏布布繼續在沙發底下掏，神神祕祕地道：「還有的，還留下了一張。」

「咦，摸到了。」顏布布將那隻手慢慢取出來，但手心裡卻空空如也，什麼都沒有。

他做出抖動卷子的動作，並吹了下莫須有的灰塵，「看我這張 100 分的卷子。」

封琛知道他說的是在自己精神域裡造假的那張卷子，卻也配合地走過去，伸手在空氣中撚了下，「別把卷子角弄折了。」

「我還是把它放在這裡，想看的時候就進你精神域去看。」顏布布又蹲下身，將那「卷子」放回沙發底，拍拍手道：「好了，我們現在走吧。」

兩人相視而笑，再往樓下走。當他們看到 5 樓大廳的景象後，腳步都頓了頓。

大廳中央已經堆了座物品山。沙發和桌子之類的家具重疊在一起，上方還擱著幾個大袋子。比努努拿著條長繩，正爬上爬下地將它們捆在一起。

吱——吱——吱——通道地板擦出刺耳的噪音，顏布布和封琛轉頭看去，看見薩薩卡正在拖一個快碰到房頂的大鐵櫃。那櫃子裡裝著他們這些年來獵到的各種變異種毛皮，足足好幾十條。

「我們又不是搬家……」顏布布喃喃道。

封琛笑了聲：「幸好孔院長讓我們把東西留下，5、6 樓也封起來，不然我估計牠倆會把窗櫺和牆壁都拆了搬走。」

「比努努、薩薩卡，你倆別搬了。」顏布布連忙阻止：「研究所要把這兩層封住，不會有別人進來的。我們的東西也不用帶走，可以依舊放在這裡，再過上幾個月就能搬回來住了。」

兩人上前幫忙，將比努努捆好的家具物品歸位，薩薩卡又將那個大鐵櫃吱嘎吱嘎地推了回去。

等到一切恢復原位，封琛滿意地環視一周後，這才走到樓梯口，對著顏布布和兩隻量子獸微微鞠躬，伸出右手，微笑道：「三位這邊請。」

幾名士兵抬著一堆木板上了 5 樓，叮叮噹噹地開工。他們要將這一層給封住，只留下一條上下樓梯的通道。

「哎，你知道為什麼要把這一層封起來嗎？我沒看出什麼蹊蹺，難道裡面藏著什麼不能讓人知道的祕密？」

「不清楚，反正讓封就封唄。」

「你不覺得很奇怪嗎？單單就把這兩層給封起來。」

「……是很奇怪，裡面到底是什麼呢？那些房間也沒來得及去看過。」

士兵們一邊釘著木板，一邊好奇地猜測著。

孔思胤正在下樓，他聽到士兵們的議論後，突然站住腳步問道：「你們想知道？」

士兵們立即轉身，「孔所長。」

「孔所長，我們就是瞎猜猜。」

「對，瞎猜猜……不過裡面到底有什麼啊？」

孔思胤剛將研究所搬進樓房，心情看上去很不錯。他推了下眼鏡，對著士兵們只說了兩個字：「歲月。」

「啊？」

「什麼？」

「不是想知道那裡面封住的是什麼嗎？我已經告訴了你們答案。」孔思胤提步往樓下走，邊走邊輕輕敲擊著身旁的樓梯扶手，「是一段歲月啊……」

（完）

【番外五】

安定

因為會在海雲城長久生活下去，軍營裡到處都在修建混凝土結構的樓房。顏布布在那些機器轟鳴中走向宿舍 E 區，路上有熟識的哨兵和他打著招呼。

「換崗了？」

「嗯，換崗了。」

「喲，努下士也換崗了？」

比努努板著臉沒有回應。

「中士了。」顏布布低聲糾正。

「喔喔，竟然進銜了。敬禮！」

那名哨兵朝著比努努敬了個禮，他的海獺量子獸也跟著將爪子舉在頭側，比努努臉色好看了些。

哨兵笑著和顏布布告別，顏布布帶著比努努走向他和封琛的宿舍。宿舍 E 區便是已結合哨兵嚮導的住宿區，是一些用板材搭成的獨立小屋。因為地勢開闊，這些臨時房屋之間便能隔開足夠的距離，而不遠處空地上，一棟樓房住宅正在修建中。

顏布布和比努努都加快腳步，迫不及待地往其中一棟小屋跑去。但在看到那緊閉的房門時，兩個臉上都露出了失望的神情。

「……還沒回來喔。」顏布布嘟囔著停下了腳步，和比努努很有默契地轉頭朝著總軍部方向走去。

總軍部就在東西聯軍營地的中央，依舊是臨時板材屋，後面空地上也在修建新房。顏布布帶著比努努站在院子右側，看著大門處那些進進出出的人。

「嗷？」比努努問。

「快了，他每天都是下午 6 點鐘回家。」顏布布知道牠的意思。

「嗷？」

「……快了。」

「嗷？」

「說了快了，你別一次次問。」

「嗷！」

「……你真煩啊，不想理你。」

顏布布話音剛落，神情就稍微一滯。而比努努也不再做聲，沉默地站在他旁邊。

兩個就保持著這種一動不動的狀態，約莫幾分鐘後，穿著一身尉官軍裝的封琛大步走出了軍部大門，也第一眼就看到了站在右側的顏布布和比努努。

他原本還皺著的眉頭立即舒展開，目光也柔和起來。黑獅接著出現在他身旁，朝著比努努奔了過去。

按說顏布布和比努努也會立即往這邊飛奔，但他倆卻依舊站在那裡沒動。一個臉色難看，一個眉毛都豎了起來。

封琛對眼前這情景已是司空見慣，乾脆手抄進褲兜，慢悠悠地走到兩個面前。

他看看顏布布，又彎腰去看看比努努，輕笑一聲後問道：「你倆又精神連結上了？」

顏布布和比努努雖然已經消除了喪屍病毒，隨時可以精神連結，但他們平常從來都不會連結，除了一件事例外——吵架。

他倆發生矛盾時，顏布布一張嘴叭叭個不停，比努努卻只能嗷，把自己氣得要死。直到某次牠發現可以用精神連結的方式和顏布布吵架後，從此就打開了新世界的大門，一發不可收拾。

顏布布這才察覺到封琛到了面前，也顧不得正在和比努努吵架，直接就斷開精神連結，親熱地挽住了封琛的胳膊。

「來了多久了？怎麼不進去找我？」封琛側頭看著他。

顏布布將腦袋擱在他肩膀上，深深嗅聞了一口熟悉的好聞味道，這才回道：「只來了一會兒，怕打擾你就沒進去。」

封琛便摘下自己頭上的簷帽，扣到了他腦袋上，「走，回家。」

「回家。」

兩人提步往宿舍 E 區走，但比努努卻站著沒動。

牠非常遵守規矩，哪怕是和顏布布吵架也秉承著回合制，便是顏布布吵完一句後牠再來一句。但剛才顏布布剛說完，卻在輪到牠的時候斷開了連接。

比努努嘗試著和顏布布繼續連接，但顏布布現在哪還有心思和牠吵架，便一次次地給牠掐斷。

比努努只得朝著他背影怒吼一聲：「嗷！」

——好氣啊。

薩薩卡安慰地舔了下牠的臉蛋，示意牠不要生氣，再叼起牠丟到自己背上，慢悠悠地跟著前面兩人往回走。

回到宿舍後，顏布布趕緊脫掉作戰服。他殺過變異種，所以回宿舍的第一件事就是將自己扒得精光。比努努也脫掉軍裝，換上了一條淡黃色的棉布裙子。

這裙子雖然是用舊棉布縫製的，但不管是裁剪或是做工都很細緻，邊緣處還用粉色棉布鑲嵌了一圈皺褶花邊。

自從封夫人能看見比努努後，就給牠做了好幾件衣服、裙子和作戰服。原本比努努的衣著是由封琛和于苑負責，現在他倆都插不上手，全由封夫人一手包辦。

顏布布和封琛的新宿舍雖然簡陋，但室內面積約莫三、四十坪，比在營地時大多了。封琛便找隔板從中隔開一部分，兩邊靠牆各擺了一張床。

左邊床鋪著軍隊發放的被褥，兩個枕頭緊挨在一起。右邊床鋪著他們從哨嚮學院宿舍帶走的碎花布，床頭擺著一個小小的花枕頭。

牆壁旁立著一個大櫃子，占據了整面牆，將他們所有衣物和物品都能裝下。

雙人哨嚮宿舍還帶著單獨的浴室，可以不用去公共澡堂洗澡，唯一的缺點就是經常洗著洗著就沒了熱水。

顏布布脫衣服時，封琛便打開浴室裡的花灑，將手伸到水流下。片刻後對著外面道：「現在是熱水，快抓緊時間來洗澡。」

「好。」

顏布布拿著乾淨衣物，啪嗒啪嗒地跑去浴室鑽進了熱水下。封琛則端起盆，再打開牆上的吊櫃。

他目光掃過旁邊的鏡子，和裡面洗澡的顏布布對上了視線。顏布布和他對視一秒後，開始扭腰扭屁股，陶醉地半閉著眼，兩手撫摸自己的脖子和肩頭。

封琛迅速看了眼門外的比努努和薩薩卡，又看回吊櫃，繼續在裡面尋找洗衣粉。只偶爾瞥一眼鏡子，神情平靜，目光淡然。

顏布布原本只是在學電影鏡頭玩兒，但才扭了幾下，便發現鏡子裡封琛的身體起了變化。

封琛回家後便脫掉了制服上衣，僅穿著襯衫。襯衫領口和袖口都解開，袖子挽起一半，衣襬被皮帶束進了長褲裡。

制服長褲和具有鬆量的作戰褲不同，布料挺括有型，也比較合身。在顯出兩條長腿和緊實小腹的同時，也會讓身體某個部位的變化看上去非常明顯。

封琛已經拿出了洗衣粉在往盆裡倒，瞥向鏡子的目光依舊波瀾不驚。但顏布布已經清楚他在想什麼，心中得意，扭得更加起勁了。

他覺得光這樣乾扭不行，得像電影似的有著背景音樂，於是一邊伸手撫摸自己大腿，一邊哼起了歌。

然後他就看見，封琛的身體又神奇地迅速平復。

顏布布：……

顏布布心頭懊惱，意識到是背景音樂出了問題，立即閉上了嘴，企圖重新喚起封琛的情緒。

但封琛卻沒有給他機會，端起裝著洗衣粉的盆大步流星走了出去，還體貼地叮囑了一句：「快點洗，不然又沒熱水了。」說完便轉身替他關好了浴室門。

封琛將顏布布和比努努換下的髒衣服裝在盆裡，讓薩薩卡送一份文件去軍部，自己則去公共水房洗衣服。

顏布布只得悻悻地洗澡，但他剛打了滿頭滿身的泡沫，花灑裡的熱水就陡然變得冰涼，激得他啊一聲大叫後竄到了一旁。

現在正是很多哨兵嚮導回房的時間，洗澡的人不少，附近那些房屋裡也同時響起慘叫聲。

雖然海雲城氣溫不低，但如今用水是直接抽取地下水，沖在人身上的體感如同冰水一般。別說沖冷水澡了，哪怕是清晨用冷水洗個臉，洗完後手指都被凍得發白。

顏布布身上的熱氣已經快速消散，他迅速關上花灑，抹掉臉上的泡沫，衝著外面喊：「薩薩卡、薩薩卡。」

公共水房有熱水器，可以讓薩薩卡去提一桶熱水回來，他兌點冷水便能將身上沖乾淨。

顏布布喊了幾聲薩薩卡，沒有得到回應，便推開門，探出個腦袋往外看。

「比努努，薩薩卡呢？」顏布布沒有見到薩薩卡，便問正躺在床上啃木頭的比努努。

比努努只瞥了他一眼，就翻過身背朝著他。但他立即能領悟，這是薩薩卡出去了。

「比努努，我記得小時候有一次天氣不錯，哥哥就允許了我和你去玩。結果剛走到大輪船那裡就下起了暴雪，什麼都看不見。我們想回家，卻連方向都搞不清。」顏布布全身泡沫地靠在門框上，一臉陷入回憶的神情，「當時我很害怕，就不停和你說話，你也不停用爪子輕輕捏我。我倆就手牽爪，爪牽手，一步步試探著往家走……」

「那時候我們感情多好啊，在雪地裡相依為命，直到哥哥和薩薩卡來找著我們……但我倆為什麼就走到現在這一步了呢……」顏布布聲音動情，神情也變得黯然起來。

比努努翻過身看著他，顏布布長長嘆了口氣：「比努努，我想挽回我們之間的感情，還可以嗎？」

比努努叼著木頭沒有做聲，顏布布又道：「你現在去公共水房提一桶開水回來，就是邁出了修復我們感情的第一步。」

比努努面無表情地看著他，上下牙一合，木頭便斷成兩截，接著又重新翻過身去。

顏布布瞬間收起臉上的黯然，問道：「那你到底要怎樣才肯幫我打水？」

比努努又轉頭看著他。

顏布布瞧了牠片刻：「你還記著剛才吵架的事啊？」

「嗷！」比努努有點憤憤。

顏布布滿臉稀奇地問：「我們平常不也經常吵架嗎？你還學會賭氣了？」

「嗷！！」比努努聲音裡帶著指控。

顏布布回憶了一下剛才的經過，終於明白過來，只得道：「好吧，精神連結，我讓你吵回來那一句行了吧？不過你也太記仇了……我們倆誰多吵一句、誰少吵一句又怎麼了？非要算得那麼清楚？」

比努努才不管那麼多，一個翻身就坐了起來，迅速和顏布布精神連結上。

片刻後，顏布布一臉陰沉地抓著門框，比努努卻滿臉暢快。牠將木頭擱在床頭，爽快地跳下地，來浴室提水桶。

顏布布正要讓開路，就聽見大門被推開。他連忙縮回身體，只露出一個腦袋，就看見封琛提著一大桶熱水進了屋。

「沒有熱水了吧？」封琛問道。

顏布布盯著他手裡的桶沒有做聲。

「我聽見到處都在驚叫，就知道熱水停了，趕緊跟旁人借了桶給你拎了熱水回來。」

封琛提著桶往浴室走，瞧見比努努站在門口仰頭看著他，便瞭解地道：「去吧，不用你提水了。」

比努努點點頭，走向自己的床，封琛有些奇怪地問還擋在門口的顏布布：「幹什麼呢？還不讓路？」

顏布布瞧著比努努的背影，深深吸了口氣，側身讓開了門口。

——好氣啊……

「怎麼了？」封琛瞧出來顏布布神情不對勁，又看了眼得意洋洋的比努努，低笑一聲：「牠又和你精神連結吵架了？」

「嗯。」

「難道你還吵不過牠？」

封琛將水桶拎進浴室，放冷水開始調溫。

「我讓著牠。牠比我小 7 歲呢。」顏布布蹲在水桶前看著封琛，伸手戳了戳他的臉，「你比我大 6 歲，不也讓著我嗎？」

封琛臉上被他沾了些泡泡，便抬手擦掉。顏布布繼續去戳他臉，又給他塗上了一些。

封琛沒有再擦臉，就沾著泡泡給水桶裡兌冷水，顏布布看著他，又心情很好地嘻嘻笑了起來。

「你現在這副樣子。」封琛盯著水桶搖頭，「能不能把腿併攏？簡直不能看。」

「咦、咦、咦……怎麼了？讓你慾火焚身，恨不得撲上來把我撕成碎片，嚼吃入腹嗎？」顏布布發出怪聲，又開始陶醉地摸自己肩頭和胸脯。

「你去照照鏡子？還撕成碎片，嚼吃入腹，我怕嚥了這些泡沫拉肚子。」封琛拿起水杯舀了一杯熱水，「過來點，沖水。」

顏布布便蹲著往他那邊挪，手下動作卻沒有停，還衝著他半闔眼舔了下唇。

封琛一臉平靜地看著他，顏布布便又開始哼歌：「晚霞映照著你的笑臉，那是我遠行時唯一的眷念……」

封琛終於沒能繃住，低笑出了聲，顏布布也停下唱歌跟著哈哈大笑。封琛卻突然抬手，將那杯熱水從他頭頂澆下。

「啊！我還張著嘴哪！」

顏布布呸呸地往外吐水，伸手抹了把臉。

他瞧見封琛笑得更開心了，便起身拿過自己的漱口杯，也舀了一杯澆在封琛頭上。水流順著他頭髮淌進了襯衣領子裡，瞬間便濕了一大片。

「哈哈哈哈哈……」

顏布布轉身要跑，被封琛一把抓住，又是一杯水兜頭澆下。顏布布不甘示弱，雖然眼睛都睜不開，也在摸索著舀水潑封琛。

兩人在浴室打打鬧鬧，一桶水很快就澆光。顏布布身上的泡沫被沖得乾乾淨淨，封琛全身也濕了個透。

「沒水了，哎呀沒水了。」顏布布又去舀水，杯子和空桶壁碰得砰砰作響。

「行了，沖乾淨了就快穿衣服。」

顏布布將水杯丟進空桶，仰頭去看封琛，眼珠子落在他身上後，就有些挪不開。

封琛正在取架子上的乾毛巾。他濕透的襯衫緊貼在身上，身體肌肉隨著動作拉出流暢優美的線條。水珠順著他的濕髮往下滑落，滑過下巴和脖頸，一直隱沒進衣領深處。

顏布布心頭倏地燃起了一簇火苗，慢慢站起身，從身後摟住了封琛的腰。封琛頓住動作，側頭看著右方，聲音有些暗啞地問：「做什麼？」

「你說我要做什麼呢……讓我摸個奶奶。」顏布布朝著他耳朵吹了口氣，那隻不安分的手也已摸上他緊實的胸肌。

封琛一直看著右邊沒有動，顏布布又道：「我把比努努騙出屋子，隨便扯個什麼理由……」

「呼……」

顏布布在聽到門口那熟悉的帶著怒氣的呼嚕聲後，動作猛地一僵，也慢慢轉頭看向右方。接著又轉回頭，將下巴擱在封琛肩上，平靜地道：「但是牠那麼聰明，怎麼騙得過牠呢？」

封琛發出一聲若有若無的輕笑，將手中毛巾罩上顏布布的頭，抬步往門外走，「快點擦乾頭髮，我也去換衣服，換好後我們要去父母那裡吃飯了。」

「對啊，今天是星期四，該去爸媽家吃飯了。」顏布布趕緊擦身上的水珠穿衣服。

度過最初的混亂，等一切穩定下來後，封在平和封夫人住進了東聯軍的軍官宿舍區，而林奮和于苑則住進了西聯軍的軍官宿舍區。

軍官宿舍區雖然也是板房，但卻是套房，還有自己獨立的廚房——這也就意味著住在裡面的軍官不用去食堂吃飯，可以自己在家開伙。

最開始是下午 6 點，一名西聯軍士兵和一名東聯軍士兵同時上門來通知封琛兩人。

「封將軍讓你們去他那裡一趟。」

「兩位，林少將有請。」

封琛神情凝肅，「是有什麼事嗎？」

「我們也不清楚。」

既然兩邊都在叫他們，那封琛和顏布布便分開各自去了一個地方，這樣就算有要事也不會耽擱時間。哪知去了以後才知道，根本就沒有什麼大事，不過是叫他們去吃晚飯而已。

封琛和顏布布一開始並沒在意，但逐漸便發現了不對勁。

封在平和林奮每天都會派出士兵來叫他倆去吃飯，而且時間一天比一天提前。一週後，便發展到他們還沒換崗回宿舍，那兩名士兵就已經等在了宿舍 E 區大門口。

封琛和顏布布悄悄商量後，決定每週的一、三、五去和林奮、于苑吃晚飯，二、四、六則去封家。到了周日的話，便和王穗子那群夥伴聚聚。

就這樣過了幾天後，封、林兩邊都發現了這個規律。雖然誰也沒有點破，但都很默契地按照日程來，也不再派士兵來喊封琛他們。

今天是星期四，那麼就該去封家吃晚飯了。

（完）

【番外六】
家宴與家事

顏布布和封琛穿好衣服，等薩薩卡送文件回來，兩人兩量子獸便去往封家夫婦所在的宿舍 A 區。

宿舍 A 區居住的都是東聯軍高級軍官，房屋不多，但那些瘋長的野草經過修剪後便成了草坪，看上去環境不錯。

封家在小路盡頭，封琛推開院門後，一眼就看見了坐在院子裡的封在平。

封在平穿著一件褪色的開衫毛衣，半躺在一把籐椅上，手裡還拿著一本書。院門被推開時，他抬頭看了過來，一貫嚴肅的臉上露出了淺淡笑容。

「父親。」封琛和顏布布對他打招呼。

「嗯，我在這兒看了一會兒書。」封在平將書擱在旁邊桌上，起身往屋裡走，「快進屋去，外面起風了，吹得人涼颼颼的。」

顏布布看著封在平的背影，猜測他剛才根本就沒有看書，而是在院子裡等著自己和封琛。

進了屋子後，客廳的圓桌上已經擺好了菜。炒豆芽、炒玉米粒、蘑菇燉變異種肉。

封在平在桌旁坐下，比努努便坐去了他對面，薩薩卡慢吞吞地趴在牠身旁。

「布布、小琛來啦？」廚房裡傳出來封夫人的聲音。

顏布布忙道：「哎，來了。」

說完連忙和封琛自覺地進到廚房去幫忙。

客廳裡只剩下對桌而坐的封在平和比努努。比努努端正地坐著，封在平則笑咪咪地看著牠。

「努努啊，聽說你升上中士了？」封在平問道。

比努努點了下頭。

封在平贊許道：「嗯，不錯。」

客廳內很安靜，只聽到廚房方向傳來顏布布和封夫人的笑聲。封在平往廚房門瞟了眼，放低了些聲音。

「你進銜的時候，林少將有發給你軍銜證書嗎？」他的語氣和表情都充滿關切。

比努努根本不知道什麼是軍銜證書，便茫然地搖了搖頭。

「沒有軍銜證書怎麼行呢？那這個中士不會錄入系統的。」封在平皺起了眉頭，滿臉疑惑地道：「那這不對啊……系統沒有錄入的話，這軍銜不會得到承認的。」

「嗷？」比努努聽到這兒，倏地瞪大了眼睛。

封在平手指輕輕叩擊著桌面，思索道：「……軍銜沒有錄入系統，那也不能算真正的西聯軍。」

「嗷！」比努努騰地跳到了地上，疾步走到封在平身旁仰頭看著他，一雙爪子緊緊攥在身側。原本趴著小憩的薩薩卡也倏地抬起腦袋，看著牠和封在平。

「別慌、別著急，不是什麼大事。」

封在平又瞟向廚房門，再不動聲色地看了眼薩薩卡，聲音放得更低：「林少將應該是忘記了。你明天去他那裡吃飯的時候提醒他一下，讓他把你的資料錄入西聯軍系統就沒問題了。」

「嗷？」

薩薩卡完全沒有聽見他們在說什麼，茫然地動了動耳朵。

「很簡單，只是補充點資料。你做了那麼久的西聯軍士兵，不會有問題的。」封在平見顏布布已經端著飯碗走了出來，便收住話，指了指桌對面，「快坐回去，要開飯了。」

得到了封在平的保證，比努努這才放心地回到了自己座位。

幾人落坐後，便開始吃飯。封家雖然以前有傭人，但封夫人還是經常會下廚，自己動手做兩個可口的小菜。所以哪怕是用和食堂相同的食材，她做出來的味道也好得多。

「好吃，真好吃。」顏布布往嘴裡餵了口蘑菇，滿足地瞇起眼，「我最不喜歡吃蘑菇，但這蘑菇太好吃了⋯⋯」

封夫人又往他碗裡挾了塊蘑菇，有些遺憾地道：「可惜現在什麼都沒有，不然還可以給你做點小蛋糕。」

顏布布正要回話，就聽封在平在旁邊道：「你媽媽以前最愛研究廚藝，做出來的菜味道肯定好。但是我呢，只是名軍人，也只懂打仗。如果要讓我做菜的話，那肯定很難下嚥。」

「唔，媽媽做的菜就是好吃。」顏布布贊同地點頭，又往嘴裡刨了一大口豆飯。

「布布啊，術業有專攻，這句話也可以用在做菜或是打仗上。讓她去打仗的話，那肯定比不上軍人，但若是讓沒有學過廚藝的軍人來做飯，可以說沒人比得上她。」封在平笑咪咪說完，端起湯碗和封夫人的湯碗輕輕碰了下，「敬大廚。」

顏布布又要附和，卻察覺到封琛的腳在桌子下碰了碰他，心頭一凜，立即收住話，只埋頭大口刨豆飯。

「好了好了，平常吃飯不准孩子在飯桌上吭聲，你今天話倒是多，一句接一句的，還讓不讓他們好好吃飯了？」封夫人嗔怪地瞪了封在平一眼，又接過他的湯碗替他盛滿。

封在平依舊面帶微笑，目光卻不易察覺地掃了眼封琛，見他眼觀鼻鼻觀心地在刨飯，便道：「吃飯，不說了。」

吃完飯，封在平便去了書房處理文件，顏布布打掃桌面，封琛則去廚房洗碗。封夫人回了趟臥室，再出來後手裡便多了兩條黑白長格紋布帶。

「薩薩、努努，你倆過來，看我給你們做的領帶。」

比努努連忙去扯薩薩卡，和牠一起站在了封夫人面前。

封夫人將比努努和薩薩卡的名字自動拆裝成薩薩和努努，平常就這麼喚牠倆，封在平便也跟著這麼叫。

顏布布聽著覺得很怪，封夫人卻道：「你叫顏布布，我叫你布布，那薩薩卡和比努努不也一樣嗎？」

顏布布：「……好像是喔。」

封琛站在水槽前洗碗，顏布布就將他洗乾淨的碗擱進碗櫃。

「……那件衣服破得沒法穿，我想著乾脆就給你倆做領帶……這可太帥了，瞧你們這小模樣……」

顏布布見封夫人還在給兩隻量子獸繫領帶，便碰了下封琛肩膀，悄聲問：「剛才吃飯的時候你幹麼踢我？」

封琛將手裡的一只碗遞給他，也放低了聲音：「我要不攔住你，以後就只能天天來這兒吃晚飯了。」

顏布布盯著面前的牆壁琢磨，封琛瞥了他一眼後道：「你要是跟著父親的話往下說，到後面連拒絕的理由都找不出來一個。」

「這樣嗎……」顏布布拿乾抹布擦碗，沒忍住笑了起來，「那確實不行，不然林少將肯定會罵我的。」

洗完碗後，顏布布和封琛便陪著封夫人聊天，直到 9 點才離開。

月光皎潔，兩人不想立即回宿舍，便從離這裡最近的大門離開軍營，順著大路慢慢散步。

走出一段後，右前方便出現了一個龐大的物體輪廓，那是曾經在海嘯時被沖進城的輪船。如今這片區域被開闢出來種上了馬鈴薯，這艘輪船殘骸便擱淺在大片馬鈴薯地中間。只是極寒時期，船身一大半都被埋在冰雪之下，現在整艘船都顯現了出來。

海雲城裡像這樣擱淺的巨型船隻還有兩艘，它們和海雲塔一起佇立在城裡，向每一個看見它們的人，無聲地講述著海雲城的過往。

「我們上船去看看？」顏布布饒有興致地扯了下封琛胳膊。

封琛看向那條船，「走吧，上去看看。」

兩人順著田埂往船方向走，比努努和薩薩卡也跟在身後。顏布布被封琛牽著踏上舷梯時，突然想起小時候住在蜂巢船的那段日子。那時候他每天上學、放學也是這樣被封琛牽著，順著舷梯一步步往船上爬。

顏布布心裡感觸頗深，便對封琛講了出來。

封琛卻嗤笑一聲，停步轉身看著他，「牽著走？十次有九次都是抱著的。唯一牽著走那一次，倒就成了你的回憶了？」

「正因為自己難得走一次，所以記憶就深刻嘛……」顏布布跳起來勾住封琛脖子，「那快喚醒我的回憶，抱著我走。」

封琛果真便像抱小孩子那樣，豎抱著他繼續往上，嘴裡道：「其實我還應該喚醒你一點其他的記憶。」

「是什麼？」顏布布問。

「拎著你的後衣領。」

兩人都忍不住笑了起來，顏布布道：「那可不行，舷梯太窄，根本沒法拎。」

「沒關係，放到舷梯外面拎著就行了。」封琛邊說邊將顏布布往舷梯外放，嚇得顏布布趕緊將他脖子摟緊，「不行不行，我不是小孩子了，紐扣會全部崩掉的，我會掉下去的……」

顏布布說著說著，便看見封琛眼底全是促狹的笑意，這才反應過來，立即收住了話：「那你拎，把我拎在舷梯外面去，快拎……」

「現在嘴硬了是吧？行，那我滿足你。」

「快快快，要讓我飛起來啊。」

「必須讓你飛起來。」

兩人就停在舷梯上說笑，直到被擋在後面的比努努發出不耐煩的吼聲，封琛才抱著顏布布繼續往上走。

到了甲板，他也沒有將人放下，而是進入艙房，在依稀光線中辨出樓梯方向，爬上了2層。

封琛走到船邊的一塊小平臺上，將顏布布放下。顏布布轉頭打量四周，立即認了出來，「我小時候從昏迷中醒過來時就在這兒！」

「對。只是以前被埋在冰層下面，現在才顯露出來。」封琛道。

顏布布打量著這個小小的平臺，心頭湧起百般滋味。比努努也左右看，還拉著薩薩卡鑽進了旁邊那個小艙房。

「你看，我第一次見著比努努，牠就是從那艙房裡走出來的，其實還把我嚇了一跳。」封琛道。

顏布布問：「那算是比努努的產房嗎？」

兩人都笑了起來，比努努退到艙門口，見他倆都盯著自己笑，一臉的不明所以。

「嗷？」

「沒事。」封琛道。

「嗷？！」

顏布布笑得更開心了，比努努開始惱怒齜牙。

顏布布生怕牠現在又要和自己精神連結吵架，便立即收住了笑，「真沒說什麼，真的。」

比努努半信半疑，威脅地對兩人舉了下爪子，這才轉身又進了艙房。

兩人及兩量子獸在船上待了很久，回到軍營時已經是 10 點了。除了值崗人員，士兵們都回了宿舍，整個營地很是安靜。

「這時候已經沒有熱水了吧？」

「沒事，公共水房有熱水，我去打兩桶回來就行了。」

顏布布和封琛小聲說著話，路過蔡陶和陳文朝居住的那棟小屋時，他習慣性地往那邊看了眼，卻看見一道人影從屋簷下閃過，藏到了屋子的另一面。

「怎麼了？」封琛察覺到顏布布停下腳，便問道。

「我看到陳文朝他們家外面有人，發現我在看他就藏起來了，要過去看看嗎？」

封琛道：「不用，我用精神力查探一下就行了。」

結果他話音剛落，比努努就已經衝了出去，飛快地繞過面前的牆，並朝著牆右邊舉起了爪子。

「別別別，努中士，是我，別動手……」

「蔡陶？！」顏布布驚訝出聲。

他和封琛趕緊走了過去，看見蔡陶就站在牆後，全身上下只穿著一條內褲，滿臉都是尷尬。

顏布布更加震驚：「你這是、你這是……」

砰！大門方向突然傳來大力關門的聲音，顏布布和封琛趕緊繞過去。只看見緊閉的房門前多了條狼犬，顯然裡面的人剛開門將牠趕出來了。

狼犬朝著房門拚命甩尾巴，嘴裡發出委屈的嗚嗚聲。

顏布布和封琛又回到蔡陶面前，神情複雜地看著他。

顏布布：「被陳文朝趕出來了？」

「嗯。」蔡陶垂頭喪氣地道。

「那怎麼不讓你穿件衣服呢？」

「剛準備睡覺呢，從床上被趕下來的。」

砰！

「嗚……」

顏布布忙又跑過去，但門已經關上了。只是狼犬身上多了件軍式Ｔ恤和長褲，將牠的整個腦袋都罩住，只能發出嗚嗚聲。

顏布布忙將衣服、褲子拿來遞給了蔡陶。

蔡陶一邊將腿往褲筒裡伸一邊慶幸道：「幸好你們來了，他聽到你們的聲音，這才給了我衣服穿。」

「今晚為什麼被趕出來了？」顏布布問。

蔡陶哼哧哼哧地道：「可能我說的話不大好聽……」

「怎麼不好聽？你說他什麼壞話了？」顏布布斜著眼睛問。

蔡陶連忙搖頭，澄清道：「我怎麼會說他壞話？我就是說了我那老丈人幾句。」

陳文朝的爸雖然知道陳文朝是嚮導，遲早會和哨兵在一起，但哨兵嚮導也沒出現幾年，他固有的思維也一直認定陳文朝會找個姑娘。所以當陳文朝帶著蔡陶出現在他面前時，他整個人就徹底崩潰，繼而暴怒。

「你這個臭小子，給老子站住……」

那天陳父提著凳子追了蔡陶跑了半座城，沿路的怒吼聲引得很多人駐足觀看。

雖然軍隊專門派人上門去勸說，給陳父掰開揉碎了講哨兵和嚮導的關係，但陳父生來就是個混人，不管誰來說，只脖子一擰，不聽。「反正我不准兒子和那個臭小子在一起。」

陳父天天在軍營外轉悠，轉累了就坐在自帶的凳子上。只要看見蔡陶出了軍營門，抄起凳子就上。

他是陳文朝的父親，蔡陶也不敢對他還手，只能跑。陳父年紀大了，怎麼跑得過身強體壯的蔡陶，不一會兒就面青唇白地撫著胸口，弓起背喘氣。

「爸，您別累著自己了，休息一會兒再追吧。」蔡陶在前面停下腳步，關心地道。

陳父氣得直哆嗦：「別他媽喊我爸！誰是你爸？你這個臭小子，老子非要廢了你不可。」

「岳父，您廢了我不是害了朝兒嗎？」蔡陶真心誠意地道：「您年紀大了，怎麼可能追得上我呢？反而把自己累出個好歹怎麼辦？您放心，我以後一定會好好對朝兒的，也會好好孝順您。」

「岳你媽！你個慫逼，有本事和老子打！」陳父被這話激得又有了力氣，提著凳子罵罵咧咧地追了上去。

蔡陶每天出營地都躲在戰友身後，帽檐壓得極低，其他士兵也都會將他藏起來。但儘管這樣，他也會經常被陳父給抓住，遇到這種情況只能撒腿就跑，將陳父甩掉後再繞回去。

顏布布和封琛都知道蔡陶和陳父的事情，也知道陳文朝一直在勸他爸，但今晚發生了什麼他們還真不清楚。

「你罵陳文朝他爸什麼了？」顏布布問蔡陶。

封琛見比努努也在認真地聽，便伸手捂住牠的兩隻耳朵，對蔡陶道：「說吧。」

蔡陶看見封琛的動作後哽了下：「……我怎麼敢罵我老丈人髒話呢？不用捂牠耳朵。」

「今天我又被老丈人追了，心裡就有些鬱悶，向朝兒訴苦。我一時忘記了那是他爸，結果嘴一瓢就說錯了話。」

「說什麼了？」顏布布追問。

「……我就說那是個不講理的老王八，腿短不說，仰面摔了都翻不過來王八殼。」

顏布布：「……好吧，我知道你為什麼被趕出來了。」

片刻後，顏布布和穿好衣服的蔡陶蹲在路邊一條長石上，封琛雙手抄兜站在一旁。

蔡陶愁眉苦臉地問：「那我怎麼辦呢？天天被那老王——老丈人追著打。朝兒和他都吵了好幾次架，可他還是要找我麻煩。」

顏布布同情地道：「你那老丈人可不講理了，以前就經常被關禁閉的。」

「去把他揍一頓吧，揍到服氣。」封琛半真半假地開玩笑：「他不認理，可他認拳頭。」

蔡陶嘆了口氣：「我倒是想揍，可那是朝兒的親爹，一把屎一把尿把他養大……不過我真佩服他的精力，一把年紀了還能天天來堵我，這年輕時該是有多橫？」

封琛見他長吁短嘆地實在是難受，便道：「再硬的王八殼也可以用酸融掉，再橫的人也有軟肋。你得從他的軟肋下手。」

「軟肋？他軟硬不吃，他唯一在乎的就是朝兒。」

封琛沒有再說什麼，只意味深長地看著他。蔡陶靈光一閃，伸手扯住封琛衣服，「封哥你肯定有辦法，快點救我。」

（完）

【番外七】

生活瑣事

清晨6點，陳父準時從小板房內的床上醒來，洗漱後便去食堂排隊打早飯。食堂的清潔人員忍不住道：「陳大龍，你今天又是第一個來打飯的。」

「怎麼？老子第一個打飯是犯了什麼條例嗎？」陳父眼睛一瞪。

那人知道陳父的脾性，連忙道：「沒有沒有，積極點好，打飯積極點好。」

時間未到，打飯的窗口還沒有開，陳父就靠在窗口石臺上等，眼睛掃過那些冒著騰騰熱氣的蒸籠。

快7點時，裝著馬鈴薯和玉米的蒸籠被抬到長條桌上，窗口也被打開。

「今早幾根玉米？」陳父趴在窗口問。

打飯大媽道：「馬鈴薯隨便吃，玉米只有一根。」

「咱們一來就去種地，種了那麼多玉米，怎麼還只有一根？」陳父不滿地問。

大媽挾起一根蒸玉米，笑道：「那也要等它長出來啊，現在才剛抽穗兒呢。」

「哎哎哎，我不要這根，要旁邊那根。」陳父指著盆裡道。

打飯大媽看了眼自己挾起的玉米，「這不一樣嗎？」

「哪兒一樣了？這根明顯要細一些，我就要那根。」陳父將自己的飯盒遞了過去。

「這兩根玉米就跟雙胞胎似的，你還能看出粗細？」

打飯大媽翻了個白眼，卻還是換了根玉米丟進了他的飯盒。

陳父出了食堂，回到自己那間小板房，用乾淨紙將那根玉米包好揣進衣兜。再拎起一條凳子出了門，一邊啃著馬鈴薯，一邊朝著軍營方向走去。

他將時間掐得剛剛好，到達軍營時，士兵們正從營地裡出來。

陳父三兩下將馬鈴薯啃完，抓緊手裡凳子，目光從那些士兵臉上掃過。不過他還沒有看見蔡陶，先看見了自己的兒子陳文朝。

「朝兒、朝兒。」陳父連忙招手。

陳文朝走了過來，見陳父還在朝他身後望，知道他在找誰，便沒好氣地問：「爸，你說你哪來這麼好的精神，一大清早又來堵他，有完沒完啊？」

「我才是你爸，是你的親爸。你不和爸一條心也就算了，還盡幫那個狗崽子外人來對付我。」陳父恨恨地道：「想要我不堵他？不可能！除非我死。」

陳文朝轉身要走，陳父忙又將他拖住，「哎，你等等。」

說完便從懷裡掏出那根玉米，窸窸窣窣地剝開外層的紙，遞到陳文朝嘴邊，「快吃，還是熱的，拿著路上吃。」

陳文朝垂眸看著那根玉米，嘆了口氣：「我說過很多次了，軍營裡有吃的，我吃得很飽，你不用省著給我。」

「馬鈴薯是管飽，但玉米都只有一根，哪兒能解得了饞？你這麼大個小夥子正是能吃的時候。」陳父將玉米繼續往他嘴邊餵，「別和爸強，快趁熱吃。」

旁邊經過的士兵看見了，便笑道：「放心吧，叔，我們要出任務的，玉米、馬鈴薯都有得吃，他餓不著。」

「聽見了吧？以後別什麼好吃的都給我留著，軍營裡都有。」陳文朝往隊伍裡走去，「我走了，你也快回去吧，別等那個狗崽子了。他昨天半夜就跟著連隊出發，去了峻亞城接那些倖存者。」

陳父看著陳文朝走遠，大聲問：「那你今天是做什麼？」

「去海雲山背後清理鬣狗變異種。」

陳父知道那些鬣狗變異種老是進城偷襲人，便大聲道：「那你要小心啊。」

「知道。」

陳父想了想，不放心地又追了上去，「朝兒、朝兒。」

陳文朝停下腳步，「怎麼了？」

陳父將他拉出隊伍，喘著氣小聲道：「反正你別衝在最前面，你是嚮導別逞能。誰要是敢說你的不是，爸去揍他。」

「放心吧，就一群鬣狗變異種，很容易就解決了。」陳文朝說完後卻沒立即走，而是皺著眉道：「爸，你別動不動就揍這個、揍那個，這些年還沒吃夠虧嗎？禁閉室都進過多少次了？」

「我知道，就嘴上說說，爸聽你的。」陳父忙不迭搖頭。

目送著陳文朝的背影隱沒在隊伍裡，陳父這才收回視線，開始啃那根已經冷掉的玉米。旁邊有個不認識的老頭路過，他也喜滋滋地給人家道：「我兒子，嚮導，正出任務呢，就前面那個。」

「啊？喔喔，嚮導好，你兒子能幹。」

「那是。不過就是太優秀了些，一些狗崽子就想打他主意，老子得嚴防死守住了。」

顏布布今天的任務依舊是在城邊巡邏，封琛則在居民點 C 區工作。中心城的人千里迢迢搬遷到海雲城，這才剛剛穩定，士兵們又馬不停蹄地去往其他城市尋找倖存者，將他們接來海雲城，所以這幾天城裡多了不少陌生人。

因為他們的身分還沒有經過查驗，便在注射過庚明針劑後，單獨住在居民點 C 區，等著驗明身分。

軍部在撤離中心城時，就根據已掌握資料突襲了安伮加教的窩點，但依舊跑掉了數十人。哪怕是安伮加教眾也是害怕變成喪屍的，所以得仔細查驗每一名外來者身分，提防他們混在其中。

封琛今天的工作便是負責核查每個人的身分來歷。

「姓名？」

「孟運都。」

「年齡？」

「32。」

「還沒進入變異期？」

「對。」

「地震前在哪個城市生活？」

「堪克力聽說過嗎？一個小城市，挨著宏城不遠，我從小到大都在那兒生活。」

「嗯，聽說過。那地震後呢？也一直待在堪克力嗎？」

「對，地震後也在那兒，從來沒離開過。」

空曠的房間內只擺放著一條長桌，兩名士兵坐在桌後，詢問著房間正中央坐著的人。靠門的牆邊坐著一名年輕英俊的尉官，雙手環胸，眼簾微闔，像是睡著了般。

被查詢者口述的資料和他晶片資訊一致，所以士兵只按照流程繼續往下問：「既然你說你一直待在堪克力，那詳細講述一下你這些年在堪克力生活的情況，越詳細越好。」

「好。」

這名叫做孟運都的人便從地震開始講述，士兵不停做著記錄，偶爾提一下問。

「……我們七、八個人就一直待在地下洞穴裡，好不容易等到高溫結束，就去了地面。接著……」

「堪克力挨著宏城，地形也極其相似，城周都是高山，地震後城裡也都被泥石流掩埋，成為了一座死城。你自己剛才也說了，當時沒有路能出城，城裡也沒有幾隻活下來的動物。而四面峭壁，那些變異種也不可能到達山底。那你們這七、八個人把找到的存糧都吃光以後，又去哪兒找的食物？」

屋內突然響起的一道聲音打斷了孟運都的話。

他有些詫異地看過去，發現是那名從頭到尾一聲不吭，坐在門旁像是睡著了的年輕尉官。

這名尉官看上去也就 20 來歲，語氣也平平淡淡，但孟運都被簷帽下那雙銳利的眼睛注視著，突然就緊張起來。

「喔，是的，我們把存糧吃完以後，就吃一種蘑菇。你知道吧？就是那些，那些爛掉的木頭上會生成的一種蘑菇。」他結結巴巴地解釋道。

尉官微微皺眉注視著窗戶，像是在思索，「你說的那種蘑菇是不是叫查紗菇？那是一種極其罕見的蘑菇品種，在別處沒有，只有宏城和堪克力的氣候環境才適合它們生長。外地人很少聽說這種蘑菇，但本地人都清楚的。」

「應該是吧，我平常沒注意過蘑菇，也不知道它是不是查紗菇。」孟運都道。

「查紗菇的形狀很奇特，像是一隻鳥爪，分成了四條，尖端微曲，所以也叫做鳥爪菇。」

「對對對，我們就把它叫做鳥爪菇，和鳥的爪子一模一樣。」孟運都撓了撓自己腦袋，有些不好意思地道：「我雖然一直生活在堪克力，卻只知道鳥爪菇，還不知道它也叫查紗菇。」

尉官一直看著窗戶，聽完這話後也沒說什麼，只慢慢牽起嘴角，露出了一個微笑。

孟運都順著他視線看去，看見窗戶外的橫欄上停著一隻小鳥，細小的鳥爪緊抓著橫欄，低頭啄著自己羽毛。

尉官看著小鳥久久沒有出聲，嘴邊的那抹微笑有些耐人尋味，突兀的沉默，讓孟運都不知想到了什麼，臉色越來越難看，神情也變得驚疑不定起來。

「如果那窗外站著的是小貓，那麼半分鐘之前，這世上就會多出一種叫做貓爪菇的蘑菇。」

尉官終於開口，輕輕吐出一句話。孟運都在聽到這話後，雙手抓緊了椅子扶手，汗水也滲出了額頭。

「當然，也根本沒有什麼查紗菇。」尉官又道。

兩名士兵已經瞧出了情形不對勁，雖然他們在低頭記錄，還不大明白這中間究竟發生了什麼，卻依舊站起身，按下了桌上警鈴。

孟運都目光一閃，立即就往窗戶衝。但才跑出去兩步，便覺得背後颳起一陣冷風，接著就被什麼猛地按在地上，腦袋也被一隻類似大型猛獸的爪子給牢牢扣住。

大門被推開，湧進來一隊士兵，黑漆漆的槍口對準了他，大喝：「不准動！」

那名尉官這才站起身，提步走向門口，嘴裡吩咐道：「他不是從堪克力來的，身分很可疑。連著和他一起的那七、八個人都看管起來，等著下一步審訊。」

「是！」

在士兵們的斥喝聲中，尉官出了屋子，抬腕看了眼時間。

下午 5 點半。

他眼底閃過一抹愉悅，順著通道大步往前走去。一名迎面走來的東聯軍和他打招呼：「封少尉下崗了嗎？這是去哪兒？」

「嗯，下崗了，去接我嚮導。」

封琛腳步輕快地小跑下臺階，去往顏布布值崗巡邏的方向。薩薩卡已經迫不及待地衝向了前方。

幾名小孩子正在路旁的田埂上玩，突然都齊齊看向右方，看著一隻雄壯的黑獅飛速奔來，再風一般的從他們面前捲過。

「哇！看見那是什麼了嗎？一隻黑老虎！」

「不是老虎，是大馬。」

「我那裡有本撿來的畫冊，裡面有獅子，和牠長得一樣，只是不是黑色的。」

小孩子們正議論著，聲音又逐漸消失，因為剛才黑獅出現的方向又奔來了一道人影。

封琛順著兩邊淨是玉米地的大路往前跑，視野內卻突然出現了幾名小孩，都站在田埂上怔怔地看著他。

一個急剎，皮鞋底在路面上刮出一道痕。封琛慢下了腳步，若無其事地往前走。

經過幾名小孩身旁時，其中兩個年齡大一點的瞧見他的肩章，便抬手朝他行了個很不標準的軍禮，其他的小孩也跟著效仿。

封琛拿起軍帽點頭還禮，繼續往前走。

「你在追那隻黑老虎嗎？」一名小孩問。

封琛遲疑了下，順水推舟點頭。

「那快追吧，牠剛跑過去。」

「謝謝。」

有了合適的理由，封琛再次朝前奔跑，直到路旁出現了居民點房屋，這才緩下腳步，不緊不慢地往前走。

「……布布，陳文朝那兒已經說過了嗎？」

「跟他說過了，今晚我們就按照原訂計劃進行，晚上我和妳一起去找他爸。」

「哈哈，好。」

兩人說了一會兒話，顏布布對著通話器道：「穗子，接崗士兵快來了，我先關掉通話器。」

「嗯，關掉吧，我也馬上要換崗，那晚上見。」

「晚上見。」

顏布布關掉通話器，轉頭看向比努努。比努努無精打采地躺在一塊大石上，兩眼直直盯著天空。

「打起精神吧，我們快下崗了，下崗後就去找哥哥和薩薩卡。」顏布布伸手戳了戳牠的腦袋，被牠給一爪打掉。

顏布布坐在比努努旁邊，耐心勸道：「我知道你想念薩薩卡，也知道你想參加西聯軍的值崗任務，但咱們分不開啊。你再堅持幾天，等我換到靠近城中的地段值崗，那時候和哥哥隔得不是太遠，你和薩薩卡就能在一塊了。好不好？」

比努努正斜眼看向他，突然像是聽到了什麼，倏地坐起身往後看，耳朵也豎了起來。

顏布布跟著看去，看見值崗士兵已經來了，但更遠的地方，隱約出現了一團奔跑的黑色身影。

一人一量子獸同時衝了出去，都跑得像陣疾風。

那名值崗士兵看著顏布布朝他飛奔而來，不知道發生了什麼，便站在原地沒動。他看著顏布布擦過自己繼續往前跑，這才回過神，對著他背影敬禮，「東聯軍嚮導江源。」

顏布布反手將通話器丟了過去，邊跑邊回禮，「東聯軍嚮導顏布布……交接完畢。」

比努努很快便將顏布布甩在身後，在奔近黑獅的瞬間，一個縱身躍了出去。薩薩卡在空中接住了牠，牠便摟著薩薩卡的脖子，臉貼著臉，喉嚨裡發出委屈的嗚嗚聲。

薩薩卡也發出低低的回應，輕聲安慰著牠。

顏布布越過兩隻量子獸繼續往前跑，很快也看見了封琛。

「哥哥！」

「跑慢點，這裡很多石頭！」

封琛話雖如此，卻也朝著顏布布奔跑。兩人之間的距離飛快縮短，封琛張開手臂，將撲來的顏布布抱在懷中。

「我想死你了……再把我抱緊點……還不夠……再抱緊點。」

「再緊點就把你勒死了。」

「勒吧，把我勒到你的身體裡去，我們就時時刻刻在一起，我也不用這麼想念你……」

「嘶……你摸摸我手上的雞皮疙瘩。」

「這是你讓我摸的喔？」

「……算了。」

封琛將顏布布放在地上，抬手摘掉他的作戰鋼盔，將他被汗水濡濕的額髮撥到一旁。

薩薩卡馱著比努努走了過來，封琛便牽著顏布布往來時路走去。

封琛：「先回去洗個澡，換衣服，再準備吃晚飯。」

顏布布：「嗯，今天星期五哎，該去林少將那裡吃飯了吧？」

「對，所以快點，我還要趕去做晚飯。」

「好的。」

「今天累不累？殺了多少變異種？」

「還行，也就七、八隻吧，把比努努都無聊死了。」

晚霞漫天，給城邊的這片曠野鍍上了一層金。喁喁細語中，夕陽斜斜灑落，將兩人和兩量子獸的身影拉得很長……

（完）

【番外八】

薑是老的辣

顏布布兩人回到宿舍，封琛第一時間便去浴室打開了淋浴器，顏布布也配合默契地開始扒衣服。

「快點！熱水！」封琛在浴室一聲大喝。

「好！」

顏布布爭分奪秒地將自己扒個精光，撲到了花灑下，見封琛轉身要出去，便伸手將他拉住，「一起洗嘛……」

「一起洗就要洗上一、兩個小時，別磨嘰，快點。」

封琛無情地將他手掰開，端起盆和洗衣粉出了浴室，再裝上髒衣服去了公共水房。

顏布布洗完澡，封琛也端著洗好的衣服回來了，顏布布連忙催他：「快進去洗，免得熱水沒了。」

封琛洗澡時，顏布布便將衣服晾在窗戶外。剛晾好還沒關窗，便聽到四周屋內響起好幾道慘叫。

「變冷水了嗎？」顏布布連忙衝到浴室門口。

「對。」

「我拿桶去給你提熱水。」顏布布伸手去推浴室門，封琛卻又將門關上。

「不用熱水，我已經洗得差不多了，最後再用冷水沖沖就好。」

顏布布聽著裡面的嘩嘩水聲，將嘴湊到門縫處，「哥哥，其實我有個問題想問你。」

「問吧。」

顏布布開始說道：「我覺得有些奇怪啊……比如洗澡啊、換衣服啊，你總會避著我。但我們那個的時候，你都不准我看其他地方，只准盯著你。這是為什麼呢？你在床上非要我看你光溜溜的樣子，洗澡的時候就不……」

「沒有的事。」封琛大聲打斷了他的話。

「怎麼沒有？你昨晚洗澡，我擠進浴室刷牙，從鏡子裡看著你的時候，發現你臉都紅了，還轉過身背朝我……」

「胡說什麼？我哪有紅臉！」

「你有，你的後脖頸和耳朵最先紅，接著就是後背，再就是屁股……」

「行了行了，說那麼詳細做什麼？」封琛的聲音隱隱帶著羞惱：「我那是被熱水燙的。」

顏布布還要開口，封琛道：「快去把自己打理好，濕頭髮擦乾，我們馬上就要走了。」

「喔。」

顏布布嘴上答應，卻又捏著嗓子道：「我那是被熱水燙的，才不是害臊，才不是被顏布布看得臉紅心跳……」

「顏布布！」

「知道了、知道了，我去擦頭髮。」顏布布剛轉身又回頭，「哥哥，我最後再問你個問題。」

封琛沒理他，窸窸窣窣地在穿衣服，顏布布便笑嘻嘻地問：「你現在是不是全身又紅了？連屁股都紅了？」

「顏布布！」封琛又是一聲斥喝。

「哈哈哈！」顏布布大笑著跑開了。

收拾妥當，兩人帶著量子獸出了門，去往西聯軍營地。林奮、于苑家大門緊閉，他倆還沒回來，封琛便熟練地輸入密碼打開大門。

進了屋子後，不用誰安排分工，封琛徑自去往廚房做飯，顏布布就蹲在地上削馬鈴薯皮，薩薩卡和比努努抹灰掃地。

約莫 20 來分鐘後，院子大門被推開，正在抹灰的比努努立即豎起耳朵。牠在聽到腳步聲和于苑、林奮的低聲談笑後，急急忙忙地跑去了房門口。

于苑懷裡抱著一束野花，林奮在進入院門後便輕攬住他的肩，低聲對他說著什麼。兀鷲和白鶴落在院中一棵剛種下的小樹上，互相輕啄著對方的羽毛。

「嗷！」比努努朝著林奮行了個軍禮，待他視線轉過來後，便舉起手裡的抹布給他看。

林奮贊許點頭，「不錯，等會兒給你記在事蹟本上。再記滿兩百條，就可以進一次軍銜。」

以往比努努聽到這話後總是很高興，也會更加任勞任怨地做家務。但現在牠卻站在門口沒動，在林奮經過時還扯住了他的褲腿。

「怎麼？還有事？」林奮低頭問牠。

「嗷。」比努努滿臉肅穆。

林奮挑了下眉，「現在就要記上？」

「嗷。」比努努搖了下頭。

林奮和于苑對視了一眼，于苑表示自己也不明白，林奮便朝著廚房喊道：「煩人精！」

顏布布從廚房門探出個頭，「幹麼？」

「你問一下我的士兵想要做什麼。」林奮道。

顏布布的腦袋縮了回去，半分鐘後，開始傳達比努努的話：「牠說牠是西聯軍士兵，但是你沒有給牠軍銜證書，也沒有把牠錄入進系統。牠要求你給牠證書，也要把牠名字錄進系統裡去。」

林奮聽著顏布布明顯透出幸災樂禍的聲音，垂眸和比努努對視著。比努努朝他點了下頭，肯定了顏布布的說法。

「哈哈，我也不知道比努努為什麼要軍銜證書。哎呀，不過沒事的，那個應該也不難吧，把牠名字加進系統就好了。哈哈……」顏布布雖然在安慰林奮，卻不斷發出快樂的笑聲。

林奮伸手摸了下比努努腦袋，「這樣，我們去沙發上坐下說，別站在門口。」

比努努不應聲也不反對，但卻站在原地沒動，小爪子堅定地扯住他的褲腿。

林奮看向一旁的于苑，見他似笑非笑地看著自己，目光裡便帶上了幾分求救。

「比努努是你的兵，你是得給牠一個說法。」于苑卻輕飄飄地丟下一句，抱著花轉身去了茶几旁。

一人一量子獸沉默地僵持在門口，只聽見封琛剁餡兒的砰砰聲，還有于苑和顏布布大聲交談的聲音。

「布布你喜歡哪一朵？」于苑將花束往一只玻璃瓶裡插。

顏布布探出頭，「我喜歡黃色的那朵。」

「行，那我將它露在最外面。」

林奮環視一圈，見沒人來解圍，目光落在站在茶几旁的薩薩卡身上。

「薩薩卡，你不帶著比努努去玩嗎？」林奮問道。

薩薩卡看了眼比努努，像是沒聽到似的調開視線，叼起茶几上的一枝花遞到于苑手裡。

于苑拿著花枝左右端詳後才轉頭看向林奮，對他展顏露出了一個微笑。

林奮也微笑起來，正要開口說什麼，于苑卻又無聲地對他做了個口型：你可以的。

說完便低下頭繼續剪枝。

「封、在、平——」林奮側頭看向門外，從牙關裡擠出三個字，又垂眸看著緊緊揪著自己褲腿的那隻小爪。

「中士，牽涉到軍銜，我們需要鄭重地交談，而不是這樣隨隨便便地站在門口說兩句。」林奮以手抵唇清了清嗓子，對比努努正色道：「你這是合理的訴求，但軍人談話就要有軍人的樣子，這樣還有一點嚴肅性嗎？」

比努努似乎遲疑了下，爪子揪得不再那麼緊，林奮便低喝了一聲：「中士比努努。」

比努努一個立正挺身收回了爪子，林奮趕緊往沙發方向走，牠便也跟了上去。

廚房裡，封琛將最後一盤菜盛進盤中，對朝著外面探頭探腦的顏布布道：「端菜，別只顧著看熱鬧。」

「喔。」

于苑已經將花束插好，見林奮和比努努隔著茶几坐下，便起身去倒了兩杯茶水，分別擺在他倆面前，再進到廚房去幫忙端菜盛飯。薩薩卡則走到比努努身旁趴下，輕輕舔了下牠緊繃的臉蛋。

林奮坐在沙發上思忖了一瞬，像是想到了什麼，目光微閃，神情也突然舒展，伸手端起了茶杯。

「嗷。」比努努迫不及待地催了聲。

「好吧，我們現在就來說正事。」林奮喝了口茶後將杯子放下，再靠回沙發背，長腿交疊：「中士，你這幾天在做什麼？」

「嗷？」比努努正在等他說軍銜證書的事，沒想到他會這樣問，便愣在了那裡，薩薩卡也抬頭看向了他。

顏布布端著菜在廚房門口大聲回道：「牠這幾天和我一起在城東邊值崗。」

「城東邊啊……封琛是在城中心，那你倆豈不是不能在一起？」林奮皺起了眉頭。

提到每天被迫和薩薩卡分開的事，比努努的神情立即就有些沮喪，薩薩卡連忙安撫地輕輕碰了一下牠腦袋。

顏布布將菜盤放到餐桌上，噘了噘嘴，「沒辦法啊，東聯軍負責的區域就在城東邊。」

林奮手指不輕不重地敲著膝蓋，「那你想不想離封琛近一點？」

「有多近？」顏布布問。

「每天中午可以一起吃飯，兩隻量子獸也可以隨時不分開。」

這次別說薩薩卡和比努努頓時坐直了身體，顏布布也兩眼放光，「想啊，想的！」

「東西聯軍修建的學校馬上落成，就在離軍部不到半里的地方。」林奮打了個響指，又指向顏布布，「你，去學校裡做老師。」

比努努和薩薩卡倏地越過沙發背看向顏布布，顏布布既有些不可置信，又有些激動地問：「我，我可以去做老師？」

「對，你去那學校裡做老師，每天中午就可以和封琛一起吃飯。當然，要是下課時間夠長，你也可以去軍部看他。你覺得怎麼樣？」林奮已經知道他會怎麼回答，神情篤定地問道。

不出他所料，顏布布立即高興地大叫：「我覺得非常棒！我可以做老師的，我最喜歡那些小孩子了。」

「是半大孩子。」林奮糾正：「你是去教中級學生。」

「中、中級？」顏布布突然就卡了殼，說話有些結巴：「中級是、是十幾歲那種嗎？」

「對，12、13 歲那種。」林奮剛說完，就似回憶起了什麼，打量顏布布的神情也變得狐疑起來，「我記得你以前的成績……」

「他教不了。」封琛從廚房裡走出來，摘掉身上的圍裙，「你拿一張中級試卷讓他做做就知道了。」

「嗷！」比努努立即朝著封琛大叫，還急得舉起了爪子。顏布布本也想反駁，但轉頭對上封琛的視線後，那些話又嚥了下去，硬著頭皮對比努努解釋：「比努努，我確實教不了……」

「嗷！」

「你去教也不行，人家也聽不懂你在說什麼啊。」

林奮想了想：「美術？」

封琛緩緩搖頭。

「音樂？」

在餐桌旁擺筷子的于苑突然大聲咳嗽了幾聲。

林奮看了于苑一眼，嘆了口氣：「那確實不行，初級學生他應該能教……」

他說完後又不確定地問：「三位數以下的加減法你能做吧？」

「能啊。」顏布布瞥了他一眼，有些憤憤，「這是什麼問題？居然問我三位數以下的加減法能不能做。」

「但是初級學生的老師已經夠了，現在只是缺幾名教中級學生的老師。」

封琛走到垂頭喪氣的顏布布身旁，攬住他的肩往餐桌旁走，低聲安慰：「你要是真想教小孩子，等到以後初級學生缺老師，你再去試試。」

「我是想當老師，但也不是特別想，主要還是覺得比努努每天那麼悶悶不樂的，就想牠能離薩薩卡近一點……當然了，我也可以每天和你一起吃午飯，下課後還能去軍部看你。」顏布布小聲嘟囔著。

封琛揉了下他腦袋，「你在城東邊值崗，我每天中午都來看你，下午也去接你，怎麼樣？」

「太遠了，中午就別來，下午來接我就行了。」顏布布心情開始好轉，抿嘴露出個笑。

「等到鉅金屬網拉好，將城周圍起來後，你就可以不用去城邊值崗了。」于苑將顏布布拉到椅子旁，讓他坐下，「再堅持一段時間就好了。」

「嗯，我知道。」

三人邊說邊在餐桌旁坐下，卻發現林奮還沒有過來，都齊齊轉頭看了去。

林奮還坐在沙發上，比努努的注意力被剛才那一齣短暫分散，現在又盯著他，還在等一個說法。

「嗷！」

「其實你的名字就算沒有錄入系統，那也是我們正規西聯軍。」

「呼——」比努努的喉嚨裡發出呼嚕嚕的聲音。

「啊！對了！」林奮突然坐正，身體微微前傾，「西聯軍正在修建醫院，而醫院地址恰好就在軍部至城東邊的正中間。」

「嗷？」

比努努沒想到他又換了個話題，和薩薩卡一起都愣了愣。

林奮端過比努努的茶杯，將兩杯茶左右放著，指著自己那杯道：「這是軍部。」

又指著另一杯，「這是你和顏布布值崗的城東。」他將茶几上的花瓶放在兩杯茶水之間，「這就是正在修建的醫院。」

「你看，你和薩薩卡如果都在醫院，那薩薩卡離封琛不遠，你和顏布布也依舊能保持精神聯繫。而你倆，就可以隨時在一起。」

比努努和薩薩卡都反應過來，對視一眼後皆面露喜色。

「我可以讓你們倆去參與醫院的修建工作。」林奮靠回椅背，雙手環胸，「中士，現在覺得怎麼樣？」

比努努面無表情地握了握爪子，無聲地哇了一聲，薩薩卡也飛快地甩動尾巴。

「至於你們倆要幹的活兒……」林奮目光在比努努和薩薩卡臉上緩緩掃過，兩隻量子獸也都緊張地盯著他。

林奮扯了下嘴角，輕輕吐出四個字：「開挖掘機。」

空氣短暫地凝滯後，一團黑影從沙發對面彈起。下一秒，比努努已經撲到林奮懷裡，緊緊摟住了他的脖子。

林奮拍了拍牠的後背，低聲道：「現在暫時沒有軍銜證書，但這是正規西聯軍才能做的工作，還必須是得力部下。」

比努努拚命點頭，激動得嗷嗷個不停。

林奮想了想，「開挖掘機不能立即上手，要先熟悉一段時間。這樣吧，你和薩薩卡每天下午吃飯時都到我這兒來，我帶你們學習開挖掘機。」

「嗷嗷嗷嗷嗷……」

林奮瞥了眼餐桌旁的三人，用比努努才能聽到的聲音道：「如果你倆不能與顏布布和封琛距離太遠，那就把他們也叫來。」

「嗷嗷嗷嗷嗷……」

林奮滿意道：「走，吃飯。」

比努努連忙跳下林奮的大腿，將他有一絲褶皺的褲腿用爪子小心抹平。

（完）

【番外九】

苦肉計

吃過晚飯後，月亮已經掛在空中，四人便去到院子裡坐著喝茶聊天。封琛、林奮和于苑三人講著重建海雲城的事，顏布布坐在一旁聽著，不時去看封琛的手錶。

于苑察覺到了顏布布的心不在焉，輕聲問他：「是有什麼事嗎？有事的話就先去辦。」

「沒事、沒事。」顏布布連忙搖頭，卻又瞟了眼封琛的腕錶。

林奮停下講話看了過來，「沒事？一晚上都坐立不安的。」

「呃……就是、就是跟朋友玩，但不是現在，要晚上 8 點。」顏布布道。

「8 點？現在 7 點半，那也快了。」林奮拍了拍肩膀上比努努的爪子，示意牠不用繼續捏肩，又對顏布布道：「去吧，自己去玩。」

「嗷？」比努努繞到林奮身前。

「知道，明天就教你。」

顏布布和封琛出了院子後，封琛道：「我先把你送去王穗子那兒，晚上 10 點鐘的時候再來接你。」

「不用，前面就是西聯軍嚮導宿舍，我自己去就好了。你也不用來接我，等會兒我會自己回去的。」顏布布趕緊道。

封琛想了想，「行，那你把薩薩卡和比努努帶上……」

「不用！」顏布布飛快地打斷他：「我要和王穗子聊天，不需要牠們兩個在旁邊。」

封琛注視著顏布布，顏布布目光飄忽地看向一旁，還抬手撓臉，用動作來掩飾心虛，「咦，好像有蚊子啊……」

「好吧，那讓牠們倆跟著我。」好在封琛也沒有追問，只叮囑他不要玩得太久，便帶著兩隻量子獸走向東聯軍營地。

顏布布看著他們仨消失在道路盡頭，這才轉身往前走。但他的方向卻不是西聯軍嚮導宿舍，而是總營地大門。

總營地大門前看似無人，卻在他快要走到時，從圍牆陰影下閃出一個人，「布布，快點，我們在等你。」

顏布布聽出是王穗子的聲音，驚喜道：「還沒到 8 點，你們這麼早就來了？」

「我們已經到了一會兒了。」

圍牆下還站著兩個人，陳文朝和王穗子的嚮導室友小真。

「布布。」

「小真。」

顏布布和小真打完招呼，看向了陳文朝，「那我們現在就去嗎？但蔡陶去了峻亞城還沒回來。」

陳文朝道：「那幾艘去峻亞城接人的船已經回來了，現在應該就在港口附近。小真留在這裡等蔡陶，我們先去準備。」

「那好吧。」

小真留在軍營門口，顏布布和王穗子、陳文朝往居民安置點的方向走去。

「封哥不知道吧？」陳文朝問。

顏布布搖頭，「他不知道，我沒告訴他。」

陳文朝又看向王穗子，王穗子連忙道：「放心，計漪也不知道，我沒說。」

「嗯，我不想讓更多的人知道。」陳文朝踢開腳邊的一顆小石子，「這樣去嚇唬自己爸爸挺沒意思的，但又沒有其他辦法。」

顏布布遲疑地道：「蔡陶讓哥哥給他出主意，哥哥說只有誠心誠意地打動了陳叔，他才會同意你們在一起。」

王穗子道：「但陳叔不是一般人，蔡陶天天喊爸爸喊得那麼誠心誠意也沒打動他，這也太難了……」

「昨晚蔡陶又去找我爸，還沒開口就被打跑了。他天天被我爸這樣追著打，我心裡也不好受……」陳文朝垂著頭，雙手抄在褲兜裡，身影被路燈拉出瘦長的一道，「他倆都是我最重要的人，我不想看見他們這樣。蔡陶這人傻里吧唧、沒心沒肺的，要他去打動我爸簡直不可能，只能我自己上了。」

顏布布覺得陳文朝說得也對，便道：「我只是怕我等會兒演得不像，要不穗子妳上？」

「不不不，我一緊張就會結巴。」王穗子趕緊擺手。

「好吧，那還是我上，起碼我不會結巴。」顏布布想了想後又道：「那我們現在先演練一下。」

「好啊。」

顏布布做出抬手敲門的動作，「叩叩叩。」

「誰啊？」王穗子粗聲粗氣地問。

「陳叔，我是陳文朝的朋友，想跟您說點事情。」

「老子睡了，有屁明天放！」

顏布布傻了眼，「啊……」

王穗子哈哈大笑，顏布布也跟著笑，笑完後問：「要是他真這麼說該怎麼辦？」

「我們要說的事是陳文朝掉進礦坑裡，得表現得很著急，你沒有演出那個著急勁兒來。你看我的。」王穗子清了清嗓子，抬手敲門，「叩叩叩。」

「誰啊？」顏布布也粗聲粗氣地問。

王穗子聲音急促：「陳叔，陳文朝掉進礦坑裡了……」

「撒謊！吃老子一板凳！」顏布布大吼一聲打斷她。

兩人又哈哈大笑。

陳文朝忍無可忍地道：「你倆夠了啊，真是煩人。」

隨著越來越接近居民點，三人也正經下來，開始確認每一個步驟，以及怎麼應付陳父的盤問。

顏布布：「要是陳叔問我們為什麼不去找士兵卻去找他，那我們該怎麼回答？」

「無法回答。」陳文朝誠實地道：「只有小孩子才會在這時候只想著找父母。」

「那……」

「所以一要靠你們的演技，表現出驚惶無措，已經亂了陣腳。二是要選擇好地點，離軍營遠一些，起碼得比距離居民點遠。」

「好吧，希望能糊弄過去。」顏布布想了想後又問：「那要是小真沒有發現蔡陶怎麼辦？」

王穗子問陳文朝：「蔡陶事先知道嗎？」

「不知道，這是我中午才想到的辦法，不過小真會在帶他來的路上告訴他。」陳文朝道。

顏布布邊走邊琢磨：「你假裝掉進礦坑裡，還受了傷，這個時候蔡陶出現，陳叔肯定會讓他下去救你。他趁機提出條件，讓陳叔接納你們倆……這情節怎麼這麼熟？我總覺得在電視劇裡看到過。」

「什麼電視劇有這麼假的劇情？」王穗子驚訝地問。

「假嗎？」

「假。」

「那……」

「別那來那去了。」陳文朝將衣領豎起來擋住晚風，不耐煩地道：「騙得過去就騙，騙不過去再另外想辦法。」

陳父端著洗漱用品回到自己的單間板房，剛在那張單人床上躺下，就聽到有人在敲門。

「誰呀？」

「陳叔，出事了！」

「老子睡了，有屁明天放！」

顏布布和王穗子在門口沉默了半瞬，又抬手敲門，「陳叔，陳文朝出了點事。」

陳父這次沒有做聲，顏布布有點不安，小聲問：「他不會真的在提板凳吧？」

王穗子有些緊張：「不會吧，應該不會吧……」

面前的門板被拉開，陳父穿著褲衩光著腳站在門口，手上不光沒有板凳，臉上也全是驚惶。

「朝兒怎麼了？」

顏布布不敢將事情說嚴重，便道：「陳叔別著急，他就是掉到礦坑裡了，讓我們來叫你去拉他。」

「對對對，是他讓我們來叫你的，他一點事都沒有。」王穗子也在旁邊補充。

兩分鐘後，三人匆匆出了居民點板房區，順著大街往城邊走去。

「他沒受傷吧？掉的那個礦坑深不深？怎麼就掉到礦坑裡去了呢？」陳父肩上掛著一捆粗繩，一邊繫紐扣一邊問。

王穗子將早就準備好的理由講了出來：「他心情不好，吃過飯後就說要去散心，我和布布就陪著他一塊兒。」

「心情不好？誰欺負他了？誰讓他心情不好？」陳父神情立即凶戾起來，將手電筒照在兩人臉上。

顏布布避開光線，「這個不好說……但他說自己情路太難，一路上都是坡坡坎坎。」

「啥？什麼坡坡坎坎？我是問誰讓他心情不好。」陳父不耐煩地問道。

顏布布和王穗子對視一眼，深吸一口氣道：「是、是你。」

「我？」陳父臉上的凶戾轉為驚愕。

「對，你不准他和蔡陶在一起，所以他覺得很難過，想出門散會兒心。結果整個人恍恍惚惚的，就掉進礦坑裡去了。」

陳父沒有再說什麼，沉著臉轉身，打著手電筒往前走，顏布布和王穗子兩人就緊跟在他身後。

「你們散步，從軍營裡散到礦場去了？」片刻後，陳父突然開口問道。

顏布布道：「因為他心情太苦悶了，所以就走得遠了點。」王穗子也忙不迭地補充：「不知不覺走來的。」

「叔，陳文朝這些天飯吃不下，覺睡不著，看著都瘦了好多。他精神也不大好，好好走著路都會摔進坑……」王穗子跑前兩步，偷偷瞧陳父的臉色，「我覺得吧，其實蔡陶人很好的，要不……」

陳父猛地停步瞪著她，嚇得她將剩下的話都嚥了下去，趕緊閉上嘴，退到了顏布布身旁。

「你們不會是合起夥來騙我的吧？」陳父打量著顏布布和王穗子，狐疑地問道。

顏布布心頭一咯噔，和王穗子一起飛快搖頭否認：「沒有沒有，不會的。」

「沒有最好。」陳父到底還是擔心陳文朝，沒有再繼續追問，只哼了一聲後繼續趕路。

王穗子和顏布布輕輕鬆了口氣，但也不敢再吭聲，只悶頭跟著。

「他爸真的好凶，我怕他要是察覺到我們在騙他，突然就從哪裡抽出一條凳子來。」顏布布小聲對王穗子道。

王穗子打了個冷戰，「……別說了。」

小真一直坐在總軍部大門口，看見一隊哨兵嚮導從遠處走來時，連忙迎了上去，在人群裡找著了蔡陶。

「蔡陶、蔡陶。」小真連忙招手。

待蔡陶走近後，小真放低了聲音道：「我一直在等你，要跟你說個事，讓你好有個準備。」

「什麼事？」蔡陶擦了把臉上的汗水，疑惑地問。

小真道：「等會兒你見著陳文朝的爸，要裝作什麼都不知道。等到他爸請你下去拉人，就是你好好表現的時候，順便也可以提一點要求，比如以後不准再堵你……」

「陳文朝他爸？他又來了？」蔡陶立即警惕地四處張望，身旁狼犬的尾巴也倏地夾在了腿間，渾身毛都慢慢張開。

「不是，陳文朝他爸不在，你別怕，我說的是等會兒讓你去拉陳文朝的時候。」

「拉陳文朝？拉他做什麼？朝兒怎麼了？」蔡陶神情緊張地迭聲追問。

「他假裝掉進坑裡，等著你去拉他，然後……」

「掉坑裡？他掉進了哪個坑？」蔡陶一聲大吼，聲音都變了調。

「城、城北礦場的那些坑……」

小真一句話還沒說話，眼前的人就已經轉身衝了出去，她愣了半瞬後趕緊追著喊：「我還沒說完啊，你跑什麼跑？這是演戲啊！他是假裝掉進坑裡，沒有受傷！」

「沒有受傷？」

蔡陶總算聽進了最後一句，一個急剎停下了腳步。

「對，沒有。」

雖然小真這樣說，但蔡陶也不放心，轉身和狼犬一起發足飛奔。

「哎哎，我還沒說完呢……」小真眼睜睜看著那一人一量子獸飛快地消失在了黑暗裡。

陳文朝選擇的地點在城北礦場，那裡有很多以前遺留下來的礦坑。顏布布跟在陳父身後，一行人快要走到礦場時，他眼尖地看見陳文朝那隻短吻鱷正藏在一塊大石後探頭探腦，在看見他們三人後，立即轉身跑走。

進了礦場，陳父便開始呼喊：「朝兒、朝兒。」

「爸……」不遠處一個礦坑裡傳來陳文朝的聲音。

「朝兒。」礦場裡碎石很多，陳父跌跌撞撞地跑到那個礦坑旁，將肩上的粗繩丟在了地上。

「我在，爸，我沒事，沒有受傷，就是腳扭了，自己爬不上來。」坑底傳來陳文朝的聲音。

「那腳傷到骨頭沒？」

「沒，就是扭到筋了，休息兩天就好。」

陳父聽他聲音的確沒有異常，這才放下心來，又打著手電筒往坑底照。這個礦坑很深，坑底遍布碎石，陳文朝就盤腿坐在一塊大石頭上。

「老天爺保佑，這麼深的洞，人沒事……」

「爸，我剛才沒注意就滑下來了，是順著洞壁往下滑，不是直接摔下來的，所以人沒事。但現在沒法上去，只能讓布布和穗子去找你，想法子把我弄出去。」

「別怕啊，爸這就用繩子……哎，我繩子呢？繩子去哪兒了？」陳父用手電筒在身旁照，茫然了幾秒後又一聲大喝：「我他媽才放在這裡的那捆繩子去哪兒了？」

「啊！繩子啊，我沒注意，你注意了嗎？」顏布布站得遠遠地問王穗子。

王穗子趕緊搖頭，「沒有沒有，我都沒看那兒。」

陳父見他倆站在礦坑的另一邊，離自己這兒有一段距離，知道繩子不可能是他倆拿走的。

「這他媽還出怪事了，見鬼了嗎？」陳父打著手電筒將周圍照了一圈。他似乎是想到了什麼，突然收回電筒，臉色也沉了下來。

顏布布偷眼瞥著不遠處的一塊大石，看著短吻鱷正將那捆繩子往大石縫隙裡塞。不過牠被石頭擋著，從陳父的角度看不見。

「怎麼了？繩子沒有了嗎？」陳文朝在坑底問道。

顏布布：「是喔，繩子不見了。」

王穗子立即附和：「不見了，真不見了。」

「那我現在怎麼上去呢？」陳文朝又問。

顏布布：「是喔，你現在怎麼上來呢？」

王穗子繼續附和：「沒法上來，真沒辦法。」

陳父現在倒不著急了，慢慢將擼起的袖子抹下來，再一屁股坐在坑旁的石頭上。

「你們是來蒙我的吧？散步會散到這鳥不拉屎的礦場裡來？還有你們兩個，一路上都在幫那狗崽子說話，你們究竟是想要做什麼？」陳父指著顏布布和王穗子問。

「我、我們沒有想做什麼。」

「我早就發現不對勁了，你倆一路上都鬼鬼祟祟的，是不是和那狗崽子一夥的？故意把我兒子弄到坑下面去，然後來威脅我？」

陳父從地上撿起一塊石頭，開始打量四周，「那狗崽子就藏在這兒的吧？快點給老子滾出來！別讓老子找到你啊！」

「沒有的，我發誓蔡陶沒有在這兒。」顏布布連忙舉手發誓，王穗子也跟著舉起了手。

陳父狐疑地看著兩人，就聽陳文朝在坑底道：「哎喲⋯⋯我的腳越來越疼了，會不會真的傷到骨頭了？」

顏布布瞥了眼陳父，配合地問道：「越來越疼？那怎麼辦？」

「不知道啊⋯⋯」

陳父顯然起了疑心，任由陳文朝哎喲呼痛也不著急，但他也沒有繼續詢問，只抓著手裡的石頭打量著四周，顯然還覺得蔡陶就藏在附近。

「布布，繩子沒在，我看看還有沒有其他辦法可以把陳文朝救出來。」

「實在不行就回去喊人吧。」

「蔡陶應該快回營地了，他那麼關心陳文朝，肯定會到處找人的。小真知道我們三個往礦場這邊散步，會告訴他的⋯⋯」

顏布布和王穗子硬著頭皮一唱一和，都盼著蔡陶能快點來。正說著，就聽到礦場外的大路上傳來奔跑聲，兩人轉頭看去，看見蔡陶帶著狼犬朝這邊狂奔而來。

終於來了⋯⋯

兩人同時鬆了口氣，又齊齊偷眼去看陳父的反應。

陳父看見蔡陶後也是一怔，但瞬間就滿臉怒意，丟掉手上那塊拳頭大小的石頭，去抱腳邊足球似的大石。

「別啊，陳叔，別啊⋯⋯」顏布布連忙阻止。

蔡陶也看見了他們三人，腳步一頓，但目光接著便看向他們身旁的礦坑。顏布布清晰地看見他臉色蒼白，膝蓋甚至脫力地往下一彎，接著又站直，往前踉蹌了幾步。

「好演技！」顏布布聽見王穗子在低聲讚歎。

顏布布也被蔡陶的演技給震驚住了，但還沒來得及感嘆，就聽他發出一聲撕心裂肺的吼叫：「朝兒！！」

這聲嘶吼的尾音還未結束，狼犬就已經衝到了礦坑旁，且沒有半分剎住的跡象，徑直飛起身縱躍，一頭扎向礦坑底。

這礦坑很深，底部布滿尖銳的礦石，哪怕是量子獸這樣墜下去也不行。但狼犬動作太快，從衝過來到躍下去一氣呵成，沒有半秒停滯，也沒有給顏布布和王穗子反應的時間。

直到坑底傳來一聲重物撞擊地面的聲響，兩人才探身看了進去。只見陳文朝依舊坐在那塊大石上，愣愣地看著前方，而他身前的那堆尖銳碎石上，正騰起了一股黑煙。

剛躍下去的狼犬已經不見所蹤。

「朝兒！！！」隨著蔡陶嘶啞的吼叫，他也跟著衝到了洞旁。

顏布布一個激靈反應過來，伸出手大叫：「蔡陶不要跳——」

蔡陶果然頓了下沒有直接往下跳，但就在下一秒，他的人已經從地面消失，同時出現在坑壁上，正摳著坑壁上的凸起往下攀爬。

「朝兒！我來了，你別怕！」蔡陶一邊大吼一邊往下，坑壁上那些鬆動的石塊跟著簌簌往下掉。

陳文朝仰頭看著蔡陶，也顧不上裝扭到腳，嚇得立即站起來，那張隨時都顯得不耐煩的臉上只剩下驚慌，「小心點，你別下來了，小心點啊，那些石頭是鬆的，你快回去……」

「你怎麼樣了？啊？你怎麼樣了？」蔡陶卻自顧自地往下滑，還轉過頭去看陳文朝。

陳文朝吼了起來：「你別管我啊，你看著前面。」接著便擰亮額頂燈照著蔡陶。

嘩啦一聲響，蔡陶踩著的那塊石頭碎成幾塊落在地上，而他兩隻腳就懸在了空中。

「小心！」陳文朝伸出手往前走了幾步。

蔡陶喘著氣打量著陳文朝，「我沒事，你不是受重傷奄奄一息了嗎？快坐在地上別動，我馬上來接你。」

咔嚓咔嚓！又是幾聲石塊鬆動的聲響，蔡陶的手指也跟著抓空，整個人順著光滑的洞壁往下滑。

「蔡陶！」

「啊啊啊！」

顏布布和王穗子發出驚叫，一直站在礦坑上沉默著的陳父也倏地蹲下，探出半個身體往下看。

陳文朝連忙奔前去接蔡陶，但蔡陶看見他站立的地方不平，全是大小不一的石頭，若是這樣接著自己，兩人都要摔倒。

他便猛地伸手摳住旁邊的小石塊，硬生生往旁邊移動了半公尺，同時也落到了坑底。

蔡陶落腳的地方便是石塊，他一個趔趄摔倒後坐在了地上。

陳文朝轉身撲了上來，扶著他的肩膀急聲追問：「摔著了嗎？怎麼樣？有沒有摔著？」

「沒事，我沒事。」蔡陶按住陳文朝的手，上下打量他全身，「你呢？你有沒有摔著？」

陳文朝長長舒了口氣，但想到剛才的一幕，立即又怒意滔天。

「誰讓你就這樣滑下來的？要是顏布布和王穗子不喊住你，你是不是還想要跟著狼犬一起跳下來？你腦子呢？你沒長腦子好歹也長了眼睛，沒見我好好坐在這裡嗎？你傻嗎？我是從繩子上滑下來的，你看看左邊，我用額頂燈照著的地方。看見沒有？那裡有條繩子。」

陳文朝兜頭便是一頓怒吼，蔡陶也不反駁，臉上還掛著笑，就那麼坐在地上，兩眼亮晶晶地看著他。

「你還笑得出來？你笑個屁啊笑。」

蔡陶伸手去碰陳文朝的臉，被他一把打掉，再伸手，再打掉。蔡陶毫不介意地繼續抬手，幾次之後陳文朝也就沒有管，任由他摸上了自己臉頰。

「看見你罵我還這麼精神，我就放心了。」蔡陶用手指輕輕擦去陳文朝臉頰上的一團污痕。

陳文朝剩下的那些話也就被堵在了喉嚨裡，怒氣也消散一空。他有些怔忪地看著蔡陶，半晌後才吐出兩個字：「……傻子。」

礦坑頂上，王穗子輕輕撞了下顏布布，用氣音問：「怎麼樣了？好不好看？」

「我沒敢看。」顏布布眼睛看著前方，嘴裡輕聲回道：「我一直盯著陳文朝的爸爸，怕他砸石頭下去，只要他抬手，就要用精神力纏住他手腕。」

「不至於吧……他爸還是可以的。雖然蠻橫不講理霸道逞能沒文化，但和人打架也沒出過陰招。」

陳父一直蹲在坑頂旁，從頭到尾沒有吭聲，但手上一塊石頭拿起放下，放下又拿起。

顏布布看得心驚膽戰，不得不出聲打斷坑底兩個還在對望的人，「陳文朝、陳文朝……」

「在。」

陳文朝這時才想起陳父，忙直起身，抬頭喊了聲爸。

「還知道我是你爸？大晚上的擱這兒演電視劇給你爸看呢！」陳父顯然憋了一肚子氣，頓時就大吼出聲：「演，你倆繼續演，老子就坐在這兒看個夠！」

「爸……」

「爸什麼爸？老子不是你爸，老子現在是觀眾。」陳父朝著蔡陶舉起石頭，陳文朝立即擋在蔡陶身前，陳父又將石頭恨恨地扔掉，「又是掉坑又是扭到腳，演這一齣就是為了幫狗崽子騙你爸！」

坐在坑底的蔡陶忍不住出聲：「爸。」

「你再叫一聲試試？」陳父怒吼。

「這位觀眾……」

「閉嘴。」陳文朝喝道。

蔡陶便又閉上了嘴。

顏布布和王穗子見氣氛緊張，連忙道：「先上來，有什麼話上來再說。」

陳文朝知道今晚這場戲演砸了，便走向垂在另一側坑壁上的繩索準備上去，但轉頭時發現蔡陶依舊坐在地上沒動。

「走啊，上去了。」陳文朝道。

蔡陶張了張嘴，囁嚅著：「我、我起不來。」

陳文朝心頭一緊，「是不是摔出問題了？」

「腳，我的腳扭了，使不上力。」

聽到蔡陶的腳扭傷，陳文朝立即回頭蹲下身，脫掉他鞋去看他腳腕。當看到蔡陶的腳腕已經腫得老高後，頓時方寸大亂，立即就要顏布布去喊軍醫。

「喊什麼軍醫？就扭個腳還要喊軍醫，這不是笑死人？」蹲在坑邊的陳父冷笑兩聲，又虎著臉道：「先用繩子把人拉上來，再用點藥酒揉揉就好了。」

「喔喔，好，把人先拉上來。」顏布布和王穗子忙道。

陳文朝用繩子在蔡陶腰上纏了幾圈，站在坑頂的三人一起拖繩，將人慢慢往上拉。

陳文朝在下面還伸手扶著，不斷交代：「慢一點、慢一點，他蹭在石壁上的。」

「拉快點，撞他，讓他撞。」

陳父又酸又恨地對王穗子和顏布布道：「養兒子真沒意思，如果是老子掉到那下面，他才不會這麼著急。」

顏布布一邊拖繩一邊安慰道：「那肯定不會的。叔，我們現在在這裡拉人，不就是因為陳文朝在乎你嗎？他在乎你才會演戲，才會希望你也能接受蔡陶。」

王穗子湊到顏布布耳邊用氣音道：「……他聽不懂。」

「誰說老子聽不懂？」陳父耳朵很尖地聽見了。

王穗子縮著脖子不敢吭聲，只埋頭拉繩。

三人把蔡陶拖上來後，陳文朝才爬了上來。他垂著頭不吭聲，也不去看旁人，只將蔡陶胳膊搭在自己肩上往回走。顏布布和王穗子走在他身後，偷偷轉頭去看，見陳父也跟了上來。

蔡陶一瘸一拐，邊走邊叮囑：「你以後走路小心點，別老是走神，幸好今天布布和穗子跟著的，要是他們倆不在的話，你一個人可怎麼辦？」

陳文朝下意識側頭看了眼陳父，又皺著眉道：「專心走路，別嘰嘰歪歪的。」

蔡陶還要再說，就聽陳父在後面冷冷地道：「把人扶到我那兒去，我給他揉點藥酒再回軍營。」

陳文朝的腳步倏地一頓，沉默幾秒後才啞聲回道：「好。」

蔡陶明顯還沒反應過來，又走出去了一段才回過神，受寵若驚地轉頭道：「謝謝爸爸。」

顏布布聽到陳父低聲罵了句粗話，便思忖著是不是要再安慰他兩句，結果陳父又在嘆氣：「算了，就這樣吧，傻點也好……」

很快就到了居民點，王穗子要去看她姑姑，顏布布並不想跟著陳文朝和蔡陶去陳父宿舍，就堅持要自己回軍營。

這裡到軍營還有很長一段路，陳文朝不放心，想讓陳父送他。但顏布布看著陳父就發怵，果斷拒絕了。

正僵持著，就聽身後不遠處傳來一道熟悉的聲音：「沒事的，我來接他了。」

顏布布飛快轉身，驚喜地喊了聲「哥哥」，接著便炮彈似地衝了出去。

「慢點。」封琛大步從道路對面走過來，待顏布布跑近後，很自然地拉住他的手，又問蔡陶道：「你的腳沒事吧？」

「沒事，爸爸要給我擦藥油。」蔡陶笑得見牙不見眼，那聲爸爸也喊得洪亮清晰。

陳父眉毛豎起，條件反射地就要罵人，但見陳文朝正盯著他，終於沒有張嘴，只轉身走進了居民點。

幾人互相告別後，封琛和顏布布走在回家的路上。現在四處已經沒了人，皓白月光灑落，給路旁的玉米地鍍上了一層柔光。一陣夜風吹來，玉米葉發出簌簌聲響。

「哥哥你什麼時候來的？」顏布布抱著封琛胳膊，頭就枕在他肩膀上。

封琛兩手抄在褲兜裡，語氣隨意地道：「剛來一會兒。」

「撒謊。你的軍裝都沒有換，你平常一回家首先就會換衣服的。」顏布布又側過臉在他肩上蹭了蹭，「衣服還有點潮，在那兒已經站了很久了吧……」

封琛笑了起來，「怎麼突然變聰明了？」

「我一直都很聰明好吧？」顏布布得意地抬頭瞟了他一眼，「我說對了沒有？」

封琛沒有做聲，只面帶微笑看著前方。

「比努努和薩薩卡呢？」顏布布問。

「牠倆沒來，就在家裡。」

「那你知道我們剛才發生什麼事了嗎？」

「不知道。」

顏布布端詳著封琛的神情，「咦……你明明知道，你肯定藏在哪個地方，從頭到尾都看見了。」

「這麼晚了你還往軍營外跑，三個人鬼鬼祟祟的，你覺得我會放心嗎？」封琛反問。

「你最愛我了，肯定不會放心的。」顏布布嘻嘻笑道：「而且你也不想離開我啊，哪怕是一小會兒也不行。」

封琛低頭看他，「還能更不害臊些嗎？」

顏布布正要回答，他又打斷道：「知道了，你能。」

兩人說說笑笑地往前走，談到剛才發生的事，顏布布感嘆道：「我們本來是想讓蔡陶要脅一下陳文朝爸爸，讓他同意兩人在一起後才去救陳文朝。沒想到事情搞砸了，蔡陶直接跳進了礦洞。但陳文朝爸爸對他反而不那麼凶了，還帶他回去上藥。這是同意他兩人在一起的意思吧？」

「嗯，同意了。」

顏布布有些茫然：「那他爸爸怎麼突然就想通了呢？」

封琛將被他抱著的胳膊抽出來，將人攬在懷裡，「我之前給蔡陶出的什麼主意？」

「你說只有誠心誠意才能打動陳文朝的爸爸。」

顏布布回答完就盯著封琛，等他繼續往下說，但封琛卻一言不發地看著前方，嘴角掛著一個意味深長的微笑。

「說啊，你快說啊。」顏布布推了下他。

「還要說什麼？說他已經成功地打動了陳文朝爸爸嗎？」

顏布布盯著封琛瞧，回想剛才發生的那一幕，腦中突然靈光一閃，伸手指著他，「你是教蔡陶做什麼了嗎？」

「我什麼都沒有教。」

「那你……」

封琛將顏布布那根手指輕輕握在掌心，輕描淡寫地道：「我只是在礦場門口攔住了蔡陶，告訴他陳文朝掉進礦洞受了重傷，已經奄奄一息了。」

「啊……難怪蔡陶那狼犬直接就往洞裡跳。」

顏布布越想越樂，自己在那裡笑了會兒，笑完後又有些若有所思，「所以正是蔡陶下意識的表現打動了陳文朝的爸爸？」

封琛問道：「你覺得呢？」

顏布布點點頭：「應該是了。」

清幽月光傾瀉，兩人說說笑笑地往營地方向走，不時又壓低聲音小聲交談。

顏布布：「這裡沒人哎，我們來親個嘴兒。」

「前面就是營地，隨時有人出來的。」

「出來就出來唄，回去後薩薩卡和比努努杵在那裡，想親嘴兒都不能出聲。」

封琛低低笑了兩聲，「你還想怎麼出聲？」

「親出口水聲，吱吱撲撲的那種。」

「哎，你這形容……別湊過來，離我遠點。」

「來麼來麼，我很誠心誠意地想打動你親個嘴兒，來麼……唔……就是這樣，再抱緊點……唔唔……」

「……閉嘴。」

「唔……」

（完）

【番外十】

煩人精，你到底有幾個爸爸？

第二天是週六，顏布布兩人按說應該去封家吃晚飯，但兩隻量子獸要學開挖掘機，心急火燎地催著顏布布和封琛去林奮那裡。

顏布布為難地道：「但今天是要回媽媽家的啊，要不你們兩個去林少將他們那兒，我和哥哥去看媽媽。」

「嗷嗷嗷……」比努努著急地一頓吼。

封琛在旁邊解釋：「林少將要帶牠倆去體育館練習開挖掘機，距離太遠，所以要我們也必須跟著去。」

雖然海雲城在地震後便已面目全非，但封琛和顏布布一直都以曾經的那些建築確定方位。比如小時候，顏布布要離開研究所出去玩，會給封琛講他去了南門商場，或者是去了城北教堂。現在封琛口中的體育館也是地震前的建築，就建在海雲山腳下，占地頗廣。地震後那裡便只剩大片平坦空地，是個練習開挖掘機的好場所。

「可是我們今天不是要去陪媽媽嗎？」顏布布遲疑地問封琛。

比努努立即就舉起爪子，顏布布指著牠喝道：「你只要打我一下，我就絕對不會去體育館。」

比努努到底沒有動手，便將爪子縮回去抱在胸前，側頭看著一旁，恨恨地皺著鼻子齜牙。

封琛見薩薩卡也眼巴巴地看著自己，便道：「算了，去軍部給父親說一下，就說今天我們不能去了。」

他話音剛落，比努努就連忙招呼薩薩卡，兩隻量子獸飛快地竄出門，朝著西聯軍營地的方向奔去。

因為週六會提前下崗兩小時，所以雖然才下午 4 點，林奮和于苑也在家中。

此時陽光正好，微風輕柔，于苑躺在院子裡的躺椅上曬太陽。林奮坐在躺椅一側，用低沉的聲音讀著手裡的書，另一隻手攬著于苑的肩。兀鷲和白鶴停在院中的樹上，交頸相依。

砰一聲響，院門被撞開，于苑睜開眼和林奮轉頭看去，看見兩隻量子獸風一般捲了進來，站在他們身前。

「嗷！嗷嗷嗷！」比努努的聲音激動又興奮。

林奮實在是捨不得和于苑在一起的這個下午，便假裝沒有聽懂：「吃飯還早，你倆再出去玩上一陣，我再看會兒書。」

啪！翻開的書頁上落下一隻小爪子，還極力張開，想要將那些字給擋住。

「奧瑞的小船穿過橋洞……水面那些破碎的燈光……」林奮從那爪子空隙裡念著書。

比努努便又趴在書上，用自己上半身將書完全蓋住。

「這陽光不錯，是個睡覺的好天氣。」躺椅並不寬敞，林奮便側著身體摟住于苑躺下去，還閉上了眼睛。

比努努抓著林奮的肩膀拚命搖晃，躺椅都被帶動得吱嘎作響，林奮也緊閉著雙眼一動不動。

于苑還是沒能忍住，側頭看著他，「……你答應了牠的。」

「我反悔了。」林奮理直氣壯地道。

「嗷！嗷嗷嗷！」比努努又繞到躺椅另一側去搖晃于苑，爪子指著林奮告狀。

于苑連忙安撫牠：「我知道，沒事的啊，是他的不對。」說完便又轉頭看向林奮，冷聲斥道：「還不快去？」

林奮嘆了口氣，將臉埋在于苑頸側深深嗅聞了一口，這才翻起身坐著，懶洋洋地繫頸上的襯衣扣，「行吧，那就去吧……薩薩卡，去臥室把我的外套拿出來，比努努，把門口的軍靴給我拎來。」

兩隻量子獸跑上跑下地忙碌，林奮穿好衣服後，轉身見于苑就站在身後，便將手裡的軍帽遞給了他。

于苑接過軍帽，抬手往林奮頭上戴，林奮就雙目幽深地看著他。

「好了，練上兩個小時就回來……」

于苑話音未落，就被林奮拉進懷中，灼熱的吻同時落了下來。

于苑從未當著其他人的面和林奮親熱過，雖然清楚薩薩卡和比努努只是量子獸，就同樹上的白鶴兀鷲一樣，但他依舊不習慣，便去推林奮的胸膛。

林奮箍著他腰的那條手臂卻絲毫不鬆，另一隻手溫柔且強勢地扣住他的後腦，讓他動彈不得。

在林奮熟練的唇舌攻擊下，于苑抵在他胸前的兩隻手慢慢泄力，也抬臂摟住了他的脖頸。

「牠倆還在……」于苑含混地道。

「沒事……牠倆應該早就習慣了。」

兩隻量子獸的確習慣了封琛和顏布布時不時的親吻，對此絲毫不感興趣。比努努還在兩人的腿間鑽來鑽去，尋找牠剛才掉在地上的髮夾。

牠看見髮夾就躺在椅腿旁，被林奮的一隻腳擋住，便推開那隻腳，撿起髮夾給自己戴上。

「嗷？」比努努在薩薩卡面前轉動腦袋。

薩薩卡點頭表示好看。

比努努便又去推林奮，示意他差不多了，現在可以出發。

林奮鬆開于苑，用拇指將他唇上的水漬擦掉，又俯在他耳邊啞聲道：「我很快就回來。」

于苑呼吸還未平穩，抬手給林奮整理好衣領，「你還是好好教吧，我去軍部把剩下的事辦完，明天可以陪你一整天。」

林奮想了想：「那好吧。」

顏布布和封琛在軍部找到封在平，將比努努要學開挖掘機，所以兩人今晚不能回去吃飯的事情告訴了他。

「開挖掘機？荒唐。」封在平將簽字筆啪嗒丟在桌上，用手指重重敲著桌面，「帶量子獸去開挖掘機？這居然是林奮能做出來的事？純屬荒唐！」

封在平搖著頭，喃喃道：「我認識林奮已經很久了，那時候我已經是東聯軍的將軍，而他剛剛在西聯軍冒頭，我便從人嘴裡聽說了這個年輕人，知道他很有能力。後來他去了海雲城，我對他有了進一步的瞭解，也知道那些傳言並不是假的，他的確是一名不可多得的軍事人才。」

「當我有些懷疑陳思澤，卻又不能確定他有沒有問題時，思來想去，也只有林奮最值得信任。所以便安排了若我遭遇不測，你就把密碼盒交給他的後手。事實證明林奮的確可靠，但誰想他居然會這麼幼稚呢？啊？去教量子獸開挖掘機？這是一名少將能幹得出來的事嗎？」封在平雙手交叉擱在書桌上，皺著眉道：「當初林奮和我配合，帶著初始病毒離開阿貝爾研究所的時候，不像是這麼不可靠的人啊。這些西聯軍啊……都不知道冉平浩平常是怎麼帶的部下。」

顏布布覺得林奮教量子獸開挖掘機實在是算不上什麼大事，但封在平這麼反對，便偷偷去看封琛。

他見封琛一臉平靜，像是根本沒聽見這些話似的，便也跟著不吭聲。

封在平譴責了林奮一通後，便往兩人身後張望，「努努呢？在門外嗎？讓牠進來，你們倆先出去，我要和努努談一下。」

顏布布小聲回道：「比努努已經先去了。」

「林奮那兒？」

「嗯。」

封在平沉默著沒有做聲，封琛便道：「父親，那我們先走了。」

「行吧，既然答應了就去吧。」封在平端起茶水喝了一口，「等會兒我回去後會跟你們媽媽說的，讓她不用站在院門口等你們，把那些精心準備的食材也先收起來。去吧去吧，沒關係的。」

顏布布聽到這話，原本抬起的腳又放回了原地，封琛卻拉起他，若無其事地道：「走吧。」

顏布布硬著頭皮往門口走，聽到封在平在身後道：「布布，晚點讓努努回家一趟，你媽媽給牠做了新衣服。」

「好的。」顏布布飛快地回道，同時看見封琛張了張嘴。

剛跨出軍部，顏布布就立即問：「你剛是要給我說什麼嗎？就是正出門的時候。」

「沒有。看著路，別看我。」

顏布布抱住封琛胳膊，「明明有。你是不想讓比努努去嗎？」

封琛嘆了口氣，突然又笑起來，有些無奈地道：「沒事，讓牠去吧，父親應該又要跟牠說點什麼。」

「說什麼？」顏布布好奇地問。

封琛笑了笑，隨意地回道：「誰知道呢？也許是要教牠開飛機也說不定。」

兩人準備去林奮家，結果在路上便碰到了他和兩隻量子獸，便一起去往城北體育館。

城北體育館已經成了大片荒地，所以兩軍士兵平常也就在這裡學車。顏布布還沒走到，遠遠便看見幾輛緩慢行駛的軍用履帶車和裝甲車，一輛挖掘機就停在邊緣處，顯然是林奮事先準備的。

比努努急不可耐地率先衝了出去，薩薩卡緊跟在牠身後。

林奮大喝一聲：「往哪兒跑呢？還想去開裝甲車？這邊、這邊才是挖掘機。」

兩隻量子獸又立即改變方向，衝向那輛挖掘機。

「只要待在附近就行，我去那邊樹蔭下處理點文件。」林奮從衣兜裡掏出那本沒看完的小說，轉身往場地邊緣的樹林走去，兀鷲就停在他肩膀上。

「煩人精，跟我去那邊躲太陽。」林奮道。

「你不是要教牠們兩個開挖掘機嗎？」顏布布剛問完，就見林奮抬手點了點遠處的兩名士兵，又指了下挖掘機，那兩名士兵便朝著挖掘機跑去。

「那是我派去教牠倆的，很專業，有證書。」林奮頭也不回地繼續往前走，又抬起手往前勾了勾手指，示意顏布布跟上。

封琛和顏布布正要提步，便聽到左邊傳來一些動靜。兩人齊齊看去，看見一輛車的履帶陷入地面一條寬縫裡，幾名士兵正喊著號子推車。

「你先過去，我去幫他們推車。」封琛道。

「我也去推車吧。」

「不用，我去就行。」

「好吧，那我先過去了。」顏布布便走向場地邊的樹蔭。

林奮已經坐在一塊平坦的大石上，兀鷲飛離他肩頭，落在頭頂的樹杈上。

顏布布剛走過去，林奮眼睛看著書，頭也不抬地說道：「剛好肩膀有點痠。」

「我又不要你教我開挖掘機，痠也不給你捏。」顏布布哼了一聲，找了塊離林奮較遠的石頭坐下。

林奮嘆道：「還是小時候聽話，讓捶腿就捶腿，讓捏肩就捏肩，還要問我力氣夠不夠。叛逆了……終歸是叛逆了。」

顏布布沒搭理他，只轉頭看向右邊。體育館就位於海雲山腳下，昔日被冰雪覆蓋的大山已經露出原貌，長出了鬱鬱蔥蔥的茂密植物。而從他這個位置，還可以看見山頂的海雲洞。

顏布布長久地注視著海雲洞，也不知道在想什麼，神情逐漸變得黯然。

片刻後，顏布布又垂下了頭，手指撥弄著石頭縫裡生出的一根草莖。

「煩人精，吳優的屍骨是埋在海雲洞裡的嗎？」林奮的聲音突然響起。

顏布布依舊撥弄著草莖，嘴裡回道：「以前是埋在海雲洞裡的，但是現在沒有了。」

他頓了下，又繼續解釋：「現在海雲城多了這麼多人，以後肯定會有人進那洞的。我和哥哥擔心爸爸的墳墓被人當做普通土包給破壞了，就將他屍骨移到了城南邊。」

「爸爸？」

顏布布點了下頭，「他是我爸爸。」

林奮沉默了兩秒，問道：「城南邊新建的那個墓園？」

顏布布抬頭看向林奮，「嗯，我和哥哥回到以前別墅所在的地方，把媽媽的屍骨，我爸爸在老墓園的屍骨，以及封家其他人的屍骨都找到了，也都移去了新建墓園。」

「你爸爸？老墓園？」林奮神情透出了疑惑。

「我的親生爸爸，有血緣那個。我很小的時候他就去世了，一直埋在老墓園。現在海雲城的冰雪化掉，我和哥哥就找到了老墓園，看見他的墓已經非常殘破，就乾脆將他屍骨移去新墓園，和我媽媽葬在一起。」

林奮：「你和封琛兩個人做的？」

雖然冰雪融化，但要找到封家和老墓園的舊址也很不容易，所以林奮問了這一句。

「不是，除了我們兩人，還有爸爸派去的士兵。」顏布布剛回答完，不待林奮詢問，又補充道：「這個爸爸是封將軍。」

「我知道，不需要你解釋。」林奮想了想，皺起眉頭嘖了一聲，隨口問道：「煩人精，你到底有幾個爸爸？」

「也不多，就三個吧。」顏布布回道。

「就三個？你還想有多少個？」

顏布布正想回答，就見原本還以閒散姿態坐在石頭上的林奮突然直起了身，眼睛盯著他旁邊的地面，神情也驟然變得冷肅，像是有什麼大事正在發生。

「快走……」林奮的聲音才剛響起，顏布布就覺得身下一空，坐著的那塊大石連著周圍的泥土齊齊往下陷落。

顏布布在下墜的瞬間，看見林奮如同一隻大鵬般縱身飛撲過來，一手握緊了他的手臂，另一隻手抓住旁邊的那棵樹。

但又是一聲轟響，身周數公尺的地面連同那棵樹一起往下坍塌，林奮和顏布布便也跟著下墜。

顏布布的意識圖像在這時彈出，他也反手抓住林奮的手臂，左腳往旁邊重重點了一下，踩著一根橫曳的樹枝往旁躍出半公尺，同時用力將林奮也一同拖了過去。

石塊泥土從身旁擦過，發出劇烈聲響，光線突然消失，眼前一片黑暗。顏布布感覺到林奮將他護在懷裡，兩人都保持著蜷縮的姿勢一動不動，就這樣聽著坍塌聲逐漸消失，碎石沙土也不再往下掉落。

「怎麼樣？顏布布！說句話！」

顏布布聽到林奮的聲音嘶啞且急促，他剛想開口，嘴裡立刻湧進一股嗆人的粉塵，便一邊嗆咳一邊回道：「咳咳……我沒事……咳咳……沒事。」

「別怕！咳……是塌方了，我們很快就會被救出去。」林奮也在咳嗽。

「我知道……咳咳……不怕。」

空氣中瀰漫的粉塵開始下沉，顏布布的意識圖像也讓他能看清周圍的景象。

周圍全是填塞得嚴嚴實實的泥土，而頭上剛好橫著兩根粗壯的樹幹，將那些土石給撐住，也給他和林奮留下了一方小小的空間。

「咳咳咳……」

噗哧一聲布料碎裂的聲響，顏布布看見林奮撕掉了軍裝一角，將那塊布料蒙上了他的口鼻。

「按著。」林奮道。

待顏布布按住口鼻上的布料後，林奮再撕下一條，按在自己口鼻處。

「你能看見吧？」林奮問。

顏布布嗯了一聲。

「告訴我現在是什麼情況。」

顏布布正要開口，就感覺到比努努突然和他取得了精神連結，並回到了他的精神域。下一秒，比努努就出現在他面前，伸出爪子在身前亂摸，嘴裡焦急地嗷嗷著。

「我沒事，別著急，我沒事。」顏布布握住了比努努的爪子。

比努努愣了下，轉身就抱住了他的脖子。

顏布布有些受寵若驚，但比努努又立即鬆開他，怒氣沖沖地給了他一拳。

「不怪我，不是我搞出來的，是地面自己塌的。」顏布布趕緊為自己申辯。

林奮問比努努：「你說你回精神域做什麼呢？待在上面還可以刨兩下土，現在就一起關在下面。」

比努努難得沒有吭聲反駁，只將顏布布的衣服揪緊，像是生怕他還會繼續往下掉。

「現在告訴我周圍是什麼情況。」林奮又道。

顏布布將自己看到的講了出來，林奮嘆了口氣，「那我們就好好待在這裡，等著被刨出去。但這裡空氣不多，我們要做的就是安靜坐著，儘量不要消耗體力。」

空間很小，兩人只能靠牆坐，腿也伸不直。顏布布將比努努抱在懷裡，讓牠兩隻腳踩在自己腿間。

「哥哥不知道我怎麼樣，在上面肯定已經急死了。」顏布布心裡很擔憂。

林奮閉著眼睛道：「沒事，我的兀鷲在地面，封琛可以從牠的狀態判斷出我們的情況。而且于苑已經在趕來的路上，他就能通過白鶴和兀鷲之間的交流與我們取得聯繫。」

他說完後又補充了一句：「你也別怕。」

「我不怕的，他們不會讓我們出事的，我就是怕他們太著急。」顏布布嘟囔著，將下巴擱在比努努頭頂。

「好了，別說話了，我們要保持安靜，平穩呼吸。」

「嗯。」

「你能躺下去就躺下去，把腿伸到我這邊來擱著，應該可以躺下去……」

「我沒做聲了，是你在說話。」

林奮便也閉上了嘴。

比努努還是有些不安，顏布布便一下下輕捏牠的爪子。比努努逐漸鎮定下來，只喉嚨裡偶爾會咕嚕一聲。

四周分外安靜，顏布布的聽覺也就格外靈敏。

他一直豎起耳朵在聽頭上的動靜，但隔著厚厚的土層，只能聽見自己和林奮的呼吸聲。

從兩人下墜到現在也許只過了 10 分鐘左右，但等待的每一分鐘都被安靜和黑暗無限拉長，每一分鐘都令人倍感煎熬。

顏布布儘管堅信封琛會將自己救出去，但身處這樣的環境，也難免有些焦躁。他的情緒影響到了比努努，比努努又開始發出呼嚕呼嚕的聲音。

「妳別像個開水壺似的。」林奮的聲音在黑暗中響起：「他們正在挖土……我真是有先見之明，停了挖掘機在這兒，現在就派上大用場。嘖嘖……那挖掘機，每一下都能鏟走好多土……」

「嗷。」

林奮：「對，妳也能開挖掘機……真是威風，妳就是那最拉風的姑娘。」

待比努努安靜下來後，林奮的話題便從挖掘機上轉移：「現在又來了很多士兵，他們跟著封琛和于苑一起在挖土……封將軍也來了……于苑在告訴他們我倆的情況，封琛情緒很穩定……快挖到我們這兒了，大約還要 10 來分鐘，很快的，空氣也夠我們呼吸。」

林奮的嗓子被灰塵嗆過，還帶著幾分沙啞，但聲音沉穩，很好地撫平了顏布布的不安。

「封琛在指揮……他做事有條不紊，分工安排很明確……」

顏布布背靠著牆壁，耳朵裡聽著林奮的聲音，突然就回想起地面剛塌陷，而自己往下墜落的瞬間。那一刻身周都是跟著墜落的泥土，陽光被迅速騰起的煙塵擋住。林奮的身影卻出現在視野裡，向著他撲來，將他的胳膊一把拽住。

顏布布不管什麼事情都會告訴封琛，但卻對他隱瞞了一件事，從未曾提過。

小時候在海雲洞裡被喪屍襲擊，吳優抱著喪屍倒向洞外的那一幕，他從來不敢去回憶。但那一幕卻反覆出現在那些深夜的夢裡，讓他一遍遍看著吳優墜下深崖……

他一直往前爬，想大聲喊爸爸，不停地喊，喊到吳優哪怕是成為了一具白骨也能聽見。但他嗓子卻像是被灌入了水泥，無論如何也出不了聲。直到他淚流滿面地醒來，張著嘴痛苦喘息……

顏布布此時在回想林奮撲向他的畫面時，很自然地就想起了吳優，有些驚訝地發現，這兩道在他記憶裡定格的身影，竟慢慢重合在了一起。

「……封琛表現得很鎮定，做事很有效率，你不用擔心，我們就這樣慢慢等著……」

「爸爸。」

林奮的聲音陡然頓住，片刻後才又問道：「你在喊誰？」

「……爸爸。」顏布布慢慢伸過手，拉住了林奮的衣袖。

林奮又沉默了兩秒，才咳嗽一聲後道：「別張口就來啊，何況我這年紀能當你爸爸嗎？」

還不待顏布布回答，他又飛快地道：「如果于苑能生，那從我和他認識的那年算起，再來個早產，孩子剛好和你年紀差不多。所以從年齡上來說，我是能做你爸爸的。」

「喔。」

林奮想了想，聲音又隱隱不滿：「但是你那麼多爸爸，我又算什麼？你喊聲爸爸，誰知道你到底又是在喊誰？」

顏布布往他那邊擠了擠，小心地問：「那叫林爸？」

「人家都是爸爸，我憑什麼要加個林？」

「那……小爸爸？」

「我都說了可以生你出來，比封在平年紀輕就要在爸爸前面加個小字嗎？這樣，你叫我爸爸，叫他老爸爸。」

顏布布忙道：「那我不敢。」

「你不敢叫他老爸爸，就敢叫我小爸爸了？」

「那我還是叫你爸爸吧。」

見林奮沒有反對，顏布布試探地喊了一聲：「爸爸。」

「嗯。」

「爸爸。」

「嗯。」

顏布布的呼吸逐漸急促，聲音也開始哽咽：「爸爸。」

「嗯。」

那些夢中被堵住的呼喚終於衝出喉嚨，伴隨著洶湧的淚水迭聲喚出：「爸爸、爸爸……」

「我在。」林奮將顏布布攬進懷裡，輕輕拍著他的後背，柔聲道：「乖，爸爸在，爸爸一直都在。」

顏布布趴在林奮胸前慟哭，比努努被擠得臉部變形，卻難得地沒有吭聲，也沒有出爪打人，只默默地忍受著。

就像林奮說的那樣，土層在約莫 10 分鐘後被挖走，光線從頭頂樹幹間的縫隙透了進來，同時傳進來的還有封琛和于苑的聲音。

「布布……林奮……」

顏布布從林奮懷裡抬起頭，哭得腫脹的眼看向頭頂，「我們在，我們都在！」

黑獅的大腦袋湊到縫隙處，黑鼻頭焦急地嗅聞，比努努也趕緊應聲：「嗷！」

頭頂的土層和樹木都被搬走，兩人被拉了上去，顏布布腰間的繩子還沒解掉，就被封琛一把緊緊摟住。

顏布布察覺到封琛的身體在顫抖，知道他受到了驚嚇，連忙安撫道：「我們很安全的，沒事，別擔心。」

「被壓傷了沒有？有沒有哪裡不舒服？」封夫人也趕來了，臉色煞白地拉住顏布布的手上下打量。

「沒有，那裡恰好有個洞……」

顏布布給封琛和封夫人講述剛才的經過時，林奮便坐在不遠處的一塊石頭上，喝著于苑餵給他的熱水，一邊喝水一邊說：「這是地震造成的，下面土層應該還有中空，明天我帶人來檢查一下，有的地方該填就要填……」

「還惦記著填土，剛才差點沒把人嚇死。」

于苑沒好氣地打斷林奮，又不大放心地去捏他肩膀、手臂，心有餘悸地道：「還好人沒事。」

「林少將。」

兩人齊齊轉頭，看見封在平站在不遠處。

「沒事吧？」封在平問。

于苑替林奮回道：「沒事的，剛才軍醫已經檢查過了。」

封在平點點頭，看了眼腕錶，「現在已經是6點過了，乾脆去我家一起吃晚飯？我太太已經做好了晚飯。」

于苑知道封在平一定是從士兵嘴裡知道林奮原本沒掉進土坑，只是為了救顏布布才衝了上去，這是在表達感激。

但于苑也清楚林奮絕對不會答應，便正要拒絕，就聽林奮爽快地應聲：「行，那就叨擾了。」

封在平又道：「謝謝你剛才去拉布布……」

「不用謝，我只是盡本分，救兒子。」林奮打斷他道。

場面一時變得有些安靜，于苑微微側眼去看林奮，見他滿臉愜意地對著封在平微笑。

封在平沒有再說什麼，轉身往前走去，顏布布也被封夫人拉著往回家的方向走。

見顏布布和封琛都轉著頭往後張望，林奮清了清嗓子，大聲道：「你們先去，爸爸馬上就來。」

「喔。」顏布布應聲。

封琛臉上閃過一絲意外，看了顏布布一眼，但立即又恢復了平靜，點點頭道：「好的。」

一行人朝著營地方向走去，幾隻量子獸已經竄到了最前方。于苑瞧著那正在被填埋的深坑，對林奮道：「在處理好這片場地之前，就別來這裡練挖掘機了。」

「嗯，等場地修復好後再說。」

「這下不著急了？也不讓布布和小琛天天去咱們家了？」于苑似笑非笑地看著他。

林奮笑著嘆了口氣：「不用天天去，他倆也應該經常去看看封將軍夫婦。大家都為人父母，應該互相體諒一些。」

（完）

【番外十一】

出航

在所有人的齊心協力下，海雲城每天都在改變著模樣。一部分人已經搬入了新建的樓房，各類工廠也在修建中。田地裡農作物的品種越來越多，稻秧一片片種下，麥苗也已經抽出了穗兒。

新學校落成後，比努努和薩薩卡又轉移地點，去那些修建廠房的工地上開挖掘機。

牠倆幹得風生水起，工作積極性也高，若不是每天規定了下工時間，簡直可以不吃不喝不休息地二十四小時連軸轉。

只是顏布布和封琛不能離牠們太遠，所以顏布布上崗的地點基本都在工地附近。

這幾天比努努和薩薩卡的施工地在港口，跟著士兵和民眾們一起修復船廠，顏布布便進了出海的隊伍，去清理淺海一帶的火鱗龜變異種。

還在地震之前，火鱗龜就很讓漁民頭疼，如果漁區出現幾隻火鱗龜，那一帶的魚蝦被牠們連吃帶驅趕，很快就所剩無幾。原本火鱗龜在極寒時期消失無蹤，但現在氣溫恢復，牠們便又出現了，不光數量暴增，還成為了更加凶暴的變異種。

前幾日居然有火鱗龜上了岸，去突襲附近的居民點，幸好發現及時，沒有造成人員傷害。軍部便派出人手去清理火鱗龜變異種，減少牠們的數量，將剩下的都趕至深海去。

今天出海的隊伍一共十二人，三名嚮導和九名哨兵。

顏布布已經出海過幾次了，每次都是跟著封琛。但封琛今天要去審查那批懷疑是安伮加教眾的人，無法一起去，只能將顏布布送到海邊。

「自己要注意安全，少去船舷邊，驅趕火鱗龜的時候，你只要替哨兵們梳理精神域就行。」封琛將裝著水杯和飯盒的袋子遞給顏布布，嘴裡一再叮囑。

顏布布伸手去接袋子，封琛卻又收回了手，遲疑地道：「要不我去軍部申請，今天跟著你一起去。」

「封哥放心吧，我會看著布布的。」丁宏升從後面走了過來，「你和布布一起出海過幾次了，怎麼還不放心他呢？我聽見有幾個和你們組過隊的哨兵都在誇他，說沒見過比他更厲害的嚮導。不光戰鬥力強，梳理精神域也非常好。」

「我都很低調了，居然還能被發現？大家的眼光怎麼就這麼毒？」顏布布聽得喜笑顏開。

封琛雖然不放心顏布布，卻也清楚他的能力。只要不掉下海，那些火鱗龜變異種對他就絲毫不構成威脅。其實就算掉下海，他的水性也足夠游上船或者回到岸邊，自己的擔心實在不必要。

而且清理火鱗龜的範圍就在周圍海域，哪怕遇到什麼危險，在岸邊開挖掘機的比努努也可以迅速回到顏布布的精神域，再出現在他身旁幫忙。

但就算如此，封琛也還是拍了拍丁宏升的肩，「老丁……」

「明白，封哥你就放心吧。」丁宏升道。

儘管下午便能見面，但顏布布跟著丁宏升一起上船時，也一步三回頭地去看封琛，一副戀戀不捨的模樣。

封琛不放心，繼續大聲叮囑：「如果浪頭大了，有水花濺上船就把雨衣穿上。」

「嗯，知道。」

「還有雨靴。」

「好的。」

船舷處站著幾名哨兵，都笑嘻嘻地看著，一名和封琛相熟的少尉軍官喊道：「封哥，你乾脆把你嚮導拴在皮帶上算了。」

「說什麼呢？我哥哥知道我很厲害的，他只是捨不得我。」顏布布順著舷梯爬上甲板，對那幾名哨兵昂起下巴，「知道什麼是難分難捨嗎？對了，你們不知道。因為你們都沒有嚮導，根本不懂。」

「噓——」哨兵們起鬨。

「好囂張啊，再顯擺就把他丟下去。」

和這些哨兵打交道多了，顏布布也變得牙尖嘴利：「我看看誰說的要把我丟下去，等會兒需要梳理精神域的時候可別求我。」

「他說的，是他說的。」

「我錯了，我現在就求你還來得及嗎？」

「快去求他哨兵幫著說兩句。」

在一群哨兵的打趣聲中，巡邏船啟航。封琛指了指艙房，示意顏布布進去，他卻站著不動，不斷對封琛揮手，還拋了個飛吻，引得那群哨兵更加大聲地起鬨。

封琛垂頭看著自己腳尖，還將帽檐壓低，但顏布布還是看見他上揚的嘴角，便也跟著笑了起來。

巡邏船駛遠，直到看不見封琛的身影，顏布布這才轉身，卻看見王穗子就站在艙房門口。

他沒想到王穗子也在船上，既意外又高興，蹦跳著大叫一聲：「穗子！」

「我剛才都沒喊你，生怕打擾了你和封哥告別。」王穗子學顏布布揮手，還不斷拋飛吻，「哥哥，等我……哥哥。」

「我只親了一下好嗎？哈哈……」

兩人說笑了一陣後，顏布布問王穗子：「計漪呢？我好幾天沒見到她了。」

「這幾天沒見到她是你運氣好。」王穗子撇了撇嘴。

顏布布好奇地問：「怎麼了？」

「我覺得她油得有些變態了。」王穗子抱著自己胳膊發了個抖，「她不知道在哪個坍塌的民房裡找了一把破吉他，天天晚上在嚮導宿舍外彈琴唱歌。」

顏布布：「唱歌？是在給妳唱歌嗎？」

「誰知道那隻花孔雀在對誰唱？而且她唱著唱著還會停下來念一句對白。」王穗子壓低嗓子，學著計漪的聲音：「這歌聲被晚風送進你的窗口，不知道會不會送進你的心房。」

「嘶──」顏布布抽了一口氣，又若有所思，「我怎麼覺得好妙，聽上去還不錯喔……吉他學起來難不難？」

「我雞皮疙瘩都起來了還妙？你摸我手，快點快點，等會兒疙瘩就消下去了。」

顏布布伸手去摸王穗子小臂，果真摸到了一層雞皮疙瘩，忍不住哈哈笑起來。

兩人又說笑了一陣，便回到嚮導專用的休息室。

休息室裡已經坐著一名陌生男嚮導，生得濃眉大眼，連體作戰服的拉鍊沒有拉上去，露出一片小麥色的結實胸膛。

顏布布不認識他，便伸手並自我介紹：「東聯軍嚮導顏布布。」

「西聯軍嚮導王穗子。」

那人站起身，個子比顏布布高出一個頭，在嚮導中算是身材高大的了。

「東聯軍嚮導萬黎。」

顏布布上下打量著他，由衷地讚歎：「你身材好好喔。」

「是嗎？」萬黎低頭看自己，又雙臂往裡彎曲，讓兩塊胸肌從半敞的作戰服裡膨出來。

「哇！！！」王穗子捂上了嘴，伸出手又縮回去，害羞道：「我可以摸摸嗎？」

萬黎保持著這個姿勢，「給妳摸 10 秒。」

「兩秒就夠了。」王穗子迫不及待地摸上去，「我就想知道摸上去是什麼感覺。哨兵的不能摸，現在總算有嚮導可以讓我摸了。」

顏布布也雙臂往裡彎曲，將自己薄薄的胸肌擠出來，「穗子摸我的，來摸我的。」

「我不喜歡你這種，我要摸大的。」

「明白。」顏布布笑道：「我也喜歡摸我哥哥。」

三名嚮導去了甲板上做準備，但現在暫時沒有遇見火鱗龜變異種群，巡邏船緩慢行駛，哨兵們也都在各自的崗位上。

顏布布和王穗子見丁宏升蹲在甲板一角整理纜繩，便過去幫忙，萬黎一個人在四處溜達。

「如果返回得早，我直接回宿舍睡覺，你呢？」

「我去找我嚮導。」

「……你小子什麼時候有嚮導的？」

「就幾天前的事。」

顏布布聽到兩名哨兵的對話，忍不住問丁宏升：「老丁，你為什麼不去找嚮導呢？是準備服從匹配結果嗎？」

丁宏升埋頭理著繩子，嘴裡回道：「沒遇到合適的。」

「對啊，說起來，我們老丁優點很多的，勤快、老實、聰明、可靠……」王穗子掰著手指頭數，接著問：「那你覺得怎麼樣的嚮導才是合適的？」

丁宏升突然就有些扭捏，但還是回道：「可能是受我父母的影響吧，我就想和我的嚮導像他們倆那樣。」

顏布布和王穗子都知道丁宏升的父母早就亡故，但見他說這番話的時候，連眼底都是笑意，便也問道：「什麼樣的？」

丁宏升回憶道：「我媽長得不算漂亮，個頭也很嬌小，但是很溫柔，說話細聲細氣的。我爸爸是個粗人，但從來沒有對我媽說過一句重話，什麼活兒都不讓她幹。他們感情很好，我記憶裡就沒見過他們吵過一次架。」

丁宏升見兩人都盯著自己，又開玩笑道：「不過我平常也沒接觸過嚮導，認識的嚮導也就你們倆加陳文朝，都不好下手。」

「他還不好下手？好像下手就能得手似的。」

王穗子和顏布布都笑了起來，丁宏升也跟著笑，笑完後又道：「其實吧，我就是沒把這當回事。什麼事情都要講個緣分，如果能遇到合適的最好，遇不到的話就等著匹配吧。」

王穗子摸著下巴，「我知道你想找什麼樣的嚮導了，像你媽媽那樣嬌嬌小小、溫溫柔柔，說話細聲細氣的。唔，我會幫你留意著。」

「嗯，我也幫你留意。」顏布布道。

海上的風雨來得絲毫沒有徵兆，前一刻還豔陽當空，下一刻就烏雲密布，暴雨嘩嘩落下，海浪開始湧動。

「回艙去，都回艙去。」這群人裡最高職位的是那名少尉，他抹著臉上的雨水讓所有人回艙，「火鱗龜不會在這種天氣浮上海面，大家都回艙房歇會兒，等雨停了再說。」

大家都往艙房跑，只有丁宏升拎起那團繩子下了底艙，說去看一下發動機。

這艘巡邏船並不大，休息艙也只有兩間、一間歸哨兵，一間歸嚮導。顏布布和王穗子回到房間時，看見萬黎已經進了屋，正光著上半身，用毛巾擦著身上的雨水。

「喔我的心臟……」王穗子按住自己的胸口，接著又按住自己的右手，「我的手，我的手不受控制了……」

萬黎轉過身，又擺出了幾個造型，這才穿好衣服往門口走去，「我去底艙烤乾衣服。」

顏布布兩人坐在椅子上聊天等雨停，但聊了沒一會兒，王穗子就有些煩躁，伸手將作戰服頸子處的拉鍊鬆開，又去推舷窗。

「布布，你有沒有覺得這裡面好熱？」

「熱嗎？我還覺得有點冷。」顏布布道。

王穗子用手背貼自己額頭，「那我怎麼覺得很熱呢？就像發燒了一樣。」

顏布布站起身，也去摸她額頭，「是不是淋雨感冒了……啊，真的在發燒，好燙！」

「對吧？我說怎麼這麼不舒服。這是感冒嗎？我成了嚮導後沒有再感冒過了。」

王穗子臉色泛紅，開始急促地喘氣，那些呼吸撲到顏布布臉上時，都讓他感覺到了灼燙溫度。

「剛淋雨就感冒，不會這麼快吧。」

顏布布皺著眉，突然似是想到了什麼，慢慢睜大了眼，「穗子、穗子，我覺得妳可能、可能……」

「可能什麼？」

顏布布看著她沒有做聲，王穗子也反應過來，震驚得停下了喘氣，「你是說、你是說？可是、可是我之前都沒有一點徵兆。」

還不待顏布布回答，休息室的門就被敲響，同時傳來那名少尉哨兵急促的聲音：「結合熱的嚮導不要出來，把門窗關上，關嚴實！不要讓嚮導素飄出來！」

「結合熱了，真的結合熱了。」王穗子不清楚自己是結合熱還好，當她清楚意識到這一點後，立即雙腳一軟往地上倒，被顏布布扶去了沙發上。

「萬黎沒在這裡，顏布布有哨兵，那是王穗子結合熱吧？」少尉在門外問。

顏布布趕緊回道：「對，是王穗子。」

「馬上開船返航，把王穗子送回去！」

少尉一聲大喝，隔壁響起了奔跑的腳步聲，但他又接著道：「不行，等會兒嚮導素越來越多，船上這麼多哨兵……不行！而且就算上了岸，又怎麼將她送回營地？」

「少尉，門窗關得太晚了，出來了好多嚮導素。我、我有些控制不住，我去甲板上待待。」一名哨兵啞著嗓子道。

少尉的聲音也有些不穩：「全部去甲板，都去甲板！不，去甲板也不保險，我們乘小艇走，全部乘小艇走。」

「顏布布，你守著她，我們現在離開，也會通知醫療官來。對了，醫療官來了沒用，王穗子有沒有匹配的哨兵？我們通知她的哨兵馬上趕來。」少尉在門外問道。

「布布、布布，我怎麼辦……」王穗子滿頭滿臉都是汗，人也不停地發抖，「我好難受。」

「穗子，現在只能通知妳的哨兵來。告訴我，妳希望誰做妳的哨兵？」顏布布握住王穗子的手。

「我、我不知道……」

「妳知道的。」顏布布用毛巾去擦拭王穗子的汗水，「要麼妳自己選，要麼馬上通知醫療站，在匹配庫裡選中合適的哨兵，讓他立即趕來。」

王穗子睜眼看著天花板，大口大口喘著氣，終於下定決心般：「……讓計漪來吧。」

顏布布立即轉頭大吼：「計漪，西聯軍第五連隊哨兵。」

「快聯繫軍部，計漪，西聯軍第五連隊哨兵。」少尉在門外也是一聲大喝：「其他人迅速上小艇！」

聽著奔跑的腳步聲和快艇啟動的聲音，王穗子閉上了眼睛，不斷喘著氣，卻也不甘地哭出了聲：「我不想、不想要那隻花孔雀的……我一直提醒自己不能對她動心……她有什麼好？一點都不專一……又油、又花，彈琴像彈棉花……嗚嗚……太難聽了。」

「其實那是假象，她心裡只有妳一個。她是怕被妳拒絕，所以用花心來掩飾自己的真心。」顏布布道。

「你、你怎麼知道？」

「電視裡都是這樣演的。」顏布布端起熱水遞到她嘴邊，「來，我們喝口熱水會舒服點。」

「喝熱水……嗚嗚……」王穗子哭得更傷心了，「她還一點也不體貼，遇到什麼都只能讓我喝熱水……」

顏布布看看手裡的熱水，又連忙放下，「那不喝熱水，跟我深呼吸，吸氣……呼氣……吸氣……」

王穗子淚眼模糊地跟著照做了兩遍，又放棄了深呼吸，連續地急促喘氣，「沒用，還是、還是好難受，電視裡生孩子才這樣呼氣……比熱水還沒用。我之前假性結合熱都沒有過，書上說，說我這樣的，結合熱發作得比較緩慢，不會、不會很難受。假、假的，這也太難受了……嗚嗚……」

顏布布見她這副模樣很是心疼，但他除了深呼吸和喝熱水也沒有別的辦法，只能不斷直起身去看舷窗，看計漪來了沒有。

「船上、船上只有咱們倆了吧？」王穗子問道。

顏布布點頭，「嗯，只有咱們倆了。」

底艙那間不大的機房裡，發動機轟隆隆響著。丁宏升用扳手擰著一顆螺絲，有人走了進來，還和他打招呼：「在忙啊？」

「嗯，重新裝一下壓力泵。」丁宏升並沒在意，頭也不抬地道。

他餘光能察覺到那人將衣褲都扒光搭在了熱氣機上，顯然是在烘烤濕衣，也能察覺到那人光著身子只穿了條褲衩，明顯是名哨兵。

丁宏升側頭看了眼，這是名他不認識的哨兵，但胸肌、腹肌塊壘分明，肌肉線條也優美流暢。

「你這身材很好啊。」丁宏升道。

萬黎爽朗地一笑，又雙臂彎曲收緊，鼓起胸肌問道：「要不要摸一下？」

「算了，我手上有機油，不大方便。」

丁宏升埋頭組裝壓力泵，萬黎就坐在旁邊機器上看著。

「這壓力泵是以前的雲騰造船廠生產的。」機房裡噪音很大，萬黎大聲道。

丁宏升問：「你怎麼知道？」

「你看這串數字編號，尾數是 7，這一批尾數是 7 的壓力泵都出自那家廠。」

「厲害啊，這都知道……」丁宏升剛笑了句，突然就收住話，神情有些異樣。

「你聞到什麼了嗎？」他問萬黎。

萬黎抽動鼻翼，「機油？」

「不是。」丁宏升側頭凝神片刻，倏地站起了身，「不好！出事了！」接著就扔掉手上的扳手往艙外跑去。

「哎、哎，怎麼了？」萬黎雖然莫名其妙，但也顧不得穿衣服，便直接追了出去。

顏布布知道這船上已經沒有了其他人，便將門窗都打開，讓冷空氣進來，這樣王穗子會舒服一些。當聽見奔跑的腳步聲後，他第一反應是計滃來了，便立即迎了出去，沒想到看見的竟然是丁宏升。

「老丁！你為什麼還沒走！」顏布布驚訝地問道。

丁宏升頓住了腳步，「是不是穗子？」

「對啊，你們哨兵不是都走了嗎？」

「走？」

「所有哨兵都坐著小艇回了岸上。」

丁宏升猛地撲到船舷，看見原本綁在船身上的幾艘小艇全都沒了。「我剛才在底艙，發動機聲音太大，就沒有聽見。」他喘著氣對顏布布道。

現在船上到處都是嚮導素，顏布布清楚這對一名沒有結合過的哨兵意味著什麼，也傻了眼。

「沒辦法走了、沒辦法走了……我應該是能自控的，但是那名哨兵就說不定了。」丁宏升額頭已經滲出了汗水，他喃喃著四處張望，看見哨兵休息室時，當機立斷道：「把我關到那間屋子裡去，你把房門反鎖上。」

萬黎這時也衝了上來，還沒站穩腳步，丁宏升就拖著他衝進了哨兵休息室，砰一聲關上門，對著外面大喝：「快來反鎖！」

顏布布此時也六神無主，聽到丁宏升的命令後，立即就上前反鎖門。

「把手往左旋一下，再旋右邊。」

咔嚓一聲，房門鎖死。

丁宏升在門背後舒了口氣：「好了，用上了防禦安全鎖，這下只能等岸上的人用鑰匙才能開了。」

顏布布鎖好門後也沒有想太多，直接又衝回嚮導休息室去照顧王穗子。

王穗子躺在沙發上，全身都已經汗濕，神情痛苦，臉泛著潮紅。顏布布便打來一盆冷水，擦拭她露在衣服外面的皮膚。

「布布……」王穗子雙眼渙散地盯著頭頂。

「在呢，我在的。」

「給我講故事吧。」王穗子舔了下乾裂的嘴唇，「講那英雄嚮導在對敵時突然結合熱，他是怎麼……怎麼忍著……忍著結合熱還打敗敵人的。」

「還有這樣的故事嗎？我怎麼沒聽過。」顏布布道。

王穗子喘了口氣，「我也沒……沒聽過，你……你現編。」

顏布布便開始現編：「那名英雄嚮導一拳打飛了十隻喪屍，結果就結合熱了。她非常非常難受，比妳現在還難受十倍，但是她忍住了……」

「詳細、詳細說一下怎麼忍的。」

「她比妳更難受，全身就像是螞蟻在爬。」

「可我現在、現在就像螞蟻在爬。」

「比妳多十倍的螞蟻在身上爬。」

顏布布正絞盡腦汁編故事，就聽到遠處傳來馬達聲，立即站起身往舷窗外看。他看見一輛摩托艇衝破海浪，風馳電掣地朝著這邊飛馳。艇上站著兩個人，其中一名是計漪，而那正在駕駛摩托艇的卻是封琛。

「計漪來了，穗子，計漪和我哥哥一起來了。」顏布布欣喜地叫道。

摩托艇很快就靠近巡邏船，計漪還沒等船停穩就躍上了舷梯，飛快地往甲板上衝。

顏布布趴在船舷扶手上，嘴裡不斷催促：「穗子在等妳，你們快點快點。」

砰一聲重響，計漪揹著的一個長東西卡在舷梯扶手空隙處，將她差點帶個仰倒，還是後面的封琛抬手將她抵住。

她站穩後繼續往上跑，一口氣衝上了甲板，卻沒有立即進入艙房，而是從兜裡掏出個小瓶，朝著嘴裡連接撲撲噴，又對著自己手哈了口氣，「行，口氣清新。」

顏布布這才發現她揹著的長東西是把吉他，有些震驚地問：「妳現在還揹著這個幹什麼？」

計漪整理著自己衣領，神情緊張，嘴裡飛快地回道：「你以為我是那種不在乎嚮導感受的粗莽哨兵嗎？這種事之前不搞點情調？時間來不及，不然我還要弄點酒和鮮花……只能委屈穗子了。看我怎麼樣？衣領皺沒皺？帥不帥？」

「沒皺，帥死了，帥得要命。」顏布布連忙道。

計漪站到了嚮導休息室外，再深吸一口氣，伸手輕輕敲了三下門。「穗子，我可以進來嗎？」

因為多年夙願成真的激動，還有初次面對自己嚮導結合熱的緊張，再加上嚮導素的刺激，她的聲音都在發著顫，給原本就低沉的女聲更添了幾分暗啞。

顏布布急得跺腳，「妳還問什麼啊？直接進去吧。」

「進去後就用精神力進入王穗子的精神域。」跟在後面的封琛抖開一件雨衣罩在顏布布身上，低聲解釋：「計漪還沒徹底回神，現在人是懵的。」

「直接進去嗎？對，我直接進去。」計漪又深吸了一口氣，猛地推開門，人便徑直往裡跨。砰一聲重響後，她又往後趔趄了幾步，軍靴迅速勾住旁邊鐵欄才沒有摔倒。

「妳背上的吉他撞上門框啦！」顏布布叫道。

計漪將吉他取下來抱在懷中，再次跨進屋，反手關門落鎖。

看著嚮導休息室緊閉的大門，顏布布鬆了口氣，將腦袋慢慢擱到封琛肩膀上，疲憊地道：「……終於好了。」

「剛才著急了吧？」封琛伸手攬住他。

「急死我了。」顏布布的額頭一下下輕撞著封琛肩膀，「不過你怎麼來了？」

封琛：「我正好在軍部，聽到接線生的對話後，直接就去找到了計漪。」

顏布布道：「嗯，船上的哨兵通知軍部後就離開了，只留下我們三名嚮導和……」

「只留下你們三名嚮導和什麼？」見顏布布突然卡了殼，身體也陡然僵硬，封琛便問道。

顏布布沒有做聲，只慢慢抬起頭，看向封琛的一雙眼睛裡滿是驚恐。

「怎麼了？」封琛追問。

顏布布依舊沒有回應，卻像隻兔子般嗖地竄了出去，下一秒就已經拍著哨兵休息室的大門，嘴裡也慌亂地迭聲高喊。

「老丁、老丁，萬黎，你們沒事吧？啊？老丁，你不要亂來啊，萬黎，你沒事吧？」

顏布布喊完後便去擰門把手，但這門已經被鎖死，裡外都打不開。他又將耳朵貼到門上，但隔著厚厚的門板什麼也聽不見。

封琛見狀，不用問也猜出了個大概，便跟過來敲門，同時喊道：「老丁，你沒事吧？萬黎有沒有問題？需要我砸開門嗎？」

「不用，我們沒事。」屋內有人走到了門口，聲音聽上去很平靜：「我剛在洗手間，所以沒有及時回答，放心吧，老丁很安全。」

封琛對這聲音很陌生，但他知道說話的人應該就是萬黎，顏布布口裡的那第三名嚮導。

封琛道：「沒事就好，如果有問題的話你就敲門，我會想辦法把門撬開。」

「這是費洛造船廠生產的門，含有鉅金屬成分，門鎖也全是用鉅金屬做成的，你沒有專用工具的話沒法撬開。」萬黎在裡面回道。

「那你……」

萬黎爽快地回道：「放心吧，我會好好照顧他。」

封琛原本擔心的是丁宏升在被嚮導素刺激的情況下，也許會失去理智對萬黎做出什麼，沒想到他竟然這樣講，微微錯愕後便道：「那我開船回岸邊停著，先將你倆放出來。」

如果將船停在碼頭，便能拿鑰匙將萬黎和丁宏升放出來。王穗子和計漪還在艙房，那再將船駛離碼頭就行了。

「行，那真是麻煩哥了。」

「不客氣。」

封琛匆匆走向駕駛艙，顏布布跟在他身後。

「哥哥，你有沒有被那嚮導素給刺激到？」儘管知道已結合過的哨兵不會再受到其他嚮導結合熱的影響，但顏布布還是問道。

封琛回道：「沒有。」

「你有。」顏布布跑前兩步牽著他的手，「你被刺激到了。」

「嗯？」

顏布布小聲道：「你已經被刺激得要發狂了，恨不得把我撕成碎片吞吃入腹。只要一進了駕駛艙，你馬上就要把我按在操作臺上這樣那樣……然後我就哭著求你，不要啊哥哥，不要啊……」

封琛停下腳步，面無表情地看向顏布布，又伸手在他腦袋上敲了一下。

「少想些亂七八糟的，我們要快點把船開回去，讓丁宏升和萬黎出來。」

顏布布斜眼瞟著封琛，「我想想還不行啦？讓我在腦子裡被你痛苦地折磨一下也不行啦？」

「行，那你自己折磨吧。」封琛嘴裡說著，眼睛卻看向船舷外的海面，逐漸停下了腳步。

「我剛才看了眼駕駛艙，那裡面還有把很大的椅子，我可以跪在上面，一邊哭一邊求你……」

「別出聲。」

顏布布正說在興頭上便被封琛打斷。

他見封琛神情嚴肅地看著船舷外，便也探頭看了出去，見到海水像是煮沸的開水般不斷翻起白浪。

「是遇到什麼魚群了嗎？」顏布布納悶地問。

封琛一直盯著那片白浪，突然將顏布布一把扯到身後，「我們遇到火鱗龜變異種了。」

「啊！那，那這是多少隻？」顏布布放眼望去，看見船頭和船尾的海面都在翻騰。注意看的話，會發現那白浪下有一層火紅，正是火鱗龜的紅甲。

「不清楚，幾百隻吧。平常海上起風浪的時候，牠們只會潛在海底，估計這次是認為自己數量多，就想浮上來把這船弄翻。」

封琛將最外面的雨衣脫掉，露出下面的制服軍裝。他飛快地解開軍裝紐扣，脫下來丟給顏布布抱著，再將襯衣袖子往上挽，露出兩條修長的小臂。

「準備給我梳理精神域。」封琛沉聲道。

「好。」顏布布也將雨衣兜帽摘下，「但是我們就兩個人，可以對付這麼多火鱗龜變異種嗎？」

成群的火鱗龜順著船身往上爬，巡邏船也被水浪帶得左右搖晃。封琛轉頭看向顏布布，一雙黑眸的最深處燃著兩簇亮光，「那你會怕嗎？光明嚮導。」

顏布布昂起了下巴，神情倨傲，「黑暗哨兵，請注意你的措辭，我的字典裡就沒有怕這個字。」

封琛笑了起來，將他摟進懷裡吻了下額頭又飛快放開，「行，那我們就來收拾這群變異種。」

封琛的精神力洶湧而出，那些爬在船身上的火鱗龜便紛紛往水裡掉。黑獅和比努努也同時回到兩人精神域，再瞬間出現。

「嗷！」比努努凶猛地躍下船沿，薩薩卡也緊跟著撲下，兩隻量子獸一起扎向海裡。

嚮導休息室。

王穗子滿頭大汗地躺在沙發上，胸脯急促起伏，眼睛卻看著單膝跪在沙發前的人。

計漪看上去比王穗子並好不了多少，眼睛泛著紅，頭髮都被汗水濡濕，順著臉龐往下淌。但她卻保持著單膝跪地的姿勢，輕握著王穗子的手，極力讓自己的聲音聽上去連貫穩定。

「……雖然現在說這些很不合時宜，但我還是想要妳知道，我的眼裡從來沒有過別人。我愛妳，已經愛了妳很多年。就算到了此刻，我也希望妳不是被結合熱所迫，而是真的選擇了我……」

王穗子大口喘息著，眼淚卻也湧出了眼眶，「愛我很多年？眼裡從來、從來沒有過別人？」

「妳越是用嫌棄的眼光看我，說我花心，我就越是、越是想表現得不在乎。我錯了，穗子，我錯了……」計漪的聲音也帶著哽咽。

王穗子嗚嗚哭了起來：「妳真的很討厭……還在我面前追求其他嚮導……我討厭妳……」

「寶貝，別哭了，對不起……再也不會了，妳以後會發現我其實沒有那麼討厭……」計漪將王穗子的手拿在嘴邊珍惜地親吻，又俯下身看著她的臉，「妳會選擇我，是因為有那麼一點點喜歡我嗎？」

計漪等著王穗子的回答，緊張得這一刻都屏住了呼吸，但眼底卻全是期待。

王穗子淚眼模糊地看著計漪，在看見一顆汗珠滑到她嘴邊，她卻顧不上去擦，直接伸舌頭捲走時，又噗哧笑出聲。

「穗子。」計漪略微一怔。

「嗚嗚……」王穗子笑完那聲後又接著哭。計漪突如其來的表白，讓她既甜蜜開心，卻又倍覺委屈心酸。

「妳這到底是什麼意思啊？」

計滃手足無措地去擦拭王穗子的眼淚，汗水更加洶湧地往下淌，「寶貝別哭了，妳哭得我心裡好亂。」

「妳說以後不讓我討厭，結果，結果還是這麼討厭。我已經難受死了，妳卻說個不停。」王穗子也顧不上害羞，哭著斷斷續續地道：「我不、我不喜歡妳，會、會叫妳來嗎？」

計滃整個人頓住，她像是聽到了世上最美妙的話，眼裡突然就綻放出灼灼光彩。

「寶貝……」

「妳再寶貝試試？我不想、不想再聽見妳說一個字！快點！」王穗子大吼。

計滃看著王穗子笑了起來，但也讓精神力強勁地衝進她精神域，同時俯下身，吻住了她的唇。王穗子低低地溢出一聲呻吟，任由計滃的手在她身上游走，作戰服拉鍊也被輕輕拉開……

隔壁哨兵休息室。

在浴室嘩嘩的水聲中，丁宏升背靠牆壁坐在地上，痛苦地緊閉著眼。他雙手在身側緊握成拳，用力得手背都鼓起了青筋。

水聲消失，只穿著一條褲衩的萬黎拿著一條濕毛巾走了出來，蹲在丁宏升面前。

「再擦一下吧，會舒服些。你怎麼又把衣服扣嚴實了？解來解去多不方便。」

丁宏升微微睜開眼，在看見面前那精壯的光裸身體後，立即移開視線，聲音沙啞地道：「給我……我自己擦。」

「你行嗎？毛巾都拿不穩，還是我來吧。」

萬黎伸手去解丁宏升衣扣，丁宏升連忙撐著身體往左邊躲，但萬黎卻抓住他手臂將人攬進懷中，另一隻手將那些衣扣靈活地解開。

「我自己來。」丁宏升虛弱地道。

「和我客氣什麼呢？雖然我是嚮導，也知道哨兵聞到嚮導素後會很不好受。我們現在被關在這間屋子裡，一時半會兒也出不去，你就讓我照顧照顧你又怎麼了？」

丁宏升還想往旁邊挪，但巡邏船不知道怎麼回事開始劇烈搖晃，他便身體不穩地倒進了萬黎懷中。

萬黎順勢將他摟住，毛巾也覆蓋上了他的脖頸，「別動！」

冰涼的毛巾接觸到皮膚，丁宏升體內翻騰的熱浪總算被壓滅了些，人也舒服許多。所以他也沒有繼續掙扎，只低聲道：「對不起，我剛才以為你是哨兵，所以把你也拖了進來。」

萬黎抬眼看了他一眼，繼續用毛巾擦著他後脖頸，「沒關係，我不介意的。」

兩人沒有再說什麼，萬黎很認真地替丁宏升擦著身體，毛巾逐漸轉移到了胸膛。只是在擦過他胸口時，指尖很輕地在那點朱紅上蹭了下。

丁宏升的身體瞬間繃緊，並發出一聲難耐的悶哼，萬黎拿著毛巾的手頓住，接著道：「抱歉，我不是故意……」

「沒事。」丁宏升急促地打斷了他。

丁宏升竭力使自己不去想身旁的人是名嚮導，但體內的那股熱浪又開始翻湧，冰涼的毛巾也沒法壓住。

他覺得萬黎的那隻手越來越有存在感，雖然再沒有碰觸到他的皮膚，他也沒有去看，但隨著毛巾輕輕擦動，他能想像到那隻手在自己身上移動的畫面，身體不可抑制地開始戰慄。

萬黎明顯察覺到了他的異樣，慢慢停下了動作。

丁宏升轉頭看著一旁，咬著牙道：「你是嚮導，而我是哨兵，我現在很危險的，你離我遠一點。」

「是嗎？你很危險嗎？」萬黎的聲音在丁宏升耳邊響起，低沉得像是直接從胸腔裡發出，鼻息就那麼撲打在他耳朵上。

撲通撲通……丁宏升心臟一陣狂跳，跳得他有些懷疑會不會從喉嚨眼兒裡蹦出來。他像是受到了蠱惑般，慢慢將頭轉向了萬黎。

他發現萬黎的眼睛很漂亮，眼珠黑白分明，雙眼皮的褶皺寬而深，鼻梁也很高挺。他視線順著對方的唇、脖頸一路往下，停留在光裸的上半身上，第一次覺得男性緊實的肌肉也充滿了吸引力，讓他挪不開眼。

他目光繼續往下……直到視線裡出現兩條修長的小腿，肌肉線條優美流暢，但那腿上生著比他還濃密的腿毛。

丁宏升體內喧囂的熱浪如同被澆上了一桶冰水，發出一陣滋滋響聲，水花消失，水面歸於平靜。

撲通、撲通……他的心臟也飛速恢復了平穩，又慢慢將頭回轉，繼續看著一旁。

「這裡面沒有衣服，你把我的外套穿上吧。」丁宏升剛說完這句，突然想到了什麼，又改口道：「算了，你就這樣光著腿，什麼也別穿最好。」

「行，那我就這樣什麼都不穿。」萬黎低低笑了聲。

如果是平常聽到這樣的低笑，丁宏升絕對不會想到什麼，但現在萬黎發出的任何一種動靜都會讓他心煩意亂。他雖然竭力克制自己的思緒，卻總會下意識去想：這是嚮導的手、是嚮導在笑、是嚮導什麼也沒穿緊挨著我……

丁宏升身體內的沸水又開始冒泡，翻出咕嚕咕嚕的聲響。他深呼吸幾次後，便轉頭去盯著萬黎的小腿。

然後他又神奇地平靜下來。

幾番下來後，萬黎直起身，「這毛巾不冰了，我重新去擰水。」

「好。」丁宏升道。

萬黎這次去浴室待的時間有些長，丁宏升便依舊背靠牆壁，緊閉雙眼，努力調整呼吸。

他知道封琛來了，也知道封琛會將船駛回岸邊，將他和萬黎放出去。但他感覺到巡邏船在原地搖晃，也隱約聽到了封琛和顏布布擊殺變異種的聲音，清楚這船是暫時沒法靠岸了。

雖然門窗關嚴，但巡邏船不會做防止嚮導素洩露的措施，所以嚮導素還是會絲絲縷縷地飄進來，讓他繼續受著煎熬。

「來，把褲子脫掉吧，我給你把腿也擦擦。」

丁宏升察覺到萬黎在解自己皮帶時，猛地睜開眼，也不知道哪兒來的力氣，一把按住萬黎的手，急促地道：「別、別脫。」

萬黎目光柔和地看著他，「全身都擦冷水的話，你會比較不這麼難受。」

「不、不用，我是哨兵，我很危險的，你離我遠一點。」丁宏升急得都有些語無倫次。

萬黎見他執意反對，便也不再堅持，只用毛巾繼續去擦他後背和胸膛。

毛巾接觸到皮膚，那涼意讓丁宏升緩緩鬆了口氣，就聽萬黎問道：「你喜歡什麼樣的嚮導？」

「不知道。」丁宏升現在沒有心情去回答這個問題。

萬黎卻自顧自道：「我喜歡看著很安靜，說話慢條斯理、細聲細氣的那種哨兵，你對他說話的時候，他就朝著你笑。如果我遇到了那個哨兵，一定會好好對他，什麼活兒都不會讓他沾手，也不會對他說一句重話。」

丁宏升腦袋昏昏沉沉的，原本不想做聲，卻覺得這話很對他心思，下意識便要回答我也是一樣。但他還沒開口，便聽到萬黎又補充了一句：「就像你這樣的哨兵。」

「喔。」

屋內安靜下來，足足過了好幾秒，丁宏升才反應過來萬黎剛說了什麼。他很聰明地裝作沒有聽見，依舊一動不動，只是心臟又開始撲通撲通……

「我會好好照顧你的，直到船靠岸。當然，你想以後讓我一直照顧下去也可以。」萬黎低沉的聲音再次在他耳邊響起，似乎還對著他耳朵輕輕吹了口氣。

丁宏升一言不發，但身體卻對這種接觸很誠實地起了反應。萬黎吹的那口氣像是吹進了他體內，讓那好不容易壓下去的火苗又開始騰騰燃燒。

丁宏升立即便看向萬黎的小腿，準備讓那些腿毛將自己內心的火苗抽熄。但映入他眼簾的兩條小腿雖然依舊修長緊實，皮膚卻非常光滑，那些腿毛已經不見蹤影。

「腿毛呢？你的腿毛呢？」丁宏升瞪大了眼。

萬黎對他笑了笑，「剛進浴室找到了一把刮鬍刀，就剃掉了。」

丁宏升剛想說什麼，鼻端便又嗅到了從門窗縫隙飄進來的嚮導素。他就那樣怔怔看著萬黎的腿，任由他用毛巾在自己身上擦拭，讓那隻手在自己全身點起了火苗……

萬黎的毛巾已經擦到丁宏升的小腹，手卻被突然按住。他抬起頭，看見丁宏升紅著眼睛盯著他，一邊喘著粗氣，一邊咬牙切齒地道：「我、我說了我很危險，讓你離我遠一點……」

「是嗎？我怎麼沒覺得你很危險？」萬黎反而離他更近了些，身上一種健康好聞，屬於年輕男性的氣息直撲向丁宏升，「那你讓我感受一下？」

丁宏升瞪著萬黎看了片刻，忽地就撲了上去，從牙縫裡擠出一句話：「你這個妖精……這都是你自找的。」

大雨終於停下，海面上漂浮著火鱗龜變異種的屍體，都面朝上翻了過來，看上去白白的一層。剩下的火鱗龜變異種終於意識到牠們沒法攻下這艘船，紛紛鑽入海底逃之夭夭。

比努努和薩薩卡踩著那些龜屍在海面上跳躍，比努努時不時伸爪子進水裡撓一下，去抓那些還沒有逃走的火鱗龜。

「我們可真厲害啊，這麼多火鱗龜都被我們擋住了。」顏布布趴在船舷鐵欄上，看著下方的海面驚歎。

他的頭髮上全是雨水，幾根濕漉漉的捲髮貼在額上。封琛抬手將他的頭髮往後抹，嘴裡道：「你去駕駛艙用乾毛巾擦擦，我去看看他們怎麼樣了，然後就開船回岸邊。」

「好。」

顏布布卻沒有動，看著封琛走向哨兵休息室，在那房門口站了幾秒後，又轉身走了回來。

「怎麼了？」顏布布問。

封琛垂著頭看著甲板，突然笑了聲：「沒什麼。」

「沒什麼？」

封琛攬著他的肩往駕駛艙走，「暫時不回岸上了。」

「啊？那不管萬黎和丁宏升了嗎？」顏布布邊走邊扭頭看向那緊閉的房門。

封琛將他頭轉了回來，「不管，他們沒事。倒是你要把濕衣服脫掉，我去給你烘乾。」

「衣服濕了真不舒服，黏糊糊的貼在身上。駕駛艙啊，咦，哈哈，那你可以把我按在儀錶臺上這樣那樣……」

「閉嘴！」

「不要啊哥哥……不要啊……」

「煩不煩？」

（完）

【番外十二】

往事

當新研究所建成後，孔思胤便搬離了舊研究所，將那棟樓房還給了顏布布和封琛。

顏布布兩人只需要 5、6 樓，便將上下樓梯口封住，裝上了大門，成為獨立的兩層樓。而 4 樓至 7 樓則另外改了道，這樣別人上下樓就不需要從他家穿行。

樓上 3 層和下面 4 層被軍部作為了資料室，所以平常也沒什麼人，這棟樓裡依舊只有顏布布和封琛，外加兩隻量子獸。

比努努雖然沉迷於開挖掘機，再沒有向林奮討要過軍銜，但林奮卻將這事記掛在了心上。過了一段時間後，軍部的人員名單系統裡便增加了量子獸一欄，量子獸們也有了相應的軍銜。

比努努終於成為了名正言順的中士，和薩薩卡一起獲得了一次特等功、兩次一等功。

給量子獸們授勳的地點是在廣場，那天不光是士兵們到場，那些能看見量子獸的普通民眾也圍在了廣場一圈。

量子獸們站在臺上，孔思胤講完話後，便由冉平浩和封在平授勳。封在平還好，將綬帶挨著往牠們脖子上掛，但冉平浩雖然注射了庚明針劑，卻依舊看不見量子獸，只能拿著綬帶站在原地，讓牠們自己將頭鑽進去。

發完綬帶後，孔思胤拿著麥克風微笑著問：「讓代表發言這個環節可以省了吧？」

「不能省，絕對不能省。」

「我們授勳都要代表講話，那量子獸肯定也要講兩句。」

臺下的士兵笑著起鬨，一起鼓著掌。孔思胤便看向身後的一群量子獸，「軍官們，誰來講兩句？」

量子獸們只憨憨地站著，有些還在神遊天外，但原本站在後排的比努努擠出了列，大步走到臺前。

「比努努好樣的！」顏布布在臺下大笑，對著比努努豎起大拇指，其他士兵也使勁鼓掌。

民眾中的小孩子很多就是來看比努努的，眼見牠出列，像是見到了等待已久的偶像，都發出興奮的尖叫。

「我們的下士比努努要講兩句。」孔思胤在注射庚明後也能看見量子獸，所以認得比努努，便將麥克風遞給了牠。但比努努卻不接，還是坐在臺下第一排的林奮道：「中士，早就是中士了。」

「有請我們的中士比努努講兩句。」

比努努接過麥克風，嚴肅地嗽了幾聲。牠經歷過顏布布的授勳儀式，應付這種場面也算得上熟練，目光從左到右地掃視場下的人，再朝那些尖叫的小孩子揮揮爪子，這才退了回去。

所有程序走完，量子獸們便在如雷掌聲中退場。只剩下還在打架的海獺和袋鼠，以及躺在臺中央呼呼大睡的無尾熊。

海獺和袋鼠的主人連忙衝上臺將牠們分開，已經走到臺邊的孔雀也趕緊回頭叼走了無尾熊。

授勳會結束後，林奮和于苑低聲談笑著往軍部走，一名士兵卻跑上前報告：「林少將，于上校，今天來了一群漾城安置點的倖存者，那三名帶隊軍官在打聽你倆，說是你們的軍校校友。」

「校友？那他們有沒有說自己的名字？」于苑問道。

「有，他們說自己叫景林、鄧恒和朱建。」

林奮和于苑對視一眼，林奮喊住正往營地走的封琛和顏布布：「今晚別做我倆的飯了，我們不在家吃。」

「你們要去哪兒？有任務嗎？」顏布布問。

「從漾城來的倖存者裡有我們的老朋友，我們要去見見。」于苑對兩人解釋後，又叮囑顏布布，「蔬菜園種出來了第一批番茄，我把分到的兩個都給你留在櫥櫃裡的，快去吃掉。」

眼見林奮、于苑匆匆走向營地大門，顏布布問封琛：「他們倆不在，我們還要做飯嗎？或者去媽媽那裡吃？」

封琛看向右邊，看見比努努挺著胸膛站在花壇旁，既不耐煩又驕傲地讓幾名小孩兒看牠胸前的綬帶。狼犬、孔雀、恐貓站在不遠處，身旁各自都圍了一圈小孩兒。

「比努努和薩薩卡剛授勳，讓牠們在這兒多展示會兒吧，我們就去食堂吃。」

顏布布點頭。「好，和穗子、陳文朝他們一起吃。」

半個小時後，林奮和于苑坐在軍部新修的接待廳裡，對面沙發上坐了三名和他倆年紀相仿的軍官。

于苑剛起身去給茶杯續水，房門就被推開，一名士兵站在門口道：「林少將，冉政首有事要和您商量。」

林奮站起身，對那三名軍官道：「你們先和于苑聊一會兒，我去去就回來。」

「好的，去吧。」

待到林奮離開，中間那名圓臉軍官道：「真沒想到居然會在這兒遇見你和林奮。多少年沒見過了？就從畢業後吧，有沒有 20 年？」

他的眼眶和鼻尖還泛著紅，顯然剛才流過眼淚。

右邊的軍官道：「沒有，十幾年吧？我還是在軍校的畢業晚宴上見過于苑。」

于苑也才剛剛平息情緒，聲音帶著一點鼻音：「16 年。我認識林奮 16 年半，所以我們剛好畢業 16 年。」

左邊軍官拿手背蹭蹭眼睛，「其實比起在這裡遇見你和林奮，讓我更吃驚的是你倆居然好上了。」

「對啊，以前你不是……很不喜歡他嗎？」中間的圓臉軍官應該原本想說很討厭他，話到嘴邊還是婉轉地改成了不喜歡。

于苑有些錯愕：「我跟你說過不喜歡他嗎？」

圓臉軍官緩緩點頭。

于苑側頭看著茶几上的水杯，像是陷入了回憶中。片刻後，他嘴角浮起了一個微笑，低低地道：「是啊，景林，我曾經跟你說過我很討厭他。」

「……你非要去念那個軍校，反正就是和我作對是吧？我跟你說，你要是不退學的話，以後我的錢一分也不會留給你。」

于苑將話筒咔地擱回原位，也將裡面那道嚴厲的男聲中斷。他在原地站了兩秒，發現身後排隊打電話的學員正看著他，便頭也不回地朝著宿舍方向走去。

軍校學生的通話器在入校那一天便被收走，每週只能使用專用電話給家裡通上 5 分鐘話。他原本是想和母親說一會兒話，沒想到還沒說上半分鐘，那邊的話筒就被父親搶走了。

「于苑。」迎面過來的學員和于苑打著招呼。

于苑還在想著父親的那通吼叫，心情既失落又鬱悶，便只對著那學員勉強點了下頭。

「剛給家裡打完電話了？」那學員熱情地問道。

「是啊。」

「今天排的人好多，估計到我的話又要一個小時以後了。」

那學員終於和他告別去了電話處，于苑鬆了口氣，只想快點回宿舍。但他的好人緣讓他不能安靜片刻，還沒走出兩步，便看見前方又過來了幾名熟人。

于苑此時不想和任何人寒暄，便乾脆拐進了右邊巷道。

這是圍牆和樓房之間形成的一塊狹長空地，平常沒人進來，但于苑之前見過有學員往裡面鑽，同行的人告訴他，那是鑽進去後藏在裡面抽菸。

軍校的教學樓、作戰室還有宿舍，都安了煙霧監控器，所以學員們要抽菸的話，只能往學院的這些犄角旮旯鑽。

于苑進入巷道後，才發現裡面還站著個人。他腳步頓了頓，立即就想退出去，但已經能聽到那幾名熟人的對話聲，若是現在出去的話，肯定就是一番詢問。

也就 3、4 秒的猶豫時間，那幾名熟人已經走近，于苑知道更不能出去了，便往裡走了一段，在距裡面那人兩、三公尺的地方停下，背靠著牆壁站定。

那人就站在斜對面，于苑的餘光可以瞥見他個子很高，肩膀很寬，也背靠著牆壁，微垂著頭，嘴邊叼著一根點燃的菸。

于苑準備等外面的人離開後再出去，沒想到那幾人竟在巷道旁停住了，對話聲也清晰地傳了進來。

「方靖怎麼還沒來，太磨蹭了。」

「等等吧，不然等會兒他找不著我們。」

于苑心裡有些後悔，之前明明打個招呼就行，結果躲進這巷子裡，反而出不去了。

他正在胡思亂想，便聽到兩聲清脆的金屬聲，餘光瞥見是斜對面那個抽菸的學員正在玩打火機。那個金屬打火機在幾根修長靈活的手指間轉動，偶爾被彈開蓋子，又啪一聲合上。

于苑不自覺就抬頭看向打火機的主人，卻撞上了一道也正看著他的視線。

銳利，是這個人給于苑的第一印象，接著才會注意到他出眾的長相。他像一把出鞘的匕首，冰冷而鋒利。哪怕此刻叼著香菸，一手抄進褲兜，一手轉著打火機，姿態和神情都很閒散，卻也讓于苑下意識就繃緊了身體。

這人盯著于苑看被抓包，卻絲毫沒有移開目光的自覺，依舊那麼半眯眼看著他，還拿走嘴邊的香菸，緩緩吐出了一口煙霧。

于苑心頭陡然就冒出一股氣惱，冷著臉轉開了頭。他覺得他的情緒已經表現得非常明顯，卻還是能感覺到那人一直面朝他，放肆的目光不加絲毫掩飾地落在他身上。

于苑長得好，性情溫和，從小到大都很得身邊人的喜愛，也總是會成為人群裡的聚光點。他覺得自己已經不在乎別人的注視，但這個人的目光存在感極強，讓他感覺到了那種久違的不自在感。

「馬上就要下連隊實習了，你們覺得于苑會去哪個連隊？」

外面幾人的談話傳了進來，于苑在聽到自己的名字後略一錯愕，心神立即被轉移，沒有再去注意身旁的這個人。

「幹麼？你打聽這個做什麼？想追求他？」

「那不敢，我還是知道自己幾斤幾兩的，是想幫隔壁班的陳昱霖打聽。」

「我不清楚于苑會去哪裡實習，有可能他根本不會實習。」

「為什麼？」

「他爸不准他念軍校，不然就要將他趕出家門，還說他沒有養活自己的本事，被趕出去後就只能餓死。」

「他爸跟誰說的？」

「到處說唄，政界、商界那些認識的人。」

「他家那麼有錢，換做是我的話肯定不幹啊，那只有退學了。」

「是啊，所以你讓陳昱霖也不必打聽了。」

于苑沒想到自家的事大家都知道，而且是他父親說出去的，心裡除了難受和失望，還湧起了難堪。他靠著牆閉上了眼睛，竭力平復自己的情緒，直到覺得恢復平靜後才睜開眼，沒想到又對上了斜對面那人的視線。

于苑這次沒法控制自己的惱怒，正要出聲，就聽那人突然開口：「于苑？」

「什麼？」于苑下意識就接了句。

那人盯著于苑，嘴角勾起了一個輕微的弧度，意味深長地道：「你叫于苑。」

若不是多年嚴格教養下形成的自我克制，于苑那一聲「關你屁事」就要脫口而出。不過他就算忍住了，也還是惡狠狠地還了句：「關你什麼事？」

「喔……于苑。」

那人用低沉的嗓音輕輕念著于苑的名字，並在他徹底發怒之前，突然斂起神情，鄭重地道：「是我冒昧了，抱歉。」

于苑從來就不是得理不饒人的性格，當面前的人說出道歉的話後，他微微一怔，那些還未出口的怒氣便被成功堵住。

他便也沒有再說什麼，只垂眸看著自己的腳尖。但面前突然多了隻骨節分明的手，還拿著一個敞開的菸盒。

「沒帶菸？抽吧。」

于苑雖然沒衝這人發火，但心裡也著實不痛快，於是便不客氣地回道：「我不抽菸，而且最討厭抽菸的人。」

那人沒說什麼，收回了手，並將嘴上的菸蒂按熄，拋進了旁邊勤雜工放置的垃圾桶裡。

于苑知道自己方才的難堪已經被這人看在眼裡，所以一秒也不想再在這裡待下去。當聽到外面的人離開後，便也快步走出巷道，結果一眼就看到了自己的室友景林。

「于苑，你怎麼在這兒？」景林詫異地問。

于苑含混回道：「隨便到處走走。」

「喔，喔，這樣啊。」景林一邊回答，一邊頻頻看向他身後。

于苑知道剛剛那人應該也跟出來了，便催景林：「走吧，我們回宿舍。」

「喔，好。」

于苑頭也不回地和景林一起往宿舍走，景林沒忍住又扭頭看了一眼，問道：「你隨便站站，怎麼會和林奮站到一起去了？」

「什麼？林奮？你說他是林奮？」于苑有些震驚。

他雖然不認識林奮，但卻經常從周圍人的嘴裡聽到這個名字，也聽過他的一些事蹟。

林奮是軍事指揮系學員，在執行任務時不會按理出牌，也不會遵循規則，卻總是以讓人料想不到的方法完成任務，搞得學院也不知道對他應該懲處還是獎勵。總而言之，他是一名很具有話題度和爭議度的人物，于苑也參與過別人對他的討論，當時還為他申辯，誇他是一名優秀的軍事人才。

景林也很驚訝：「你經常提起林奮，難道你不認識他？」

于苑的神情變了又變，最終只哼了一聲，不悅道：「我為什麼要認識他？」

「但你誇過他好幾次，說他非常優秀……」

「我就是隨口說說，他哪裡就有那麼優秀？」于苑沉著臉打斷景林，「學院規定了不准抽菸，他躲在那裡抽菸的行為就是違規，無視學院的紀律。這叫優秀嗎？」

「啊，可是……」

景林想說你之前還誇他聰明，做事不拘於規則，怎麼突然就改口了？但他難得見于苑對某人表達出不喜的情緒，便沒有再吭聲。

走出一段後，景林再次轉頭，看見林奮正和他們反方向大步往前走著。

10分鐘後，一名清潔工走進了那條巷道，將垃圾桶裡的垃圾倒進旁邊的大袋子裡。

噹啷一聲脆響，有個銀白色的東西和地面撞擊出聲音。他有些疑惑地蹲下身，撿起一個金屬打火機，試著按了下開關，打火機便冒出火光。

「還是好的，誰會將好打火機扔進垃圾桶呢？」

他又在垃圾袋裡翻了下，發現一包才抽了不到一半的香菸。

「太浪費了，這些學員真的是……唉。」

勤雜工很是可惜，便將那大半包香菸連同那個打火機，一起揣進了兜裡。

接下來的一段時間，于苑也不知道自己是不是太敏感，偶爾會察覺到一抹若有似無的目光落在自己身上。

不同於其他人或仰慕或欣賞的目光，這目光極具存在感，除了冷靜的觀察打量，還帶著一定的侵略性。

于苑總會飛快地扭頭找尋，雖然他是偵查系的優秀學員，卻沒有在人群裡找到任何端倪，最終只當自己學偵查學魔怔了，變得有些疑神疑鬼。

兩個月後，學院裡開展了一次野外演練。除了非戰鬥系，其他系的學員都要參加，包括軍事指揮系和偵查系。

大雨傾盆而下，這片叢林裡的每一張葉片都在往下淌著水。于苑揹著重達二十公斤的自動步槍和行軍背包，艱難地穿行在叢林裡。

他已經和大部隊失散，現在整片叢林裡除了嘩嘩雨聲，便只有他的腳步和喘息聲。

他原本沒有掉隊，但在翻越阿貢拉山脈時，電子地圖竟然出了錯，將他引到這深山裡轉了很久。而且這一片區域磁力異常，他自製的指南針也失了效，指針只會胡亂擺動。

他曾經自傲於自己成績在偵察班名列前茅，但離開電子地圖和指南針，沒有太陽、樹影、其他人或是動物留下的痕跡可以參照時，他才發現一切的侃侃而談都只是紙上談兵，那些書面知識根本沒法應對眼下的困境。

冰涼的雨水順著樹葉往下淌，灌進于苑的衣領裡。

他抬起冷得發抖的手臂看了一眼手錶，再頹然垂頭，慢慢坐在了一棵大樹下。

距離演練結束還有兩個小時，而他還被困在阿貢拉山脈裡。如果在兩個小時內到達不了終點，那麼這次考核就算作失敗。

他現在要離開很簡單，只要將背包裡的信號彈朝著天空發射，很快就會有救援人員趕到。但那也意味著考核失敗，讓他的總成績被評定為不合格。

學員們都是東西聯軍精心挑選後送進來的預備役軍官，如果他的成績評定不合格，就會被送他進來的西聯軍淘汰，而他費勁心力從父親那裡爭取到的從軍機會也會就這麼失去。

于苑一直垂著頭坐在大樹下，任由雨水打在身上，腦子裡什麼也沒想。

直到視野裡出現一雙沾著泥土草屑的軍靴，才慢慢回過神，順著那兩條被雨水淋濕的作戰服褲管看了上去。

面前站著名身材高大的學員，雖然他臉上塗著迷彩，但那雙銳利幽深的眼睛，讓于苑立即便認出來這是林奮。

林奮渾身也已經濕透，他垂眸看著于苑，不帶什麼情緒地道：「起來，跟我走。」

于苑不清楚林奮為什麼會突然出現在這裡，但他現在也沒有心思去瞭解，只嘴唇翕動了下，依舊坐著沒有動。

「走，我帶你從山裡出去。」林奮將手伸給他。

于苑注視著那隻手，看著雨水從那淺棕色的皮膚上往下滴，終於啞聲開口道：「算了吧，時間已經來不及了，等會兒我會放信號彈讓人來接我。」

林奮沒有做聲，但那隻手卻一直固執地伸在于苑面前，于苑便乾脆轉開了頭。

「你不想被你父親瞧不起，想證明給他看，讓他看清楚你是多麼優秀，也讓他後悔曾經說過的那些話。」

半晌後，林奮的聲音淡淡響起，還帶著幾分譏嘲：「但你現在的表現，讓我覺得他說的那些是正確的。你不是當軍人的料，還是快點離開軍校，回家去跟著他經商吧。」

林奮的這通話加上那帶著譏諷的語氣，無異於是在于苑臉上狠狠搧了兩耳光，也讓他瞬間便騰起了怒火。

他剛才坐在樹下時，的確是像林奮所說的這樣想過，也許自己確實無法成為一名合格的軍人，要不乾脆回家吧，讓母親安心，也順了父親的意。

但當林奮這樣毫不留情地說出來時，他又出奇地憤怒，若不是竭力控制，早就已經撲了上去，朝著那張冷冰冰的臉揮出拳頭。

他仰頭瞪著林奮，一雙眼因為怒火而格外灼亮，蒼白的雙頰也泛著潮紅，讓他整個人看上去分外生動。

「想揍我嗎？想揍我的話就站起來。」林奮就那麼居高臨下地和于苑對視著，神情一如既往的冰冷鋒利，眼眸深處卻也閃動著奇異的亮光。

但于苑卻沒有動。他和林奮對視片刻後，也不知想到了什麼，那些怒火飛快散去，神情也平靜下來，整個人像是一個洩氣的皮球。

他竟然還自嘲地笑了聲：「你說得沒錯，我不是當軍人的料，還是快點離開軍校回家，跟著我父親經商吧……所以不管你出於什麼目的，不要再來刺激我，也請你快點從我眼前消失。我不想看見你，也不想和你說話。」

「行，那你就坐著吧，在這兒等著救援人員，反正只要發出信號彈……」

于苑聽到林奮話說了一半就斷了，便下意識抬頭。他看見林奮正一臉凝肅地看著自己身後，神情還帶著幾分緊繃。

「快起來，有條毒蛇！就在你身後！」

隨著林奮一聲低喝，于苑嗖地就從地上彈了起來，直接往前衝出了好幾公尺。接著便飛快地拔出匕首，停步轉過了身。

他沒在草地上看見蛇，又去看剛才背靠的那棵大樹，樹幹和枝葉間都沒有發現蛇的蹤跡。

于苑正想問蛇在哪兒，就看見林奮雙手托著胸前的自動步槍，嘴邊噙著一個微笑，正好整以暇地看著他。

「你在騙我？你想做什麼？」于苑沒想到他竟然會在這時候騙自己，不免又驚又怒。

林奮卻慢慢踱向他，語氣不緊不慢：「這不是站起來了嗎？既然已經站起來，就乾脆和我一起走吧。」

于苑被眼前這人氣得太陽穴都一陣發疼，胸脯急促起伏。他顧不上去抹臉上的雨水，咬著牙恨恨地問：「很好玩嗎？你覺得逗我很好玩嗎？」

「確實挺好玩。」林奮認真地點頭，又一步步向後倒退，「是不是覺得我很欠揍？來吧，揍我，給你個機會。」

說完還對著于苑勾了勾手指。

太囂張了。于苑的血液衝向頭頂，他這次不再壓制自己的情緒，直接將背包和自動步槍扔在草地上，朝著林奮衝了過去，同時揮出了拳頭。

林奮不斷挪移躲避，嘴裡卻道：「對，就是這樣，討厭誰就要揍誰，不要憋在心裡，直接揍死他個狗東西。」

「你就是那個狗東西！」于苑拳腳不停，嘴裡卻一聲怒吼。

林奮始終沒有還手，但那張嘴也始終沒有停：「你表現得再優秀，也得不到其他學員的認可，他們看不見你的努力，只覺得你是憑關係才能成為優秀偵察兵……這些狗東西太可恨，你不用再容忍，現在就揍他們！」

「啊！！！」于苑睜著被雨水螫得泛紅的眼睛，朝著林奮拚命攻擊。

他此時滿腔怒火，那些閒言碎言絮絮嘈嘈地在耳邊響起。

他只想將眼前這人揍趴下，攻擊也毫無章法，完全不抵禦，只兇狠地胡衝亂打。

「你將獲獎證書拿回家給你父親，他卻看都不看一眼，還一直貶低你。有這麼對自己兒子的嗎？揍他！哪怕是你爹，也揍他！……嘶，違規了啊，打歸打，但不能咬人啊……」

大雨傾盆，兩人卻在雨中打鬥不休，直到于苑精疲力竭地仰面倒了下去才停手。

他就這樣閉著眼睛躺在濕淋淋的草地上，感受著雨水對身體的沖刷。雨點打得他臉部有些刺痛，但心情卻無比舒暢，那顆從來都堵在心口的木塞像是被誰給一把拔掉，以致於他愉悅地笑了起來，任由雨水一串串淌進嘴裡。

「你躺 10 分鐘恢復好體力，等你有力氣了我們就出發。」林奮蹲在他身旁，也大口喘息著。

于苑勉強睜開眼，「但是我們確實趕不上時間了。」

「能趕上的。」林奮雙手撐著下巴，身體一前一後地搖晃，「只要翻過旁邊這座山，我們就等於抄了近路，可以追上前面的人。」

「可是……」于苑剛想說那不是正規路線，這樣行進不合規矩。但對上林奮的雙眼後，那些話他突然就嚥了下去，只撐著身體坐起身，抹了把臉上的雨水，「行，走吧，我們去翻山。」

「你再休息 10 分鐘。」

于苑飛快地爬起身，精神抖擻道：「現在就走吧，不用休息，我已經恢復了。」

叢林裡，林奮分開那些灌木在前面開路，于苑緊跟在他身後。

「你怎麼也在這兒？是也迷路了嗎？」于苑這才想起還沒問過林奮。

林奮漫不經心的聲音從前頭傳來：「是啊，在這裡瞎逛，結果就撞上你了。」

不待于苑深想，他頭也不回地反手遞來一樣東西，于苑看清楚那掌心裡躺著一顆糖果。

「要不要吃一顆？」

「不要了，我不愛吃糖。」于苑道。

林奮也不勉強，自己剝開糖紙，將糖果餵進了嘴。但他也沒有扔掉糖紙，而是捲成長條，像是抽菸般叼在嘴裡。

于苑見他就這樣將糖紙叼了一路，忍不住老是偷偷去看。林奮伸手撥開面前的一根枝條，很自然地說道：「雖然戒了菸，但習慣很難改，嘴巴總想動一動。所以離不開這些小零嘴，隨時都要備著。」

「喔。」于苑有些奇怪他怎麼突然戒菸，但這是別人的私事，他便沒有繼續追問。

片刻後，林奮站定在一座陡峭的山峰下，轉頭問于苑：「能爬上去嗎？要不要我揹？」

于苑正要拒絕，林奮又飛快地道：「……那是不可能的，我只會揹我老婆。」

于苑看著林奮有些得意的神情，著實有些無語，卻也只低聲嘟囔著：「無聊。」

兩人都是特種兵，要爬上這座山峰很簡單，只需要繩索和匕首就足夠。

于苑原本在林奮身後，但在爬山時，林奮卻要他在自己前面。

于苑知道他是怕自己出危險，所以才在下方擋著，雖然覺得不必要，卻也沒有拒絕這份好意。

他踩著山壁上的凸起慢慢往上，低頭就能看見林奮的頭頂，突然覺得這人看似冷冰冰的，其實非常心細，而且……而且還挺幼稚。

他們翻過這座山峰，又順著山腳的曠野往前走。林奮走在于苑前面，將自動步槍從後脖頸橫在肩上，兩隻手腕就搭在槍枝兩頭，看上去有些吊兒郎當。

于苑平常很看不慣這樣的動作，這種人在他心裡一律會被視為兵痞子。但他現在看著林奮的背影，絲毫沒覺得不妥，反而覺得他就應該是這樣的。

往前直行了半個小時後，他們終於追上了前面的大部隊。

「于苑、于苑！」

于苑聽到了景林的聲音。

景林匆匆忙忙地跑了過來，「你剛才去哪兒了？我怎麼一直沒有找著你。」

「我剛在阿貢拉山脈裡迷了路，不過已經出來了。」于苑只簡短地回道。

他轉頭去看林奮，卻發現他已經離開了，正走向軍事指揮班所在的方位。景林順著他視線看去，有些驚訝地道：「那是林奮吧？他怎麼在這兒？他不是早就去了前面了嗎？」

「什麼意思？他在前面？」于苑看回景林。

景林有些困惑地摸了摸頭，「對啊，我剛穿過峽谷時看見過他，就站在谷口處，像是在等什麼人。他應該是第一批到達終點的人吧，為什麼現在還和我們大部隊在一起……」

于苑猛地又轉向林奮的方向，直到他的背影消失在前方拐角處才垂下頭，和景林一起往前走。

景林一直在耳邊絮絮叨叨，講述著方才他自己的經歷。于苑卻什麼都沒聽見，只能聽見自己不斷加速的心跳聲。

「……你在笑什麼？」景林疑惑的聲音終於傳入于苑耳中。

于苑回過神，「什麼？」

「你一直在笑，我說我差點掉下崖也在笑。」

于苑清了清嗓子：「不好意思，剛才想了一下別的事，你繼續說，我現在好好聽。」

這次演練考核，于苑的成績雖然只在中後，但他其他科分數高，所以總成績依舊名列前茅。他擔心林奮的總成績被演練一門拖累，便悄悄去教官那裡打聽，得到的消息是林奮的總成績也不錯。

儘管已經知道了結果，但他還是要親口去問一下本人，並想請林奮到學院外面吃頓飯。

于苑站在宿舍鏡子前，一件件試穿外套和襯衣，在心裡對自己道：有了他的幫助，我的成績才能合格，所以必須要親自向他道謝，也要保持外表體面，這才能顯得正式……但這襯衫會不會太正式了？要不要把袖子捲起來，讓他有親近感……但我為什麼要他對我有親近感？放下來……算了，還是捲上去，露出一點小臂……

于苑將自己收拾好，已經是一個小時後。他挑剔地看著鏡子裡的人，第一次對自己的外型不滿意。

皮膚有些過白了，為什麼不能是小麥色？嘴唇也偏紅，不是那種淡淡的紅……就像那個人一樣，小麥色的皮膚，唇色不是水紅也不是淡粉，是介於中間的那種顏色……

但當于苑到了軍事指揮班後，才知道林奮已經出緊急任務去了，早上才走，而且歸期不定。他回到宿舍，衣服也不換地躺在單人床上，心裡全是失落和懊惱。

——你在猶豫什麼呢？為什麼昨天不請他吃飯？為什麼要耽擱這兩天？

接下來的日子，于苑每天都會有意無意經過軍事指揮班的教室，往裡瞥一眼。

路過作戰室的時候，也會去詢問是不是軍指三班在上課。平常和景林去食堂吃飯，總會坐在面朝大門的位置。

「景林，那些去邊境執行任務的學員回來了沒？」于苑挾了塊番茄餵進嘴裡，語氣隨意地問道。

景林平常會在教務科替他的教官做一些文職工作，所以消息比較靈通。

「這是你今天第二次問我了。」景林看了他一眼。

「是嗎？不會吧。」

「會的，而且平均下來的話，你每天會問我三次以上。」景林的圓臉上露出一個狡黠的笑，「那批學員裡你好像只認識林奮，你是在打聽他嗎？」

于苑有些震驚，「我怎麼會打聽他？我那麼討厭他。」

「啊……也是喔，你說過你討厭他的。」景林的神情又轉為疑惑，「那你天天問這個做什麼？」

「學院不是說等這批出任務的學員回來後，我們就要去連隊實習了嗎？我想知道具體什麼時候才能去實習。」

「你搞錯了，學院的意思是說他們會在下連隊實習之前回來，不是說要等他們回來後才能去實習。」

于苑輕輕嚼著番茄，「喔，那是我理解錯了。」

一個月後，那批去邊境執行任務的學員還沒有返校，而其他學員都領取到了自己的實習通知，紛紛離開學院去往所屬連隊。

于苑也收到了通知，實習地是駐紮在宏城的四營。

去連隊實習加上 10 天的高溫假，基本上所有學員都離開了學院。偌大的學院變得異常安靜，宿舍樓更是空蕩蕩的只剩下了于苑。

「你怎麼還沒走啊？食堂明天就不會開了，要 10 天過後才開始做飯。」打飯大叔問于苑。

于苑低頭看著飯盒，低聲道：「我還有些資料沒有整理好，還要等一等。」

「資料不重要，連隊不會在意這些，但要是沒有按時去報到的話，他會和你計較。上屆有個小夥子就是這樣挨了處分，差點沒畢業。」大叔道。

于苑心裡湧起一陣茫然。

他的資料其實早就整理完畢，但就是不願意離開學院，總覺得還要等一等，但自己究竟在等什麼呢？

「謝謝叔，我下午就動身去連隊報到了。」于苑道。

「哎，這樣才對嘛。」

當于苑走出食堂時，迎面碰到了一名熟識的教官。兩人打過招呼後，教官問道：「你還不走嗎？那批執行任務的學員都回來了，等他們領過實習通知後，整個學院就只剩你一個了。」

于苑心頭猛地一跳，聲音都緊張得有些發緊：「執行任務的學員也回來了？」

「是啊，我剛才還碰見林奮的。」

「教官，您在哪兒碰到他的？」

「就在鶴湖邊。」

教官話音剛落，于苑就倉促地和他告別，朝著鶴湖的方向奔去。

他在樹林間的林蔭道上飛快奔跑著，這幾日的鬱鬱都消散一空，整顆心被迎面的風鼓動著，既欣喜又雀躍。

當他看見那道站在湖畔的頎長身影時，喘著氣停下了腳步，也在此刻終於明白了自己這些天究竟是在等什麼。

林奮站在鶴湖旁，將手裡的麵包掰成小塊，丟給湖裡的白鶴。他聽到身旁傳來腳步聲，微微側頭看了眼，視線有著片刻的凝滯，接著便微笑著打招呼：「還沒走？」

「是啊，整理點資料，下午就要走了。」于苑很自然地走到他身旁站定，「聽說你去執行任務了，什麼時候回來的？」

林奮朝著湖裡拋了一塊麵包，回道：「就剛才。」

「喔。」

「才吃完午飯？」林奮看著于苑手裡的飯盒。

于苑略微一窘，馬上就鎮定地道：「是啊，剛吃完想消消食，就拿著飯盒走到這兒來了，等會兒再回宿舍。」

兩人沒有再說什麼，都只看著前方的湖面，看那群白鶴不緊不慢地啄食著水面上的麵包塊。

「要餵牠們嗎？」林奮將手上的麵包遞給于苑。

于苑接過麵包，撕下一塊丟進湖裡，問道：「你喜歡這群白鶴？剛剛返校就來餵牠們。」

「嗯，喜歡。」林奮轉頭看向于苑，一雙黑眸分外深沉，「優雅，美貌，內斂，聰明……應該沒有人會不喜歡。」

于苑和他對視幾秒後，有些倉促地移開視線。他總覺得林奮這句話似乎意有所指，臉頰也微微泛起了紅。

「你呢？你喜歡什麼？」林奮依舊看著于苑。

于苑想了想，輕咳一聲後道：「我喜歡鷲。」

「鷲？」林奮明顯有些驚訝。

于苑臉上的潮紅還未褪去，眼睛注視著前方，神情專注，「對，鷲，也稱為鵰。敏銳、犀利、強大。牠們能飛得很高，牠們的世界遼闊而自由。」

「鷲……」林奮喃喃地念著。

兩人在湖邊站了一會兒，林奮問道：「你是去哪個連隊實習？」

「宏城四營。」于苑又裝作不經意地問：「你呢？」

林奮沒有立即回答，過了兩秒後才道：「我還沒去教務室，不知道被分去了哪裡。」

「這樣啊……」

兩人站著繼續聊，無非就是隨便東拉西扯。于苑知道自己必須走了，不然拿著飯盒站在這裡沒完沒了地說，看上去很奇怪。而且林奮那麼敏銳，沒準會讓他看出兩分端倪。

但他控制不了自己的身體，內心一直在告誡自己快點和林奮道別，快點走，兩條腿卻如同生根了似的站在原地不能動。

他明白兩人要分在一個連隊的機率很小，可以說不大可能。這次分別，便要幾個月後回學院時才能見到了。

相比于苑的戀戀不捨，林奮則果決得多。他抬起手腕看了下時間，對于苑道：「已經下午兩點了，我還要整理資料和收拾行李，得先回宿舍了。」

于苑知道林奮剛回學院時間倉促，但聽到這話時，嘴裡還是冒出了一絲澀意。但他面上並未顯露情緒，只對林奮伸出手，「那麼祝你一路順風。」

林奮輕輕握著他的手，掌心帶著乾燥的溫暖，「一路順風。」

兩人不在同一所宿舍，便分別走向不同的方向。于苑走到拐角處時，還是沒忍住轉身往後望。

他看見林奮匆匆行走的背影，並毫無停滯地拐彎，最終消失在了他的視線中。期間沒有回過一次頭。

于苑拖著腳慢慢進了宿舍樓，再慢慢順著樓梯往上爬。心中除了不捨，還有著幾分失落。

他回到宿舍，拖出床底下早就收拾好的皮箱，卻沒有立即離開，而是推開窗戶，看著遠方的鶴湖發怔。

——會不會是我自己想多了？他對我根本就沒有其他想法？

「嗯，喜歡……優雅、美貌、內斂、聰明……應該沒有人會不喜歡。」

「你怎麼也在這兒？是也迷路了嗎？」

「是啊，在這裡瞎逛，結果就撞上你了。」

「我剛穿過峽谷時看見過他，就站在谷口處，像是在等什麼人。他應該是第一批到達終點的人吧，為什麼現在還和我們大部隊在一起……」

「要不要吃一顆？」

「能爬上去嗎？要不要我揹？」

各種回憶畫面交替閃過，最終定格在林奮那張塗著迷彩，眼神卻依舊灼亮的臉龐。

于苑和腦海裡的林奮對視著，終於做出了一個決定。

就算林奮對他沒有那種意思，他也不想再內斂、不想再被動接受。哪怕林奮只是和他擦肩而過，他也要一把抓住他的胳膊。

教務室的王助理正在收拾文件，嘴裡愉快地哼著歌。只要將這最後一摞文件處理好，他就可以放假下班了。

叩叩叩。

「王助理。」門口有人喊。

王助理轉頭，有些詫異地道：「于苑？」

于苑走進屋子，呼吸有些急促，額邊也有汗珠，顯然是從某個地方一路跑來的。

「王助理，我想麻煩您一點事。」于苑道。

王助理聽到這話，知道不能提前下班了，眉頭便有些蹙起。但他也清楚于苑的父親是個人物，所以將不滿的情緒壓住，表情也很快平和下來。

「什麼事？你說吧。」王助理道。

于苑突然就移開視線，深深吸了口氣，像是這才鼓起勇氣般飛快地說完：「我想向您打聽一名學員的資訊，看一下他是分在哪個連隊實習，能不能把我也調去。」

「把你也調去？」

「對。」于苑點頭。

王助理遲疑地道：「哎呀，這通知都已經下發到連隊去了，現在才來更改的話，有些晚啊。」

「是啊，我知道讓您為難了，所以想請您想個辦法，看能不能通融一下。」

于苑長這麼大一直恪守規矩，還是第一次說出這些話。他雖然嘴裡說得順溜，耳朵卻也逐漸泛紅。

王助理卻沒在意這些，只問道：「你本來是分去哪兒？」

「宏城四營。」

「宏城四營？」王助理提高了聲音。

于苑點頭，有些緊張地問：「宏城四營怎麼了？」

王助理神情輕鬆下來，伸出手指點了點他，「算你運氣好，有學員本來是分在漾城的，卻調換去了宏城四營，正好騰出一個位置。那你去漾城怎麼樣？」

「不，不是的，我是要查下那名學員被分到哪個地方。他在哪裡，我就調換去哪裡，目的並不是離開宏城。」于苑趕緊解釋。

「換人的話可能不大容易，但是可以幫你查一下學員分配的名單。」王助理低頭開智能電腦，嘴裡嘟囔著：「怎麼你們都是來我這裡查別人，然後也要跟著去呢？上午那學員最不像話，我就出去溜達了一圈，他就進屋子開了智能電腦偷偷查，還擅自改了資訊，把他自己的資料發去了宏城四營。這下可好，那邊連隊接收了他的資料，我都不敢拆穿……」

王助理說到這兒，應該是意識到自己一時大意竟然說漏了嘴，把疏於工作結果被人篡改資訊的事情講了出來，便有些緊張地抬頭去看于苑。

于苑卻沒注意到這些，在聽完王助理的話後，他心頭陡然咯噔一下，冒出個讓他自己都覺得不可思議的想法。

于苑試探地開口：「王助理，那學員是不是叫……林……」

他看見王助理神情一凜，還立即站直了身體。

于苑心臟狂跳，輕輕吐出後一個字：「……奮？」

「你怎麼知道的？還有什麼人知道？他在外面到處亂講？」王助理迭聲追問。

于苑忙道：「沒有，是我猜出來的。」

「猜出來？」

「我和林奮比較熟，今天上午路過這裡時，看見他從樓裡跑了出去。聯想你剛才的話，就猜出來是他了。」于苑語氣自然地回道。

王助理臉色變了又變，最後道：「我可以想辦法把你調換到你想去的地方，但是這件事得替我保密。」

「不用，我剛才想了一下，突然又改變主意，不想換地方了。」于苑轉身朝大門走，到了門口又停下腳步，朝著王助理笑了笑，「放心，我肯定會保密的。」

于苑走在回宿舍的林蔭道上，一路走一路笑。遇到學院那隻人人都認識的黃狗時，將牠一把摟在懷裡親了又親，還摘下自己的帽子扣在牠頭上。

一名路過的教務人員見狀，好奇問道：「于苑，你還沒走嗎？還在這裡逗大黃。」

于苑將帽子戴回去，對著他笑道：「馬上走，馬上就要走。就現在，立刻！下午 5 點的火車！」

「喔，好的，一路順風。」那人被于苑明顯的好心情影響，也笑著離開了。

于苑回到宿舍，拖上自己早就收拾好的皮箱飛快地下樓，離開學院，打了輛計程車直奔火車站。

「去往宏城的車票一張。」

他將自己的軍官證和學員證一起遞進售票窗口，很快證件連同車票又被一起遞了出來。

他拿好車票，看見上面印著一行小字：軍部車廂 5

火車已經停在月臺上，于苑上了軍部專屬的 5 號車廂，在尋找自己座位的同時就將車內人快速看了一遍，沒有看見林奮。

他將皮箱擱好後坐下，眼睛便一直盯著車窗外，看著那些從檢票口出來的人。但直到火車啟動，林奮也沒有出現。

——難道他是明天才出發？可是明天就是報到截止的日期，那會遲到的啊。或許他沒有坐火車？但去往宏城最快捷的交通工具就是火車，沒道理啊……

窗外是大片大片的薰衣草，車內的人都在往外看。于苑卻沒有心思欣賞景色，只在胡思亂想。直到察覺到身旁站了個人，穿著一身筆挺的軍裝，正在往頭頂架上放行李。

他慢慢轉過頭，視線順著軍裝上的黃銅紐扣上移。在看清這人的臉後，他只覺得自己心裡也長出了一片薰衣草，醉人的紫藍色恣意蔓延。

林奮放好行李，拍拍手上並不存在的灰塵，低頭看著于苑打招呼：「好巧。」

「是啊，好巧。」于苑就像看見一名普通熟人般和他打過招呼，又往旁邊挪，給他讓出了位置。

林奮坐下後道：「我下午去了教務處領實習通知，才知道我也被分去了宏城四營。」

于苑露出恰到好處的驚詫和適度的開心，「那真的是好巧。」

「對，確實好巧。」

斜對面有人認識林奮，喊了他的名字後，兩人便在寒暄。于苑並不認識那名軍官，只和他點了下頭，便轉過臉朝向了窗外。

「薰衣草好看嗎？」林奮在說話的間隙，突然轉頭問于苑。

「嗯。」

待到林奮轉回去繼續說話，于苑將頭輕輕靠上座椅，不出聲地笑了起來。

于苑原以為和林奮同一個營便能天天見面，但他發現自己想錯了。兩人總是在分別執行不同的任務，一個剛回到營地，另一個便已經出發，所以雖然身處同個營，也很難遇到一次。

但夜深人靜，他帶著滿身泥濘回到宿舍時，會發現屬於自己的那張小桌上躺著兩塊糕點。

當他睡醒睜開眼時，也會看見窗外擱著一束好看的野花，花瓣上還沾著清晨的露水。

他發現林奮不愛洗衣服，外套都是這面穿髒了，又反過來穿另一面。所以在休息日的時候，他會去林奮宿舍裡拿髒衣服，洗乾淨後再送回去，還是像之前那般掛在門背後。

林奮最開始還沒察覺，只覺得自己的衣服怎麼穿都不髒，還有著乾淨的肥皂香。

後面反應過來是于苑在給他洗衣服後，便不再將髒衣服掛在門上，而是到處藏。

于苑接連好幾次沒拿到髒衣服，覺得有些奇怪，便在他宿舍裡翻找，最後在床底的盆裡給找著了。

林奮居然會害臊，這讓于苑感覺很新鮮。後來不管林奮將髒衣服藏在哪兒，他都要想方設法找到，然後洗乾淨送回來。

漸漸的，兩人的重點都不在於洗衣服，而是將這當做了一種隱祕的遊戲，心照不宣地你藏我找。

林奮絞盡腦汁地藏，塑膠袋裹好放馬桶水箱裡，和棉被一起裝在被套裡，甚至還取下一塊天花板，將髒衣服塞了進去。但于苑不會放過他，也拿出優秀偵察兵的本事，循著線索慢慢找。不管他藏在哪裡，都會給他找著，再洗好。

在分別執行任務兩個月後，他倆終於可以出同一個任務了，便是去宏城旁的深山裡搗毀一個藏匿的犯罪窩點。

任務很輕鬆，他們將那個犯罪集團一窩端，只是在出山時遇到了大暴雨和宏城特產土石流，道路中斷，他倆和隊伍失散，被困在那山裡兩天兩夜。

雖然只能吃背包裡的壓縮餅乾和野果，夜晚寒涼，蚊蟲也多。但于苑並不覺得這兩天兩夜難熬，甚至還有些甘之若飴。

夜晚他會藉由冷的緣由，把身體蜷縮在林奮懷中，感受他溫暖的體溫和有力的心跳。白天他會和林奮猜拳，誰輸了誰就吃一口那最酸的野果。

他輸了後吃野果，被酸得五官扭曲，林奮便湊到他面前，饒有興致地看他表情。

「煩不煩？別看。」于苑皺著臉轉個方向，林奮便也跟著挪，繼續蹲在他面前。

但該林奮吃野果的時候，他咬下一口後，沒有任何徵兆地朝著前方狂奔出去，留下準備看好戲的于苑一臉茫然。直到將那口野果嚥下，林奮才施施然回來，對著于苑道：「繼續。」

于苑一顆野果砸過去，「幼不幼稚啊？誰和你繼續？」

暴雨終於停止，兩人可以出山。走出一段後，林奮看似隨意地問道：「還走得動嗎？要不要我揹？」

「走不動了，你揹吧。」于苑也很自然地回道。

于苑趴在林奮背上，將下巴擱在他肩頭，側臉看著旁邊的山壁，突然開口問：「不是說只揹老婆嗎？」

林奮沉默了一瞬，道：「是啊，只揹老婆。」

「于苑，我可是你最好的室友，你居然騙我說你最討厭林奮。」景林佯裝氣憤的話打斷了于苑的回憶。

于苑舉起茶杯喝了一口，微笑道：「我跟你說這話的時候的確討厭他，只是後來才改觀。」

「討厭誰？」大門被推開，林奮大步走了進來，似笑非笑地問于苑：「我才走了不到10分鐘，就聽到你討厭我了。這才十幾年時間，就已經把我玩膩了？」

「對，玩膩了。」于苑斜著眼睛瞟他，眸子裡卻漾著笑意。

「那不行，你還得再玩我幾十年。」

三名軍官開始發出牙疼的抽氣聲。

「噁心，別來噁心我們。」

「肉麻死了，哎呀，早知道我就不來見這兩人。」

林奮攬住兩名軍官的肩膀，笑著帶他們往門外走，「走，吃飯去。我吩咐廚房給我們做了好吃的，把我這個月的薪水都吃光！只要能再噁心你們一陣子，花光薪水也值得！」

幾人親熱地去到小廳吃飯，繼續講述著分別以後的經歷和遭遇。期間大家又哭又笑，景林好幾次都哭得差點喘不過氣來。

「……所以，你那幾年就是這樣過來的嗎？林奮的頭髮也是這樣白了的嗎？」

于苑眼底閃動著水光，側頭看著身旁的林奮，喃喃道：「是啊，其實我還好，什麼都不記得，只是苦了他了。」

林奮將于苑的手握住，拿在嘴邊親了親，微笑道：「不苦……一切都值得。」

直到夜深時，幾人才站在接待中心外互相道別。不過現在大家都在海雲城，景林三人馬上也要進軍部述職，那時候大家又能一起做事，所以也不用依依惜別，彼此還開著玩笑。

「于上校，您要的東西給您裝好了。」一名士兵匆匆跑出來，將一個紙袋交給了于苑。

「謝謝。」

林奮看著他手裡的紙袋，問道：「這是什麼？」

「降火用的幾味中藥。我看布布嘴邊長了顆痘，回去煎了給他喝。」于苑道。

正準備離開的景林回頭：「布布是誰？」

「我兒子。」林奮聲音洪亮，讓另外兩名軍官都停下了腳步，「你兒子？」

林奮得意地道：「對，我和于苑的兒子。于苑生的，早產。」

三人又笑了起來，「說話還是這麼不正經。」不過他們到底也沒有追問，只擺擺手，朝著各自的住宿地走去。

夜風微涼，于苑和林奮手牽手走在回營地的路上。

林奮：「景林瘦多了，以前在我的印象裡，他就是個小胖子。」

于苑：「現在你找出個胖子給我看看？」

林奮：「我看食堂那大媽就挺胖的。」

于苑：「也還好吧，那體型在你眼裡就算胖了？」

林奮：「只有你的體型合適，比你瘦的那是太瘦，比你胖的那就是太胖。」

于苑：「……哎，你看前面那是不是比努努和薩薩卡？」

這路上還沒安裝路燈，隱約星光下，可以看見有兩團一大一小奔來的身影，分明就是比努努和薩薩卡。而更遠的地方，有兩人正朝他們走來。

「對，是兒子來接我們了。」

林奮話音落下，白鶴和兀鷲便出現在空中，牠倆發出一聲清鳴，也撲搧著翅膀朝著前方迎去。

（完）

【紙上訪談】

作者獨家訪談第五彈，關於書中的眾多角色……

Q25：書中出場角色眾多，其中有沒有您比較偏好的某個配角？為什麼？如果還有篇幅，你會想再多著墨誰的故事？

A25：我喜歡裡面的每一個配角，如果不是篇幅所限，我能每個人再寫個故事出來。

Q26：承上題，上一題是針對個別角色詢問，現在想針對 CP 詢問。除了兩位主角外，書中還有其他幾對 CP，能否也花些篇幅介紹一下這些角色？其中有沒有特別偏愛哪對 CP ？或是有為了主線劇情忍痛砍掉哪對 CP 的戲分嗎？如果要再加寫番外，會想再加寫哪對 CP 的什麼劇情嗎？

A26：如果要給其他 CP 加篇幅，那應該是林于 CP，陳文朝蔡陶、丁宏升萬黎、王穗子計漪……我想了下，我愛他們每一對 CP，確實很難選。

Q27：講到副 CP 就一定要提到林奮和于苑這一對。為避免劇透，先不提在後半部最能突顯兩人相濡以沫情感的劇情，單就個性而言，兩人十分互補，尤其林奮喜歡嚇唬布布的設定，讓他在嚴肅的外表下其實也有促狹的一面，而看似溫柔好說話的于苑，骨子裡才是最嚴謹固執的人。請問當初怎麼想到這樣的角色設定？又是怎麼決定他們的量子獸？有沒有想寫但未寫出來的設定？

A27：林奮和于苑的故事絕對不止文裡表現的這一點，我在番外寫過他倆量子獸的由來，讀者可能以為那是我埋下的伏筆，其實不是，是我寫到那兒時，覺得可以這樣，對，可以讓他們的量子獸是這麼來的……

我說過，我的寫作狀態是自由流淌狀，讓我的想像力無限擴展，所以就突然想到了。

Q28：提到量子獸就不得不提一下本書最大亮點的比努努和薩薩卡，當初怎麼會想到做這樣的安排？尤其充滿儀式感、喜愛打扮的比努努，已經跳脫一般量子獸的形象，非常人性化，您是怎麼看這兩個角色？以及比努努的眾多造型中，有沒有最感到得意的安排？

A28：我並沒有將量子獸當成武器或寵物，牠們是活生生的，有自己的性格和好惡，就像是個小朋友。

我最喜歡比努努穿花裙子、戴眼罩，一臉倨傲地照著鏡子欣賞自己。

Q29：請問您本身有沒有比較偏好的攻受組合？為什麼？

A29：我更偏好兩者性格互補的 CP。

Q30：請問接下來有沒有想挑戰什麼沒寫過的題材嗎？或是有想要繼續寫小朋友為主角的故事嗎？能稍微透露一下接下來的寫作計劃嗎？

A30：接下來還是要寫小朋友題材的成長冒險文，應該還會寫上一兩本。可能源自我未泯的童心，我寫這些時會感覺很愉快。

（完）

【作者後記】

我想寫一個既絕望
卻又充滿希望的末日世界

約莫是2021年的冬天，我和家裡人一起去了峨眉山。那天非常寒冷，峨眉山上冰雪覆蓋，我一邊走一邊用手機給朋友吐槽，說四處一片霧濛濛，什麼也看不見。

上山時有些艱難，便在沿路小店裡買了那種綁在鞋底的釘刺，踏著積雪往上，到了纜車點。經過一番排隊，半個小時後乘上了纜車，去往峨眉金頂。

之前一直在埋頭爬山，注意別摔倒，別被其他摔倒的人絆倒，無暇去看四周景色。可坐上纜車上行的那一瞬，峨眉山磅礴雪景逐漸呈現在眼中。

纜車上行，看著那片被冰雪覆蓋的山巒，我眼前突然閃過一個畫面：兩個相依為命的人走在這片雪地裡，很冷、很累……也許是兩個小孩，穿得厚厚的，像是兩隻小熊……

「哎喲，哥哥，我走不動了……」

那時候只是突然閃過的一個念頭，在下了纜車後，我便把這個念頭告訴了朋友。

朋友：寫！快寫！聽起來很好看！

接下來不管是排隊還是爬石梯，我都拿著手機和朋友交流著這個新想法，一些東西也在腦內逐漸成型。

從峨眉山回來後，我就開了新文預收，定下文名為《極度低溫》。只是當時手頭還有別的文在進行，時間過去了足足一年才動筆開始寫。

寫之前修改文名文案，因為《極度低溫》之類的作品名被作者們稱為文藝範，一旦上榜，點擊量超低，絕對趕不上我被霸總XX後成神了、穿成XX後我XX了之類的作品名。

冥思苦想很久，還是朋友幫我想了個淺顯易懂，一看就知道文章內容的作品名——《人類幼崽末世苟活攻略》。後面因為某些原因，又改成了《人類幼崽廢土苟活攻略》。

最開始只是想寫兩個幼崽歷險，他們如同闖關似的解決掉一個又一個困難，並獲得一些金手指，逐漸成長強大。但當我開始動筆，當我也進入了那個動亂的世界跟著他們一起顛沛流離時，我開始覺得，可能不是這樣的。

我想寫一個既絕望卻又充滿希望的末世，不僅僅是恐懼和黑暗，當人類面臨滅頂之災時，並不是人人都想著去搶資源，再把其他爭奪資源者幹掉。

人性是複雜的，但人心也總是向善的。我想寫那麼一些普通人，他們可能很平凡、很精明，還很世俗，但他們不再是背景、不再是露出貪婪嘴臉然後下場淒慘的炮灰。他們在這個真實的末世裡展現出真實的性格，展現出驚人的生命力和人性光輝，每個人都是末世裡不可或缺的人類力量。比如吳叔、比如普通士兵和研究員、比如海雲城的那些人……

我甚至有意地去改變一些角色的固定結局，例如陳文朝。

陳文朝小時候是個很討厭的熊孩子，而且還有個熊爹，可能在很多故事裡，他們倆的結局都不會好。

但我想寫真實的普通人，就像身旁的某個親戚、像社區裡見過的住戶。真實的熊孩子並不一定會長成壞人，真實的熊爹也並不一定就會壞事做絕，最後死無葬身之地。

他們只是那種會令你感到討厭的普通人。

我原本以為這篇文會在 50 萬字左右，後面覺得不夠，應該是在 80 萬字。可到了 80 萬字時，才發現還是沒法結束。

看似嬌氣實則堅強的顏布布、溫柔穩重的封琛，壞脾氣又好哄的比努努、讓人安全感爆棚的守護者薩薩卡、具有一切美好品質的林奮和于苑，以及大大咧咧沒心沒肺的蔡陶、溫柔持家哨兵老丁、可愛萌妹子王穗子、油膩花孔雀計漪、清冷美人嚮導陳文朝……

他們都那麼赤誠，笑著、哭著、鮮活著，他們不能被短短幾章結尾概括，他們的故事沒法結束。

然後，這篇文就成了一百萬字。

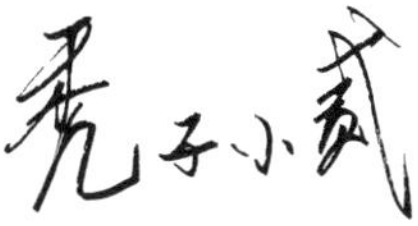

i小說 062

人類幼崽廢土苟活攻略6（完）

國家圖書館出版品預行編目（CIP）資料

人類幼崽廢土苟活攻略 / 禿子小貳著. -- 初版. --
臺北市 : 愛呦文創有限公司, 2025.08
冊； 公分. -- (i小說 ; 62)
原簡體版題名:人类幼崽废土苟活攻略
ISBN 978-626-7636-05-3(第6冊 : 平裝)

857.7 114004643

愛呦文創

作者 禿子小貳
封面繪圖 透明（Tomei）
Q圖繪圖 60
責任編輯 高章敏
特約編輯 劉怡如
文字校對 劉綺文
版權 Yuvia Hsiang、Kiaya Liu
行銷企劃 羅婷婷

發行人 高章敏
出版 愛呦文創有限公司
地址 10691台北市忠孝東路四段59號10-2樓
電話 （886）2-25287229
郵電信箱 iyao.service@gmail.com
愛呦粉絲團 https://www.facebook.com/iyao.book

總經銷 聯合發行股份有限公司
電話 （886）2-29178022
地址 231新北市新店區寶橋路235巷6弄6號2樓

美術設計 廖婉禎
內頁排版 陳佩君
印刷 沐春行銷創意有限公司
初版一刷 2025年8月
定價 380元
ISBN 978-626-7636-05-3

愛呦文創